WOLFGANG SANTJER

Friesischer Verrat

BLUTIGES HANDWERK In Coldeborg im Rheiderland wird der Zimmermann Ontje Wieringa brutal mit einer Axt erschlagen. Zuvor hat er seinen Kollegen Diedje Ebens und Tamme Hofenga von mehreren unheimlichen Erscheinungen einer »Weißen Frau« berichtet, wurde allerdings nicht ernst genommen. Kommissar Jan Broning und sein Team von der Kripo Leer übernehmen den Fall. Tatsächlich finden sich am Tatort Spuren einer Frau, aber an Spukgestalten wollen die Ermittler nicht glauben. Die Ereignisse überschlagen sich, als Diedje Ebens auf dieselbe Weise ermordet wird wie Wieringa und sich herausstellt, dass Ebens eine Affäre mit der Ex-Frau seines Kollegen hatte. Steckt sie hinter den Morden oder werden die Handwerker von einem Verbrechen eingeholt, das sie vor fünf Jahren bei der Renovierung eines alten Gulfhofs in Jemgum begangen haben? Und welche Rolle spielen eine junge Frau, die seit damals anonyme Zahlungen erhält, und eine alte Kriegskasse aus dem 16. Jahrhundert?

Wolfgang Santjer wurde 1960 in Leer geboren und lebt in Bingum an der Ems. 38 Jahre lang versah er als Polizeibeamter Dienst bei verschiedenen Polizeibehörden – angefangen beim damaligen Bundesgrenzschutz, dann der Wechsel zur Landespolizei. Weitere Stationen waren die Wasserschutzpolizei in Emden und Leer und die Autobahnpolizei in Leer, wo er sich unter anderem auf die Gefahrgutüberwachung spezialisierte. Als Ausgleich zu seiner Schreibtischarbeit als Autor schnitzt Wolfgang Santjer aus alten Schiffsdalben große Holzskulpturen für den Garten.

WOLFGANG SANTJER

Friesischer Verrat

KRIMINALROMAN

GMEINER

Personen und Handlung sind frei erfunden.
Ähnlichkeiten mit lebenden oder toten Personen
sind rein zufällig und nicht beabsichtigt.

Immer informiert

Spannung pur – mit unserem Newsletter informieren wir Sie
regelmäßig über Wissenswertes aus unserer Bücherwelt.

Gefällt mir!

Facebook: @Gmeiner.Verlag
Instagram: @gmeinerverlag
Twitter: @GmeinerVerlag

MIX
Papier aus verantwortungsvollen Quellen
FSC® C083411

Besuchen Sie uns im Internet:
www.gmeiner-verlag.de

Im Ehnried 5, 88605 Meßkirch
Telefon 07575/2095-0
info@gmeiner-verlag.de

1. Auflage 2022

Lektorat: Daniel Abt
Herstellung: Mirjam Hecht
Umschlaggestaltung: U.O.R.G. Lutz Eberle, Stuttgart
unter Verwendung eines Fotos von: © Olha Rohulya / stock.adobe.com
Druck: CPI books GmbH, Leck
Printed in Germany
ISBN 978-3-8392-0132-9

Vertraut nicht auf euer Geld und Gut
noch auf Fleisch und Blut
denn wenn euer Geld und Gut vermindern
so verlassen euch alle Menschenkinder
halt dich rein, niedrig und klein
denkt an den Tag, an dem niemand vorbeikommt.

Inschrift auf dem Giebel des Albahauses in Jemgum.

PROLOG
ERINNERUNGEN DES ELSO BUURMANN

Städtisches Krankenhaus in Leer, im Jahr 2010

Der Taxifahrer sah seinen Fahrgast auf dem Rücksitz kurz an. Der alte Mann war gerade vor dem Haupteingang des Krankenhauses in sein Fahrzeug gestiegen. Diesen trostlosen Ausdruck im Gesicht kannte der Taxifahrer gut von anderen Passagieren. Der betagte Herr war ohne Begleitung aus der Klinik gekommen, das war eher ungewöhnlich bei Menschen in seinem Alter.

»Na, wo soll's denn hingehen?«, fragte er den Alten.

»In die Hölle!«

»Wie bitte!?« Der Taxifahrer glaubte, sich verhört zu haben, und drehte sich um. Er sah die dunklen Augenränder und den Ausdruck der Hoffnungslosigkeit in dem faltigen Gesicht. Den Mann hätte er auf 75 Jahre geschätzt. In diesem Moment bemerkte er den typischen Geruch, den ältere Menschen verströmten, die sich nicht ordentlich pflegten. Auch seine Kleidung roch irgendwie muffig.

»So schlimm?«, wollte der Taxifahrer teilnahmsvoll wissen.

Der Mann winkte ab und schüttelte unwirsch seinen Kopf. »Fahren Sie mich bitte nach Midlum im Rheiderland!«

»Okay, kenne ich!«, erwiderte der Taxifahrer und dachte, dass dies wahrscheinlich eine der Fahrten werden würde, die besser ohne Unterhaltung vonstattengingen.

Er fuhr los auf die Umgehungsstraße, nahm die Fahrspur, die in Richtung Weener führte, und beschloss, den Weg durch den Emstunnel zu wählen, weil er nicht vor der Jann-Berghaus-Brücke stehen wollte. Bei Leer-West fuhr er auf die Autobahn Richtung Niederlande und durch den Tunnel. Nachdem er die Röhre verlassen hatte, an der Anschlussstelle Jemgum/Bingum, verließ er die Autobahn und bog an der Kreuzung zur Landstraße links ab. Nun waren sie im Rheiderland, wo die meisten Ortsnamen mit »um« endeten. Der Fahrgast saß abwesend auf der Rückbank, ab und zu verzog er schmerzhaft sein Gesicht. Die schöne weite Landschaft und die Gänsescharen auf den Feldern nahm er nicht wahr. Das Taxi fuhr an Soltborg und den Erdgaskavernen vor Jemgum vorbei. Fünf Kilometer weiter erreichten sie Jemgum. Das Fahrtziel, der Ort Midlum, lag fast direkt dahinter. Dazwischen gab es nur die kleine Siedlung Eppingawehr. Diese Strecke an der Ems entlang wurde am Wochenende viel benutzt. Sie führte durch typische kleine Orte wie Critzum, Hatzum und Ditzum und bot etliche schöne Aussichtspunkte auf den Fluss und die raue Landschaft.

Das Taxi befand sich jetzt auf Höhe Eppingawehr und der Fahrgast sah sehnsüchtig in Richtung der Siedlung. Was mochte in seinem Kopf vorgehen? Nahm er in Gedanken Abschied?

»Am Ortsschild Midlum gleich rechts abbiegen«, sagte er mit brüchiger Stimme. »An der Ecke Landstraße und Deichstraße wohne ich.«

Kurz darauf betätigte der Taxifahrer den rechten Blinker und bog hinter dem Ortsschild ab. Dort stand ein großer Gulfhof mit dem Giebel in Richtung Straße.

Diese imposanten großen Bauernhöfe waren typisch für das Rheiderland. Sie zeugten von dem früheren Reichtum der Bauern in der Region. Der Boden hier war größtenteils früher Meeresboden gewesen und daher sehr fruchtbar. Dieser Gulfhof war zwar nicht ganz so opulent wie die der Polder-Fürsten, aber dennoch beeindruckend. Der ausladende vordere Wohntrakt ließ große Zimmer, hohe Decken und viel Platz vermuten. Direkt am Wohnhaus befand sich hinten der Gulf, eine riesige Scheune, die reichlich Platz für Trecker, Tiere und Futter bot. Dem Taxifahrer fiel allerdings auf, dass der Hof ungepflegt aussah. Im Scheunendach befanden sich Löcher und der Garten war total verwildert.

»Hier.« Der Fahrgast reichte ihm von hinten einen Hunderteuroschein. »Stimmt so.«

»Wie bitte?« Der Taxifahrer schüttelte ungläubig den Kopf. »Das ist zu viel.«

»Glauben Sie mir, da, wo ich hingehen werde, brauche ich kein Geld mehr«, sagte der Alte und versuchte zu lächeln.

»Danke, das ist sehr großzügig!« Der Taxifahrer machte Anstalten, seinem Passagier beim Aussteigen zu helfen.

»Bleiben Sie ruhig sitzen, ich schaffe das alleine.« Mit diesen Worten verließ der Mann das Auto und schlug die Tür zu.

Ortschaft Midlum, Gemeinde Jemgum

Elso Buurmann schaute durch das Küchenfenster nach draußen. Von dem Taxi, das ihn soeben vom Arzt nach Hause gefahren hatte, sah er nur noch die Rücklichter. Die Diagnose des Mediziners hatte er erwartet, aber jetzt wusste er mit Sicherheit, dass die Krankheit ihm nur wenige Monate Zeit lassen würde.

Die Einsamkeit in dem alten Gulfhof erdrückte ihn. Niemand, mit dem er über sein Leiden sprechen konnte, keine tröstenden Worte. Ja, Elso war allein in dem großen Gulfhof, lediglich einmal die Woche kam seine Putzfrau. Die Dame ging ihm stets aus dem Weg, als ob er ein ansteckendes Virus in sich trüge. Familie oder Freunde gab es nicht und zu der Einsamkeit gesellte sich tiefes Bedauern.

Elso lachte freudlos auf, Bedauern … Eigentlich war es eher Selbstmitleid, darüber, dass er nichts aus seinem Leben gemacht hatte. Sein Leben … Wie hatte es nur so schiefgehen können, was hatte er falsch gemacht?

Mühsam erhob er sich und ging zu einer Anrichte. Er zog eine Schublade des Küchenschrankes auf und nahm einen Stapel altmodischer Schulhefte heraus. Seine Lebensgeschichte, aufgeschrieben von ihm selbst in diesen billigen schwarzen Heften. Unbewusst schüttelte Elso den Kopf über seine speziellen Memoiren. Warum hatte er sich nicht schönere Bücher gekauft?

Sein Vater hatte bei Elsos Geburt mit dieser Art der Tagebuchführung begonnen, und Elso hatte später, als er selber schreiben und lesen gelernt hatte, die Aufzeichnungen fortgesetzt.

Mit vor Schmerz verzerrtem Gesicht schlurfte er zum Tisch zurück und setzte sich. Den Stapel mit den schwarzen Heften legte er auf die Tischplatte. Die Aufschriebe waren chronologisch geordnet. Zuoberst lag das Heft seines Vaters, dann folgten Elsos Notizen.

Er schlug das oberste Heft auf. Die Sütterlinschrift seines Vaters war schwierig zu lesen. Außerdem war alles sehr klein geschrieben, sicher, um Papier zu sparen.

Eppingawehr, Gemeinde Jemgum, 1.4.1940

Was für ein schrecklicher Tag. Heute wurde mein Sohn Elso geboren und meine geliebte Frau starb im Kindbett. Meine Schwägerin ist zu uns gezogen, und ich konnte sie überreden, sich um den Kleinen zu kümmern. Ich weiß, das Kind kann nichts dafür, und es ist nicht gerecht, aber ich kann es im Moment noch nicht auf dem Arm halten, vielleicht später. Wie soll ich alleine ein Kind erziehen, wo ich jeden Tag auf dem Bauernhof als Knecht schuften muss?

Elso klappte das Heft zu, weil er nicht weiterlesen konnte und wollte. War das die Erklärung für sein verkorkstes Leben? Die frühesten Erinnerungen an seine Kindheit bestanden darin, dass man ihn ständig irgendwohin abgeschoben hatte. Meistens zu seiner Tante, die ihn nicht hatte leiden können. Später hatte er begriffen, dass seine Mutter und ihre Schwester ein sehr inniges Verhältnis gehabt hatten. Er war die Ursache für ihren Tod gewesen, und das hatte sie ihn sehr deutlich spüren lassen.

Die rechte Hand seines Vaters war durch einen Unfall verstümmelt gewesen, deshalb hatte man ihn nicht zum Wehrdienst eingezogen. Elso erinnerte sich, dass sein Vater krank geworden war. Damals hatte er nicht verstanden, um was für eine Krankheit es sich gehandelt hatte. Heute wusste er es besser. Diese Krankheit war damals weitverbreitet gewesen und hieß Alkoholismus. Die Eintragungen in den letzten Lebensjahren seines Vaters waren immer seltener geworden, das wusste Elso, ohne sie anzusehen. Außerdem war die Schrift fast unlesbar. Das Tagebuch seines Vaters war an den Rändern leicht angesengt.

Sehr früh war Elso gezwungen gewesen, Aufgaben im kleinen Haushalt zu übernehmen. Während sein Vater betrunken und in Selbstmitleid badend auf dem alten Sofa gelegen hatte, war er einkaufen gegangen oder hatte notdürftig im Haus aufgeräumt. Im Alkoholrausch hatte Elsos Vater alle Erinnerungen an sein schmerzvolles Dasein loswerden wollen. Dazu hatte wohl auch sein Tagebuch gehört und er hatte es zusammen mit anderen Erinnerungsstücken verbrennen wollen. Bei der Befüllung des Ofens hatte er es wohl übertrieben und das Feuer erstickt. Elso hatte die Aufzeichnungen am nächsten Tag beim Reinigen des Kamins gefunden.

Die Lebenssituation der kleinen Leute war bekümmernd gewesen. Bei den meisten hatte es sich um bessere Sklaven gehandelt, die in der Landwirtschaft als Knechte und Mägde gearbeitet hatten. Der Griff zur Flasche hatte natürlich alles noch schlimmer gemacht, trotzdem hatte Elso Verständnis für die armen Menschen. Was ihm allerdings die Zornesröte ins Gesicht trieb, waren die Ausbeuter, die dieses Elend auch noch gefördert hatten, um jederzeit über genügend billige Arbeitskräfte zu verfügen. In einem alten Film hatte er gesehen, wie ein Schnapsfabrikant mit einem Wasserkessel voll Fusel über ein Feld gegangen war und das Teufelszeug den Arbeitern verabreicht hatte. Man hätte ihm mit der Sichel gleich an Ort und Stelle …

Schlechtes Gewissen überkam Elso.

Was hatte er selbst eigentlich mit seinem vielen Geld gemacht? Wo waren seine guten Taten? Beschämt schloss er kurz die Augen. Gute Taten Fehlanzeige! Geld versaut jeden Charakter, dachte er grimmig. Ich habe es im Keller gehortet und verschlossen.

Nicht zum ersten Mal hörte er wie auf Kommando die unheimlichen Geräusche von unten. Es knarzte und knackte hinter der Stahltür, die den Zugang zum Keller versperrte. Hatte jemand daran geklopft? Elso lief ein Schauer über den Rücken.

Er griff nach dem nächsten Heft.

Eppingawehr, Gemeinde Jemgum, 2.4.1954

Papa war wieder bei Mama auf dem Friedhof. Er sieht so traurig aus. Außerdem riecht er nach Schnaps. Der Schnaps macht ihn noch trauriger und er schaut mich vorwurfsvoll an. Was kann ich dafür, daß Mama gestorben ist, als ich auf die Welt kam? Nächstes Jahr soll ich zum Schmied im Dorf, um eine Lehre anzufangen.

Elso lächelte, als er diese erste Eintragung in dem Heft las. Seine krakelige Schrift unterschied sich sehr von der seines Vaters. Es kam ihm so vor, als ob er die Zeilen erst gestern geschrieben hätte.

Seine Tante hatte ihm einmal erklärt, was in den Jahren zwischen Elsos Geburt und dem Todestag seines Vaters geschehen war. Sein alter Herr hatte sehr darunter gelitten, dass er kriegsuntauglich gewesen war. Es mussten starke Minderwertigkeitskomplexe gewesen sein, die ihn gequält hatten. Dazu die Schuldgefühle, weil er als einziger seiner Schulfreunde den Krieg überlebt hatte. Er hatte immer mehr getrunken und das kleine Arbeiterhaus in Eppingawehr war verfallen. Elso hatte nur noch bei seiner Tante in Jemgum gewohnt. Eines Tages hatte sein Elternhaus gebrannt und sie hatten die verkohlte Leiche seines Vaters in den Trümmern gefunden. War er im Suff mit der brennenden Zigarette eingeschlafen? Was Elso stutzig gemacht hatte, war das Datum des Brandes. Es war nämlich der Todestag seiner Mutter, sein Geburtstag, gewesen, und die Nachbarn hatten gemunkelt, das könne kein Zufall gewesen sein. In den nächsten Heften gab es Eintragungen über Ereignisse während der Ausbildung beim Schmied. Der Meister war streng gewesen und der junge Elso beklagte sich über die erlittenen Ungerechtigkeiten. Elso lachte kurz über seine damalige Naivität, klappte das Heft zu und legte es beiseite. Alles Gold im Keller würde er hergeben, wenn er noch einmal von vorn beginnen könnte. Alles auf Anfang … Seine ersten Schritte in die Arbeitswelt, und die ganze Zukunft vor sich.

Elso lachte erneut ohne Freude, weil das Wort Zukunft für einen Todkranken zynisch klang.

Wieder diese Geräusche aus dem Keller. Es hörte sich an wie Raunen und Murmeln. Das Gold war verflucht, da war sich Elso inzwischen sicher. Wie viele Menschen waren direkt oder indirekt wegen des Goldes gestorben? Angefangen bei den Raubzügen der Spanier in Südamerika bis zur angeblichen Dienstverweigerung der Söldner bei der Schlacht von Jemgum. Zog das Gold die unglücklichen Seelen und Opfer des Fluches an sich wie das Licht die Motten? Riefen diese Toten bereits nach ihm?

Nicht mehr lange, aber erst musste er noch seine Lebensinventur abschließen.

Inventur, ein Lieblingswort seines Schmiedemeisters.

War Inventur nicht eine Bestandsaufnahme von Soll und Haben?

Automatisch griff er nach dem nächsten Heft und schlug es auf. Die Seiten sahen aus, als seien sie nass geworden. Die Außenränder wiesen kleine Wellen auf.

Jemgum, 1.4.1960

Dies ist der schlimmste Tag meines Lebens.

So lautete die Überschrift des Eintrags.

Elso brauchte nicht weiterzulesen. Er fühlte die Erinnerung an diesen Tag wie eine schlecht verheilte Wunde in seiner Seele. In der Küche, in der er jetzt saß, hatte er damals mit der gleichaltrigen Bauerstochter Anna gespielt. Heute würde man sagen eine Sandkastenliebe, allerdings eine ziemlich einseitige, wie er erst später erfahren sollte. Als er damals seinen Gesellenbrief in der Hand gehalten hatte, war er direkt zu seiner Anna gelaufen, und naiv, wie er war, hatte er großspurig von seinen Zukunftsplänen erzählt. Anna hatte große Augen bekommen und ihn ausgelacht. Ihre Antwort auf seinen indirekten Heiratsantrag hallte in seinen Erinnerungen nach. Nie wieder in seinem Leben würden Worte ihn so treffen und verletzen.

»Elso, du bist der Sohn unseres Knechtes. Du hast nichts, bist nichts und du wirst nie etwas haben. Du kannst doch nicht allen Ernstes glauben, mich, die Tochter eines reichen Bauern, heiraten zu können!«

»Aber ich liebe dich doch, Anna!«, hatte er gestammelt.

»Liebe ist was fürs Märchen«, hatte sie eiskalt entgegnet. »Es zählen nur Geld, Gold und Hektar.«

Wie viele Male zuvor fiel auch jetzt eine Träne auf die Seite des Heftes und Elso schimpfte mit sich selbst. *Sentimentaler Narr!*

Sein Vater hatte wenigstens seine Mutter geliebt und sie waren für einige Jahre glücklich verheiratet gewesen. Auf Elsos Habenseite in Sachen Liebe stand eine große Null. Nachdem Anna seiner Seele eine kalte Dusche verpasst hatte, war er anderen Frauen aus dem Weg gegangen. War es die Angst gewesen, wieder enttäuscht zu werden? Nein, er war insgeheim immer noch in Anna verliebt.

Warum habe ich sie nicht einfach vergessen und bei einer anderen Frau nach meinem Liebesglück gesucht? Verdammt, so schlecht sah ich damals nicht aus, hatte Arbeit, und Frauen habe ich immer mit Respekt behandelt. Aber nein, Anna spukte ihm seit damals im Kopf herum und ließ ihn bis heute nicht los.

Elso suchte aus dem Stapel ein bestimmtes Heft heraus. Als er es aufschlug, sah er, dass es das richtige war.

Jemgum, 1.4.1986

Mein großer goldener Tag! Jetzt wird alles anders und ein neues, gutes Leben beginnt!

Wie hatte er damals nur so dumm sein können?

Angekündigt hatte sich der Glückstag nicht, im Gegenteil, für einen Schmied hatte es immer weniger Arbeit gegeben. Umschulungen waren nichts für ihn gewesen, und deshalb hatte er Arbeiten angenommen, die andere nicht hatten haben wollen. Mit Spaten und Schaufel hatte er gut umgehen können. Der Erdboden in Jemgum bestand aus Klei und Lehm. Nicht umsonst hatte es hier so viele Ziegeleien gegeben. Der Klei war zäh und ließ sich schlecht graben, dazu kamen der Lehm und eine besonders harte Schicht im Boden. Elso hatte sich damit ausgekannt und seine Spaten mit seinem handwerklichen Können als Schmied speziell bearbeitet. Sie waren schmal und sehr scharf. Bei den Grabarbeiten hatte immer ein Eimer mit Wasser neben ihm gestanden. Den Spaten hatte er regelmäßig hineingetaucht, sein Werkzeug immer feucht gehalten. So hatte sich der Klei besser vom Schaufelblatt gelöst und die Arbeit war ihm viel leichter gefallen.

Die Häuser in Jemgum standen im Kernbereich des Ortes an der Giebelseite eng zusammen und die Gärten im hinteren Bereich der Grundstücke konnte man mit einem Bagger deshalb nicht erreichen.

Für Ausschachtungen, bei denen man große Geräte nicht einsetzen konnte, war Elso der richtige Mann gewesen.

Bei einem alten Bau in der Nähe des Albahauses hatte im Gartenbereich eine Wasserleitung neu verlegt werden sollen. Die alte Regenwasserleitung aus Tonrohren war nicht mehr zu gebrauchen gewesen, und Elso war damit beauftragt worden, die Erdarbeiten mit der Hand vorzunehmen. Die Hauseigentümer hatten geplant, eine Woche lang zu verreisen, während Elso graben würde. Ihm war das sehr recht gewesen, hatte er doch ungestört arbeiten können, ohne dass ihm jemand ständig auf die Finger sah.

An diesem goldenen Tag öffnete Elso die kleine Pforte zwischen den alten Häusern, schob seine Karre mit dem Werkzeug durch den schmalen Gang und stand dann im Garten seines Auftraggebers. Zunächst zog er eine Schnur, um den Verlauf der neuen Leitung festzulegen.

Mit seinem besonders schmalen Spaten sondierte er den Boden entlang der Leine. In einer Spatentiefe stieß er auf einen harten Gegenstand. Elso kannte dies schon, weil in alten Gärten alles Mögliche verbuddelt worden war. Es gab Ziegel, Aschereste und einmal hatte er auch schon ein altes Fahrrad ausgegraben. In diesem Fall waren es Reste eines Regenwasserbrunnens, einer sogenannte Regenpütte.

In Ostfriesland war früher das Regenwasser in einer Art Brunnen gesammelt worden. Die Brunnenwände bestanden aus Ziegeln, die man ohne Mörtel rund aufeinandergelegt hatte. Die Schächte hatten teilweise einen Durchmesser von eineinhalb und eine Tiefe von bis zu zehn Metern gehabt. Eine Wasserleitung hatte oft vom Brunnen bis zur Küche des Hauses geführt. Dort hatte sie meist an einer alten Schwengelpumpe geendet. Auf diese Weise hatte man das Regenwasser in der Küche nutzen können, meistens natürlich, um Tee zu kochen. Das Wasser war zwar weich, hatte allerdings den Nachteil, dass es arm an Mineralien war. Dieser Nachteil wurde dadurch ausgeglichen, dass man viel Tee trank.

Elso grub vorsichtig weiter, weil er nicht in so einen tiefen Schacht stürzen wollte. Er suchte den Rand des Brunnens und grub von dort aus weiter. Zum Glück hatte man die Pütte stillgelegt und mit alten Ziegelresten aufgefüllt. Er konnte sich etwas entspannen, ahnte aber, dass ihm eine elende Plackerei bevorstand. Die neue Wasserleitung musste frostsicher verlegt werden, also mindestens 80 Zentimeter tief. Elso griff sich seine Spitzhacke und spuckte in die Hände. Spaten und Spitzhacke lösten sich ab und er begann zu schwitzen. Diese schwere Arbeit liebte er, weil er dabei nicht nachdenken musste. Langsam, aber stetig grub und hackte er sich weiter an der Schnur entlang. Am späten Nachmittag befand er sich noch im ersten Drittel der Gesamtverlegungslänge.

Er wollte gerade Feierabend machen, da traf sein Spaten auf einen sehr harten Gegenstand. Vorsichtig sondierte er den Boden um das Teil herum und fluchte laut. Offenbar hatte er es mit einer großen, massiven Steinplatte zu tun, die genau im Weg lag. Er buddelte einen Teil der Platte frei und entdeckte darauf eine eingearbeitete Jahreszahl: *1567*. Der Heimatkundeunterricht in seiner Schulzeit kam ihm in den Sinn. Die Schlacht in Jemgum hatte 1568 stattgefunden, ein Jahr später. Elso ahnte, was der Fund bedeuten könnte: großes öffentliches Interesse und natürlich Ausgrabungen unter wissenschaftlicher Leitung. Seinen Auftrag könnte er dann vergessen und das Geld für seine Arbeit brauchte er im Moment dringend.

Die Lösung war einfach, er würde von beiden Seiten aus beginnen und eine Art kleinen Tunnel unterhalb der Platte für die Rohre graben. Die Wasserleitung bestand aus zusammensteckbaren Kunststoffteilen. Technisch war das zwar umständlich, aber machbar. Die Platte würde er so belassen, wie sie jetzt lag. Wenn alles fertig wäre, könnte er die Eigentümer immer noch darüber informieren. Von seinen Vermutungen, insbesondere zur Inschrift, würde er natürlich nichts erzählen. Die Leitung wäre fertig, und was die

Eigentümer des Grundstückes unternehmen würden, war ihm egal.

Von beiden Seiten fing er an zu graben. Unter der Platte bildete sich eine Aushöhlung. Den ausgehobenen Erdboden warf Elso mit Schwung auf einen Haufen. Da blitzte es im Dreck, der auf seiner Schaufel lag. Ein goldener Schimmer im Abendlicht. Vorsichtig legte er den Spaten neben sich auf den Rasen. Mit den Fingern untersuchte er behutsam die Erde auf dem Spaten und ertastete einen harten runden Gegenstand. Unwillkürlich hielt er die Luft an, weil er glaubte, eine alte Münze in der Hand zu halten. Mit zittrigen Fingern wischte er die restliche Erde von dem kleinen Etwas und reinigte es im Wassereimer, der neben ihm stand. Im Wasser lösten sich die letzten anhänglichen Kleireste, und Elso stellte fest, dass es sich tatsächlich um eine Goldmünze handelte. Auf seinem Körper bildete sich eine Gänsehaut, ein eiskalter Schauer lief über seinen Rücken. Er sah sich um und dachte, wo eine war, könnten noch weitere sein.

Er steckte das historische Geldstück in seine Hosentasche und klopfte zufrieden von außen darauf, ehe er vorsichtig weitergrub.

Er hatte verschimmelte Holzreste und alte Beschläge gefunden, die ausgesehen hatten, als ob sie einmal zu einer Truhe gehört hätten. Tatsächlich war er auf die Reste eines antiken Vorhängeschlosses gestoßen. Aber was ihn viel mehr fasziniert hatte, waren die Goldmünzen gewesen, von denen immer mehr aufgetaucht waren. Inzwischen hatte er den großen Wassereimer geleert und die Münzen hineingelegt. Es hatte nicht lang gedauert und der Eimer war bis oben hin gefüllt gewesen.

Die Geräusche aus dem Keller rissen Elso zurück aus der Vergangenheit.

»Ruhe da unten!«, rief er. »Ich komme ja bald.«

Er fluchte. Wenn er damals nur anders gehandelt hätte … Er hätte seinen Fund ordnungsgemäß melden und das verdammte Gold im Erdboden liegen lassen sollen.

Damals hatte er die Überreste der Truhe und natürlich das Gold in seine Karre gepackt und mit nach Hause genommen.

Die Tage nach dem Goldfund hatte er in einer Art Rauschzustand verbracht. Nur mit Mühe war es ihm gelungen, die Wasserleitung fertig zu verlegen. Niemand hatte geahnt, was er im Garten gefunden hatte, und er hatte beschlossen, dass es so bleiben sollte.

Inzwischen überlegte er, woher die riesige Menge Goldmünzen stammte, und die Sage über die holländische Kriegskasse, die während der Schlacht von Jemgum verschwunden war, fiel ihm ein. Angeblich soll es damals zu einem Streit innerhalb des holländischen Heeres wegen ausstehender Soldzahlungen gekommen sein, obwohl sich die Kriegskasse bereits im Lager befunden hatte.

Der spanisch-niederländische Freiheitskampf hatte mit einem Überraschungssieg der Niederländer bei der ersten Schlacht in Heiligerlee begonnen. Die Niederländer hatten sich danach abgesetzt, weil sie zu Recht die Rache des spanischen Herzogs Alba befürchtet hatten. Sie hatten ihr Lager damals ausgerechnet in Jemgum aufgeschlagen. Dort kam es im Jahr 1568 zur zweiten Schlacht, die für die niederländische Streitmacht in einem Desaster geendet hatte.

Ein Grund für die Niederlage soll der Streit wegen des noch ausstehenden Solds gewesen sein. Elso war sich nicht sicher, was den Wahrheitsgehalt der Sagen betraf, aber könnte es nicht so gewesen sein, dass irgendjemand diese Kriegskasse vor der Schlacht vergraben hatte, um sie danach wieder auszugraben? Die Beteiligten an dieser Aktion könnten darauf in der Schlacht bei Jemgum gefallen sein, und niemand hätte den Ort gekannt, an dem die Kriegskasse vergraben worden war.

Elso hatte sein Elternhaus in Eppingawehr in den letzten Jahren wiederaufgebaut und wohnte dort in einfachsten Verhältnissen. Seine Jugendliebe Anna hatte inzwischen eine schlechte Wahl bei ihrem Bräutigam getroffen. Menno, ihr Ehemann, hatte nicht zu den Menschen gehört, die begriffen hatten, dass Alkoholkonsum problematisch werden konnte. Anna hatte hilflos zugesehen und zusammen mit diesem Nichtsnutz in ihrem elterlichen Bauernhof in Midlum gewohnt, direkt am Deich. Er hatte getrunken und den Hof vernachlässigt. Irgendwann in den letzten Jahren hatte Menno es wohl mit den Alkoholexzessen übertrieben und war an den Folgen gestorben. Gerüchte hatten die Runde gemacht, Anna sei in finanzieller Not und der verschuldete Hof solle verkauft werden.

Elso sah eine Möglichkeit, sich zu rächen, aber dafür benötigte er viel Geld. Wie sollte er einen Teil der Goldmünzen verkaufen? Er konnte den Bauernhof ja schlecht mit altem Gold bezahlen. Ein Münzhändler in Bremen war die Lösung für das Problem, er stellte nicht viele Fragen und der Verkauf wurde ohne Quittung abgewickelt. Sein altes Moped tauschte Elso gegen einen Mercedes.

Das zweite Problem war, dass Elso eine Erklärung für seinen plötzlichen Reichtum benötigte. Bei seinen neugierigen Nachbarn in Eppingawehr und beim Bäcker in Jemgum erzählte er nebenbei, dass man nur Lotto spielen müsse, um sich ein neues Auto kaufen zu können. Das Gerücht verbreitete sich schnell als Tratsch von Haus zu Haus, und weil es genauere Informationen über die Höhe des Gewinnes nicht gab, wurde wild spekuliert. Er lachte, als er später am anderen Ende des Ortes, in Jemgumkloster, erfuhr, wie viel er angeblich gewonnen hatte.

Annas elterlichen Bauernhof konnte er günstig kaufen. Seine Jugendliebe glaubte wohl an eine glückliche Fügung, an ein Happy End, als sie erfuhr, wer den Hof gekauft hatte. Sie wurde bitter enttäuscht, als sie Elso bat, weiter im Hof wohnen zu dürfen. Sie hätte für ihn gekocht, das Haus sauber gehalten und Miete gezahlt, alles getan, nur um bleiben zu dürfen. Elso sah die echten Tränen in ihrem Gesicht, wollte sie trösten und in den Arm nehmen. Er spürte, dass sie ihren Hochmut nach den Jahren mit Menno gegen Bescheidenheit eingetauscht hatte. Da flüsterte ihm eine innere Stimme ins Ohr: *Elso, du hast nichts und du bist nichts!*

Die restlichen Gefühle für Anna und sein Mitleid wurden durch die Erinnerung fortgewischt. Seine Seele versteinerte und mit eiskalter Stimme sprach er: »Anna, es zählen nur Geld, Gold und Hektar. Beides hast du nicht mehr. Und jetzt verschwinde!«

Nicht nur Anna war enttäuscht, sondern auch Elso. Das erwartete Hochgefühl, als er den Hof kaufte, auf dem sein Vater als Knecht geschuftet hatte, und die Befriedigung über seine späte Rache an Anna blieben aus. Er war unglücklich und saß allein in diesem riesigen Bauernhof.

Seine Goldmünzen hatte Elso im Keller des Gulfhofes eingemauert und den Eingang mit einer sehr stabilen Eisentür gesichert.

Sein gnadenloses Verhalten gegenüber Anna war immer wieder Thema bei den Nachbarn gewesen. Elso hatte gewusst, dass sie ihn nicht mochten und ihm aus dem Weg gingen. Falsche Freunde hatten ihn um finanzielle Unterstützung gebeten und seine wenigen echten hatten nichts mehr mit ihm zu tun haben wollen.

Ja, und nun saß er hier und machte seine Lebensinventur. Das Ergebnis war auf der Habenseite eigentlich sehr gut. Er war reich und Eigentümer eines Gulfhofes.

Aber was konnte er sich davon kaufen? Frauen im Rotlichtviertel in Bremen waren kein Ersatz für echte Liebe, und seine Krankheit würde ihn – trotz des Goldes – umbringen.

Mit schmerzverzerrtem Gesicht stand Elso auf und warf seine Tagebücher in den alten Ofen. Er lachte freudlos auf, damals hatte sein Vater genauso gehandelt. Danach ging er am Keller vorbei in die Scheune und nahm einen Kälberstrick vom Haken. Als er zurück in der Küche war, hörte er wieder Geräusche aus dem Keller. War das gerade ein Lachen gewesen oder spielten ihm die starken Schmerzmedikamente einen Streich? Er sah in den Ofen, von seinen Heften waren nur noch Aschereste übrig. Gut so: Asche zu Asche und Staub zu Staub!

Er dachte an das Gedicht seines Lieblingsschriftstellers aus Husum.

Ein alter Mann weiß, dass er sterben wird, und lässt sein Leben noch einmal Revue passieren. Dabei denkt er in Liebe nur an seine verstorbene Frau und nicht an Geld. Außerdem fragt sich dieser Mann, was nach dem Tod passieren würde. Er hadert mit seinem Gott und dessen angeblichen weltlichen Vertretern. Elso konnte den Mann jetzt, kurz vor seinem eigenen Tod, gut verstehen. Dieser Mann aus dem Gedicht schreibt einen letzten Brief, und dies wollte Elso auch tun, bevor …

Sein Abschiedsbrief fiel kurz und sachlich aus, aber er wollte zumindest sein Lebensende ordentlich abschließen. Jedem sollte klar sein, dass er sein Ende selbst gewählt hatte. Er stieg auf einen wackeligen Küchenstuhl und band ein Ende des Kälberstricks an einen stabilen Eisenhaken an der Decke. Die Schlinge am anderen Ende legte er sich um den Hals.

Na, die Putzfrau wird morgen einen ordentlichen Schrecken bekommen, dachte er und ließ sich vom Stuhl fallen.

TEIL 1
2012

Midlum, Gulfhof

Ido Smid saß in der Küche des alten Gulfhofes und sah auf den stabilen Eisenhaken an der Decke. An diesem hatte sich vor zwei Jahren sein entfernter Verwandter Elso Buurmann erhängt. Der Grund für den Suizid war vermutlich dessen schwere Krankheit gewesen. Außerdem gab es Gerüchte über die schlechte seelische Verfassung des alten Mannes. Die polizeiliche Untersuchung war durch Elsos Abschiedsbrief verkürzt worden. Wie hatte sich der Kriminalbeamte ausgedrückt? »Ein Klassiker: vereinsamter Mann, unheilbar krank und seelisch labil.«

Ja, die Isolierung und Einsamkeit in Elsos letzten Lebensjahren waren nicht gut für ihn gewesen.

Merkwürdig … Vor seinem plötzlichen Reichtum hatte sich Elso eigentlich großer Beliebtheit erfreut. Er hatte hart gearbeitet und sein kleines Elternhaus in Eppingawehr gepflegt, das er selber wiederaufgebaut hatte.

Elsos Suizid und jetzt das hier! Ido schüttelte den Kopf. Der Bauernhof war in einem miserablen Zustand.

War Elso das Geld ausgegangen? Von seinem Lottogewinn aus dem Jahr 1986 war jedenfalls auf dem Konto nichts mehr übrig.

Ido war Elsos einziger Erbe, und inzwischen wusste er, dass wenigstens der Bauernhof unverschuldet war. Elsos Beerdigung hatte Ido selbst bezahlt. Aber er wollte nicht ungerecht sein, der Hof mit dem Grundstück war doch einiges wert. Seit zwei Jahren versuchte Ido vergeblich, ihn zu verkaufen. Der schlechte Zustand schreckte mögliche Interessenten ab. Außerdem behaupteten die Anwohner, dass es im Haus spuke, und diese Gerüchte machten es nicht leichter, den Hof loszuwerden. Jetzt, nach zwei Jahren, war es Ido endlich gelungen, Käufer aus Düsseldorf zu finden. Hoffentlich erfuhren die neuen Eigentümer nichts von den Gerüchten. Insbesondere nicht, dass sich Elso hier in der Küche erhängt hatte.

Die Spukgeräusche in dem Haus hatten mehrere Ursachen:

Das Haus lag in der Nähe zur Ems. Der Fluss war in den letzten Jahren immer tiefer ausgebaggert worden. Dazu kamen die Flussbegradigungen und Grundwasserabsenkungen für große Bauprojekte. Alles zusammen führte zu Verwerfungen im Erdreich. Die Fundamente des Gulfhofes waren dadurch beschädigt worden und es war zu Rissen in den Mauern und Spannungsschäden in der Balkenkonstruktion gekommen. Die fehlenden Investitionen in die Bausubstanz, keine regelmäßige Heizung und die Löcher überall im Dach taten ihr Übriges. Eine logische und natürliche Erklärung.

Der Verfall wurde ganz besonders im Bereich des Kellers deutlich:

Der Eingang war stellenweise eingestürzt. Die Decke des Kellers bestand aus Holzbalken. Diese waren zum größten Teil vergammelt, und es war nur eine Frage der Zeit, bis alles zusammenbrechen würde.

Ein großer Teil des Wohntraktes war unterkellert. Eine Sanierung würde einen Riesenaufwand bedeuten. Ido war deshalb davon ausgegangen, dass die neuen Eigentümer das Gebäude abreißen wollten, um auf dem schönen Grundstück an der Ems ein neues Haus zu bauen. Umso erstaunter war er, als er erfuhr, dass das Gebäude aufwendig renoviert werden sollte. Der Monumentendienst hatte sich inzwischen erfolgreich eingeschaltet und das Gebäude dadurch vor dem Abriss bewahrt.

Die Aufgabe des Monumentendienstes war es, historische Gebäude zu schützen und für die Nachwelt zu erhalten.

In den letzten Wochen hatte es bereits mehrere Untersuchungen des Gulfhofes gegeben. Die zwei netten Fachleute hatten ein Gutachten über die Bausubstanz erstellt und dabei waren sie sich einig gewesen: Der Gulfhof sei historisch wertvoll und erhaltenswert. Danach war ein wichtiges Gespräch mit den Kaufinteressenten gefolgt, ob und wie das Gebäude erhalten werden könne.

Ido war sehr erleichtert, dass die Interessenten nach diesem Gespräch den Hof immer noch hatten kaufen wollen. Sie planten eine komplette Renovierung und wollten das Gebäude anschließend als Ferienwohnung nutzen. Außerdem sei die riesige Scheune ideal als Ausstellungsort für befreundete Künstler geeignet.

Geld war wohl ausreichend vorhanden und die erheblichen Renovierungskosten schreckten sie zum Glück nicht ab. Die auf Sanierungen alter Gebäude spezialisierte Baufirma Hofenga sollte nun mit den wichtigsten Arbeiten beginnen.

Ido atmete tief durch, heute Morgen war der Kaufvertrag beim Notar unterschrieben worden. Endlich war er diesen Klotz am Bein los. Er mochte dieses Haus nicht und war froh, dass er in Zukunft nicht mehr hierher müsste.

Gleich nach dem Termin beim Notar waren die neuen Eigentümer wegen wichtiger Termine nach Düsseldorf abgereist.

Ido war gebeten worden, den Chef der Baufirma, Tamme Hofenga, vor Ort einzuweisen. Damit war Ido einverstanden gewesen und nun wartete er auf den Handwerker.

Den Zimmermeister Tamme Hofenga kannte Ido gut. Beide wohnten im Ort Jemgum und viele Geheimnisse gab es dort nicht. Jeder kannte jeden, und wenn mal wieder nichts los war, gab es immer wieder Gerüchte. Jeder war mal dran. Ido grinste. Nach dem Verkauf des Hauses wäre er bestimmt als Nächster an der Reihe: *Ido hat Elsos Geisterhaus an reiche Düsseldorfer verkauft* und so weiter.

Tamme war immer wieder ein Thema im Ort. Sein Betrieb hatte drei Mitarbeiter und es handelte sich um eine eingeschworene Gemeinschaft von Handwerkern. Alle hervorragend ausgebildete Zimmermänner.

Zu seinen Leuten gehörte Hubertus Dascher, der in einem Wohnwagen im Deichvorland hauste. Das Gelände, auf dem der Wohnwagen stand, befand sich zwischen dem Hafen Jemgum und einer alten Ziegeleiruine. Auf diesem Grundstück lagerte Tamme Hofenga auch das Holz für seine Firma. Dascher konnte dort wohnen und gleichzeitig auf das wertvolle Material aufpassen. Ido mochte ihn nicht, weil der Zimmerer stets eine große Schnauze hatte und sich immer wieder in den Vordergrund spielen musste.

Dann war da Ontje Wieringa, ebenfalls ein Zimmergeselle, der ein wenig übergeschnappt war. Ein Spökenkieker, wie man hier im Rheiderland sagte. Im Jahr 2010 hatte die Firma Hofenga am Steinhaus in Bunderhee gearbeitet. Angeblich hatte Ontje an einem Fenster des alten Turms die Spukgestalt einer Weißen Frau gesehen, und seitdem wurde es mit ihm immer schlimmer. Insbesondere wenn Ontje einen im Tee hatte, erzählte er von Begegnungen mit Geistern in seinem Haus, das in Coldeborg einsam am Deich lag. Er war als Einziger der Männer verheiratet gewesen. Seine Ex-Frau,

Frauke Hinrichs, hatte es nicht lange bei ihm ausgehalten und wohnte inzwischen wieder in Critzum.

Glaubte man den Gerüchten, gab es inzwischen einen neuen Freund in ihrem Leben. Auf Ontjes Spinnerei wirkten sich die Gerüchte nicht gerade lindernd aus.

Der vierte im Bunde der Zimmerleute war Diedrich Ebens, ein begeisterter Motorradfahrer mit fragwürdigen Verbindungen zu einer Rockerbande in Bremen.

Ja, sie waren eine merkwürdige Zusammenstellung, diese vier Handwerker, aber eins hatten sie gemeinsam: Sie konnten alle sehr gut mit Holz umgehen. Da machte ihnen keiner etwas vor, besonders, wenn es um alte Häuser ging, die es zu renovieren galt.

Eigentlich hätte die Firma gut laufen müssen, aber Tamme Hofenga konnte nicht mit Geld umgehen. Er war Handwerker, kein Kaufmann. Deshalb war er ständig klamm und sein kleiner Betrieb hatte einige Male vor dem Konkurs gestanden. Dieser Auftrag des neuen Eigentümers aus Düsseldorf war wieder einmal seine Rettung im letzten Augenblick.

Es war ein Wunder, dass seine Handwerker Dascher, Wieringa und Ebens ihm die Treue hielten, denn Hofenga bezahlte seine Leute schlecht und unregelmäßig.

Idos Frau kannte den Grund für Hofengas Probleme natürlich genau: »Da fehlt eine Frau im Haus, die auf die Finanzen achtet.«

Ido vermutete, dass das starke Zusammengehörigkeitsgefühl der vier Zimmerleute da herrührte, dass sie allesamt Idealisten waren und die Leidenschaft für diese historischen Restaurationen teilten.

Er sah aus dem Küchenfenster nach draußen, weil er hörte, wie ein Auto auf die Auffahrt fuhr. Ja, es war der alte Pritschenwagen des Zimmermanns Hofenga. Hofenga, ein Hüne von einem Mann, stieg aus dem Gefährt und blieb vor dem

Giebel des Hauses stehen. Früher war Tamme der Schwarm der Mädchen im Dorf gewesen. Er sah aus wie ein typischer Friese. Groß, breite Schultern, ein kantiges Gesicht und blondes Haar. Tamme musste etwa in Idos Alter sein, so um die 40. Neidisch musste Ido anerkennen, dass sich Tamme äußerlich besser gehalten hatte. Die Kraft des Zimmermeisters war legendär in Jemgum: *Warum sollen wir einen Kran holen, wenn Tamme da ist?* Schwere Holzbalken wuchtete er mit seinen riesigen Händen an Ort und Stelle. Seine Kraftentfaltung war dabei langsam und stetig, weil er darauf achtete, seine Muskeln richtig einzusetzen.

Ido erinnerte sich an eine Szene, die er selbst bei einer Baustelle im Ort beobachtet hatte. Ein langer schwerer Balken hatte in eine Dachkonstruktion eingesetzt werden sollen. An einem Ende hatte Tamme das Stück gehalten und am anderen Ende waren zwei Männer nötig gewesen. Als Ido gesehen hatte, wie Tamme den Balken alleine über seine Schultern anhob, hatte er nur gedacht, dass er mit dem Mann keinen Streit haben wollte.

Tammes aufrechte Haltung drückte Stolz aus, aber auch eine Spur von kalter Abweisung gegenüber anderen Menschen. Vielleicht hatte er deswegen nie geheiratet.

Wann hört Stolz auf und wo beginnen Überheblichkeit und Arroganz?, fragte sich Ido. Der sonst etwas abschätzige Ausdruck in Tammes Gesicht war jedenfalls im Moment verschwunden. Konzentriert sah er sich den Giebel des Hauses an.

Ido ging in Richtung Scheune und erwartete, dass Tamme ihm den katastrophalen Zustand des Gulfhofs vorhalten würde.

Tamme Hofenga sah sich den Backsteingiebel des Hauses an. Er sah nicht die kaputten Fugen und Risse in der Mauer, sondern bewunderte die Handwerkskunst der Erbauer. So was konnten heutzutage nicht mehr viele.

Diese aufwendigen Backsteinmaurerarbeiten, die Bögen über den Fenstern und die gelungenen Proportionen. Dann dieser Bereich über der Eingangstür, ein echtes Meisterstück! Dem Handwerker war es gelungen, das Relief von Burgzinnen anzudeuten.

In Gedanken hatte Tamme den fertig renovierten Giebel vor sich. Diesen Auftrag würde er übernehmen, er musste ihn einfach haben, egal was sie ihm bezahlen würden.

»Hallo, Tamme, vorne kommst du nicht rein, die Tür hat sich verzogen.«

Ido Smid kam auf ihn zu und die beiden Männer begrüßten sich mit festem Händedruck.

»Hallo, Ido, wie geht's dir?«

»Muss ja. Und selber?«

»Wir werden wohl älter, aber wir wollen nicht jammern!«

»Komm mit, Tamme, wir müssen durch den seitlichen Eingang der Scheune, dann können wir uns drinnen umsehen.« Ido ging voraus.

Gemeinsam betraten sie die riesige Scheune. Licht war dank der großen Löcher im Dach reichlich vorhanden.

Tamme kannte ähnliche Scheunen von anderen Baustellen. Trotzdem beeindruckten ihn die Ausmaße immer wieder aufs Neue. Die Luft war schwer, es roch nach schimmeligem Holz. Die Feuchtigkeit war ein großes Problem für die Balkenkonstruktion. Die Grundlage bildeten die riesigen Holzbalkenständer, die am Boden auf Steinfundamenten befestigt waren. Eine typische Vierständerkonstruktion aus Eichenbalken. Andere Balken waren verbaut worden, wie sie gewachsen waren. Wie man aus diesen krummen und schiefen Balken eine gerade Dachfläche baute? Das war seit jeher eine besondere Fähigkeit der Handwerker.

»Ja, Tamme, hier sieht es böse aus«, erklärte Ido neben ihm.

»Allerdings, schade, dass man nicht zumindest das Dach ausgeflickt hat«, bestätigte Tamme. »Dieses Holz mag keine Feuchtigkeit.«

»Die neuen Eigentümer möchten, dass ihr mit dem Wohntrakt beginnt, mit dem maroden Fußboden.«

»Okay, dann wollen wir uns den einmal ansehen.«

Die beiden Männer gingen durch eine Tür, die von der Scheune in den vorderen Wohnbereich führte. Eine dicke Brandwand trennte die hintere Scheune und den vorderen Teil des Gulfhofes, wo sie nun im hinteren Flur standen.

Von diesem Flur führten einige Stufen hinauf in die Fußbodenebene des vorderen Gebäudeteils. Außerdem ging es über eine kleine Treppe hinab in den Keller.

Der vordere Wohntrakt war zum größten Teil unterkellert. Die Keller in dieser Landschaft durften wegen des hohen Grundwasserspiegels nicht zu tief angelegt werden, deshalb lag der Fußboden im Wohnbereich etwas höher, damit man zumindest eine begehbare Kellerhöhe erhielt.

»Lass uns gleich mit dem Hauptproblem beginnen«, schlug Ido vor und ging voraus Richtung Kellertreppe.

Der Eingang zum Keller war durch eine massive Eisentür versperrt. Tamme erkannte sofort, dass der Rahmen der Tür vermutlich durch Bodenversackungen verzogen war.

»Die Tür klemmt sicher!«, vermutete er.

»Ja, total verzogen und massiv aus Eisen«, pflichtete Ido bei. »Da kommen wir nicht rein.«

»Merkwürdig, so eine massive Tür vor einem Keller«, stellte Tamme fest.

»Ja, Elso war gelernter Schmied, die Tür wird er selber eingebaut haben.«

»Schade, dass wir nicht reinkommen«, erwiderte Tamme.

»Vom Keller aus kann man am besten sehen, wie es um den Boden steht. Die Balken ruhen ja auf Fundamenten und sind auch seitlich befestigt.«

»Vielleicht kommt ihr ja von oben rein?«, hoffte Ido. »Ich weiß sowieso nicht, was das alles soll.«

»Was weißt du nicht, Ido?«, hakte Tamme nach.

»Na, dieser Aufwand, du siehst doch selber, wie es hier aussieht. Ich weiß … du wirst es nicht gern hören, Tamme, weil dein Auftrag davon abhängt, dass der Hof restauriert wird, aber sollten sie nicht einfach alles abreißen und neu bauen?«

»Das ist ja wohl nicht dein Ernst! Dieses Gebäude ist historisch und ein ungeschliffener Diamant.« Tamme sog Luft in die Lungen, um sich etwas zu beruhigen. Missmutig schüttelte er den Kopf, weil ihm bewusst wurde, dass ein Mann wie Ido ihn niemals verstehen würde. »Aber zu meinem Glück ist die Sache ja bereits entschieden!«

»Da sei dir man nicht so sicher«, sagte Ido.

»Wie bitte, was soll das nun wieder heißen?« Tamme hatte Schwierigkeiten, die Wut in seiner Stimme zu unterdrücken.

»Ganz einfach, bei den Eigentümern, diesem Ehepaar aus Düsseldorf, gibt es zwei Meinungen, was die Zukunft des Hofes angeht. Er möchte am liebsten alles abreißen und neu bauen. Sie ist der romantische Typ und will alles erhalten und restaurieren«, erklärte Ido, »und im Moment hat sie sich durchgesetzt, aber bleibt sie auch bei ihrer Meinung?«

Tamme rang um Beherrschung. »Hör mal zu, Ido, dieser Auftrag ist für meine Firma verdammt wichtig, also wenn du etwas weißt, dann raus mit der Sprache, verdammt noch mal!«

»Vielleicht hätte ich besser die Schnauze gehalten«, murmelte Ido, als er in Tammes wütendes Gesicht sah. Es war zu spät, um zurückzurudern. »Tamme, diese romantische Frau weiß nicht, dass Elso sich hier in der Küche aufgehängt hat, und es sollte ihr auch besser nicht zu Ohren kommen ...«

»... weil sonst mit Sicherheit alles plattgemacht wird«, vervollständigte Tamme seinen Satz.

Ido nickte und Tamme begriff die Tragweite seiner Worte. Für einen Neubau brauchte man die spezialisierte Firma Hofenga nicht. Diesen Auftrag konnte jede andere Baufirma übernehmen, und für die notwendigen Abrissarbeiten fehlte Tammes Betrieb das schwere Gerät.

»Ja, Tamme, die Restaurierung hängt an einem verdammt dünnen Faden, und es ist gut, dass die Eigentümer jetzt weit genug weg sind.«

»Damit sie nichts von Elsos Selbstmord erfahren und ihnen die anderen Gerüchte nicht zu Ohren kommen«, schloss Tamme.

Idos Handy klingelte.

»Entschuldige, ich geh kurz ran.«

Während Ido telefonierte, machte sich Tamme Gedanken über die neuen Eigentümer. Er sollte besser darauf aufpassen, dass die Arbeiten ohne Probleme verliefen. Irgendwann würde der Aufwand für die Renovierungsarbeiten so groß sein, dass die Eigentümer nicht mehr zurückkönnten. Hoffentlich blieben sie noch lange in Düsseldorf. Die Gerüchte über Elsos Suizid und die Spukgeräusche im Haus würden sicher irgendwann von allein aufhören und nicht bis an den Niederrhein dringen. Er dachte an die Eisentür vor dem Kellereingang. Idos Vermutung, dass Elso die schwere Tür selbst eingebaut hatte, war sehr interessant. Die Geschichte von Elso Buurmann war ihm natürlich bekannt. Sein ruhiges Leben als Arbeiter und dann der Lottogewinn. Die Gerüchteküche hatte damals gebrodelt. Elso hatte sich nach dem Kauf des Hofes immer mehr zurückgezogen. Angeblich soll er am Ende total verarmt gewesen sein. Eine Putzfrau, die einmal in der Woche im Hof gearbeitet hatte, berichtete vom erbärmlichen Zustand des Gebäudes und davon, dass Elso nur von billigen Fertiggerichten gelebt habe. Der Alte war wohl langsam durchgedreht und hatte angeblich Angst vor einem Spuk in seinem Keller gehabt. Die Eisentür hatte wahrscheinlich die Geister im Keller gefangen halten sollen. Das habe er der Putzfrau erzählt und neue Gerüchte waren entstanden.

»Tamme, tut mir leid, ich muss los.« Idos Stimme unterbrach seine Grübeleien.

Er sah Ido verärgert an und sagte: »Ich komme extra hierher und jetzt willst du weg?«

»Meine Frau will, dass ich sofort nach Hause komme. Angeblich habe ich einen Termin vergessen, aber ich lass dir einfach die Schlüssel da, dann kannst du dich schon mal umsehen. Morgen kommen ja auch die anderen Handwerker und ich bin auch wieder hier.«

»Okay, Ido. Ihr mit euren Frauen.« Tamme winkte missbilligend ab. »Dann bis morgen früh. Ich schau mal, was wir für Werkzeug brauchen.«

»Es tut mir leid, aber es ist wichtig! Wir sehen uns hier morgen um 9 Uhr?« Ido sah Tamme abwartend an.

Tamme nickte und blickte Ido nach, der zurück in die Scheune Richtung Auffahrt ging. Kurz darauf hörte er ein Auto davonfahren.

Morgen würde es auf der Baustelle durch die vielen Handwerker sehr unruhig werden. Deshalb beschloss Tamme, sich in aller Ruhe umzusehen. Er schritt zurück zur kleinen Treppe, die in den Wohnbereich führte. Vorsichtig trat er über den Holzfußboden, der bei jedem Schritt knarrte. Schließlich erreichte er einen besonderen Raum, die Upkamer.

Bei der Upkamer handelte es sich um die beste Stube. Ein Prunkzimmer, das sich direkt über dem Keller befand.

Dieser Raum lag etwas über dem sonstigen Bodenniveau der Wohnebene.

Tamme erklomm die wenigen Stufen und bemerkte sofort, dass der Boden sich etwas neigte. Für den Handwerker gab es keinen Zweifel, die Balken waren total vergammelt. Vorsichtig schlich er zurück, weil er jeden Moment damit rechnete, durch die morschen Dielen in den Keller zu stürzen.

Da gab ein erstes Brett unter seiner Last nach, es krachte und Tammes Fuß brach durch den hölzernen Boden. Tamme stürzte und ein schrecklicher Schmerz, ausgehend von seinem Fußgelenk, ließ ihn kurz aufschreien. Vorsichtig drehte er sein Bein so, dass das Gelenk entlastet wurde, und zog langsam seinen Fuß aus dem Loch im morschen Holz. Diese Schmerzen in seinem linken Sprunggelenk kannte er gut. Seine Bänder waren seit einem Sportunfall überdehnt, und er knickte leicht um, wenn er nicht aufpasste. Aber in diesem Moment war es sehr viel heftiger als sonst. Hauptsache, nichts gebrochen!

Als er sein verletztes Fußgelenk rieb, stieg ein muffiger Geruch von unten durch die aufgesplitterte Öffnung. Der Schmerz pulsierte in seinem Gelenk, und Tamme glaubte, ein Stöhnen zu hören. War er das selbst gewesen … oder wurde er schon so bekloppt wie der alte Elso? Mit dem Fuß konnte er unmöglich Auto fahren, deshalb griff er zum Telefon in seiner Hosentasche. Nachdem er die Nummer seines besten Mannes Hubertus Dascher gewählt hatte, schaltete sich nur dessen Anrufbeantworter an.

»Bertus, hier ist Tamme, ruf mich bitte sofort an!«, sprach er aufs Band. Tamme wollte einige Minuten warten, bevor er einen anderen seiner Angestellten anrief. In der Zwischenzeit konnte er einen Blick in den Keller werfen, jetzt, wo dieses verfluchte Loch schon mal da war. Zögerlich drehte er sich auf den Bauch, verlagerte sein Körpergewicht dabei auf eine möglichst große Fläche und atmete stoßweise. Der Fußboden hielt, aber es rumorte unheimlich unter ihm. Vorsichtig schaltete er die eingebaute kleine Taschenlampe in seinem Handy ein und sah in den Kellerraum.

Der Mief wurde stärker und der Schein der Taschenlampe huschte über den Boden des Kellers. Den Abstand vom Loch schätzte Tamme auf knapp über zwei Meter. Der Kellerboden war übersät mit vergammelten Holzresten, Glasscherben von kaputten Einmachgläsern und Ziegeltrümmern. An den Ziegelfragmenten befanden sich Zement- und Kalkanhaftungen.

Tamme leuchtete die Wände an und erkannte sofort die Ursache für das Schuttchaos. Die Mauern wiesen überall Risse auf und Steinbrocken waren herausgebrochen. Diese Schäden waren vermutlich Folgen der Bodenversackungen im Erdreich unterhalb der Fundamente.

Als Tamme den Keller weiter ausleuchtete, blitzte es für einen Moment im Lichtkegel der Taschenlampe auf. Er stutzte und suchte den Boden im Bereich des Glitzerns noch einmal ab. Da erkannte er im Schein der Lampe ein rundes Goldstück auf dem Boden. Ein kalter Schauer überlief ihn und auf seinen Armen bildete sich eine Gänsehaut. Das Goldstück sah aus wie eine Münze. Fieberhaft ließ er den Lichtkegel über den Schutt gleiten und wurde auf einen Riss in der Mauer aufmerksam. Soweit er es von hier oben sehen konnte, sah diese Stelle ungewöhnlich aus. Jemand hatte wohl ein Loch in die Wand gestemmt und anschließend mit Mörtel verschlossen. Der neuere Mörtel unterschied sich sehr vom restlichen Verputz der Kellermauern.

Da sah er ein weiteres goldenes Aufblitzen im Mauerriss. Es gab also zwei Münzen im Raum. Tamme wurde klar, dass das erste Goldstück aus dem Spalt herausgerollt und auf dem Kellerboden liegen geblieben sein musste. Gab es noch mehr in diesem Versteck?

Schade, dass er von hier oben nicht mehr sehen konnte.

Seine Gedanken überschlugen sich, weil ihm in diesem Augenblick klar wurde, was er gefunden hatte. Von wegen Lottogewinn, Elso hatte irgendwo einen Goldschatz gefunden und im Keller eingemauert. Deshalb die schwere Eisentür am Eingang.

Während er weiter auf das glitzernde Gold im Keller starrte, glaubte er, eine innere Stimme zu hören: *Tamme, du hast das Gold gefunden und deshalb gehört es dir!*

Sein Gewissen hielt dagegen. *Es gehört Elsos Erben.*

Der kleine Teufel auf Tammes Schulter gab die Antwort: *Wieso? Der hat doch genug und für dich kann dieser Fund die Lösung all deiner finanziellen Probleme bedeuten!*

Tamme verdrängte die Stimmen in seinem Kopf und versuchte, die Sachlage nüchtern zu betrachten: Bei den Goldmünzen handelte es sich mit Sicherheit um einen illegalen Fund. Irgendwo und irgendwann war Elso darauf gestoßen. Wie viel Gold war es gewesen und wie viel davon hatte Elso bereits ausgegeben?

Tamme dachte wieder an die Gerüchte aus Elsos Vergangenheit. Sein Verhalten war bis auf den Kauf des Hofes immer unauffällig gewesen. In einem Ort wie Jemgum wäre die Meldung über einen Goldfund eingeschlagen wie eine Bombe. Tamme erinnerte sich nur an Elsos angeblichen Lottogewinn, mit dem er den Hof gekauft hatte. Also wusste niemand von dem Gold.

Dieser Elso hatte das verdammt clever gemacht. Es war ihm gelungen, den Fund zu verheimlichen. Irgendwie hatte er die Münzen gegen Bargeld getauscht. Bargeld war genau das, was Tamme fehlte, und ihm fielen all seine unbezahlten Rechnungen ein. Mit dem Gold könnte er die Sorgen um die weitere Existenz seiner Firma vergessen.

Was sollte bei einem Firmenkonkurs aus seinen Mitarbeitern werden? Und wer sollte sich um die alten Häuser kümmern, wenn nicht er?

Tamme sah weiter auf das Gold im Keller, und ihm kamen immer weitere Gründe in den Sinn, warum es ihm zustand.

Es gab lediglich ein Problem: Er musste schnell handeln, um es aus dem Keller zu bergen. Morgen kamen die anderen Handwerker, und was dann? Würde sich eine Gelegenheit ergeben?

Nein, er musste jetzt zugreifen und er würde Unterstützung benötigen. Mit dem umgeknickten Fuß kam er nicht weit, deshalb würde er seine Kollegen brauchen. Mit ihnen würde er den Fußboden aufbrechen und hinuntersteigen. Anschließend könnten sie den Riss in der Kellermauer erweitern und nachsehen, wie viel Gold versteckt war. Die Habgier hatte ihn gepackt, und mit großer Mühe gelang es ihm, wieder logisch zu denken. Natürlich konnten sie auf diese schnelle Art in den Keller gelangen und das Gold rausholen, aber was würde Ido morgen früh sagen?

Das würde sehr verdächtig aussehen.

Nein, besser den Eindruck einer ordentlichen Baustelle erwecken und den größten Teil des Fußbodens ordentlich abtragen. Wenn Ido und die Maurer morgen früh hier erscheinen würden, sollte es so aussehen, als ob die Firma Hofenga bereits sehr früh angefangen hätte, um bei Beginn der gemeinsamen Besprechung einen Blick auf die Fundamente im Keller werfen zu können. Niemand würde Verdacht schöpfen, im Gegenteil, man würde ihn wegen seiner umsichtigen Vorarbeiten loben.

Das Klingeln seines Handys riss ihn aus seinen Fantasien. Tamme drückte auf den grünen Knopf. »Tamme Hofenga!«

»Hallo, Tamme, hier ist Bertus, du hattest mich angerufen?«

»Genau, Bertus, ich brauche eure Hilfe auf einer neuen Baustelle und bin gerade wieder einmal mit dem verfluchten Fuß umgeknickt, aber das ist nicht so wichtig. Weißt du, wo der heruntergekommene Hof von Elso Buurmann liegt?«

»Nee, Tamme, sagt mir nichts.«

»Okay, dann machen wir es anders. Ruf bitte Ontje und Diedje an und sag ihnen, sie sollen sich bei dir am Lager treffen. Gemeinsam packt ihr die große Werkzeugkiste ein, zusammen mit einer Leiter, und kommt hierher. Ontje weiß, wo der Hof liegt. Ich warte hier, beeilt euch!«

Holzlagerplatz am Hafen Jemgum

Typisch Tamme, dachte Hubertus Dascher, als er die Verbindung unterbrach. Von einer neuen Baustelle wusste er nämlich nichts. Irgendwie fühlte sich Bertus als der Stellvertreter seines Chefs, auch wenn dieser ihn nie offiziell in diese Funktion eingesetzt hatte. Immer wieder rief Tamme ihn zuerst an oder erwartete, dass er vorangehen würde.

Die neue Baustelle hätte ihm eigentlich bekannt sein sollen. Die ganze Woche hatte es keine Arbeit für die Handwerker der Firma Hofenga gegeben. Hoffentlich hatte Tamme einen neuen Auftrag an Land gezogen. Dieses Nichtstun ging Hubertus gewaltig auf die Nerven, weil es ohne Arbeit keinen Lohn gab. Er rief sich seinen aktuellen Kontostand vor Augen. Die Bezeichnung Ebbe passte wahrscheinlich hier an der Küste am besten.

Hubertus Dascher, der arbeitslose stellvertretende Chef mit einem dicken Soll auf dem Konto. Mürrisch verzog er das Gesicht, als er in den kleinen Spiegel sah, wettergegerbt nannte man wohl seine faltige Haut und für seine 40 Jahre sah er alt aus. Dies lag sicher auch an seiner Glatze und dem Rauschebart. Insgeheim wusste er, dass viele, die ihn sahen, ihn für einen Obdachlosen hielten. Allerdings würden sie ihm das nie ins Gesicht sagen, weil seine große und kräftige Erscheinung sie einschüchterte.

Seine Hand strich liebevoll über den schön bemalten Spiegelrahmen. Dieser Spiegel war das einzige Schöne in seiner Behausung, einem alten ausrangierten Bauwagen zwischen dem Hafen Jemgum und einer alten Ziegelei im Deichvorland. Tamme Hofenga hatte dieses Grundstück für sein Holzlager langfristig gepachtet.

Hofengas Zimmereibetrieb befand sich im Ort Jemgum. Dieses »Firmengelände« am nördlichen Ortsrand bot nur Platz für ein unscheinbares Einfamilienhaus, in dem Hofenga wohnte, und eine große Garage. Tamme lagerte sein Werkzeug dort. Allerdings war für die langen Holzbalken und das sperrige Baumaterial zu wenig Fläche vorhanden.

Als Bertus damals als Zimmermann bei der Firma Hofenga eingestellt worden war, hatte der Bauwagen am Außenlager nur eine vorübergehende Unterkunft für ihn sein sollen. Aber irgendwie hatte er es nie geschafft, sich eine bequemere Wohnung zu besorgen. Schließlich hatte er vorgehabt, bald wieder auf Wanderschaft zu gehen. Es war allerdings bei der Absicht geblieben und Hubertus arbeitete jetzt schon unvorstellbare zehn Jahre beim gleichen Chef und wohnte in diesem Provisorium.

Tamme war es wahrscheinlich recht, sein Lager war so immer bewacht.

Hubertus störte der mangelnde Komfort seiner einfachen Baubude nicht und er mochte die einsame Lage im Deichvorland.

Er starrte auf sein Handy und überlegte, wie er den Einsatz am besten organisieren könnte.

Ontje wohnte am Coldeborgersiel und Diedje in Hatzum. Für die Leiter und den großen Werkzeuganhänger benötigten sie Ontjes Auto, einen alten Geländewagen der Marke

Lada mit Anhängerkupplung. Bertus hatte kein Auto und Diedje fuhr nur Motorräder. Sonst fuhr immer der Chef mit seinem Pritschenwagen, aber der fiel aus und Ontje würde den Transport der Kollegen und des Anhängers übernehmen müssen.

Bertus wählte Ontjes Telefonnummer. Hoffentlich war der um diese Zeit nicht zu besoffen.

»Wieringa, wat gifft?«

»Hallo, Ontje, hör auf, Platt zu sprechen«, begrüßte Hubertus schlecht gelaunt. »Du weißt doch, ich hab damit Probleme.«

»Okay, Bertus, was gibt es?«

»Wir müssen zu einer neuen Baustelle, unser Chef wartet dort auf uns. Du nimmst deinen alten Lada, fährst nach Hatzum und holst Diedje ab. Anschließend fahrt ihr hierher zum Lager. Wir kuppeln den Anhänger an und fahren gemeinsam zur neuen Baustelle!«

»Oh Mann, immer soll ich fahren, nur weil ihr kein Auto habt«, erwiderte Ontje schlecht gelaunt. »Und wo soll denn diese neue Baustelle sein?«

»Tamme sprach von einem Gulfhof in Midlum, gehört einem Elso Buurmann, du wüsstest, wo der ist.«

»Elsos Geisterhof?« Ontjes Stimme klang erschrocken. »Sag, dass du mich verarschst!«

»Nein, Ontje, tue ich nicht. Was soll der Scheiß von wegen Geisterhof?«

Bertus verdrehte die Augen und sah in Richtung Decke. Ontje Wieringas Aberglauben lieferte immer wieder Gesprächsstoff bei den Angestellten der Firma.

Seit diesem Bauprojekt am Steinhaus in Bunderhee war es richtig übel mit ihm. Überall glaubte er unheimliche Geister und Zeichen zu sehen. Der hohe Alkoholkonsum verstärkte offensichtlich Ontjes extremen Aberglauben noch.

»Bertus, ohne Scheiß, auf dem Hof spukt es. Eine Bekannte hat mir öfters davon erzählt, und seitdem sich dieser Elso dort aufgehängt hat, soll man im Hof immer wieder seltsame Spukgeräusche hören. Erst neulich waren dort nachts zwei Jugendliche im verlassenen Gebäude, sollte so eine Art Mutprobe sein, und plötzlich …!«

Bertus hatte keinen Bock auf diesen Unsinn und unterbrach seinen Kumpel. »Ontje, das kannst du nachher alles Tamme erzählen und jetzt mach dich auf die Socken. Ich ruf Diedje an, und dann seht zu, dass ihr hier aufschlagt.« Er legte auf. Dann wählte er die Nummer seines Kollegen Diedrich Ebens.

»Hallo, Bertus, was liegt an?« Diedje klang schlecht gelaunt.

»Arbeit, Diedje!«, erklärte Bertus. »Tamme hat wohl endlich einen Auftrag gelandet. Ontje ist unterwegs und holt dich ab. Anschließend fahrt ihr zum Lager und wir treffen uns hier.«

Hubertus zog sich seine Arbeitskleidung an und ging nach draußen. Er hatte noch etwas Zeit, bevor seine Mitstreiter ihn abholen würden, und sah sich um. Zunächst blickte er in die nördliche Richtung zum Hafen Jemgum.

Die Anfahrt zu seiner Unterkunft war etwas schwer zu finden. Kam man von der Landstraße aus Richtung Leer und bog nach dem Ortsschild Jemgum gleich rechts ab, führte der Weg an der Schule vorbei und weiter in Richtung Deich.

Dann führte der Weg parallel zum Deich weiter bis zu einer Kreuzung. Links ging es in den Ortskern und rechts durch den Deichdurchlass. Bei Sturmflut wurde dieser Durchlass geschlossen. Fuhr man durch das sogenannte Deichschart, sah man vor sich den Hafen Jemgum. Links vom Hafen gab es einen großen Parkplatz und einen Weg, der direkt zur Ems führte. Dort am Ufer befand sich eine beliebte Gaststätte, von der aus man einen schönen Ausblick auf den Fluss hatte.

Die Anfahrt zum Außenlager, wo sein Wohnwagen stand, verlief nach dem Deichschart rechts am Deich entlang.

Bertus drehte sich um, der Zufahrtsweg verlief weiter in südlicher Richtung zum Gelände der ehemaligen Ziegelei Jemgum. Vom Deich aus gesehen lag der Lagerplatz der Firma Hofenga direkt links von der Ziegelei. Das weitläufige Ziegeleigelände endete direkt am Ufer der Ems.

Früher hatten hier die Schiffe angelegt, um die gebrannten Ziegel zu laden.

Bis auf wenige Reste von Mauern war die Ziegelei in Jemgum verfallen, Bäume und Sträucher wuchsen zwischen den Überbleibseln.

Dieses Gelände kannte Hubertus Dascher gut. Der Zugang war zwar mit einem Zaun versperrt, aber er wusste, wie er trotzdem hineingelangen konnte.

Ja, Bertus liebte diese einsame und verlassene Gegend. Bei seinen Streifzügen durch das weitläufige Deichvorland an der Ems wurde er nur selten gestört. Seine Ziele waren leer stehende und einsam gelegene Gebäude, zum Beispiel die Ziegeleien in Midlum und Jemgum.

Die Ziegelei Midlum lag vom Lagerplatz aus gesehen nur ein paar Flusskilometer in Richtung See. Auch diese inzwischen stillgelegte Anlage lag direkt an der Ems. In den Ziegeleien gab es für ihn immer etwas zu holen. Für die Bauprojekte benötigte die Firma Hofenga alte Balken, Maueranker und Fenster. Bertus fand dieses seltene Baumaterial auf seinen Touren. Er teilte Tamme mit, wo es etwas abzugreifen gab. Der Chef organisierte dann eine Rettungsaktion für das vergängliche Material. »Rettungsaktion«, so nannte Tamme Hofenga die heimlichen in der Nacht durchgeführten Aktionen. Böse Zungen hätten es Diebstahl genannt. Tamme und seine Leute machten sich dabei zunutze, dass es wasserseitig keine Absicherung gab und man die Gebäude mit einem

Boot ungesehen erreichen konnte. Waren die Holzbalken zu unhandlich, um sie landseitig zu transportieren, oder war das Entdeckungsrisiko zu groß, wurden sie auf der Ems zum Holzlagerplatz transportiert. Die schweren Balken warfen sie in die Ems und Bertus schleppte sie mit seinem Boot zum Lager. Dort wurden sie wieder aus dem Wasser gezogen.

Diedje hatte ihm vor Jahren dieses Fahrzeug verkauft. Ein offenes Fischereiboot mit einem eingebauten Dieselmotor. Außerdem verfügte es auch über einen lautlosen Elektroantrieb, den er für diese nächtlichen Raubzüge benutzte. Das Boot lag in unmittelbarer Nähe zum Lagerplatz, gut versteckt in einem Seitenarm der Ems.

Hubertus Dascher dachte an sein Doppelleben, von dem seine Kollegen nichts ahnten. Er arbeitete auch auf eigene Rechnung. Seine Spezialität waren alte Fensterrahmen aus Gusseisen.

Diese baute er allein, ohne dass seine Kumpels es bemerkten, aus den Mauern leerer Höfe aus. Auf einer kleinen unbewohnten Flussinsel, dem Hatzumer Sand, lagerte er seine Schätze. Dort befand sich sein getarnter Unterstand und niemand kannte dieses Versteck. Die gusseisernen Fensterrahmen und andere wertvolle Gegenstände aus den Gebäuden waren auf der Insel gut aufgehoben. Auf dem Lagerplatz in Jemgum wollte er sie nicht unterbringen. Tamme, Diedje und Ontje waren ständig hier und die Gegenstände würden sofort auffallen.

Hubertus ahnte, dass sein Chef die Diebstähle der Fenster und der Antiquitäten nicht gutgeheißen hätte. Eine merkwürdige Moral, fand Bertus, da Tamme selber Balken stahl. Angeblich sah er darin keinen Diebstahl, sondern meinte das mit den Rettungsmaßnahmen tatsächlich ernst. Die organisierten Balken würden ja wieder verwendet, um alte Höfe zu restaurieren.

An manchen Wochenenden fuhr Hubertus heimlich mit dem Boot zur Insel und belud es mit den gesammelten Fenstern und Kleinoden. Mit einer Abdeckung aus Angelgeräten und Planen tarnte er seine spezielle Ladung und fuhr in die Krummhörn. Dort wurden die Sachen aufgearbeitet und an Einzelhändler oder auf Wochenmärkten verkauft.

Im Rheiderland war er oft mit einem alten Moped unterwegs. Bei diesen Fahrten trug er immer einen schwarzen Integralhelm. Am Moped konnte er einen Anhänger befestigen. Seine Kumpels wussten auch nichts von diesem Fahrzeug, weil er es hinter dem Lagerplatz versteckte.

Es erweiterte seinen Aktionsradius erheblich, und falls ihm zufällig ein Bekannter auf der Straße entgegenkommen würde, wäre er nicht zu erkennen.

Coldeborgersiel, Siedlerhaus des Ontje Wieringa

Ontje Wieringa stand im Flur seines kleinen Hauses und legte den Hörer auf. Seine Hand zitterte dabei ein wenig. Eigentlich hatte er zu so später Stunde vorgehabt, seinen täglichen Schlummertrunk einzunehmen. Gut, dass er das noch nicht getan hatte.

Der Anruf seines Kollegen Bertus hatte ihn in leichte Panik versetzt. Er wollte nicht an diesen Ort, diesen verfluchten Gulfhof, und wenn es sich bei der neuen Baustelle tatsächlich um Elsos Spukhof handelte, würde das bedeuten, dass er die nächsten Tage, vielleicht sogar Wochen dort verbringen müsste.

Es war logisch, dass es sich um diesen Gulfhof handelte. Ontje hatte gehört, dass er verkauft worden war. Für die

Renovierung dieses historischen Gebäudes kam ja eigentlich nur sein Arbeitgeber infrage.

Ontjes Magen krampfte sich zusammen, als er an die Gerüchte dachte, die sich die Einheimischen immer wieder hinter vorgehaltener Hand erzählten.

Außerdem erinnerte er sich an die alte Sage über die Geister der Erschlagenen. Vor vielen Jahren war zwischen Jemgum und Midlum eine Schlacht geschlagen worden. Ein Teil der Besiegten habe sich angeblich in den Keller der Bültplaatse geflüchtet und sei dort von den Siegern erschlagen worden. Nachts könne man bisweilen Ächzen und Stöhnen aus dem Keller vernehmen. Die Geister der Erschlagenen fänden keine Ruhe.

Die Berichte von Elsos Zugehfrau waren eindeutig. Im Keller seines Gulfhofs waren diese Geister zu hören.

Sofort drängte sich die Weiße Frau in Ontjes Bewusstsein, die ihm vor zwei Jahren am Steinhaus von Bunderhee erschienen war. Sie hatte ihm zugewinkt, ihn zu sich ins Totenreich holen wollen. Es war in dem Jahr gewesen, in dem sich Elso in seiner Küche erhängt hatte.

Sie hatte Elso mitgenommen und der Kelch war noch einmal an Ontje vorübergegangen.

Seit diesem Zusammentreffen mit der Weißen Frau war sich Ontje sicher, dass sein Schicksal besiegelt sei, und er erwartete die Spukgestalt jeden Tag. Inzwischen wusste er alles über diese Weiße Frau und war vorbereitet. Er umgab sich mit allen möglichen Abwehrzaubern, aber trotzdem ahnte er, dass sein nächstes Zusammentreffen mit diesem Gespenst sein Ende wäre.

Frauke hatte ihn nicht verstanden, und als er begonnen hatte, seine angespannten Nerven mit Alkohol zu beruhigen, war sie schließlich ausgezogen.

Ontje steckte eine kleine Flasche mit Weihwasser in seine

Hosentasche, nahm seine Autoschlüssel und verließ mit klopfendem Herzen sein Haus.

Hatzum, kleiner Bauernhof des Diedrich Ebens

Diedrich Ebens, von seinen Arbeitskollegen und seinen Kumpels vom Motorradclub in Pewsum auch »Diedje« genannt, blickte verträumt auf seine Neuerwerbung, den Rahmen einer Harley-Davidson. Vor seinem geistigen Auge sah er die fertig renovierte Maschine vor sich stehen. Den extrem breiten Hinterreifen, die lange Vorderradgabel und zur Krönung des Ganzen waren alle Teile hochglanzverchromt, von den Felgen bis zum Auspuff. Leider hatte die Wirklichkeit kaum etwas gemein mit seiner Fantasie. Es fehlten noch so viele Bauelemente, zum Beispiel der Motor, und die lange Vorderradgabel hatte er auch nicht. Diedje wusste, dass das extrem teuer werden würde, und woher sollte er dieses Geld nehmen …? Von der befreundeten Gang in Bremen? Diedje wusste, dass Geld für diese Menschen kein Problem war. Allerdings wusste er auch, was mit Leuten passierte, die ihre Schulden nicht zurückzahlten.

Diedje war schlank, mittelgroß und seine Haare trug er zu einem Zopf zusammengebunden. Das »Dream-Team« Ontje und Diedje reizte viele Beobachter zum Lachen, weil die beiden Kollegen in ihrem Äußeren so gegensätzlich waren. Der alte, große, dicke Ontje mit seiner Halbglatze und der gepflegte, attraktive Diedje. Trotzdem arbeiteten die beiden gerne und gut zusammen. Sie teilten die Vorliebe für abgelegene Wohnhäuser. Deshalb wohnten sie beide ab vom Schuss am Emsdeich. Ontje in Coldeborg in unmittelbarer Nähe zum Siel, Diedje am Ortsrand von Hatzum. Der Lärm der Maschinen und Kettensägen, auch nach Feierabend, störte keinen Nachbarn.

Diedje hörte ein Auto, das auf die Auffahrt des kleinen Bauernhofes fuhr. Er warf einen letzten verliebten Blick auf die verschiedenen Motorräder in seiner Werkstattscheune, packte seinen Rucksack und ging nach draußen zu seinem Arbeitskameraden.

Ontje war bereits ausgestiegen und kam ihm entgegen.

»Hallo, Ontje, wie siehst du denn aus?« Diedje bemerkte sofort den ängstlichen Ausdruck im Gesicht des Älteren.

»Hallo, Diedje, hat dich Bertus schon angerufen?«

»Ja, ich weiß Bescheid. Ging ja überraschend schnell mit dem neuen Job!«

»Oh Mann, hör bloß auf, ich mag nicht dran denken.« Ontje klang bedrückt.

»Was'n los, Großer? Endlich wieder Arbeit und Kohle ist doch super!«

»Ja, aber ihr wisst ja nicht, was da los ist an der neuen Baustelle.«

Diedje lachte, weil er seinen Kollegen so gut kannte und ahnte, was ihn bedrückte. »Sag bloß, da spukt es, Ontje? Du solltest dich wirklich schämen, so ein großer Kerl und Angst vor so einem Spökenkram. Außerdem bin ich doch bei dir.« Diedje klopfte dem größeren Zimmermann gut gelaunt auf die Schulter.

Kurz darauf saßen die beiden Handwerker im Auto und fuhren über die Landstraße in Richtung Jemgum. Auf der Hutablage des Ladas lagen einige Briefumschläge mit der Aufschrift »Einschreiben« und dem Stempel einer Anwaltskanzlei. Diedje bemerkte Ontjes Seitenblick, als er einen weiteren Umschlag aus dem Fußraum des Ladas fischte.

»Meine Alte will Geld«, murmelte Ontje.

»Ja, so eine Scheidung kann sicher ganz schön teuer werden«, schätzte Diedje. »Gott sei Dank kann mir das nicht passieren.«

»Sie begreift einfach nicht, dass bei mir nichts zu holen ist«, erwiderte Ontje schlecht gelaunt.

»Du musst dir Schwarzgeld besorgen«, schlug Diedje vor. »Geld, von dem sie nichts weiß. Am Wochenende könnten wir zusammen etwas unter der Hand dazuverdienen. Ich könnte auch eine kleine Zusatzeinnahme vertragen.«

»Dann hättest du ja keine Zeit mehr, um an deinen Maschinen zu basteln.«

»Mist, stimmt auch wieder.«

Midlum, Gulfhof

Tamme Hofenga war nach seinem Sturz in die Scheune gehumpelt und fand dort einen Kübel, der vermutlich Regenwasser vom Dach auffangen sollte. Er nahm eine leere Kiste und stellte sie neben den Eimer. Anschließend setzte er sich darauf und tauchte sein Fußgelenk in das kalte Wasser. Der Schmerz ließ langsam nach und inzwischen konnte Tamme seinen Fuß wieder vorsichtig belasten. Er überlegte, was er seinen Angestellten sagen sollte. Wie würden sie reagieren, wenn er von dem vermuteten Gold im Keller erzählen würde?

Er kannte seine Mitarbeiter sehr gut und wusste, dass alle mehr oder weniger Geldprobleme hatten. Tamme gestand sich ein, dass das seine Schuld war, weil er seine Mitarbeiter nicht ordentlich und schon gar nicht regelmäßig bezahlte. Es wäre gerecht, sie zu beteiligen. Aber vorher mussten sie sich einig sein, wie sie sich verhalten sollten. Den Fund melden oder den Goldschatz bergen und behalten?

In der Scheune wurde es langsam düster, nur noch kurze Zeit und es würde komplett dunkel sein. Hoffentlich waren die Batterien im Werkstattanhänger aufgeladen. Er hörte, wie ein Auto, offenbar mit einem Loch im Auspuff, vor dem Gulfhof vorfuhr. Unverkennbar Ontjes alter russischer Geländewagen.

Wurde auch Zeit, dachte Tamme, stand vorsichtig auf und humpelte mit schmerzverzerrtem Gesicht nach draußen.

Bertus und Diedje kamen ihm entgegen, Ontje saß noch im Lada und machte keine Anstalten auszusteigen. Ein intensiver Blick von Tamme genügte und der älteste seiner Mitarbeiter gab sich einen Ruck und kam aus dem Wagen.

»Hallo, Leute.« Tamme begrüßte die Männer per Handschlag. »Lasst uns in die Scheune gehen, dann erklär ich euch alles.«

Die vier Männer versammelten sich um den Wasserkübel. Sie saßen auf leeren Kisten, die sie in der Scheune gefunden hatten.

Tamme hielt seinen Fuß ins Wasser, und sein Gesicht entspannte sich etwas, als die pochenden Schmerzen nachließen.

Bertus, Ontje und Diedje sahen ihren Chef gespannt an und warteten.

»Kollegen, ich rede nicht lange drum herum«, begann Tamme, »ihr wisst ja, wie beschissen die Auftragslage ist. Ich schulde euch allen Geld, aber im Moment bin ich selber pleite. Jetzt kann ich die Katze aus dem Sack lassen. Wir haben den Zuschlag für die Renovierungsarbeiten an diesem Gulfhof erhalten. Der Auftrag kann die Rettung für die Firma sein, und es sieht im Moment so aus, dass wir mit diesem Projekt lange Geld verdienen werden.«

Tamme berichtete von dem Verkauf des Hofes, von der

Beratung der neuen Eigentümer durch den Monumentendienst und dem Entschluss, den Hof zu renovieren. Außerdem berichtete er von dem Treffen mit Ido am Abend. Sein Puls beschleunigte sich, als es ans Eingemachte ging. »Als Ido weg war, wollte ich sehen, wie wir am besten in den Keller kommen, weil der Eingang versperrt ist. Der frühere Eigentümer hat dort eine massive Eisentür eingebaut. Die hat sich verzogen und lässt sich auch mit Gewalt nicht öffnen.« Tamme bemerkte, dass Ontjes Gesicht immer blasser wurde. »Also, Leute, ich bin gerade über dem Keller, in der Upkamer, und breche mit dem Fuß durch die Holzdielen.«

»Der Fluch der Erschlagenen«, murmelte Ontje.

»Ontje, hör auf mit dem Scheiß«, sagte Tamme. »Morsches Holz und keine Geister!«

»Ja, und was ist mit der Eisentür?«, wollte Ontje wissen. »Die soll doch die Geister im Keller einsperren.«

»Jetzt sind wir bei einem sensiblen Thema und ich brauche euren Rat.« Tammes Blick wanderte von einem Mitarbeiter zum anderen, ehe er die Bombe platzen ließ. »Die Eisentür hat Elso Buurmann, der Vorbesitzer, nicht wegen der Geister eingebaut, sondern um sein im Keller verstecktes Gold zu sichern.«

Alle starrten Tamme an, und er berichtete von der Goldmünze auf dem Kellerboden und dem zweiten Goldstück, das im Riss der Mauer steckte. Er sah seinen Angestellten nacheinander in die Augen. »Kameraden, vielleicht befindet sich hinter dem Riss in der Mauer noch mehr Gold. Ich denke, niemand weiß davon, weil man da sicher seit Längerem nicht reinkommt.«

Bertus ahnte als Erster, worauf Tamme hinauswollte. »Deshalb also dieses späte Treffen hier im Gulfhof. Wir sollen in den Keller, um nachzusehen. Dafür brauchen wir die Leiter und den Werkzeuganhänger.«

»Ja und nein, Bertus«, erwiderte Tamme sehr nachdenklich. »Zunächst wollte ich von euch persönlich eure Meinung hören, weil es zwei Möglichkeiten gibt.«

Diedje verstand sofort. »Den offiziellen und den anderen Weg!«

»Wat is los? Ich komm nicht mehr mit?«, stammelte Ontje.

Tamme schmunzelte, weil Diedje wieder einmal schneller als Ontje begriffen hatte, worum es ging.

»Ontje, wir können den Fund offiziell melden und vielleicht auf einen mickrigen Finderlohn hoffen«, erklärte der Chef. »Oder … wir melden den Fund nicht und behalten das Gold für uns.«

»Wir wissen ja nicht einmal, wie viel es ist«, gab Bertus zu bedenken. Falls da nur ein paar Münzen rumliegen, können wir den Fund immer noch melden.«

Tamme erklärte, dass der neue Auftrag noch nicht in trockenen Tüchern war. Die schriftliche Auftragsbestätigung der neuen Eigentümer für das kostspielige Renovierungsprojekt stand noch aus.

»Du möchtest hier kein Aufsehen, keine lange polizeiliche Untersuchung oder womöglich eine professionelle Ausgrabung«, vermutete Bertus, »um den Auftrag nicht zu gefährden?«

»Du hast den Nagel auf den Kopf getroffen. Auch wenn es nur eine zeitliche Verzögerung gibt, wäre das schon ein erhebliches Problem. Also, wer ist dafür, dass wir im Keller nachsehen und auf keinen Fall den Fund melden werden, egal was wir finden?«

Die Männer sahen sich an und alle hoben die Hand.

»Gut, dann wären wir uns ja einig.« Tamme war erleichtert. »An die Arbeit, Männer!«

Unter Tammes Anleitung öffneten sie das große Scheunentor und die beiden Autos wurden in die Scheune gefahren. Niemand sollte auf die Fahrzeuge vor dem Hof aufmerksam werden.

Anschließend wurde das benötigte Werkzeug abgeladen und im Wohntrakt vor der Upkamer abgestellt. Bertus fand in der Scheune eine Holzstange, auf der sich Tamme abstützen konnte.

Nun standen alle vor den Stufen, die hinauf zur Upkamer führten, und warteten. Niemand wusste genau, worauf.

Hubertus Dascher schüttelte missmutig den Kopf, weil niemand als Erster in die Kammer wollte. »Immer dasselbe mit euch Weicheiern!«, schimpfte er, nahm sich eine Brechstange und ging zur Zimmertür hinauf.

»Pass auf mit dem Boden!«, rief Tamme ihm nach. »Alles verdammt morsch!«

Bertus begann, vor sich hin zu pfeifen. Seine Kumpels kannten das schon. Immer wenn er sich konzentrierte, pfiff er diese Melodie. Es handelte sich um das alte Volkslied »Es führt über den Main eine Brücke aus Stein«.

Das Gepfeife hallte etwas in dem leeren Raum, als Bertus sich vorsichtig dem Loch in den Dielen näherte.

Davor angekommen, blieb er stehen. »Ich setze mal hier an und versuch vorsichtig, das Loch zu erweitern!«

Die Männer vor dem Zimmer sahen, wie ihr Kumpan die Brechstange ansetzte und behutsam eine Diele vom Balken lösen wollte, der sich darunter befand.

»Doch fester, als ich dachte«, rief Bertus und zog mit aller Kraft an dem Stemmeisen.

Plötzlich gab es einen dumpfen Knall. Bertus schrie entsetzt auf, weil der Fußboden, auf dem er stand, einbrach. Der Handwerker fiel rückwärts nach hinten in den Keller, und die entsetzten Kollegen hörten, wie sein Körper unten aufschlug. Es klang, als ob ein Ast gebrochen wäre.

Die Männer vor der Tür zur Upkamer waren geschockt,

und es dauerte einen Moment, bis sie die Situation begriffen hatten.

Tamme reagierte am schnellsten und schrie: »Bertus …! Bertus … Kannst du mich hören? Melde dich!«

Es blieb still, nur Ontjes weinerliche Stimme war zu vernehmen. »Die Geister der Erschlagenen … Sie haben ihn geholt.«

»Ontje, halt's Maul«, herrschte Tamme den Alten mit leiser Stimme an. »Diedje, du bist der Leichteste, leg die Leiter auf den Fußboden, robb auf allen vieren bis zum Loch und schau runter!«

Diedje tat wie geheißen, kroch vorsichtig über die Leiter und näherte sich dem großen Loch im Fußboden. Dort angekommen leuchtete er mit einer Taschenlampe in den Keller.

»Ach du Scheiße!«, rief er, als er seinen Kumpel auf dem Boden sah.

»Was siehst du, Diedje?« Tamme klang ungewohnt ängstlich.

»Ich glaube, er ist tot«, antwortete Diedje sehr leise. »Bertus ist mit dem Hinterkopf auf eine Art Stufe gefallen. Er bewegt sich nicht und unter seinem Kopf breitet sich eine Blutlache aus.«

»Verdammt!«, fluchte Tamme. »Wir müssen sofort zu ihm runter. Ontje, in der Scheune liegt eine Holzleiter. Darauf können wir ihn legen und ihn aus dem Keller holen. Du holst den Verbandskasten aus deinem Auto, nimmst die Leiter aus der Scheune und kommst sofort zu uns zurück. Diedje, wie sehen die Holzdielen aus, auf denen du liegst, können wir darüberlaufen?«

Diedje beugte sich weit in das Loch hinein und sah sich die Holzdecke an. »Bis zum Loch geht es, danach ist alles morsch oder weggebrochen. Ich probiere es einfach aus.« Diedje stellte sich auf die Leiter, die flach auf dem verfaulten Holz lag, und trat vorsichtig auf die Dielen.

»Pass bloß auf, Diedje! Sonst brichst du auch noch ein!«, ermahnte ihn Tamme.

»Hält!«, stellte Diedje fest. »Verflucht noch mal! Bertus hat sich die falsche Seite beim Loch ausgesucht. Hier wäre er nicht durchgebrochen.«

Inzwischen war Ontje mit der Leiter und dem Verbandskasten zurück.

»Ontje, du bleibst hier oben. Ich gehe mit Diedje runter, und wir versuchen, Bertus zu helfen.«

Vorsichtig schritt Tamme auf den Fußboden in der Kammer und wies Diedje an, mit der Leiter hinunterzusteigen. »Ich komme direkt nach.«

Diedje suchte eine geeignete Stelle, an der er die Leiter unten aufsetzen konnte. Danach kletterte er langsam in den Keller.

Tamme humpelte zur Leiter. Er trug eine starke Taschenlampe und den Verbandskasten. »Fang auf!«, rief er und warf zunächst die Lampe nach unten, wo Diedje sie auffing. Der Verbandskasten folgte.

Tamme hatte nun beide Hände frei und begann, langsam die Leiter hinunterzuklettern. Bei jeder Stufe stöhnte er auf, weil sein Sprunggelenk schmerzte.

Unten angekommen blickte er zu Diedje, der bereits neben dem reglosen Körper ihres Mitarbeiters kniete. »Scheiße!« Tamme wurde schlecht, als er die Gesamtsituation langsam erfasste. Unter Bertus' Körper lagen Holzteile, vermutlich die Reste der Decke. Die senkrechten Stützbalken des Kellers waren auf dem Boden auf kleinen Steinsockeln befestigt worden. Ausgerechnet auf die Kante eines solchen Sockels war sein Geselle mit dem Hinterkopf geknallt. Das Schlimmste waren die große Blutlache unter Bertus' Kopf und die fahle Blässe in seinem Gesicht.

»Er hat keinen Puls und er atmet nicht.« Diedje sah hilflos seinen Chef an.

Tamme wollte es nicht glauben und ging neben dem Gestürzten in die Hocke. Diedje hatte recht, auch er konnte keinen Herzschlag fühlen. Sein Mitarbeiter Hubertus Dascher lag tot vor ihm auf dem Boden.

»Was ist denn los da unten?« Ontjes Jammern riss Tamme aus dem Schock. Er blickte nach oben und bemerkte den Kopf des Alten am Rand des Loches. Offensichtlich lag Ontje auf dem Bauch vor der Einsturzstelle und schaute nach unten. Ontjes Blick wanderte von dem leblosen Körper zu ihm.

Tamme schüttelte nur den Kopf. Niedergeschlagen senkte er den Blick und sah das Goldstück auf dem Kellerboden im Licht der Taschenlampe glänzen. Wie in Trance hob er es auf.

»Ich ruf sofort einen Notarzt!«, kreischte Ontje schrill.

»Ontje, du rufst nirgendwo an.« Tammes Tonfall war hart und bestimmt. »Wir können nichts mehr für ihn tun.«

»Aber, Tamme, das geht doch nicht …!«, stammelte Ontje weinerlich.

»Ich finde auch, wir sollten Hilfe holen«, warf Diedje ein.

Das Goldstück in Tammes Hand fühlte sich warm an, was natürlich Unsinn war. »Wozu soll der Krankenwagen gut sein? Bertus ist tot, dem kann keiner mehr helfen! Begreift doch, sobald ein Notarzt hier aufschlägt, wird die Polizei alarmiert und den Auftrag hier können wir vergessen. Wir sehen uns erst einmal um, komm runter, Ontje!«

»Muss das wirklich sein?« Dem älteren Gesellen war anzumerken, dass er nicht nach unten wollte.

Tamme sah nach oben und schrie ihn an. »Schaff deinen Arsch hier runter, Ontje Wieringa!«

Wenn der Chef seine Mitarbeiter mit dem Familiennamen ansprach, wurde es verdammt ernst, das wussten die Handwerker.

Ontjes Beine und Hände zitterten, als er die Leiter unsicher hinunterstieg.

Während die beiden Gesellen auf Bertus' Körper starrten, nahm Tamme die Brechstange, die neben dem Leblosen lag, und näherte sich dem Riss in der Kellerwand. Er zog das zweite Goldstück heraus und reichte es Diedje. Mit dem Brecheisen hebelte Tamme den Riss weiter auf, hinter dem er einen Hohlraum in der Wand vermutete.

Es war genau so, wie er es erwartet hatte. Nach ein paar Schlägen mit der Brechstange fielen etliche Goldstücke aus dem Loch auf den Boden des Kellers. Tamme griff in die Öffnung der Mauer und holte noch mehr Goldstücke aus dem Hohlraum. Die Münzen klimperten etwas, als sie auf den Boden fielen, und glänzten verführerisch im Schein der Lampe.

Mit offenem Mund besah Tamme den Schatz. Vor ihm lag ein Vermögen. Er bückte sich und hob eine Handvoll Goldstücke auf.

Er vermutete, dass es sich um antike Münzen handelte. Mit der historischen Prägung waren sie für Sammler sicher sehr begehrenswert. Das kam noch zu dem reinen Goldwert hinzu. Man müsste sie nur langsam und in geringer Anzahl verkaufen.

Als er sich zu seinen Angestellten umdrehte, bemerkte er, dass auch sie wie in Trance das Gold fixierten.

Schweiß bildete sich auf Tammes Stirn. »Das Gold ist die Lösung unserer finanziellen Probleme. Bertus hätte auch gesagt, nehmt euch den Schatz!« Tammes Tonfall wurde beschwörend. »Rufen wir einen Notarzt und die Polizei, werden sie uns natürlich Fragen stellen. Eine Menge unangenehme Fragen. Das hier können wir dann vergessen.« Er drückte Diedje einige Goldmünzen in die Hand.

»Wir müssen die Leiche loswerden!« Diedje gab die Goldmünzen weiter an Ontje.

»Wie bitte, ich verstehe gar nichts mehr«, keuchte Ontje und stierte auf die Geldstücke in seiner Hand. »Das Geld könnte ich gut gebrauchen, aber wie soll das gehen?« Er gab Tamme die Münzen etwas zögerlich zurück.

Eiskalt sagte der Chef: »Bertus hat doch immer gerne einen getrunken. Wir schaffen ihn hier raus und legen ihn am Hafen in Jemgum ab. Den Kopf auf einem Bordstein. Wir nehmen einfach ein bisschen von dem Blut mit und verteilen es auf der Straße. Anschließend gießen wir eine Flasche Schnaps neben ihm aus.«

»Außerdem legen wir noch sein Fahrrad neben ihn«, ergänzte Diedje.

»Dann sieht es so aus, als ob er im Suff mit dem Rad gestürzt wäre?« Bei Ontje war der Groschen gefallen. »Schnaps hätte ich zufällig noch in meinem Auto.«

»Genau so machen wir es, Männer!« Tamme wurde euphorisch. »Wir bekommen den Auftrag und das Gold. Allerdings solltet ihr bedenken, dass wir jetzt eine eingeschworene Gemeinschaft sind. Absolute Verschwiegenheit, und was auch wichtig ist, wir dürfen nach dieser Sache hier nicht auffallen. Das bedeutet, sobald wir mit Geld um uns werfen, ist es vorbei. Denkt dran, wie clever sich der Vorbesitzer des Goldes, dieser Elso, verhalten hat. Niemand ahnte was von seinem Fund.«

»Du hast doch bestimmt schon eine Idee, Tamme«, sagte Diedje, und Tamme meinte, einen lauernden Klang in seiner Stimme zu hören.

»Ihr vertraut mir doch … Und habe ich euch jemals beschissen?« Nach dieser Einleitung begann Tamme, seinen Plan zu erläutern: »Ich kenne euch, sobald ihr das Geld in der Hand habt, ist es aus mit der Zurückhaltung. Deshalb schlage ich vor, dass ich das gesamte Gold an mich nehme …«

»Aber …!« Diedje fiel ihm ins Wort.

»Wartet, lasst mich ausreden.« Tamme hob beschwichtigend die Hände. »Ich werde kleine Mengen von dem Gold heimlich verkaufen und den Erlös unter uns drei aufteilen.

Wenn wir zu viele Münzen auf einmal verkaufen, wird der Wert für die Sammler fallen …«

»… und wir kommen in Versuchung, mit Kohle um uns zu werfen«, ergänzte Diedje.

»Genau«, bestätigte Tamme. »Deswegen machen wir es so. Wir sind aufeinander angewiesen. Ist euch das klar und seid ihr einverstanden?« Er sah Ontje und Diedje abwartend an.

»Einverstanden!«, sagte Diedje sofort.

Ontje zögerte. Unter den drängenden Blicken seiner Kollegen gab er schließlich nach und nickte.

»Das reicht nicht, Ontje«, beschied Tamme. »Du musst es aussprechen! Ich frage also noch einmal. Wir vereinbaren hier, bei unserem toten Kollegen Bertus, dass wir über alles, was heute Abend passiert ist, schweigen werden und das Gold gerecht aufteilen. Sollte sich einer nicht daran halten …« Tammes Blick wanderte demonstrativ zu dem leblosen Körper. »Also, wenn ihr einverstanden seid, legt eure Hand auf meine und sagt ›ich schwöre!‹.« Tamme streckte seine Hand mit dem Rücken nach oben aus.

Diedje legte seine darauf und verkündete feierlich: »Ich schwöre!«

Ontje sah noch einmal auf das Gold, legte seine zitternde Hand auf die der Kollegen und sagte mit unsicherer Stimme: »Ich schwöre!«

Die Beseitigung des leblosen Körpers verlief ohne Probleme. Zunächst banden sie Bertus auf der kurzen Leiter fest und schoben sie aus dem Keller. Tamme musste etwas von dem Blut auf dem Boden aufwischen. Ontje und Diedje weigerten sich, diese Arbeit zu übernehmen. Die Fahrt zum Hafen Jemgum verlief schweigend. Gleich hinter dem Deichschart legten sie Bertus mit dem Kopf auf einem Bordstein ab. Tamme verteilte das Blut um den Schädel herum. Diedje hatte in der Zwischenzeit Bertus' Fahrrad vom Lager geholt und neben dem Verunglückten auf das Pflaster gelegt. Ontje goss Schnaps über die Kleidung des Toten. Tamme stand währenddessen auf dem Deich und gab seinen Mitarbeitern Anweisungen.

Sie hatten es eilig mit der Rückfahrt zum Hof.

Das Gold wartete auf sie.

Midlum, Gulfhof

Nach einer schlaflosen Nacht traf sich Tamme wie verabredet mit Ido auf der Baustelle.

»Tamme, du siehst müde aus«, stellte Elso Buurmanns Erbe fest.

»Die Jungs und ich haben gestern Abend noch mit der Öffnung des Kellers angefangen«, erklärte Tamme und gähnte.

»Ja, super! Ich hab's gesehen, ihr habt ja den Fußboden in der Upkamer schon zur Hälfte ausgebaut«, lobte Ido. »Jetzt können wir wenigstens sehen, in welchem Zustand die Fundamente im Keller sind.«

Tamme wollte gerade etwas erwidern, da sah er, wie der Streifenwagen des hiesigen Ortspolizisten Stinus Wurps in die Straße zum Hof einbog und vor der Scheune des Gulfhofes anhielt. Der Polizist stieg aus dem Fahrzeug und sah sich um.

»Nanu«, sagte Ido erstaunt, »was will die Polizei denn hier?«

»Keine Ahnung«, log Tamme und ging mit dem Verkäufer des Gulfhofs durch die Scheune nach draußen.

Vor der Scheune begrüßten sich die drei Männer kurz. Sie kannten sich seit der Schulzeit.

»Hallo, Stinus!« Ido ging auf den Polizisten zu. »Was führt dich hierher?«

»Moin, Ido«, entgegnete Stinus. »Ich muss mit Tamme reden.«

Tamme versuchte, unschuldig auszusehen. »Was gibt es denn?«

»Können wir reingehen?«, fragte Stinus in betroffenem Tonfall.

»Oha, so ernst?« Tamme hatte einen dicken Kloß im Hals, trotzdem bemühte er sich, seiner Stimme einen unbekümmerten Klang zu geben. »Na klar, komm mit rein, dort können wir uns unterhalten.«

Kurz darauf betraten die Männer die Küche, und Tamme bemerkte, dass der Polizist zum Haken an der Decke sah. Er ahnte, dass Stinus damals bei Elsos Suizid schon einmal hier in der Küche gewesen war.

»Ido, ich möchte Tamme bitte allein sprechen«, meinte Stinus.

»Okay, kein Problem, ich sehe mal, was Tammes Jungs im Keller so treiben.« Ido verließ die Küche.

Tamme wusste natürlich, was Stinus von ihm wollte, und sein Herz hämmerte ihm bis zum Hals.

»Tamme, ich muss dir leider mitteilen, dass dein Angestellter Hubertus Dascher einen Unfall hatte«, kam Stinus zur Sache. »Heute Morgen hat man ihn im Jemgumer Hafen gleich hinter dem Deichschart gefunden. Anscheinend ist er betrunken mit dem Fahrrad gestürzt und mit dem Hinterkopf auf einen Bordstein gefallen.«

»Ach du Scheiße!« Tamme machte ein erschrockenes Gesicht. »Ich habe mich schon gewundert, warum er sich gestern am Telefon nicht gemeldet hat.«

»Ja, sieht gar nicht gut aus.«

Nun war Tamme tatsächlich geschockt. Diese Formulierung hatte er nicht erwartet, eher eine wie *tut mir leid, er ist verstorben* oder *kannst du die Leiche identifizieren?*

Die Worte des Polizisten drangen wie kalter, nasser Nebel in sein Bewusstsein und ließen ihn frieren.

»Ja, zunächst haben alle gedacht, er sei tot, dann hat man doch noch Lebenszeichen entdeckt. Allerdings solltest du dich auf das Schlimmste gefasst machen. Sie haben deinen Gesellen inzwischen in eine Spezialklinik nach Groningen geflogen. Dascher liegt im Koma, und die Chancen, dass er jemals daraus erwachen wird, sind minimal.«

In diesem Augenblick hörte Tamme lautes Gelächter aus Richtung des Kellers. Er bekam eine Gänsehaut. Waren das die Geister, vor denen Ontje sich so fürchtete? Freuten sich die ewig Verdammten, weil er, Tamme, nun zu ihnen gehörte? Er, der seinen besten Gesellen für dieses verfluchte Gold verraten hatte? Tamme musste sich am Tisch festhalten, weil ihn die Schuld, die er auf sich geladen hatte, in die Knie zwang.

»Alles in Ordnung mit dir, Tamme?« Die Miene des Polizisten war besorgt. »Ja, eine schlimme Nachricht. Ich weiß, dass ihr euch immer gut verstanden habt.«

Ido kam zurück in die Küche. »Mannomann, die Maurer sind vielleicht ein lustiger Haufen, die sind gerade eingetroffen und erzählen sich einen Witz nach dem anderen.«

TEIL 2
2017

Montagmorgen, Stadt Leer, Polizeidienstgebäude

Onno Elzinga und Klaas Leitmann saßen sich an ihren Schreibtischen gegenüber. Klaas sah auf seine Uhr. »Frühstückszeit, Onno!«

Onno beobachtete, wie Klaas seine riesige Brotdose aus seinem Rucksack nahm.

»Hoffentlich reicht das auch«, bemerkte Onno leise.

Klaas warf seinem Kollegen einen Blick zu, schüttelte den Kopf und sagte: »Entschuldigung, der Herr Asket. Ja, mir schmeckt's immer noch. Kann es sein, dass wir wieder einmal eine Diät ausprobieren? Deine Laune ist immer mies, wenn du am Schmachten bist. Mann, lass es sein, wir werden beide nicht mehr schlank!«

Onno schaute auf seinen Bauch und seufzte. »Wahrscheinlich hast du recht ...«

Das Telefon auf dem Schreibtisch unterbrach ihn. Klaas stand schon in der Tür, deshalb meldete sich Onno am Telefon. »Elzinga!«

»Hallo, Onno, hier ist Klaus von der Wache. Du, ich habe hier eine junge Dame sitzen und die hat mir gerade eine merkwürdige Geschichte erzählt. Wahrscheinlich ist es keine Angelegenheit für die Polizei, aber vielleicht könntest du dir die Sache einmal anhören. Die Frau sitzt noch bei mir im Wartebereich.«

»Ich komme runter und rede mit ihr.«

Die beiden Polizisten gingen auf den Flur. Klaas bog in den großen Sozialraum ab und Onno Richtung Treppe.

Als er die Wache erreicht hatte, zeigte der Wachschichtleiter Klaus Hensmann auf eine junge Frau im Wartebereich. »Ich stör euch ja nicht gerne zur Frühstückszeit, aber die Frau ist extra aus Hessen zu uns gefahren. Ich möchte sie nicht einfach wieder wegschicken.«

»Mach dir keinen Kopf wegen der Frühstückszeit, immerhin brauche ich mir nicht anzusehen, wie Klaas seine Brote verspeist.«

»Du und Klaas, ihr beide seid schon wie ein altes Ehepaar«, stellte Klaus mit einem Lächeln fest.

»Soso, Herr Hensmann, ist ja auch egal, was ist das denn nun für eine merkwürdige Geschichte?« Onno warf einen Blick auf die junge Frau.

Da klingelte eines der vielen Telefone am Wachpult.

»Geh ran«, sagte Onno. »Ich frag sie selber.«

Onno schritt auf die Frau zu. »Guten Morgen! Mein Name ist Onno Elzinga, ich arbeite im Kriminaldienst, wie kann ich Ihnen helfen?«

Die Frau stand auf und reichte ihm zur Begrüßung die Hand. »Guten Morgen, ich bin Jasmine Löbers.« Sie wirkte etwas verunsichert. »Ich weiß nicht, ob es überhaupt richtig war hierherzukommen.«

»Frau Löbers, kein Problem, kommen Sie doch bitte mit in mein Büro, da sind wir ungestört und Sie können mir alles in Ruhe erzählen.«

Onno ging voraus. Im Büro angekommen zeigte er auf einen freien Stuhl. »Setzen Sie sich doch bitte.«

Die beiden saßen sich gegenüber und Onno wartete ab.

Frau Löbers griff in ihre Tasche und hielt einige Briefe in der Hand. Sie legte sie vor Onno auf den Schreibtisch.

»Seit fünf Jahren erhalte ich jedes Jahr einen Brief, in dem sich 1.000 Euro befinden. Immer fünf 200-Euro-Scheine ohne eine Erklärung dazu.«

Onno sah auf die Briefumschläge. »Frau Löbers, Sie wohnen in Frankfurt unter dieser Adresse auf den Umschlägen und bekommen die Briefe seit dem Jahr 2012?«

»Ja genau, Herr Elzinga.«

Onno sah sich die Poststempel auf den Umschlägen an. Die Briefe waren in Leer abgestempelt worden. »Die Sendungen kommen aus unserer Gegend und deshalb sind Sie hier bei uns«, vermutete Onno.

Frau Löbers nickte. »Ich habe keine Ahnung, wer mir jedes Jahr das Geld schickt. Nach Ostfriesland habe ich doch gar keine Verbindungen.«

»Frau Löbers, ich benötige zunächst Ihre persönlichen Daten, haben Sie Ihren Personalausweis dabei?«

Sie griff wieder in ihre Handtasche und übergab ihm den Ausweis. Onno tippte ihre Daten vorsichtshalber in den Polizeicomputer ein. Dieses Verfahren hatte sich bewährt und schützte meistens vor unliebsamen Überraschungen. Bei Frau Jasmine Löbers schien es sich, was das Auskunftssystem betraf, um ein unbeschriebenes Blatt zu handeln. »Ich notiere mir Ihre Personalien und brauche für alle Fälle Ihre Erreichbarkeit in Frankfurt«, erklärte er.

»Kein Problem, Herr Elzinga.« Ihre Stimme klang hoffnungsvoll. »Heißt das, dass Sie mir vielleicht helfen können?«

»Ich werde es versuchen, aber ich brauche noch weitere Informationen von Ihnen.«

Eine halbe Stunde später begleitete Onno Frau Löbers

nach draußen und verabschiedete sich von ihr. »Wir bleiben in Kontakt, Frau Löbers.« Er ging zurück ins Polizeigebäude, die Treppe hinauf und in sein Büro.

Dort saß Klaas mit hochrotem Gesicht vor dem Computermonitor und fluchte. »Plausi, immer nur Plausi, verfluchtes Ding, speicher endlich!« Er drückte immer wieder auf die Eingabetaste, offensichtlich ohne Erfolg.

»Soll ich dir eine Axt besorgen?«, fragte Onno mit Unschuldsmiene.

»Nein danke, aus dem Fenster schmeißen wäre auch eine Option.«

»Fußgänger von Polizeicomputer getroffen …«, fantasierte Onno.

»Polizeisoftwareentwickler vom eigenen Computer getroffen, gefällt mir noch besser.« Klaas konnte schon wieder lachen. »Jan und Maike kommen gleich zu uns ins Büro, sie wollten uns schon beim Frühstück sprechen, aber du warst ja beschäftigt.«

Der Erste Hauptkommissar Jan Broning war Fachkommissariatsleiter und mit der Oberkommissarin Maike Broning glücklich verheiratet. Jan und Maike arbeiteten in verschiedenen Fachkommissariaten, deswegen stellte ihre Ehe kein Hindernis in ihrem beruflichen Fortkommen dar. Jan war Onno Elzingas und Klaas Leitmanns Dienstvorgesetzter.

»Worum geht's denn?«, wollte Onno wissen.

»Stefan und Bekky heiraten doch angeblich!«, antwortete Klaas.

Stefan Gastmann war ebenfalls Kriminalpolizist. Vor zwei Jahren hatte er sich unsterblich in Bekky Erdmann, die Tochter des örtlichen Bestatters, verliebt. Jan und Maike Broning, Stefan Gastmann, Onno Elzinga und Klaas Leitmann hatten in der Vergangenheit gemeinsam einige spektakuläre

Fälle aufgeklärt und aus der Kollegialität war inzwischen ein Freundeskreis entstanden. Man kannte und schätzte sich gegenseitig.

»Lass mich raten, Klaas, und jetzt wollen wir gemeinsam für die Hochzeit etwas vorbereiten?«

»Genau, wie wäre es wieder mal mit einem Besuch auf unserer Lieblingsinsel Texel?«

Onno war skeptisch. »Ich weiß nicht, bei aller Freundschaft, ich glaube nicht, dass die beiden uns bei ihren Flitterwochen dabeihaben wollen.«

In diesem Augenblick betraten die Bronings das Büro.

»Guten Morgen, Onno«, sagte Jan. »Wir wollten euch eigentlich beim Frühstück sprechen wegen der geplanten Hochzeit von Stefan und Bekky.«

»Eine Überraschung wäre schön«, ergänzte Maike. »Ich hab schon eine Idee, wie wäre es, wenn ...«

Da betrat Stefan das Büro und alle schwiegen sofort. »Guten Morgen zusammen!« Er war sichtlich gut gelaunt.

»Ich hab unseren Computerspezialisten Stefan vorhin gefragt, ob er mir mal bei diesem blöden Vorgang helfen kann«, erklärte Klaas.

»Schon bin ich da, mein lieber Klaas, wo hakt es denn?« Stefan sah auf den Computermonitor des Kollegen. »Oh, mal wieder Plausibilitäten-Alarm«, stellte er fest. »Respekt, Klaas, acht Fehlermeldungen!«

Während Stefan am Computer arbeitete und die Fehler korrigierte, herrschte für einen Moment Stille im Raum, und Onno beschloss, von dem rätselhaften Fall Jasmine Löbers zu berichten.

Die Kollegen hörten interessiert zu und stellten hin und wieder Fragen.

»Onno, diese Frau Löbers ist doch adoptiert worden«, hakte Maike nach. »Wie sieht es denn mit ihren leiblichen

Eltern aus? Vielleicht wollen die ihr schlechtes Gewissen mit den Geldgeschenken beruhigen?«

»Die leibliche Mutter hat Jasmine Löbers als Säugling zur Adoption abgegeben«, erläuterte Onno. »Sie hat sich gleich nach der Übergabe des Säuglings an die Adoptiveltern abgesetzt. Niemand weiß, wo sie sich aufhält. Zu dem leiblichen Vater ist nichts bekannt. Frau Löbers' Adoptivmutter ist vor etlichen Jahren verstorben und sie hatte dann nur noch ihren Adoptivvater.«

»Oh wie schrecklich, die arme Frau!«, sagte Maike.

»Die Zahlungen begannen 2012«, stellte Jan fest. »Wieso kommt sie ausgerechnet jetzt, fünf Jahre später, zu uns?«

»Angeblich hat ihr Adoptivvater sie nicht beunruhigen wollen und das Geld auf ein besonderes Konto eingezahlt«, erklärte Onno. »Jetzt ist ihr Vater auch tot und sie ist bei der Durchsicht seiner Papiere über das Geheimnis gestolpert.«

Klaas sah Onno an und runzelte die Stirn. »Das ist doch kein Sachverhalt für die Kriminalpolizei. Es liegt keine Straftat vor. Du bist wieder einmal zu gutmütig und hast dich bequatschen lassen. Das ist eher was für einen Privatdetektiv. Aber du übst sicher schon einmal für die Zeit nach der Pensionierung.«

»Kann ich mir gut vorstellen«, murmelte Stefan, »Onno als Privatdetektiv.«

»Die Frau Löbers tat mir einfach leid«, erwiderte Onno. »Sie hat nicht das Geld für einen privaten Ermittler und ist extra aus Frankfurt angereist. Maike hat es ja schon angesprochen. Jasmine Löbers hat wohl die Hoffnung, dass das Geld von ihrer leiblichen Mutter geschickt wurde. Vielleicht als eine Art Wiedergutmachung.«

Maike klopfte Onno auf die Schulter. »Ich finde es toll, dass Onno der armen Frau helfen will.« Sie schaute zu Stefan und sagte mit Unschuldsmiene: »Stefan, wann und wo findet denn nun die Hochzeit statt?«

Stefan grinste. »Ihr kennt ja meine Bekky, vermutlich bei Vollmond unter einer alten Eiche. Im Ernst, ich hab keine Ahnung. Außerdem ist sie etwas im Stress. Die Erdmanns haben in Pilsum ein kleines Ferienhaus. Sie will dort an der Küste ihre Kurse anbieten. Ihr wisst schon, Klangtherapie, Entschleunigung und Achtsamkeit. Die Touristen dort seien aufgeschlossener und hätten Zeit für diese Sachen.«

Onno dachte an Bekky Erdmann. Sie gehörte zu einer Art Hexenzirkel. Ihr Äußeres war entsprechend. Eine niederländische Hellseherin von der Insel Texel, Aukje van Dijken, war ihre beste Freundin. Onno war sich absolut sicher, diese Hochzeit würde nicht wie gewohnt ablaufen.

Montagabend, Coldeborgersiel, Siedlerhaus des Ontje Wieringa

Ontje bemühte sich, ruhig zu atmen. Er saß in der Küche seines abgelegenen Einfamilienhauses am Coldeborgersiel. Seinen Kopf stützte er mit beiden Händen. Auf dem Tisch stand eine Flasche Wodka, nicht mehr der billige Fusel, den er früher getrunken hatte. Ja, in den letzten fünf Jahren hatte es einige Veränderungen in seinem Leben gegeben. Die regelmäßigen Geldsummen, die Tamme Hofenga ihm überwies, hatte Ontje mehr oder weniger gut genutzt. Wodka war sein neues Lieblingsgetränk, davon roch man nicht so nach Alkohol. Seinen alten Lada hatte er gegen einen Geländewagen aus Fernost getauscht.

Allerdings war Ontje immer noch solo und seine Ex-Frau war immer noch hinter seinem Geld her.

Seit einigen Tagen glaubte Ontje, den Verstand zu verlieren. Sein Glaube an übernatürliche Phänomene verwandelte sich in ein Gefühl der direkten Bedrohung. Vielleicht lag es am Alkohol, wie Diedje vermutete.

Ontje hörte draußen das Geknatter eines Motorrades. Diesen Klang kannte er, es handelte sich um Diedjes aufgemotzten Chopper. Der Motor wurde auf seiner Auffahrt abgestellt und kurz darauf klingelte es an der Eingangstür.

Ontje öffnete. »Hallo, Diedje, komm rein.«

»Mann, Mann, Ontje, siehst du scheiße aus«, sagte Diedje zur Begrüßung.

Ontje Wieringa ging voraus in die Küche und die beiden Männer setzten sich an den Tisch. Ontje bemerkte den besorgten Gesichtsausdruck seines Kollegen, als dieser die Wodkaflasche sah.

»Musst du so viel saufen?«, tadelte Diedje. »Sitzt hier alleine in der Küche und lässt dich volllaufen.«

»Du klingst wie meine Ex«, antwortete Ontje. »Ist nur zu meiner Nervenberuhigung.«

»Weshalb musst du dich beruhigen? Is doch alles gut!«

»Hast du 'ne Ahnung!« Ontje wollte wieder zur Flasche greifen.

Diedje nahm ihm das Gesöff weg und sah ihn wütend an. »Tamme will, dass du morgen wieder arbeiten kommst!«

»Ich kann nicht, bin fertig!«, jammerte Ontje.

»Red keinen Scheiß!« Diedje klang wütend, wurde dann jedoch etwas versöhnlicher. »Ich brauch dich auf der Baustelle. Du weißt doch, das Dream-Team Ontje und Diedje!«

»Ich hab sie die letzte Nacht singen gehört«, flüsterte Ontje.

»Wie bitte, wen hast du singen gehört?«

»Die Weiße Frau, diese Hexe, die Walriderske.«

»Oh Mann, geht das wieder los!«, stöhnte Diedje und sah zur Decke.

»Nee, Diedje, es war wie damals beim Steinhaus in Bunderhee, als ich sie zum ersten Mal gesehen hab.« Ontjes Stimme wurde ängstlich. »Nur dieses Mal habe ich sie singen gehört, ganz deutlich, und sie hat meinen Namen gerufen! Ich lag im Bett, plötzlich höre ich sie ganz klar und spüre, dass jemand auf meiner Brust sitzt, und kann nicht mehr atmen …«

»So 'n Quatsch, Ontje«, unterbrach Diedje ihn genervt. »Ich kann dir das erklären. Manche sehen alles Mögliche, wenn sie zu viel saufen. Bei einem sind's weiße Mäuse und bei anderen Weiße Frauen.«

»Diedje, ich dachte, ich muss sterben … ersticken!«

»Ja, wir haben früher die scheiß Eternitplatten geschnitten, ohne Atemschutz und immer schön durch mit der Flex. Davon hast du deine Atemprobleme, und wenn du dich aufregst, denkst du, jemand sitzt auf deiner Brust. Ich brauch dir ja wohl nicht zu sagen, dass das Saufen alles schlimmer macht.«

»Diedje, glaub mir doch, so besoffen war ich nicht, es war eine Frau, die vor meinem Haus gesungen hat!«

»Ontje, lass den Schnaps weg, dann verschwindet diese Frau.«

Ontje sah seinen Kumpel an. »Es gibt da ja noch eine weitere Möglichkeit, vielleicht war es Frauke. Sie weiß doch, wie abergläubisch ich bin, und sie ist verdammt sauer auf mich. Ahnt wohl, dass ich neuerdings Geld habe, und will ihren Unterhalt.«

»Nee, so eine ist Frauke nicht! Sie schleicht bestimmt nicht nachts ums Haus herum und ruft deinen Namen, weil sie genau weiß, dass du dir dabei vor Angst in die Hose machst! Nein, Ontje, dein Problem ist der Alkohol, und wir sollten einmal zu so einer Selbsthilfegruppe gehen. Vielleicht können die dir helfen.«

»Verdammt, das wird schwer, aber so geht es wohl auch nicht weiter, ich hab das Gefühl, ich drehe vollkommen durch.« Ontje stöhnte.

Diedje sah auf die Uhr. »Ich muss los. Ein Treffen mit meinen Freunden aus Bremen!«

»Diedje, pass bloß auf mit diesen Kerlen!« Ontjes lähmende Angst war etwas verflogen. »Von diesen Rockern hört man so einiges, und meist nix Gutes.«

»Jetzt klingst du wie meine Mutter«, lachte Diedje und stand auf. »Bis morgen, Ontje. Leg dich ins Bett und schlaf dich aus. Wir sehen uns dann auf der Baustelle. Besser, du kommst! Tamme ist schon echt sauer auf dich!«

Ontje brachte Diedje nach draußen. »Ich wollte, ich hätte ein bisschen von deinem Mut. Bist nicht so eine Memme wie ich.«

»Jeder hat seine schwache Stelle, Ontje, bei mir sind es Ratten!«

»Ja, damit haben wir dich ja ein paarmal bei der Arbeit verarscht.«

Bevor Diedje auf seine Maschine steigen konnte, umarmte Ontje seinen Kumpel. Das hatte er vorher noch nie getan.

Diedje war sichtlich gerührt, als er sich aus der Umarmung befreite. »Du tust ja gerade so, als wenn wir uns nicht wiedersehen würden!« Er setzte sich auf sein Motorrad und ließ den Motor an.

Ontje stand auf der Auffahrt und sah zu, wie Diedje mit seiner Harley davonfuhr. Bei dem Gedanken daran, ins Bett zu gehen, bekam Ontje eine Gänsehaut. Was, wenn sie wieder erscheinen würde, die Weiße Frau, und ihm die Luft raubte? Vielleicht hatte Diedje recht und alles war nur Einbildung. Oder trieb seine geschiedene Frau sich hier nachts rum, um ihn in den Wahnsinn zu treiben?

Es wurde Zeit für seinen abendlichen Spaziergang auf dem Deich. Dort oben auf einer Bank direkt am Siel saß er gern.

Er genoss die Einsamkeit, die weite Sicht über die große Emskurve, und er konnte durchatmen, war mit sich und der Welt im Reinen.

Mühsam erklomm er die Treppe zur Deichkrone.

Die Schiffe fuhren hier dicht vorbei. Rechts konnte er bis nach Terborg sehen und links von ihm lag, ebenfalls auf der anderen Seite der Ems, der Ort Oldersum. Diedje wohnte in Hatzum, nur einige Kilometer weiter in Richtung Ditzum. Etwas links von Ontjes Lieblingsbank, zwischen Hatzum und Coldeborg, befand sich mitten in der Ems die kleine Insel Hatzumer Sand. Sie war unbewohnt und bestand nur aus Gebüsch und hohem Gras. Jetzt, in der einsetzenden Dunkelheit, waren nur die Umrisse des Eilandes zu sehen.

Der Wind war so früh im Jahr noch kühl und wehte aus dem Norden auf ihn zu. Ontje fand tatsächlich Ruhe.

Plötzlich stellten sich seine Nackenhaare auf, aber nicht wegen des kühlen Windes, sondern weil er glaubte, den Gesang einer Frau zu hören. Die aufsteigende Angst ließ Ontje erstarren, es war der gleiche Gesang, den er in der Nacht gehört hatte. Der Gesang, den er jetzt deutlicher hörte, kam aus Richtung der Insel.

Auf dem Hatzumer Sand bemerkte er einen flackernden Lichtschein. Er sah genau hin, und sein Herz setzte für einen Moment aus, als er im schwachen Licht die Gestalt einer Weißen Frau ausmachte. Diese Frau hielt eine Art Fackel in einer Hand und mit der anderen winkte sie ihm zu. Der leise Gesang setzte der aufsteigenden Panik in Ontjes Seele die Krone auf. Er sprang entsetzt von der Bank und rannte auf dem Deich zur Treppe.

Mit großen Sprüngen nahm er die Stufen hinab. Als er unten angekommen war, musste er stehen bleiben, weil ihm die Luft wegblieb. Er hielt sich am Geländer der Treppe fest, ihm wurde schwarz vor Augen. Die Gestalt auf der Insel, war das vielleicht Frauke? Seine Frau wusste, dass sie ihn mit Geistergeschichten terrorisieren konnte, aber wie sollte die denn auf die Insel gekommen sein? Außerdem hatte Frauke sehr kurze Haare. Die Frau auf der Insel hatte lange, wehende gehabt.

Ontje trottete langsam weiter in Richtung seines Hauses. Die harmlose Erklärung für den nächtlichen Spuk konnte er vergessen. Er war sich sicher, dass eine Weiße Frau es auf ihn abgesehen hatte. An dem Weg zu seinem Haus standen einige Bäume. Die weiße Rinde einer Birke war auch im Dunkeln zu sehen. Irgendetwas war an diesem Baum heute anders als sonst. Da sah Ontje, dass an einer Stelle der Birke, wo etliche Äste eine Art Nest gebildet hatten, lange blonde Strähnen hingen und sich wie Fahnen im Wind bewegten.

»Ein Hexennest«, murmelte er. Er wusste, dass Walridersken tagsüber unsichtbar in diesen Nestern schliefen und nachts herabstiegen, um ihren Schrecken zu verbreiten.

Einige Haare der Hexe waren wohl in den Ästen hängen geblieben.

Ontje begann zu rennen, weil er gesehen hatte, wo sich die Hexe gerade befand. Noch war sie auf der Insel.

Sie würde auf einem Boot übers Wasser gleiten, um ihn zu holen. Ontje warf die Eingangstür hinter sich ins Schloss, zog den Schlüssel ab und verstopfte das Schlüsselloch mit Knabenkraut. Alle Schuhe stellte er mit den Spitzen in Richtung Eingangstür, dann verstreute er den Rest der Abwehrkräuter kreisförmig um das alte Ostfriesensofa herum. Mit einer vollen Flasche Wodka setzte er sich darauf und hoffte, dass die Nacht bald vorüber sein würde.

Dienstagmorgen, eine Baustelle in Jemgumgaste

Tamme Hofenga war sauer, weil Ontje wieder nicht auf der Baustelle erschienen war. Sein Kumpel Diedje ging gerade auffallend schnell an dem Zimmermeister vorbei.

»He, Diedje, lauf nicht weg!«, forderte Tamme schlecht gelaunt. »Wo bleibt denn Ontje, du solltest doch noch gestern Abend zu ihm und ihn etwas motivieren!«

»Ich war ja da, und Ontje hat mir in die Hand versprochen, dass er pünktlich hier ist.«

Tamme sagte nichts, sondern schaute Diedje nur abwartend an.

»Ontje hat wieder seine Spukgeschichten im Kopf«, erklärte der Geselle und fügte leise hinzu: »Er war auch etwas betrunken.«

Tamme presste die Lippen fest aufeinander und auf seiner Stirn bildeten sich Falten.

Diedje berichtete vom gestrigen Besuch bei Ontje. »... jedenfalls sieht Ontje wieder die Weiße Frau, besser gesagt, jetzt hört er sie singen!«

»Diedje, das gefällt mir nicht!« Tamme wurde nachdenklich und dabei sah er sich um. »Du kannst dir doch denken, dass wir echte Probleme kriegen, wenn wir Ontje nicht unter Kontrolle halten. Stell dir vor, der redet ... Dann sind wir geliefert. Wir wandern in den Knast und danach brauchen wir uns hier nicht mehr blicken lassen. Ich schau nicht zu, wie mir dieser Idiot mein Leben versaut!«

Tamme bemerkte Diedjes ängstlichen Gesichtsausdruck und sagte versöhnlicher: »Ich fahr nachher zu ihm, vielleicht kann ich ihn ja beruhigen!«

Das Problem mit Ontje beschäftigte Tamme noch den ganzen Tag, und gegen Feierabend passierte ihm etwas, das nur äußerst selten geschah. Beim Ablängen eines alten Balkens war er unkonzentriert und sägte das Holz viel zu kurz ab. Das Teil konnte er vergessen, und es hatte auch keinen Sinn mehr weiterzuarbeiten.

Dienstag, später Nachmittag, Coldeborgersiel, Siedlerhaus des Ontje Wieringa

Tamme Hofenga hatte Diedje nach Hause geschickt, sich in seinen Pritschenwagen gesetzt und war nach Coldeborg gefahren.

Auf der Auffahrt vor Ontjes Haus stellte er den Motor ab und schüttelte missbilligend den Kopf.

Das Haus des alten Gesellen machte einen heruntergekommenen Eindruck. Ein Rollo hing schräg im Rahmen. Die Fenster waren total verschmutzt und überall hingen kleine Kräutersträuße am Haus und in den Bäumen. Der Rasen war seit Ewigkeiten nicht gemäht worden und das Unkraut stand kniehoch in den Beeten.

Tamme stieg aus, ging zur Eingangstür und klingelte. Er wartete eine gefühlte Ewigkeit, aber niemand machte auf. Vorsichtig drückte Tamme die Klinke herunter und stellte fest, dass die Tür nicht abgeschlossen war. Er betrat das Haus. »Hallo, Ontje, bist du da? Ich bin es, Tamme!«

Er hörte eine schwache Stimme aus dem hinteren Bereich des kleinen Flurs: »Hier, im Schlafzimmer, bin ich!«

Im Flur roch es sehr unangenehm, und als Tamme das Schlafzimmer betrat, verstärkte sich der Geruch. Sein Mitarbeiter lag im Bett und sah ihn mit großen Augen an.

»Mann, Mann, hier stinkt's wie im Pumakäfig!«, schimpfte Tamme. »Du musst dich waschen, Ontje.«

»Ist doch egal, ob ich gewaschen oder ungewaschen in die Hölle komme«, jammerte der alte Geselle.

»Red doch keinen Unsinn, warum solltest du in die Hölle kommen?«

»Die Weiße Frau ... Bertus hat mir die Weiße Frau geschickt, damit sie mich mitnimmt ... in die Hölle, weil wir unseren Kameraden im Stich gelassen haben.« Ontje schluchzte.

Tamme wurde langsam böse. »Ontje, es gibt keine Spukgestalten, erst recht keine Weiße Frau. Außerdem wussten wir damals nicht, dass Bertus nach dem Sturz noch am Leben war. Es war ein Unfall und wir mussten so handeln!«

»Nein, wir waren geblendet von dem Scheißgold!«, schrie Ontje. »Wir müssen alles gestehen, die Wahrheit sagen, dann lässt die Weiße Frau mich in Ruhe!«

Tamme sah hinunter auf seinen Kollegen, ballte seine Fäuste und polterte los: »Das wirst du garantiert nicht tun, Ontje Wieringa! Du hast einen Schwur abgelegt und an den wirst du dich verdammt noch mal halten!«

Dienstagabend, Coldeborgersiel, Siedlerhaus des Ontje Wieringa

Ontje Wieringa hörte den Wagen seines Chefs davonfahren. Er quälte sich aus dem Bett, um sich eine neue Flasche Wodka zu holen. Mit Entsetzen stellte er fest, dass der Karton leer war. Leichte Panik setzte ein, als er sich dessen gewahr wurde, dass sich auch sonst kein Alkohol mehr im Haus befand. Seine Alkoholsucht kämpfte mit der Angst, das Haus zu verlassen. Bei der Vorstellung, die nächste Nacht ohne

Stoff verbringen zu müssen, begannen seine Hände zu zittern. Er suchte seine Geldbörse und nahm seine Autoschlüssel. Sorgfältig verschloss er die Haustür und setzte sich in den Wagen. Jetzt bloß nicht in eine Polizeikontrolle geraten. Sicher hatte er genug Restalkohol im Blut. Während der Fahrt in den nächsten Ort hielt Ontje sich strikt an die Verkehrsvorschriften und lutschte ständig Pfefferminzbonbons. Der kleine Supermarkt am Ortsrand hatte noch geöffnet und Ontje fuhr erleichtert auf den Parkplatz.

Nach dem Einkauf steuerte er das Auto zurück zu seinem Haus. Als er dort eintraf und die Tür aufschließen wollte, fiel ihm auf, dass sie nicht verschlossen war. Die Weiße Frau erlaubte nicht, dass er die Tür abschloss, und öffnete sie jedes Mal. Die Angst schnürte ihm die Kehle zu, und er überlegte, ob er überhaupt hineingehen sollte. Dann wurde er unsicher. Hatte er überhaupt abgeschlossen? Einbruchsspuren waren jedenfalls nicht zu finden.

Ontje wurde es abwechselnd heiß und kalt, als er vorsichtig sein Haus betrat. Er durchsuchte Raum für Raum und stellte erleichtert fest, dass er allein war. Von draußen holte er zwei Kartons mit Wodka aus dem Auto und verstaute sie unter seinem Bett. Die Haustür verschloss er und das Schlüsselloch verstopfte er wieder mit seinem Abwehrkraut. Er legte sich ins Bett. Den Wodka trank er direkt aus der Flasche. Die Zeit, in der er Gläser benutzt hatte, war längst vorbei.

Der Alkohol beruhigte ihn, und als er die Flasche fast ausgetrunken hatte, schlief er endlich ein.

Nacht von Dienstag auf Mittwoch, Coldeborgersiel, Siedlerhaus des Ontje Wieringa

Im Traum hörte er, wie eine schöne Mädchenstimme ein altes Lied sang: *Es führt über den Main eine Brücke aus Stein, wer darüber will geh'n, muss im Blute sich dreh'n.* Der Text war doch falsch, es musste heißen: *muss im Tanze sich dreh'n.*

Etwas kitzelte in seinem Gesicht und langsam wurde Ontje wach. Als er die Augen öffnete, sah er direkt in das Antlitz einer Frau. Es war so dicht vor seiner Nase, dass eine lange blonde Haarsträhne seine Wange berührte. Die Frau war schön, aber leichenblass. Mit einem Schrei wurde Ontje blitzartig wach und sein Herzschlag setzte einen Moment aus. So weit er konnte, rutschte er im Bett nach hinten, weg von der Frau. Sie richtete sich vor seinem Bett auf und begann wieder dieses Lied zu singen. Dazu drehte sie sich wie im Tanz, näherte sich der Tür zum Schlafzimmer und zu Ontjes großer Erleichterung verschwand sie.

Mittwochmorgen, Ditzum, Haus der Familie Broning

Jan musste lachen, als er seiner Tochter Antje dabei zusah, wie sie ihr Frühstück, ein Brot mit Nussnugat-Aufstrich, genüsslich verzehrte. Sie bestand neuerdings darauf, ihr Brot selbst zu schmieren, schließlich ging sie ja bereits in die Schule. Ihre verschmierten Hände und das Gesicht legten allerdings nahe, dass es ihr noch ein wenig an Übung fehlte.

»Oh, Antje, du bist doch ein kleines Ferkel!«, sagte ihre Mutter Maike.

»Mama ... Papa lacht mich aus!« Antje sah ihren Vater böse an.

Jan verkniff sich ein weiteres Lachen und stand schnell auf, um einen nassen Lappen zu holen.

Er wischte seiner Tochter die Creme von den Händen und den Wangen. Sie beobachtete ihn dabei genau und tadelte: »Man darf sein Kind nicht auslachen. Dafür gehst du in den Bau, bei Wasser und Brot!«

Jan warf Maike einen überraschten Blick zu. »Woher ...?«

»... sie diesen Spruch hat?«, ergänzte Maike mit einem Grinsen. »Na, beide Eltern bei der Polizei, da brauchst du dich nicht zu wundern!«

»Ich vermute eher, dein Vater hat mit ihr wieder Krimis im Fernsehen angeschaut.«

»Papa, rauchst du auch Zigarren bei der Arbeit?«, wollte Antje nun wissen.

»Die Verdachtslage gegen deinen Vater erhärtet sich.« Jan wandte sich seiner Tochter zu. »Antje, wie heißt denn der Polizist im Fernsehen?«

»Inspektor, ach ich weiß nicht mehr ... viele Os im Namen«, antwortete Antje. »Und der raucht immer Zigarren.«

»Erwischt«, konstatierte Maike.

Das Telefon klingelte.

Jan stand auf. »Esst weiter, ich geh ran.«

»Broning«, meldete er sich am Hörer.

»Hensmann, Wache Leer«, tönte eine leise Stimme aus dem Hörer.

Jan verkniff sich erneut ein Lachen: »Klaus, ich hätte nicht gedacht, dass ich das einmal sagen würde. Kannst du etwas lauter sprechen?« Klaus Hensmann, Wachschichtleiter bei der Polizeiinspektion Leer, war für sein dröhnendes, lautes Organ berühmt und berüchtigt.

»Oh Mann, Jan, ich versuche es. Hab mir wohl was eingefangen und Halsschmerzen«, erklärte Hensmann. »Es kam gerade eine Meldung von unserem Kollegen Wurps aus Jemgum rein. Er ist in Coldeborg an einem Tatort. Ein Mann wurde in seinem Schlafzimmer tot von seinem Arbeitskollegen gefunden. Todesursache ist massive äußere Gewaltanwendung. Der Tatort liegt in der Nähe des Schöpfwerks, also quasi auf deinem Weg von Ditzum zur Dienststelle.«

»Ist Stinus noch vor Ort und habt ihr die Spurensicherung schon alarmiert?«, wollte Jan wissen.

»Stinus und der Arbeitskollege des Toten warten auf euch. Albert und seine neue Mitarbeiterin Swantje sind gerade mit dem Bulli der Spurensicherung von hier losgefahren.«

»Okay, Klaus, ich mach mich auf den Weg zum Tatort. Coldeborg am Schöpfwerk … Da ist doch der schöne Aussichtspunkt auf die Ems.«

»Genau, Jan, wahrscheinlich siehst du von der Landstraße aus Stinus' Streifenwagen, so groß ist der Ort ja nicht!«

Jan gab Maike und Antje einen Abschiedskuss und nahm sich die Schlüssel des VW Bulli. Seit einigen Wochen bauten die Bronings das ehemalige Postfahrzeug in ein kleines Wohnmobil um. Seinen alten Mercedes hatte Jan schweren Herzens gegen diesen praktischen Hochdach-Bus eingetauscht. Der hohe Sitz war gut für seine fortgeschrittene Arthrose im Knie.

Der überholte Motor sprang sofort an und Jan freute sich wieder einmal über die bequeme Position. Das Fahrzeug war noch nicht fertig eingerichtet, trotzdem erwies es sich schon jetzt als sehr zweckmäßig. Nur mit der gelben Lackierung haderte er noch etwas. Antje war allerdings von dem Farbton begeistert und so blieb es erst einmal bei Postgelb. Jan steuerte den Bulli vom Haus direkt am Emsdeich durch den Ort und bog an der Landstraße links ab.

Anschließend befuhr er die L 15 in Richtung Süden durch die Orte Nendorp und Hatzum. Die Ems und der Deich lagen links der Straße. Es war nur ein kurzer Weg von Ditzum nach Coldeborg. Auf der Fahrerseite kam das große Schöpfwerk in sein Blickfeld. Sofort dachte Broning daran, wie dort einmal ein Jäger auf dem Deich getötet und verstümmelt abgelegt worden war. Er verdrängte die Erinnerungen, passierte eine kleine Brücke und lenkte den Bus nach links in Richtung Deich. Vor einem einsam gelegenen kleinen Arbeiterhaus standen ein Polizeiauto, ein Geländewagen und ein altes Motorrad.

Jan parkte seinen Bulli neben dem Streifenwagen und quälte sich aus seinem Fahrzeug. Lange konnte er die nötige Knieoperation nicht mehr hinausschieben. Er rieb sich sein schmerzendes Knie und fluchte: »Verflixte Axt!«

»Gutes Stichwort, Kollege«, sagte der Schutzpolizist Stinus Wurps, als er auf Jan zukam, um ihn zu begrüßen.

»Moin, Stinus, was meinst du mit gutem Stichwort?« Jan schüttelte Stinus die Hand.

»Na, eine Axt hat den Mann ins Jenseits befördert!«, erklärte Stinus.

»Erzähl mir der Reihe nach, was hier los ist«, forderte Jan seinen Kollegen auf.

»Also, über die Leitstelle bekamen wir ganz früh die Meldung über einen unnatürlichen Todesfall rein. Dort hatte ein Diedrich Ebens angerufen, der seinen Kollegen und Freund Ontje Wieringa zur Arbeit abholen wollte. Er klopfte vergeblich an die Tür, klingelte Sturm, und als sich im Haus nichts rührte, bekam er es mit der Angst zu tun. Wieringa ist wohl Alkoholiker und nach Aussage seines Freundes zurzeit völlig neben der Spur. Jedenfalls öffnet Ebens die nicht verschlossene Eingangstür und findet seinen Kollegen tot im Schlafzimmer. Als ich in Jemgum alarmiert wurde, bin ich sofort hierhergefahren.« Stinus schluckte. »Ich bin ins Haus gerannt, um zu sehen, ob dem Mann noch zu helfen ist. Aber da war nichts mehr zu machen, und der Notarzt, der inzwischen da war, konnte nur noch den Tod feststellen. Ich hab schnell zwei Fotos gemacht und das Haus verlassen, um den Tatort abzusperren.«

»Wie …«, setzte Jan an und Stinus vollendete die Frage.

»… wie er gestorben ist?« Der Schutzpolizist verzog das Gesicht. »Schau es dir selber an.« Er zückte sein Smartphone und öffnete die Galerie mit den Fotos.

Jan brauchte einen Moment, um zu erkennen, was auf den Bildern zu sehen war. Ein großer und dicker Mann lag seitlich auf dem Boden. Seine Stirn wies zwei tiefe, senkrechte, längliche Wunden auf, die parallel nebeneinander verliefen.

Zwischen seinen Knien befand sich eine Axt, deren blutige Schneide in Richtung Gesicht des Toten zeigte.

»Habt ihr feststellen können, ob die Totenstarre bereits eingetreten ist?«, erkundigte sich Jan.

»Der war steif wie ein Brett«, antwortete Stinus. »Voll ausgeprägt, hat der Arzt gemeint.«

Jan dachte kurz nach. »Okay, sollte es sich um Fremdverschulden handeln, sind der oder die Täter vermutlich längst über alle Berge.«

Jan nahm noch mal die Fotos in Augenschein, obwohl er sich die Auffindesituation lieber selber angesehen hätte.

Der Arbeitskollege des Opfers, der Notarzt und Stinus hatten den Tatort bereits betreten. Dies war unvermeidlich gewesen. Die eingebrachten Fremdspuren waren nicht zu verhindern. Jede weitere würde einen erheblichen Mehraufwand für die Kriminaltechniker bei der Bearbeitung des Tatortes bedeuten.

Jan grinste, als er unwillkürlich an die Krimis im Fernsehen denken musste. Da fummelte der Kommissar am Tatort herum, während die Kriminaltechniker im Hintergrund arbeiteten. Das sah vielleicht spannend aus, war aber totaler Unsinn und hatte mit der tatsächlichen Polizeiarbeit nichts zu tun. Ihm blieb nichts anderes übrig, als zu warten und sich die Fotos genau anzusehen.

»Da war jemand ordentlich wütend und hat richtig zugelangt!«, stellte Stinus fest.

»Fremdverschulden oder Suizid, beides kommt infrage.«

»Moment mal, wie soll er sich denn selber umgebracht haben?«, der Dorfpolizist schüttelte ungläubig den Kopf. »Der kann sich doch nicht zweimal die Axt in die Stirn geschlagen haben.«

»In einem Kriminalmuseum habe ich mal einen Fall gesehen, wo ein Mann sich hinkniete und eine Axt zwischen seine Knie klemmte. Dann hat er es unglaublicherweise geschafft, dreimal seinen Kopf auf die nach oben gerichtete Schneide der Axt zu schlagen, und ist schließlich daran gestorben.«

»Du meinst, unser Mann hier«, Stinus zeigte auf die Fotos, »hätte sich auf den Boden gekniet, die Axt mit der Schneide nach oben fixiert und dann seinen Kopf mit Schwung nach unten auf die Klinge gestoßen? Zweimal?«

Jan überlegte laut: »Eine Möglichkeit wäre es, die andere wäre, dass jemand ihn mit der Axt erschlagen und ihn dann in diese Stellung hingelegt hat, damit wir von einer Selbsttötung ausgehen. Zu diesem Zeitpunkt haben wir erst einmal ein großes Fragezeichen und hoffen, dass uns die Tatortaufnahme weitere Hinweise liefert. Was weißt du über unser Opfer? Hatte er Familie oder Angehörige, wo arbeitete er und ist er polizeilich schon einmal in Erscheinung getreten?«

»Ontje Wieringa war mit Frauke Hinrichs verheiratet, inzwischen sind sie aber geschieden und seine Ex-Frau wohnt wieder in Critzum«, berichtete Stinus. »Sonst keine

Angehörigen. Er ist Zimmermann bei der Firma Hofenga in Jemgum.« Er zeigte auf seinen Streifenwagen, in dem Diedrich Ebens saß. »Der Zimmereibetrieb Hofenga ist auf die Restaurierung von alten Gebäuden spezialisiert. Zu diesem Betrieb gehören der Chef Tamme Hofenga, Diedrich Ebens und unser Opfer, Ontje Wieringa. Früher gehörte noch ein Hubertus Dascher dazu. Vor fünf Jahren ist der allerdings besoffen mit dem Fahrrad gestürzt. Das Letzte, was ich von diesem Mann gehört habe, ist, dass er in einem niederländischen Krankenhaus seit Jahren im Koma liegt.«

Jan griff zum Handy und telefonierte mit der Dienststelle in Leer, »Klaus, kannst du bitte Stefan Gastmann anrufen und ihm ausrichten, er soll mich hier beim Tatort in Coldeborg unterstützen?«

Nachdem er aufgelegt hatte, ging er zum Streifenwagen.

Ebens saß zusammengesunken auf der Rücksitzbank. Jan klopfte an das Seitenfenster und öffnete die hintere Tür.

»Herr Ebens, mein Name ist Jan Broning, ich bin Kriminalbeamter. Ich hoffe, es geht Ihnen etwas besser.«

Ebens sah ihn mit großen Augen an. »Mein Gott, der arme Ontje ... so ein schreckliches Ende!«

»Herr Ebens, bleiben Sie noch im Auto sitzen, wir sprechen nachher mit Ihnen. Ich müsste Ihren Chef kontaktieren.«

»Ja, Herr Kommissar, kein Problem, ich hab mein Handy dabei.« Ebens holte sein Mobiltelefon aus der Tasche.

Jan ließ Ebens eine Nummer tippen und sich das Handy geben.

»Diedje, wo zum Teufel bleibt ihr denn?« Der Mann am anderen Ende der Leitung hörte sich wütend an.

»Herr Hofenga, hier spricht Hauptkommissar Broning. Sie müssten bitte sofort zum Haus Ihres Angestellten Wieringa fahren. Alles andere erkläre ich Ihnen dann hier.«

Jan wartete vergeblich auf eine Antwort. »Herr Hofenga, haben Sie mich verstanden?«

»Ja, ich fahre gleich los!«

Jan beendete das Gespräch und steckte Ebens' Handy in seine Jackentasche.

Der Handwerker musterte ihn fragend.

»Bekommen Sie nachher wieder, Herr Ebens«, beruhigte Jan ihn.

Später würde er Ebens und Hofenga getrennt befragen. Dabei sollte ihn Stefan unterstützen. Er wollte nicht, dass sich Hofenga und Ebens über das Handy absprachen.

Erste Tropfen fielen vom Himmel. Jan ging zurück zum Kollegen Wurps und verkündete: »So, jetzt müssen wir auf die Kriminaltechniker und Stefan warten, das können wir auch in meinem Bulli machen. Dort ist es wenigstens trocken.« Jan zeigte auf seinen Bus. »Komm, wir setzen uns rein. Ich hab noch ein paar Fragen zum Hintergrund unseres Toten.«

Die beiden Polizisten setzten sich in den gelben Bulli.

Stinus suchte nach den richtigen Worten. »Jan, unser Opfer ist oder war stark alkoholabhängig und irgendwann hätte ich ihn bestimmt mal besoffen am Steuer erwischt. Aber …«

»… aber?« Jan wusste, dass die Einzelposten der Polizei ihre Pappenheimer genau kannten, und nicht alles wurde in den Polizeicomputer eingegeben.

»Ontje Wieringa hat mir keine Probleme bereitet, aber es gibt da so Gerüchte in Jemgum. Angeblich sind Hofenga, Ebens und Wieringa nachts unterwegs, um bei leer stehenden Häusern alte Balken und anderen Kram zu organisieren.«

»Hat der Firmenchef denn so was nötig?«

»Diese alten Balken sind schwer zu kriegen und Hofenga baut sie ja auch wieder in alte Häuser ein«, antwortete Stinus. »Noch vor einigen Jahren sah es verdammt eng aus für die Firma. Der Pleitegeier kreiste über dem Betrieb. Dann besserte sich die Situation wieder, weil Hofenga einen sehr lukrativen Auftrag an Land gezogen hat.«

Jan blickte zur Landstraße, wo der weiße Einsatz-Bulli der Kriminaltechniker in die Einfahrt zum Haus einbog.

Eine offensichtlich gut gelaunte Swantje Beninga stieg aus dem Wagen. Jan schob die Seitentür seines eigenen auf.

»Guten Morgen, Jan, Stinus.« Swantje rieb sich zufrieden die Hände. »Ich hab gehört, ihr habt einen interessanten Tatort für uns.«

»Hallo, Swantje, komm rein und setz dich.« Jan sah zum Fahrzeug der Kriminaltechniker und wartete, bis Albert auch bei ihnen war. Die vier Polizisten saßen sich in seinem Bus gegenüber. Draußen regnete es nun stärker.

»Moin! Scheißwetter!« Mehr sagte Albert nicht. Offensichtlich war er schlecht gelaunt. Albert Brede war ein Urgestein bei der Spurensicherung, doch er war schwierig im Umgang. Je schlechter Albert gelaunt war, desto kürzer wurden seine Sätze. Er hatte viele Kriminaltechniker gut ausgebildet. Leider hielten sie es selten lange mit ihm aus. Seine Launen waren schwer zu ertragen. Alle Kollegen waren gespannt, wie lange Swantje durchhalten würde.

Jan schilderte den beiden Kriminaltechnikern, was geschehen war. Außerdem zeigte er ihnen die Bilder der Auffindesituation von Stinus' Smartphone.

Die beiden Spurenexperten reagierten sehr unterschiedlich.

»Wieder alle möglichen Leute durch den Tatort gelatscht!«, grummelte Albert.

»Wunderbar! Super!« Swantje machte einen regelrecht begeisterten Eindruck. »Der Tatort eignet sich hervorragend für unsere neue Spheronkamera!«

»Na klasse, noch mehr zum Tatort schleppen!«, murmelte Albert.

Die beiden Kriminaltechniker stiegen aus und begannen, ihre Ausrüstung ins Haus zu tragen.

Jan wusste, dass Albert Brede zur alten Schule der Kriminaltechniker gehörte und es ihm manchmal schwerfiel, mit den neuen Möglichkeiten in der Forensik Schritt zu halten.

Die neue Spheronkamera war dafür ein gutes Beispiel. Die 3-D-Technik dieser Kamera ermöglichte es, einen Tatort digital aufzunehmen. Dazu wurde die Kamera auf einem Stativ montiert und in der Mitte eines Raumes aufgestellt. Sie schwenkte während der Aufnahme um 360 Grad. Später konnte der Sachbearbeiter sich diese Aufzeichnung ansehen und hatte dabei den Eindruck, er würde selbst in der Mitte des Raumes stehen und sich umsehen. Außerdem hatte der Kriminaltechniker die Möglichkeit, später Detailfotos in die 3-D-Aufzeichnung einzufügen. Also eine komplette Tatortbesichtigung vom Büro aus. Falls später neue Fragen aufkamen, konnte der Tatort immer wieder digital betreten werden.

Ein Quantensprung in der Forensik, fand Jan, trotzdem würde er sich den Tatort nach der Aufnahme noch einmal persönlich ansehen.

»Na, die haben bestimmt jede Menge Spaß beim Arbeiten.« Stinus konnte sich etwas Sarkasmus nicht verkneifen.

»Ja, das wird interessant«, stimmte Jan ihm zu.

Stinus schaute grübelnd drein, er überlegte wohl, ob er seine Gedanken aussprechen sollte. »Hast du schon von dem Vorfall mit dem fliegenden Lautsprecher gehört?«, brachte er schließlich mit Unschuldsmiene heraus.

»Wir müssen sowieso auf Stefan und den Chef Hofenga warten, also erzähl«, antwortete Jan, der gute Geschichten liebte, insbesondere wenn Stinus sie erzählte.

»Im Innenhof unserer Dienststelle sammeln sich doch manchmal die letzten Raucher unter den Kollegen«, begann der Schutzpolizist. »Also, ich steh dort mit ein paar anderen und wir quatschen über alles Mögliche.«

»Ihr habt doch wohl nicht über Mitarbeiter gelästert.« Jan grinste.

»Na ja, wir stehen da, plötzlich höre ich, wie oben bei dem Labor der Kriminaltechniker das Fenster aufgerissen wird. Es folgt ein wütendes Geschrei und auf einmal wirft jemand einen handgroßen Würfel aus dem Fenster. Aus diesem Würfel dröhnt eine Männerstimme und schreit dauernd ›Mutter … Mutter …‹, untermalt mit Metal-Musik.«

»Der fliegende Lautsprecher?«, hakte Jan nach.

Stinus nickte. »Genau, Jan, und dann knallt das Ding aufs Pflaster und eine kurze Stille tritt ein, die aber wieder vom Geschrei aus dem Fenster unterbrochen wird. Swantje beugt sich raus und sieht nach unten auf die Box. Das Fenster wird geschlossen und wir stehen mit offenem Mund da und starren nach oben. Es dauert einen Moment und Swantje erscheint mit hochrotem Gesicht unten bei uns und sammelt die Reste des Lautsprechers ein. Bevor sie wieder ins Gebäude ging, habe ich sie natürlich gefragt, was los war.«

»So eine Geschichte kannst du dir ja nicht entgehen lassen«, streute Jan süffisant ein.

Stinus war es anzusehen, dass jetzt die Pointe kam. »Also, Swantje hat wohl im Labor gearbeitet, dabei hat sie Musik von dieser Rammstein-Band gehört. Jedenfalls hat sie dazu ihr Smartphone benutzt, das die Musik per Bluetooth über einen kleinen, aber sehr starken Lautsprecher wiedergibt. Als sie arbeitete, stand der Lautsprecher hinter dem Hochschrank für die Bedampfung und spielte sehr laut die besagte Musik dieser Gruppe, weil ein Gebläse im Labor lief. Dann ging sie raus, um zu telefonieren, und schaltete die Musik am Smartphone auf Pause. Also Stille im Labor … bis auf das Gebläse. In der Zwischenzeit ist Albert Brede reingekommen und arbeitet mit diesem anhänglichen Spurensicherungspulver. Angeblich kommt Swantje dann aus Versehen auf die Wiedergabe-App für die Musik.«

»Lass mich raten«, unterbrach Jan ihn, »der hoch konzentrierte Albert verstreut vor Schreck das Pulver.«

Stinus lächelte von einem Ohr zum anderen. »Jan, da ist noch das Gebläse und verstreutes Pulver ... Jedenfalls rastet Albert wegen der Riesensauerei aus und will die Musik abstellen, was ihm nicht gelingt. Also raus mit dem Ding durchs Fenster.«

Gerade als Stinus geendet hatte, bemerkte Jan, wie ein Pritschenwagen in die Auffahrt zum Haus abbog. Hinter dem Wagen befand sich das Zivilauto der Kriminalpolizei, in dem Stefan Gastmann saß.

Stinus zeigte auf den Pritschenwagen. »Tamme Hofenga persönlich.«

»Wir wollen gleich die Kollegen unseres Opfers getrennt befragen. Kann Stefan Ebens in deinem Streifenwagen befragen? Ich befrage Hofenga in unserem Zivilwagen. Du darfst hier gerne warten.«

»Kein Problem, ich warte hier bis Stefan fertig ist.«

Jan stieg aus und ging auf Hofenga zu. »Moin, Herr Hofenga, Broning, Kriminalpolizei Leer«, stellte er sich vor.

Hofengas Händedruck war übertrieben fest, aber Jan konnte gegenhalten. Sein Hobby, die Bildhauerei, bewirkte eine kräftige Armmuskulatur.

»Kommt die Kripo immer, wenn sich einer totgesoffen hat?«, wollte Hofenga schlecht gelaunt wissen.

Ein unangenehmer Zeitgenosse, dieser Hofenga, dachte Jan. »Woher wissen Sie denn, dass Ihr Mitarbeiter tot ist?«

»So wie der drauf war«, antwortete Hofenga, »war das eine Frage der Zeit.«

Jan bemerkte, dass Stefan Gastmann ihm zuwinkte. »Einen Moment, Herr Hofenga, ich muss kurz zu meinem Kollegen.«

»Okay, ich geh schon mal rein ins Haus.« Hofenga wollte in Richtung des Hauses gehen.

»Halt, Herr Hofenga, das ist ein Tatort. Da dürfen Sie nicht rein! Setzen Sie sich doch in Ihren Wagen, ich bin gleich wieder bei Ihnen.«

»Tatort, jetzt versteh ich gar nichts mehr?« Hofenga schüttelte missmutig den Kopf und setzte sich in seinen Pritschenwagen.

Jan trat auf Stefan Gastmann zu.

»Guten Morgen, Stefan.« Jan begrüßte seinen Kollegen und berichtete, was sich ereignet hatte.

Stefan unterbrach ihn ab und zu und fragte nach Einzelheiten des Falles.

»Jetzt bist du auf dem neuesten Stand. Wir wissen noch nicht, ob es sich um einen Mord oder um eine bizarre Selbsttötung handelt. Lass uns vom schlimmsten Fall ausgehen. Runterfahren können wir immer noch. Wir müssen die Handwerker getrennt befragen. Du übernimmst bitte den Herrn Ebens, ich unterhalte mich mit dem Chef, diesem Hofenga! Die schriftlichen Aussagen holen wir später nach.«

Jan sah aus dem Augenwinkel, wie Hofenga ausstieg und in Richtung des Streifenwagens ging, in dem Ebens saß.

»Herr Hofenga, wir setzen uns in den Zivilwagen.« Jan zeigte in Richtung des Einsatzfahrzeuges.

Hofenga nickte und folgte Jan.

Stefan Gastmann sprach kurz mit Stinus und schritt zum Streifenwagen.

Im Auto versuchte Jan, Tamme Hofenga einzuschätzen, der neben ihm saß. Der Gesichtsausdruck des Zimmermanns war schwer zu deuten.

Verkniffen passte wohl am besten, und Hofenga gab sich keine Mühe, seinen Trotz zu verbergen.

»Herr Hofenga, dieses Gespräch soll nur dazu dienen, den Sachverhalt zu klären«, erläuterte Broning. »Es ist also noch keine offizielle Vernehmung.«

»Ich hab ihm immer gesagt, dass er mit dem Saufen aufhören soll.« Hofenga klang verbittert. »Es musste ja einmal so kommen.«

»Wann haben Sie Ihren Mitarbeiter denn zuletzt gesehen?«

»Gestern Abend war ich noch bei ihm«, antwortete Hofenga.

»Etwas genauer bitte …«

»So gegen 19 Uhr, Ontje war nicht zur Arbeit erschienen und ich wollte mal nach ihm sehen. Da lag er im Bett, dieser faule Simulant, und es stank wie in einer Kneipe«, berichtete Hofenga. »Ich hab ihm ins Gewissen geredet wegen seiner Sauferei.«

»Was machte er da für einen Eindruck auf Sie?«, fragte Jan. »Es könnte sein, dass Ihr Mitarbeiter Suizid begangen hat.«

»Ach, hat er sich aufgehängt?«, wollte Hofenga wissen.

Jan beantwortete die Frage nicht, stattdessen musterte er Hofenga abwartend.

Hofenga hielt einen Moment inne und sagte dann: »Jedenfalls überrascht mich das nicht. Ontje litt unter Wahnvorstellungen. Er fühlte sich von einer Spukgestalt verfolgt, einer Weißen Frau.« Hofenga lachte kurz auf und winkte ab. »In letzter Zeit ist es immer schlimmer geworden. Er hatte Halluzinationen, soff wie ein Loch und kam nicht zur Arbeit. Ja, es könnte sehr gut sein, dass Ontje sich was angetan hat.«

Jan stellte weitere Fragen und hatte bei Hofengas Antworten ständig das Gefühl, dass ihm der Mann etwas verschwieg. Nach einer Zeit nahm er wahr, dass Albert Brede draußen auf ihn wartete.

»Herr Hofenga, für den Moment wäre es das, hatte Ihr Mitarbeiter Angehörige, die wir benachrichtigen müssen?«

Der Zimmermann lachte erneut freudlos auf. »Da fragen Sie mal am besten unseren Kollegen Herrn Ebens.«

Hofenga stieß die Autotür auf und blickte Jan an. »Sie melden sich?«

»Ja, Herr Hofenga, sobald wir mehr wissen.«

Hofenga setzte sich in seinen Pritschenwagen und fuhr davon. Jan war sich sicher, dieser Mann wusste mehr, als er hatte durchblicken lassen. Vielleicht hatte es ja was mit diesen nächtlichen Diebstählen zu tun. Außerdem fiel Jan auf, dass Hofenga überhaupt keine Trauer über den Tod seines langjährigen Mitarbeiters gezeigt hatte.

Er stieg aus dem Wagen und ging zum Kriminaltechniker, der sich einen bestimmten Bereich vor einem Fenster ansah.

»Na, wie weit seid ihr?«

Albert Brede setzte eine grüblerische Miene auf. »Swantje ist noch mit der Kamera beschäftigt und wir haben merkwürdige Spuren gefunden.«

»Was meinst du damit?«

»Es sieht so aus, als ob vor dem Fenster jemand gestanden und ins Haus gesehen hätte«, erklärte Brede und zeigte nach unten auf das von Unkraut überwucherte Beet vor dem Fenster. »Siehst du? Kleine Fußeindruckspuren, könnte ein Kind oder eine Frau gewesen sein und …«

Jan wartete vergeblich auf weitere Ausführungen des Kriminaltechnikers. Albert Bredes Aufmerksamkeit richtete sich jetzt auf eine lange helle Faser, die in einer Ecke des Fensterrahmens klemmte.

»Sieht aus wie ein langes Haar«, stellte Jan fest.

»Abwarten, zu früh für eine Aussage«, murmelte Albert, der nun auf einen Baum zeigte. »Solche Fasern hängen auch dort im Baum.«

Jan wartete einen Moment, aber Albert hatte wohl alles gesagt. Er ging zu der Birke und sah sich die Fasern an der Rinde des Baumes an. Oberhalb dieser Stelle glaubte er eine Art Nest in einer Astgabel zu sehen.

»Jan, wir sind fertig!«, rief Stefan Gastmann hinter ihm.

Jan ging zu Stefan, der ihm vom Gespräch mit Diedrich Ebens berichtete. Die Aussagen stimmten so weit überein, insbesondere, was den labilen Gemütszustand des Toten betraf.

»Okay, Stefan, ich hab noch eine Frage an Herrn Ebens, dann ist er auch entlassen.« Jan setzte sich zu dem Zimmermann in den Wagen. »Herr Ebens, hatte Ihr verstorbener Arbeitskollege Angehörige?«

Ebens zog die Schultern ein und starrte lange auf den Boden vor dem Autositz. Nach einer Weile hob er den Blick kurz und sagte: »Sie kriegen es ja doch raus. Ontje ist von seiner Ehefrau Frauke Hinrichs, geschieden worden. Sonst sind da keine Angehörigen …«

Jan ließ dem Zimmermann Zeit für weitere Erklärungen. Als Ebens nicht weitersprach, erkundigte er sich: »Wo kann ich diese Frau erreichen?«

»Bei mir zu Hause in Hatzum«, antwortete Ebens. »Frauke und ich wohnen zeitweise zusammen, und nein, Ontje wusste nichts von unserer Beziehung.«

»Herr Ebens, Sie erwähnten meinem Kollegen gegenüber, dass Herr Wieringa Angst vor einer Weißen Frau hatte?«

»Ja, Herr Kommissar, eine schöne Frau mit langen blonden Haaren«, erwiderte Ebens. »Natürlich alles Unsinn! Kann ich jetzt nach Hause fahren und Frauke mitteilen, was passiert ist?«

»Ja, mit der Befragung sind wir erst einmal fertig. Wir möchten sofort mit Ihrer Freundin sprechen, Herr Ebens, fahren Sie voraus, wir folgen Ihnen.« Broning gab dem Mann sein Handy zurück.

Ebens steckte es ein und ging zu seinem Motorrad.

Stefan und Jan bestiegen den Zivilwagen. Diedrich Ebens startete den Motor seiner Maschine und fuhr los.

Während Stefan lenkte, zog Jan auf dem Beifahrersitz sein Smartphone aus der Tasche. »Ich rufe erst einmal Albert an und sage ihm, dass wir unterwegs sind, um eine Todesnachricht zu überbringen. Nicht dass er noch schlechtere Laune kriegt, weil wir plötzlich verschwunden sind.«

Bis Hatzum war es nur eine kurze Strecke.

Kurz vor dem Ortsausgangsschild bogen sie rechts von der Landstraße ab in Richtung Deich. Am letzten Haus in der Straße bog das Motorrad links auf eine Auffahrt ab, die zu einem verwahrlosten Grundstück gehörte. Auf dem Gelände standen alte Arbeitsmaschinen, die aus dem Unkraut herausragten, das überall wucherte. Neben einem selbst gebauten Bootstrailer stand ein alter Trecker.

»Jan, wieso interessierst du dich so für die Wahnvorstellung von dieser Weißen Frau?«, fragte Stefan.

»Albert hat Fußeindruckspuren in einem Beet vor dem Küchenfenster gefunden und helle Fasern, die aussehen wie blonde Haare, an einem Fensterrahmen und einem Baum in der Nähe des Hauses.«

»Lass mich raten, Jan, jetzt möchtest du wissen, ob diese Frauke blonde lange Haare hat?«

Sie hörten, wie eine Frau heftig fluchte, übertönt von einem anderen Geräusch, das sie nicht zuordnen konnten.

Diedrich Ebens ging den Polizisten voraus um die Hausecke herum.

Dort stand eine kräftige Frau und versuchte, eine Spaltaxt aus einem Stück Holz zu ziehen. Sie hatte extrem kurze blonde Haare, trug eine Latzhose, und die Ärmel ihres Hemdes waren hochgekrempelt.

Sie hob die Axt mit dem feststeckenden Holzstück nach oben und schlug mit einem lauten Fluch auf den Hauklotz.

Das Holzstück brach auseinander und ein Stück flog dicht an Ebens' Kopf vorbei und knallte an die Hausmauer.

»Frauke, verdammt noch mal, pass doch auf, wir haben Besuch!«

Die Frau drehte sich zu den Männern um und musterte sie abschätzend von oben bis unten.

»Die beiden Herren sind von der Kriminalpolizei, das ist Frauke Hinrichs«, stellte Ebens kleinlaut vor.

Jan ging auf die Frau zu und reichte ihr zur Begrüßung die Hand. Ihr Händedruck war für eine Frau recht fest. »Moin, Frau Hinrichs, oder soll ich Sie mit Frau Wieringa ansprechen? Jan Broning ist mein Name und das ist mein Kollege, Herr Gastmann.«

»Bitte tun Sie mir einen Gefallen und reden Sie mich nicht mit dem Namen Wieringa an. Ich habe wieder den Familiennamen meines Vaters angenommen. Übrigens der einzige Mann, der was getaugt hat.«

Jan räusperte sich kurz. »Also dann, Frau Hinrichs, wir müssen Ihnen eine traurige Nachricht überbringen ...«

Frau Hinrichs unterbrach ihn mit einem Grinsen im Gesicht. »Sagen Sie bloß, Ontje hat sich endlich totgesoffen?«

»Ja, Ihr Ex-Ehemann ist tatsächlich verstorben«, bestätigte Jan leicht irritiert.

Frauke Hinrichs bemerkte seinen Gesichtsausdruck. »Mein Gott! Was müssen Sie jetzt von mir halten?« Frau Hinrichs wurde nachdenklich. »Herr Kommissar, Ontje und ich sind zum Glück voneinander geschieden worden. Ich habe es etliche Jahre mit diesem versoffenen Kerl ausgehalten. Das Haus in Coldeborg haben wir gemeinsam gekauft. Nach der Scheidung wollte Ontje mich nicht ausbezahlen und wir hatten deshalb ständig Streit.«

»Frau Hinrichs, hatte Ihr geschiedener Mann noch andere Familienangehörige?«, wollte Jan wissen.

»Nein, hatte er nicht.« Frauke Hinrichs wechselte einen Blick mit Diedje Ebens und fragte: »Du hast ihnen von unserer Beziehung erzählt?«

Ebens verzog schuldbewusst sein Gesicht.

»Mein Freund Diedje hatte wegen mir immer ein schlechtes Gewissen gegenüber Ontje, seinem besten Kumpel. Als ich schon getrennt von Ontje lebte, haben wir uns vor Jahren bei einem Dorffest kennen- und lieben gelernt. Diedje will, dass ich hier bei ihm einziehe, aber das will ich nicht. Ich wohne in meinem alten Elternhaus in Critzum und bin nur ab und zu hier.« Frauke Hinrichs machte eine ausladende Geste. »Schauen Sie mal, wie es hier aussieht. Ungepflegt ist wohl untertrieben.«

Diedje hob an zu protestieren, aber ein weiterer kurzer Blick von Frauke genügte und er schwieg.

»Ja, Herr Kommissar, und wenn ich dann sehe, wie Diedje wieder an seinen Motorrädern herumschraubt, anstatt hier mal das Unkraut zu beseitigen, werde ich immer verdammt sauer und reagier mich beim Holzhacken ab. Und an einem Tag wie diesem wird er wohl wieder allein schlafen.« Als sie den letzten Satz gesprochen hatte, hatte sie Diedje zum dritten Mal fixiert.

Mittwochnachmittag, nördliches Rheiderland

Jan Broning und Stefan Gastmann saßen im Zivilwagen und fuhren zurück zum Tatort nach Coldeborg.

»Frau Hinrichs war ja sehr gefasst«, stellte Stefan fest.

»Ja, das war schon krass«, bestätigte Jan und dachte daran, dass die Benachrichtigung der Hinterbliebenen eines Unfalls oder Gewaltdeliktes eigentlich zu den unangenehmsten Aufgaben von Polizisten gehörte.

»Sie haben sich doch einmal geliebt und jetzt so eine Reaktion.« Stefans Stimme klang sehr betrübt.

»Wer weiß, was die Frau durchgemacht hat«, gab Jan zu bedenken. »Das Leben an der Seite eines Alkoholikers ist verdammt schwer, und sie hat, nebenbei bemerkt, ein gutes Motiv, ihren Ex umzubringen.«

»Allerdings, jetzt kann sie das Haus endlich verkaufen und kommt so an ihr Geld, bevor er alles versoffen hat.«

Jan bekam das Bild nicht aus dem Kopf, wie Frauke Hinrichs mit der Spaltaxt umgegangen war.

»Außerdem, wenn sie sich schon so über das Unkraut aufregt, kann ich mir gut vorstellen, wie sie auf die Probleme mit Wieringa reagiert hat«, fügte Stefan hinzu.

Hinter der Brücke über das Coldeborger Sieltief bog Stefan links ab und brachte das Auto vor dem Tatort zum Stehen. Dort packten die Kriminaltechniker einen Teil ihrer Ausrüstung in ihren weißen Dienstbulli.

»So, wenn ihr wollt, könnt ihr euch jetzt den Tatort ansehen«, verkündete Swantje. Sie wirkte sehr nachdenklich, als sie Jan ansah. »Diese moderne Hexe, Aukje van Dijken …«

»Was hat unsere Hellseherin von der Insel Texel mit unserem Fall zu tun?« Jan war auf ihre Ausführungen gespannt.

»Die kennt sich bestimmt mit Spökenkram aus«, erklärte Swantje. »Überall im Haus haben wir so merkwürdige Kräutersträuße gefunden. Hauptsächlich Knabenkraut, und das wird angeblich als Abwehrzauber gegen böse Kräfte eingesetzt. Einige Kräuterreste befanden sich zum Beispiel im Türschloss.«

»Unser Opfer war tatsächlich sehr abergläubisch.« Jan erzählte von der angeblichen Spukfrau und dem Verfolgungswahn, unter dem Ontje Wieringa gelitten hatte.

»Das erklärt einiges.« Swantje zeigte in die Richtung des Baumes mit den Faserspuren. »Ich bin hochgeklettert, um die Faser zu sichern, dabei habe ich auch noch Reste dieses merkwürdigen Nestes aus Schafswolle entdeckt. Diese Aukje wüsste bestimmt, was das bedeutet.«

»Ich frag mal Bekky«, schlug Stefan vor. »Die kennt sich auch gut aus mit solchen Dingen.«

Jan und Stefan zogen sich spezielle Overalls, Handschuhe und Schuhüberzieher an und betraten das Haus. Broning rümpfte die Nase, es stank furchtbar. Eine Mischung aus Blut, Alkohol und abgestandener Luft.

Albert kam ihnen entgegen, offenbar immer noch schlecht gelaunt. Ohne Worte zeigte er auf eine Tür im hinteren Bereich des Hauses. Gefolgt von Stefan betrat Jan das Schlafzimmer, wo der tote Ontje Wieringa vor dem breiten Bett lag.

Er trug einen alten Jogginganzug und lag auf der Seite. Die blutverschmierte Axt befand sich noch zwischen seinen Knien.

Jan bückte sich neben den Toten und sah sich den Bereich um die Knie genau an.

Stefan Gastmann tat es ihm gleich. »Dort müsste mehr Blut sein«, sprach er Jans Gedanken aus.

»Ja, da stimmt was nicht, wenn wir von der Suizidversion ausgehen«, bestätigte Jan. »Albert, wir drehen den Toten jetzt um und sehen unter der Kleidung nach, kannst du bitte die Axt einpacken?«

Der Kriminaltechniker griff vorsichtig nach der Axt und legte sie in einen großen Asservatenbeutel.

Stefan und Jan drehten die Leiche gemeinsam in Rückenlage.

Jan öffnete den Reißverschluss der Jacke und besah sich den starren Körper. Das Gesicht des Toten war bis zur Unkenntlichkeit mit Blut verschmiert. Aus den beiden parallelen Schädelwunden war es links und rechts am Kopf hinabgelaufen. Im

Brustbereich glaubte Jan Druckspuren zu erkennen. »Es sieht so aus, als ob ihn die Axthiebe in Rückenlage getroffen hätten. Dazu hat der Täter das Opfer mit einer Hand am Boden fixiert und mit der anderen Hand zugeschlagen.«

Im Hintergrund räusperte sich Albert und zeigte auf eine Stelle am Boden. »Das passt zu der Blutlache, die wir hier gefunden haben.«

Jan verfolgte den Verlauf der Blutspuren. An der Decke waren Spritzer über der Lache am Boden, sie verliefen in einer Linie von vorn nach hinten.

Als der Täter das erste Mal zugeschlagen und danach zum zweiten Schlag ausgeholt hatte, hatte sich das Blut von der Tatwaffe gelöst und nach oben gespritzt. Auch das sprach gegen die Suizidversion.

»Nach der Tötung sollte es so aussehen wie ein Selbstmord und man hat die Leiche für uns so hingelegt, mit der Axt zwischen den Beinen«, dachte Jan laut nach.

»Die Theorie mit der Selbsttötung können wir also vergessen«, stellte Stefan fest. »Ontje Wieringa wurde ermordet.«

Jan Broning und Stefan Gastmann fuhren zurück zur Dienststelle. Im Büro angekommen legte Stefan einen digitalen Vorgang im Polizeicomputer an. Die vom System vorgegebene Vorgangsnummer wurde für alle Berichte und Asservate benötigt.

Jan telefonierte währenddessen mit dem Staatsanwalt Grohlich in Aurich. Die beiden kannten sich aus vielen gemeinsamen Ermittlungen. Jan berichtete von dem aktuellen Stand im Fall Ontje Wieringa.

»Das ist ein bizarrer Fall, den Sie da haben! Eine Spukfrau und ein Zimmermann, den man mit einer Axt erschlagen hat.«

Jan konnte regelrecht sehen, wie der Staatsanwalt seine Augenbrauen hochzog.

»Letztes Mal hatten wir es ja mit mehreren Hexen zu tun.«

»Ja, Herr Grohlich, langweilig wird es bei uns nie. Übrigens hatte ich das Gefühl, dass uns die Arbeitskollegen des Toten etwas verschweigen.«

»Was könnte das sein?«

»Es gibt Gerüchte über Diebstähle aus verlassenen Häusern, hauptsächlich altes Baumaterial, alte Balken«, antwortete Jan. »Aber da wäre noch ein Problem, über das wir sprechen sollten. Die Medien werden sich auf diesen Fall stürzen, und großes Aufheben kann ich absolut nicht gebrauchen.«

»Sie wollen den Täter im Glauben lassen, wir würden ihm die Suizidversion abkaufen?«

»Genau, und ich möchte den Tatort überwachen lassen. Schaulustige stören diese Überwachung«, bestätigte Jan.

»Mein Vorschlag, Herr Broning: Wie wäre es mit einer zeitlichen Nachrichtensperre?«

»Das wäre ein guter Kompromiss, Herr Grohlich, und eine Sorge weniger.«

Der Staatsanwalt stellte noch einige Fragen, bat darum, dass man ihn ständig auf dem Laufenden hielt, und beendete das Gespräch.

Mittwochabend, Ditzum, Haus der Familie Broning

Jan freute sich, dass er noch rechtzeitig für die Gutenachtgeschichte zu Hause in Ditzum eingetroffen war. Seine Tochter Antje lag im Bett und hörte aufmerksam zu, als er ihr aus ihrer Lieblingsgeschichte vom faulen Bären und dem kleinen Jungen im Dschungel vorlas.

»So, jetzt ist Schluss, morgen erfahren wir, wie es weitergeht«, sagte Jan und gab seiner Tochter einen Kuss.

Was für ein Übergang, dachte Jan, gerade noch an einem Tatort, wo ein blutiges Gemetzel stattgefunden hatte, und jetzt heile Welt am Bett der Tochter. Es tat ihm gut, festzustellen, dass es auch ein anderes Leben gab, neben seinem Beruf, der ihn täglich mit menschlichen Abgründen konfrontierte.

Seine Familie und sein Heim waren der Garant dafür, dass er nicht durchdrehte, und sie gaben ihm Kraft. Aber er wusste, wie zerbrechlich das alles war.

Er ging in die Küche, nahm seine Frau in den Arm und drückte sie fest an sich. »Danke«, flüsterte er ihr ins Ohr.

Donnerstagvormittag, Stadt Leer, Polizeidienstgebäude

Am nächsten Morgen betraten Jan Broning und Stefan Gastmann das Labor der Kriminaltechniker. Swantje hatte sie bei Dienstbeginn angerufen und wollte mit ihnen sprechen. Im Nebenraum saß Albert und schrieb den Tatortbefundbericht.

»Wir haben auf dem Grundstück viele Fußeindruckspuren gefunden«, erklärte Swantje. »Auch im Beet vor dem Küchenfenster.«

»Dort hattet ihr ja auch die hellen langen Fasern gefunden, die sich am altmodischen Fensterrahmen verfangen hatten.«

»Genau«, bestätigte Swantje und zeigte auf einen durchsichtigen Asservatenbeutel. »Diese Fasern haben wir auch im Schlafzimmer gefunden und in einem Baum auf dem Grundstück. Der Baum mit diesem merkwürdigen Nest. Es besteht wie vermutet aus Schafswolle.«

Stefan räusperte sich. »Also zu diesem Nest. Ich hab Bekky

gefragt, sie meint, es könnte sich um ein Hexennest handeln.« Er bemerkte die skeptischen Gesichtsausdrücke seiner Kollegen. »Tagsüber schlafen Hexen in solchen Nestern und steigen nachts herab, um Menschen heimzusuchen, ich weiß, hört sich bescheuert an, aber früher glaubte man an solche Dinge.«

»Aha«, kommentierte Swantje. »Jedenfalls handelt es sich bei den langen Fasern nicht um Haare, sondern um eine künstliche Struktur, die menschlichem Haar sehr ähnlich ist oder zumindest so aussehen soll. Die Untersuchung steht noch aus, aber es könnte sich um eine Faser handeln, die für Perücken genutzt wird.«

Jan nickte nachdenklich und sah Stefan an. »Dieser Arbeitskollege, Diedrich Ebens, hat dir doch erzählt, dass sich unser Opfer von einer Weißen Frau verfolgt fühlte.«

»Richtig.« Stefan überlegte. »Angeblich diese Spukgestalt aus dem Steinhaus Bunderhee, eine blasse Frauengestalt mit langen blonden Haaren.«

»Na, Perücken aus Kunstfasern gab es damals bestimmt nicht.« Swantje lachte auf.

»Stellt euch einmal vor, ihr steht innen vor dem Küchenfenster und plötzlich schaut euch von draußen ein Gesicht an«, sagte Jan.

Swantje schüttelte sich. »Ich würde mich zu Tode erschrecken!«

»Vielleicht war genau das ja beabsichtigt«, vermutete Stefan. »Und als das nicht funktionierte, wurde mit der Axt nachgeholfen!«

»Okay, Swantje, die Eindruckspuren vor dem Fenster stammen von einer Frau, sagst du, bist du dir da sicher?«, wollte Jan wissen.

»Jan, Frauen kennen sich mit Schuhen aus, und sollte es sich um einen Mann handeln, der vor dem Fenster stand, dann müsste er Ballettschläppchen der Größe 38 getragen haben.«

»Also eine Frau«, hielt Jan fest. »Sie steht vor dem Fenster und zieht ihre Gruselnummer durch, vielleicht hat sie sich extra dafür verkleidet. Das wäre eine Erklärung für diese Ballettschuhe, fehlen nur noch Schminke und ein altmodisches Kleid. Sie steht als Spukgestalt vor dem Fenster, um ihr Opfer zu erschrecken, dabei verfängt sich eine Faser der Perücke im Rahmen und bleibt hängen.«

Stefan spann die These konzentriert weiter: »Die Fasern wurden auch direkt am Tatort im Schlafzimmer gefunden. Wie aber ist sie ins Haus gekommen? Einbruchsspuren gab es nicht und beim Auffinden der Leiche stand die Tür offen. Ich kann mir nicht vorstellen, dass dieser verängstigte Mann sie nicht abgeschlossen hat.«

»Wer könnte denn einen Schlüssel für das Haus haben?« Jan beantwortete seine Frage gleich selbst: »Frauke Hinrichs wohnte jahrelang mit dem Opfer zusammen. Sie hat also sehr wahrscheinlich einen Zweitschlüssel für das Haus und sie hat ein Motiv. Wir sollten uns noch einmal mit ihr unterhalten.«

Jan dachte nach. Zunächst brauchten sie Hintergrundinformationen über Frauke Hinrichs und ihren Freund Diedje Ebens. Bei Tötungsdelikten handelte es sich oft um Beziehungstaten. Es war durchaus denkbar, dass Frauke Hinrichs und ihr Freund Diedrich Ebens zusammen die Tat geplant und ausgeführt hatten.

Es war viel Blut geflossen, und es bestand eventuell die Möglichkeit, Rückstände an der Kleidung des Täters zu finden. Außerdem war da die Verkleidung der Spukfrau, insbesondere die Schuhe und die Perücke. Die Wohnungen des Paars mussten durchsucht werden, und das natürlich gleichzeitig. Die Gefahr, dass sie sich gegenseitig vor der Aktion warnten, war zu groß.

Also zwei Teams mit entsprechenden Durchsuchungsbeschlüssen. Die rechtlichen Voraussetzungen für eine Durchsuchung zur Tageszeit lagen vor. Mit Stefan allein konnte Jan diese Aktionen nicht durchführen. Maike war sicher im Büro und bearbeitete Kinder- und Jugenddelikte.

Jan lief die Treppe hinunter und ging in das Arbeitszimmer seiner Frau. »Hallo, beste aller Ehefrauen.« Er lächelte breit.

Maike grinste. »Was willst du von mir?«

Jan gab ihr einen Kuss auf den Mund. »Ich hatte Sehnsucht nach dir! Stefan und ich waren gerade bei der Spurensicherung. Die Kriminaltechniker haben interessante Hinweise am Tatort sichergestellt.« Er erzählte ihr, was sie bis jetzt herausgefunden hatten.

»Fasern, wahrscheinlich von einer Perücke, und kleine Schuhabdruckspuren, eine Frau am Tatort, und du glaubst, sie hat nicht allein gehandelt«, fasste Maike zusammen.

»Ich bin mir ziemlich sicher, dass diese Frau nicht allein die Tat ausgeführt hat, dann hätte sie diesen kräftigen Mann am Boden fixieren müssen und gleichzeitig mit der Axt zuschlagen. Deshalb bräuchte ich Hintergrundinformationen zu Tamme Hofenga, Frauke Hinrichs und Diedrich Ebens.« Jan legte eine Unschuldsmiene auf.

»Lass mich raten«, Maike zog eine Schnute, »und Durchsuchungsbeschlüsse für die Wohnungen von Hinrichs und Ebens. Die soll ich natürlich beantragen und vom Richter unterschreiben lassen. Du weißt schon, dass ich auch so genug um die Ohren habe?« Sie deutete auf einen hohen Stapel von Vorgangsakten auf ihrem Tisch.

»Bitte, Maike, nur ausnahmsweise«, bettelte Jan. »Vielleicht ist der Fall heute Abend schon gelöst.«

»Okay, aber du brauchst doch noch weitere Unterstützung, weil ihr die Durchsuchungen gleichzeitig durchführen wollt. Wie wär es mit Onno und Klaas? Die freuen sich bestimmt über etwas Abwechslung.«

»Gute Idee. Ich gehe gleich rüber. Du brauchst nur die Hintergrundinformationen zu Frauke Hinrichs übernehmen. Den Rest machen Stefan und ich.«

»Oh, wie überaus großzügig«, sagte Maike und seufzte tief. »Vergiss bitte nicht, mir die Schreibberechtigung für den Computervorgang zu geben, ich brauch die Daten für die Durchsuchungsbeschlüsse.«

»Mein lieber Schatz, was würde ich nur ohne dich machen?« Jan gab ihr noch einen Kuss und verließ gut gelaunt das Büro.

Donnerstagvormittag, Stadt Leer, Polizeidienstgebäude

Onno Elzinga, Klaas Leitmann, Stefan Gastmann sowie Maike und Jan Broning saßen sich gegenüber.

Jan blickte seine Frau an. »Wie weit bist du mit den Beschlüssen?«

»Können gleich abgeholt werden«, antwortete sie. »Zwei Angestellte der Gemeinde Jemgum sind als Zeugen für die Durchsuchung eingeteilt worden. Auf dem Weg nach Critzum und Hatzum braucht ihr nur einen Zwischenstopp beim Gemeindehaus einzulegen. Die Zeugen warten dort auf euch. Außerdem unterstützen euch zwei Streifenwagenbesatzungen. Klaus Hensmann hat das bereits organisiert.«

»Perfekt«, sagte Jan. »Ich weiß, du hattest wenig Zeit, hast du trotzdem etwas zu Frauke Hinrichs herausfinden können?«

»Onno war so nett und hat mir geholfen, sonst hätte ich es nicht geschafft. Zunächst habe ich Frauke Hinrichs im System gecheckt. Sie ist schon aufgefallen wegen Alkohol und Gewaltdelikten. Sobald sie genug intus hat, verliert sie wohl die Kontrolle.« Maike bemerkte den zweifelnden Gesichtsausdruck der Kollegen. »Ja was? Glaubt ihr, dass es das Vorrecht der Männer ist, sich zu besaufen und Schlägereien anzuzetteln?« Maike wedelte mit ihren Notizen. »Alles dabei: Beleidigung, Körperverletzung und Widerstand bei der Festnahme. Allerdings handelt es sich immer um Rauschtaten.« Maike sah auf ihre Uhr. »So, ich fahre zum Amtsgericht und hole die Beschlüsse.«

»Danke, Maike, gute Arbeit«, sagte Jan. »Wir warten hier auf dich.«

Maike Broning verließ das Büro.

Jan wandte sich an Stefan: »Was hast du zu diesem Diedrich Ebens herausgefunden?«

»Nach dem, was Maike uns über Frauke Hinrichs erzählt hat, passen die beiden gut zusammen«, stellte Stefan fest. »Ebens soll Mitglied bei einem Motorradclub aus Ostfriesland sein, genauer hab ich es nicht. Dieser Club, oder auch ›Chapter‹ genannt, hat Verbindungen zu einem anderen in Bremen. Diedrich Ebens ist in unserem Polizeicomputer vermerkt. Allerdings nichts mit Alkohol, sondern mit Drogen. Er scheint clever zu sein. Bis auf eine Fahrt unter Drogeneinfluss taucht er immer nur als Kontaktperson und Zeuge auf. Zum Beispiel bei der Durchsuchung eines Bordells in Bremen. Ein Zeuge beschreibt ihn als manipulativ. Ein Gratwanderer, der andere zu Straftaten anstiftet und selber sauber bleibt.«

»Na, das ist ja ein feines Paar«, kommentierte Jan. »Hast du etwas zu diesen angeblichen nächtlichen Organisationstouren mit den anderen Firmenangehörigen herausgefunden?«

»Wieder so ein Graubereich«, antwortete Stefan. »Die Kollegen haben Hofenga, Wieringa und Ebens einmal bei einem verfallenen Bauernhof angetroffen. Angeblich wollten sie den Giebel vor dem Einsturz bewahren. Einen Auftrag gab es allerdings nicht und auch keine Erklärung, warum das nachts passieren musste. Man vermutet, dass die Handwerker Material entwenden wollten. Keine Beweise, und die Eigentumsverhältnisse zu dem Hof waren auch unklar.«

Jan bedankte sich für Stefans Zusammenfassung. »Sehr interessant. Und jetzt zu unserem Tamme Hofenga. Beim ersten Gespräch mit ihm hatte ich ständig das Gefühl, er verschweigt etwas. Vielleicht diese nächtlichen … nennen wir sie mal Organisationstouren. Auf jeden Fall ist er ein typisches Alphatier. Im System habe ich ihn nur einmal gefunden. Vor fünf Jahren ist ein Angestellter von ihm mit dem Fahrrad verunglückt. In der Datenbank ist er als Arbeitgeber erfasst worden. Er lebt allein und laut Stinus gab es wohl früher mal einen finanziellen Engpass bei der Firma. Zurzeit ist der Betrieb gesund. Nach Stinus' Einschätzung kann er schlecht mit Geld umgehen. Außerdem gibt es bei ihm Gerüchte über etliche Frauengeschichten im Dorf. Zitat Stinus: ›Tamme wickelt die Frauen um den Finger.‹ So viel zu unserem Firmenchef Hofenga. Gibt es bis jetzt Fragen?«

Jan wartete einen Moment, ehe er begann, die nächsten Maßnahmen zu erläutern. »Ich hab mir folgenden Ablauf überlegt, wir bilden zwei Teams, Stefan und Klaas fahren zusammen nach Hatzum zu unserem Tatverdächtigen Diedrich Ebens. Onno, wir beide fahren nach Critzum zu Frauke Hinrichs. Stefan, euer Weg ist weiter, und wir werden in Critzum warten, bis ihr eure Position in Hatzum eingenommen habt. Ich rufe euch an, sobald wir vor Ort sind, und wir sprechen uns ab. Ich möchte sicherstellen, dass wir gleichzeitig mit der Durchsuchung beginnen. Jedes Team wird von einer Streifenwagenbesatzung begleitet. Die können uns unterstützen, falls es notwendig werden sollte.«

Die Kriminalpolizisten suchten ihre Ausrüstung zusammen. Maike war inzwischen zurück und übergab den Teams die Unterlagen.

»Danke, Maike!« Jan nahm seine Frau kurz in den Arm. »Kannst du heute länger bleiben?«

»Na gut, Vater kann auf Antje aufpassen, aber er hat abends einen Termin in Emden und bis dahin muss einer von uns zu Hause sein.«

»Okay, du fährst rechtzeitig nach Hause. Ich weiß nicht, wie lange es dauert, könnte spät werden«, sagte Jan. »Wartet nicht mit dem Essen auf mich.«

Die vier Kollegen verließen das Dienstgebäude, stiegen in zwei Zivilwagen und fuhren los in Richtung Rheiderland.

Donnerstagmittag, Critzum, Haus der Frauke Hinrichs

Jan Broning und Onno Elzinga saßen zusammen mit dem Gemeindeangestellten Herrn Behrends im Auto und fuhren durch den kleinen Ort Critzum. Onno saß hinter dem Steuer, Jan auf dem Beifahrersitz. Stinus Wurps und die neue Kollegin Sina Blohm folgten ihnen im Streifenwagen.

Die Anwesenheit einer Beamtin bei polizeilichen Maßnahmen gegen eine Frau war immer sinnvoll, falls eine körperliche Durchsuchung erforderlich sein sollte.

Die Einsatzfahrzeuge parkten in einigem Abstand vor dem älteren Einfamilienhaus, in dem Frauke Hinrichs wohnte. Vor dem Eingang stand ein Motorrad mit langer Gabel und viel Chrom.

Jan griff zum Telefon und erkundigte sich, welche Fahrzeuge auf Frauke Hinrichs zugelassen waren. »Wir haben Glück, auf sie ist nur ein Motorrad angemeldet«, erklärte er nach dem Gespräch.

»Dann ist sie hoffentlich zu Hause«, erwiderte Onno.

Jan sah auf die Uhr. »Ich ruf Stefan an. Sie müssten jetzt in Hatzum sein.«

Stefan Gastmann meldete sich sofort und die Durchsuchungen konnten beginnen.

Jan ging zur Eingangstür und drückte auf die Klingel. Neben ihm Onno, hinter ihnen Wurps, Blohm und der Gemeindeangestellte.

Frauke Hinrichs öffnete und bekam große Augen, als sie die Männer sah.

Jan zeigte ihr seine Dienstmarke. »Frau Hinrichs, Sie kennen mich ja bereits, das sind meine Kollegen Elzinga, Wurps und Kollegin Blohm. Außerdem Herr Behrends von der Gemeinde Jemgum. Wir haben einen Durchsuchungsbeschluss für Ihr Haus und Ihr Grundstück.« Er überreichte der sprachlosen Frau das Dokument. Dabei bemerkte Jan ihre starke Alkoholfahne und wie ihr Gesicht rot anlief.

»Was fällt Ihnen ein!«, schrie sie und griff nach hinten an ihren Gürtel.

»Vorsicht, Messer!«, rief Jan.

Frauke Hinrichs hielt tatsächlich ein Klappmesser in der Hand und holte aus. Mit dem linken Unterarm schlug Broning den Arm, der das Messer hielt, zur Seite weg. Die Spitze der Waffe stieß gegen die Flurwand und ratschte an der Tapete hinunter. Mit der rechten Hand fixierte er das Handgelenk der Frau. Jan war erstaunt, wie kräftig sie war. Onno und Stinus drückten die tobende Angreiferin mit einem Polizeigriff gegen die Flurwand. Das Messer fiel zu Boden und Jan kickte es mit dem Fuß weit weg. Onno langte nach seinen Handschellen und legte sie Frau Hinrichs an.

»So, Frau Hinrichs, nun beruhigen Sie sich, wir wollen Ihnen nicht unnötig wehtun«, herrschte Jan die Betrunkene an.

Frau Hinrichs keifte: »Das könnte euch so passen, meine Unterwäsche zu durchwühlen, ihr perversen Schweine. Ich bring euch alle um!«

Der Gemeindeangestellte bekam bei diesen Worten rote Ohren. Frauke Hinrichs versuchte, nach hinten auszutreten, um die Männer zu treffen.

»Ich glaube, so kommen wir nicht weiter«, stellte Jan fest. »Frau Hinrichs, ich verhafte Sie wegen Angriffs und Widerstands gegen Vollstreckungsbeamte.«

Gemeinsam verfrachteten sie die rasende Frau nach draußen vor den Streifenwagen.

»Was passiert jetzt mit ihr?«, wollte Stinus Wurps wissen.

»Bitte bringt sie zur Wache in Leer. Die Straftat, den Messerangriff, hat sie unter Alkoholeinfluss begangen und deshalb brauchen wir eine Blutprobe. Der Alkoholwert im Blut ist entscheidend für das spätere Verfahren. Außerdem soll sie erkennungsdienstlich behandelt werden. Danach möchte ich mit ihr sprechen, so lange darf sie sich in einer Zelle beruhigen.«

Sina Blohm durchsuchte Frauke Hinrichs gründlich. »Sauber!«, stellte sie danach fest und setzte die Festgenommene auf die Rückbank, möglichst weit entfernt vom Fahrersitz. Sie überprüfte die Türsperre und nahm neben ihr Platz.

»Alles richtig gemacht! Gut aufgepasst in der Polizeiausbildung«, murmelte Jan an Onno gewandt. »Ist sie die Tochter von unserem Diensthundeführer Hermann Blohm?«

»Ja«, antwortete Onno. »Ich weiß noch, wie sie einmal von der Schule aus zu einem Praktikum bei uns auf der Dienststelle war. Jetzt ist sie eine erwachsene Frau und tüchtige Polizistin.« Er sinnierte. »Wo ist nur die Zeit geblieben?«

Der Streifenwagen mit der verhafteten Frauke Hinrichs fuhr davon.

»Verflixte Axt, das war verdammt knapp!« Onno atmete tief aus.

Jan war etwas blass im Gesicht. Zerknirscht antwortete er: »Ich dachte mir schon, dass sie nicht gerade erfreut sein wird, aber dass sie gleich dermaßen ausrastet, hätte ich nicht erwartet. Wir hatten noch nicht einmal unsere Schutzwesten an. Alter schützt vor Torheit nicht.«

»Da kannst du dir noch was anhören.«

»Du meinst vom Chef?«

»Ja genau, Maike wird dich rasieren, aber ohne Schaum, mit stumpfer Klinge und kaltem Wasser.« Onno grinste. »Pech, wenn die Ehefrau alles im Computer nachlesen kann. Da hab ich es besser!«

Die beiden Polizisten lachten laut auf, was nach der Aufregung sehr guttat, und begannen mit der Durchsuchung des Hauses.

Zunächst stellten sie das Klappmesser sicher, das Jan weggetreten hatte. Perücken, Ballettschuhe oder blutige Kleidung fanden sie nicht. Dafür jede Menge leere Schnapsflaschen.

»Frau Hinrichs scheint ein Problem mit Alkohol zu haben«, sprach Onno das Offensichtliche aus. »Sie beschwert sich über den Alkoholkonsum ihres Ex-Manns und säuft selber?«

»Kommt vor, jedenfalls erklärt das ihre Aggressivität!«

Die Wohnung war ordentlich aufgeräumt und auch das Grundstück machte einen gepflegten Eindruck.

»Hätte ich nicht bei einer Alkoholikerin erwartet, dass es so ordentlich aussieht«, wunderte Onno sich.

»Vielleicht säuft sie ja immer nur phasenweise. Der Atemalkoholwert wird uns mehr sagen.«

Wäre auch zu einfach gewesen, dachte Jan, als er die Eingangstür verriegelte. »Ich möchte mich bei Diedrich Ebens noch einmal im Haus umsehen, bevor wir zur Dienststelle zurückfahren.«

Sie setzten sich in den Wagen und machten sich auf den Weg nach Hatzum zum zweiten Durchsuchungsteam. Vor Ebens' Haus standen eine Streife und der Dienstwagen der Kripo.

Jan und Onno traten ein.

In der Küche saßen der vorgeschriebene Zeuge, ein weiterer Gemeindeangestellter, und Diedrich Ebens. Ebens saß regungslos auf einem Küchenstuhl und erwiderte Jans Begrüßung nicht. Vor ihm auf dem Tisch lag der Durchsuchungsbeschluss.

Stefan und Klaas hielten sich im Wohnzimmer auf.

Jan gesellte sich zu ihnen und zog die Verbindungstür zur Küche zu.

»Hallo, Kollegen, wie sieht's aus?«

»Nichts, Jan, wir sind auch gerade fertig geworden. Dieser große Anbau, seine Motorradwerkstatt, hat uns aufgehalten.«

Jan berichtete von der Durchsuchungsaktion in Critzum und davon, wie Frauke Hinrichs ausgerastet war. Dabei fiel ihm ein gerahmtes Bild ins Auge, das auf einer Anrichte stand. Eine Gruppe Motorradfahrer mit den typischen Jeanswesten saß auf chromglänzenden Maschinen und lächelte in die Kamera. Im Hintergrund war ein altes Gebäude zu erkennen. Irgendwoher kannte Jan dieses Motiv.

»Damit hätte wohl keiner gerechnet und ihr habt verdammtes Glück gehabt.« Stefan gab sich keine Mühe, seine Besorgnis zu verbergen.

»Ja, aber auf sein Glück sollte man sich als Polizist nicht verlassen. Ich als alter Hase lass mich so überraschen. Mann, Mann, scheiß Routine.«

»Und Maike hat noch extra bei der Besprechung darauf hingewiesen, dass diese Hinrichs schnell ausrastet.«

»Ja danke, jetzt fühle ich mich viel besser!«, gab Jan niedergeschlagen zurück.

Die Männer schwiegen für einen Moment, ehe Stefan die Stille durchbrach. »Wir sind hier fertig. Können wir jetzt zur Dienststelle fahren?«

»Ja, Stefan, ich möchte mich hier noch ein wenig umsehen. Ihr könnt schon mal abzischen, wir kommen nach. Seid bitte so nett und nehmt unseren Zeugen Herrn Behrends mit und setzt ihn in Jemgum ab.«

Vor dem Haus verabschiedete sich Jan von dem Gemeindeangestellten. »Danke für Ihre Unterstützung, auf Wiedersehen, Herr Behrends! Meine Kollegen bringen Sie zurück nach Jemgum.«

»Herr Broning, ehrlich gesagt hat mir das heute gereicht, vielleicht kann ein anderer Gemeindemitarbeiter Sie beim nächsten Mal unterstützen«, erwiderte Behrends mit angesäuertem Gesicht und stieg in den Zivilwagen.

Stefan fuhr los.

Jan sah sich noch einmal in der Scheune um und ging dann zurück nach draußen. Dabei ließ er sich Zeit und blickte in jede Ecke des Grundstücks. Inzwischen hatte Diedrich Ebens das Haus verlassen und beobachtete ihn. Jan deutete auf den Bootstrailer und den alten Trecker, die vom Unkraut fast eingewachsen waren. Sie waren ihm gestern schon aufgefallen. »Herr Ebens, wo ist denn das Boot zu dem Trailer?«

»Herr Kommissar, ich wollte ja nicht mit Ihnen sprechen, aber wenn Sie dann endlich den Abflug machen. Das Boot habe ich vor etlichen Jahren einem Freund verkauft, und wo es sich befindet, kann ich nicht sagen. Den Trailer wollte ich schon längst verkaufen.«

»Okay, Herr Ebens, wir sind dann auch fertig.«

Jan hatte die Intuition, dass Diedrich Ebens ihm noch etwas sagen wollte, aber er wartete vergebens. Gemeinsam mit Onno ging er zur Streifenwagenbesatzung und bedankte sich für die Unterstützung.

Aus dem Augenwinkel erkannte er, wie sich Diedrich Ebens ein paar Schritte auf ihn zubewegte, aber dann abrupt stehen blieb.

Na dann nicht! Jan setzte sich in den Zivilwagen. Onno drehte den Zündschlüssel und fuhr los in Richtung Jemgum.

Auf dem Beifahrersitz dachte Broning an den Messerangriff kurz vor der Durchsuchung. Jeder Beamte hatte eine eigene Schutzweste. Seine lag im Schrank im Büro und verstaubte dort. Er nahm sich vor, sie ab jetzt immer zu tragen, sobald er das Dienstgebäude verließ.

»Das ist ja merkwürdig.« Onno unterbrach Jans Gedankengänge. Er bremste und fuhr rechts an den Straßenrand.

»Was ist merkwürdig?«

»Ich hab dir doch von dieser Frau aus Hessen erzählt.«

»Die mit diesen geheimnisvollen Briefen?«

Onno nickte. »Genau, sie fährt einen alten VW Käfer mit Frankfurter Kennzeichen. Als wir gerade am Tatort in Coldeborg vorbeigefahren sind, stand der Käfer direkt am Siel … glaube ich zumindest.«

»Besser, wir sehen mal nach. Dreh um, Onno!«

Kurz darauf erreichten sie den kleinen Parkplatz am Siel und Onno stellte das Auto neben den Käfer mit dem F auf dem Nummernschild.

Die Kriminalpolizisten stiegen aus und sahen sich um. Auf dem Deich stand eine Bank, darauf saß eine Frau mit kurzen blonden Haaren.

Jan und Onno erklommen die Treppe zum Deich hinauf.

Die Frau drehte sich um und Onno murmelte: »Das ist sie.«

»Oh, Herr Elzinga, das ist ja ein Zufall, dass wir uns hier treffen«, sagte die Frau.

»Moin, Frau Löbers, darf ich vorstellen? Mein Kollege Jan Broning.«

»Guten Abend.« Jan ging auf die Frau zu und gab ihr zur Begrüßung die Hand.

»Eine wunderschöne Aussicht, nicht wahr?« Frau Löbers' Blick war auf die Emskurve gerichtet.

»Einer der schönsten Aussichtspunkte«, bestätigte Jan. Frau Löbers' Schuhe waren total verschmutzt, diese Tatsache sprang ihm ins Auge.

»Ich habe mich hier ein bisschen umgesehen. Dummerweise wollte ich bis zum Wasser. Keine gute Idee. Ist hier etwas geschehen, weil dahinten ein Haus mit Flatterband abgesperrt ist?« Sie musste bemerkt haben, dass ihm ihre Schuhe aufgefallen waren.

Jan ignorierte die Frage. »Frau Löbers, darf ich Sie fragen, was Sie hierhergeführt hat?«

»Herr Elzinga hat mir doch die Unterkunft in Bingum vermittelt, und meine Zimmerwirtin Frau Driever gab mir den Rat, mir die verschiedenen Aussichtspunkte an der Ems und am Dollart anzusehen.« Nach einem Blick auf die Uhr stellte Frau Löbers fest: »Oh, schon so spät, ich muss los. Haben Sie noch Fragen?«

Jan schüttelte den Kopf. »Nein, Frau Löbers, auf Wiedersehen.«

Frau Löbers wandte sich an Onno. »Herr Elzinga, Sie denken bitte an mich, ja?«

»Natürlich, Frau Löbers. Allerdings sind die Chancen, den Absender ausfindig zu machen, verschwindend gering. Es hat, glaube ich, keinen Sinn, hier länger auf Ergebnisse zu warten. Ich kann Sie auch in Frankfurt anrufen.«

Frau Löbers zuckte mit den Schultern. »Sie haben natürlich recht, aber ich gebe die Hoffnung nicht auf. Außerdem habe ich noch einige Tage Urlaub und es gefällt mir hier. Danke nochmals für die Zimmervermittlung. Sehr nette Leute … Ich bin gerne dort.«

»Das freut mich«, erwiderte Onno.

Frau Löbers sah erneut auf ihre Uhr. »Tschüss!« Sie verließ den Deich, setzte sich in ihren Wagen und fuhr davon.

»Was meinst du, Onno, wollen wir uns noch kurz am Tatort umsehen?«, schlug Jan vor.

»Den Täter oder die Täterin zieht es immer wieder zum Tatort zurück«, sagte Onno etwas nachdenklich. »Zufall, dass wir sie hier angetroffen haben?«

»Der Aussichtspunkt ist sehr beliebt«, antwortete Jan. »Trotzdem sollten wir ein Auge auf diese Frau haben.«

Jan und Onno spazierten zum Tatort und liefen einmal um das Haus herum. Alle Fenster waren verschlossen, die Türsiegel unbeschädigt.

Sie setzten sich wieder in den Zivilwagen und fuhren weiter zur Dienststelle.

Jan musterte Onno von der Seite. »So nachdenklich?«

»Ich frage mich, wieso sie es auf einmal so eilig hatte, sie kennt hier doch keinen.«

»Ist dir der Aufkleber an der Heckklappe ihres Autos aufgefallen?«

»Nein, darauf habe ich nicht geachtet, wieso?«

»Es war ein Aufkleber mit zwei Masken«, erklärte Jan. »Diese zwei Masken sind ein Symbol für Theater.«

»Bei uns gibt's fast in jedem Dorf eine Theaterbühne. Hat dieser Aufkleber etwas mit unserem Fall zu tun?«

»Nur so eine Idee, diese Weiße Frau, die unser Opfer heimgesucht hat …«

»Jetzt weiß ich, worauf du hinauswillst«, unterbrach ihn Onno. »Kein Spuk, sondern eine Verkleidung mit Perücke und Schminke, und jemand, der in seiner Freizeit im Theater mitspielt, weiß auch, wie man sich verkleidet.«

Im Büro trafen sich die beiden Durchsuchungsteams und fertigten jeweils einen Bericht über die Ergebnisse der Aktion an. Der digitale Vorgang wurde danach aktualisiert. Maike war bereits nach Hause gefahren.

Jan berichtete Staatsanwalt Grohlich telefonisch, wie die Durchsuchungen abgelaufen waren.

Bei der Schilderung des Messerangriffs hakte Grohlich nach. »Diese Frau Hinrichs scheint ja sehr gewalttätig zu sein und sie hat ein Motiv«, bemerkte er.

»Ich weiß, Herr Grohlich. Für uns ist Frau Hinrichs zwar tatverdächtig, aber nicht *dringend* tatverdächtig. Meines Erachtens reicht es noch nicht für einen Haftbefehl. Allerdings wissen wir nach Auswertung der Spurenlage mehr. Frau Hinrichs wurde inzwischen erkennungsdienstlich behandelt. Vielleicht haben wir bald einen Treffer beim Vergleich der Fingerabdruckspuren.«

»Na gut, Herr Broning, Hauptsache, Ihnen ist nichts geschehen. Wie wollen wir es mit der Nachrichtensperre halten? Sie scheint meines Erachtens im Moment immer noch sinnvoll zu sein.«

»Für unsere Ermittlungen wäre es besser«, stimmte Jan zu.

»Ewig werden wir die Medienvertreter nicht hinhalten können. Mein Vorschlag: Bis Sonntag belassen wir es bei der Funkstille. Am Sonntagabend könnten Sie eine Pressenotiz herausgeben, allerdings kommen Sie dann an einer Pressekonferenz am Montag wohl nicht herum.«

»Okay, Herr Grohlich, vielleicht bringt dann ja auch die Öffentlichkeitsfahndung etwas.«

»Genau, positiv denken, wir bleiben in Kontakt.« Grohlich beendete das Gespräch.

Anschließend ließen Jan Broning, Onno Elzinga, Klaas Leitmann und Stefan Gastmann bei einer Tasse Kaffee den

Tag Revue passieren. Stefan und Klaas mussten schlucken, als Jan den Messerangriff noch einmal schilderte.

»Das hätte auch in die Hose gehen können«, stellte Stefan fest. »Da verlief unsere Durchsuchung bei Diedrich Ebens ja fast harmonisch. Wir haben ihn noch einmal vernommen, wollten ihm auf den Zahn fühlen, wo er sich zur Tatzeit aufgehalten hat. Angeblich hat er die ganze Nacht mit Frauke Hinrichs in seinem Bett verbracht.«

Jan fasste zusammen: »Wie ich schon zu Grohlich sagte, wir haben de facto nichts gegen Frauke Hinrichs in der Hand. Wir haben keine Beweise bei ihr gefunden und nun hat sie auch noch ein Alibi für die Tatzeit. Dieses Alibi ist allerdings sehr schwach, und falls die beiden zusammengearbeitet haben, sowieso nichts wert. Für eine Festnahme reicht das nicht.«

»Sie hat dich mit einem Messer angegriffen«, hakte Onno nach.

»Sie war betrunken und wird deshalb nur wegen einer Rauschtat belangt werden«, schätzte Jan nüchtern.

Stefan ergänzte zynisch: »Außerdem wird ihr Anwalt anführen, dass sie durch den Mord an ihrem Ex-Mann geschockt gewesen sei und diese unerwartete Durchsuchung sie zusätzlich aufgewühlt habe.«

Jan nickte zustimmend und unterdrückte ein Gähnen. »War ein verdammt langer Tag, Stefan und Klaas, macht Feierabend, für heute reicht es. Wir sind alle müde, aber wir werden um eine Observierung unseres Traumpaars wohl nicht herumkommen. Aber damit fangen wir morgen an. Onno und ich werden jetzt noch Frau Hinrichs vernehmen.«

Unten auf der Wache erzählte Klaus Hensmann, wie die Entnahme der Blutprobe abgelaufen war. Anfangs hatte sich Frau Hinrichs gewehrt, aber der Arzt hatte sie wohl etwas beruhigen können. Die erkennungsdienstliche Behandlung hatte

Swantje Beninga mithilfe der Kollegin Blohm durchgeführt. Anschließend war Hinrichs in eine Arrestzelle gebracht worden, wo sie auf der harten Matratze eingeschlafen war.

»Okay, Klaus, dann wollen wir sie uns einmal ansehen!« Jan wies in Richtung des Zellentraktes.

Klaus Hensmann ging voraus und öffnete vorsichtig die Zellentür.

Frauke Hinrichs blickte den Männern müde entgegen.

Der Aufenthalt in einer Polizeizelle hatte auf die meisten Menschen eine beruhigende Wirkung. Spätestens hier begriffen sie, was sie angerichtet hatten und warum sie hier gelandet waren. Die meisten zogen ihre Lehren daraus und sahen eine Zelle niemals wieder von innen. Bei Frauke Hinrichs war es nicht anders.

Kleinlaut räusperte sie sich. »Es tut mir leid, Herr Kommissar, ich weiß nicht, wieso ich so ausgerastet bin! Ich hatte mich wegen Ontjes Tod betrunken und Sie waren einfach zur falschen Zeit da.«

»Wie fühlen Sie sich jetzt, Frau Hinrichs?«, erkundigte sich Jan. »Wir hätten da ein paar Fragen.«

»Es geht so, Ihre Kollegin war so nett und hat mir einen starken Kaffee gemacht.« Frau Hinrichs sah ihn bittend an. »Ich beantworte alle Fragen, aber bitte ... bitte sperren Sie mich nicht wieder hier ein!«

Jan war etwas überrascht. War das dieselbe Frau, die vor ein paar Stunden auf ihn hatte einstechen wollen? Der Teufel hatte tatsächlich den Schnaps gemacht. Jeden Tag konnte er in der Lagemeldung lesen, wie viel Elend die Volksdroge Alkohol wieder angerichtet hatte.

»Frau Hinrichs, nach der Befragung bekommen Sie Ihre Sachen zurück und können sich ein Taxi bestellen. Allerdings wird Ihr Verhalten bei der Durchsuchung natürlich ein Nachspiel haben. Sie sollten sich wegen Ihres Alkoholproblems helfen lassen. Sehen Sie dies als Tiefpunkt Ihres Lebens an. Von hier könnte es wieder aufwärtsgehen.«

Frauke Hinrichs behauptete ebenfalls, zur Tatzeit bei Diedrich Ebens gewesen zu sein. Sie berichtete von ihrer Ehe mit Ontje Wieringa und ihrer Trennung. Ja, sie sei froh, dass er jetzt nicht mehr alles versaufen könne, und ja, sie habe ihn mehrmals aus Frust geschlagen, aber umgebracht habe sie ihn nicht. In diesem Punkt klang sie sehr überzeugend. Danach blieb den Polizisten nichts anderes übrig, als Frau Hinrichs zu entlassen.

Jan bedankte sich bei Klaus.

»Kein Problem, Jan, wir unterstützen euch immer gerne«, tat Klaus ab. »Können wir sonst noch was tun?«

»Es wäre schön, wenn die Nachtschichtstreifen ab und zu im Rheiderland, besonders in den Orten Critzum und Coldeborg, präsent wären.«

»Wir versuchen es, aber ab 22 Uhr bis in die Nacht laufen die Schwertransporte mit Polizeibegleitung über die Bahn. Danach haben wir vermutlich mehr Gelegenheiten.«

»Danke dir, Klaus!« Jan ging zurück in sein Büro.

Er stellte sich vor das Fenster. Mit versonnenem Blick auf den Hafen dachte er über den Stand der Ermittlungen nach.

Die Auswertung der Spuren durch die Kriminaltechnik musste nun abgewartet werden. Dazu gehörte insbesondere die Bedampfung der Tatwaffe, um an Fingerabdrücke zu kommen. Broning wusste, dass sie überall am Tatort Hinweise auf Frau Hinrichs Anwesenheit finden würden. Sie hatte sich jahrelang berechtigt im Haus aufgehalten. Übereinstimmende Spuren an der Tatwaffe, der Leiche oder in der Blutlache würden sie allerdings belasten.

Jan war müde und hungrig. Der erhoffte schnelle Durchbruch durch Auffindung von Beweismaterial war nicht eingetreten. Er wollte nur noch nach Hause und seine Beichte bei Maike ablegen.

Donnerstagabend, bei der Weißen Frau

»Es führt über den Main eine Brücke aus Stein, wer darüber will geh'n, muss im Tanze sich dreh'n …«

Die Frau vor dem großen Spiegel sang den Text gut gelaunt. Sie wusste, dass sie eine schöne Stimme hatte. Mit der Darstellung ihrer Rolle, die Weiße Frau in Coldeborg, war sie auch sehr zufrieden.

Zunächst hatte es nur kurze Gesangsauftritte gegeben, nachts vor seinem Haus. Dann hatten sie die Dramatik gesteigert, dazu hatte die Vorstellung auf dieser Insel gehört. Ihr Publikum hatte leider nur aus einer Person bestanden: Ontje Wieringa.

Wieringa, der kurz zuvor noch so entspannt auf der Bank oben auf dem Deich gesessen hatte, war aufgesprungen und geflüchtet. Ob ihm wohl das Hexennest im Baum aufgefallen war, das sie aus Schafswolle gebastelt hatte?

Dann war da noch die Sache mit dem Türschloss gewesen. Ihr Freund hatte sich einen Spaß daraus gemacht, das Schloss jedes Mal wieder aufzuschließen, nachdem Wieringa es verschlossen hatte.

Die Krönung ihrer Vorstellung war die Nacht von Dienstag auf Mittwoch gewesen. Er hatte ihr die Eingangstür aufgeschlossen und sie hatte im Haus mit ihrem Schauspiel begonnen. Ontje war stark betrunken gewesen und hatte entsetzlich nach Schnaps gerochen. Es war gar nicht so einfach gewesen, ihn zu wecken. Sie hatte sich über ihn gebeugt und mit einer Strähne ihrer Perücke seine Wange berührt. Als Ontje endlich erwacht war, hatte er direkt in ihr leichenblass geschminktes Antlitz gesehen. Ontje Wieringas dummes Gesicht würde sie so schnell nicht vergessen. Fast hätte sie gelacht, aber das hätte nicht zu ihrem Auftritt gepasst. Diese Aktion war nun beendet, und sie hoffte, dass jetzt alles vorbei war. Würde er mit ihr zufrieden sein?

Donnerstagabend, Hatzum, kleiner Bauernhof des Diedrich Ebens

Immer wenn Diedje seine Augen schloss, sah er das blutüberströmte Gesicht seines Kumpels Ontje vor sich auf dem Boden. Tamme hatte ihm gestern und heute freigegeben. Diedje dachte an seine Gespräche mit den Polizeibeamten. Dabei war es ihm schwergefallen, sich zu konzentrieren, weil eine Frage Diedje ständig beschäftigte. Wer hatte seinen Kumpel Ontje umgebracht?

Die Polizisten verdächtigten ihn und Frauke. Das konnte Diedje nachvollziehen, Frauke hatte tatsächlich ein Motiv: Sie wollte ihren finanziellen Anteil am Haus sichern, bevor Ontje alles versoffen hätte. Er selbst, Diedje, könnte ihr dabei geholfen haben. Aber Ontje war ein guter Freund von ihm gewesen, niemals hätte er ihm etwas angetan.

Und Frauke? Würde er für sie seine Hand ins Feuer legen? Sobald Alkohol im Spiel war, konnte sie sehr aggressiv werden. Manchmal machte sie sogar ihm Angst.

Die Frage war doch, wer hatte Ontje zuletzt lebend gesehen? Tamme war am Dienstagabend bei ihm zu Hause gewesen. Hofenga hatte Angst gehabt, dass Ontje zur Polizei gehen würde. Das konnte er jetzt tatsächlich nicht mehr.

Die Polizisten wussten nichts von ihrem Schwur vor fünf Jahren, nichts von Bertus' Unfall und was sie danach getan hatten. Das schlechte Gewissen hatte Ontje endgültig in den Suff getrieben, und die Gefahr, dass er alles ausplaudern würde, war durchaus da gewesen.

Als dieser Kommissar nach der Durchsuchung noch einmal hier aufgetaucht war, hätte Diedje fast alles gestanden. War es ein Fehler gewesen, es zu verschweigen?

Der Verdacht hätte sich sofort auf Tamme gerichtet. Frauke und er wären aus dem Fokus gewesen. Alles wäre aufgeflogen, und was dann? Mit dem Geldsegen aus den Goldverkäufen wäre es vorbei und die vielen teuren Umbauten an seiner Traummaschine würden niemals fertig werden. Mit Sicherheit würde er wegen unterlassener Hilfeleistung vor Gericht gestellt. Außerdem würden die Gerüchte schnell die Runde machen, und keiner, insbesondere nicht seine Motorradkumpels, würden etwas mit ihm zu tun haben wollen. Würden die Polizisten oder seine Bikerfreunde ihm glauben, wenn er ihnen erklärte, dass er damals davon ausgegangen war, dass Bertus tot gewesen sei? Nein, das würden sie ihm nicht abnehmen.

Besser nicht darüber reden, aber dann würde er sich selbst um die Angelegenheit kümmern müssen, und am besten er fing gleich damit an.

Nach der Durchsuchung und Vernehmung durch die Kommissare aus Leer hatte er sofort Frauke angerufen, aber sie hatte sich nicht gemeldet. Wahrscheinlich hatte man sie zur Polizeidienststelle mitgenommen.

Er würde es später noch einmal versuchen.

Diedje zog sich seine Lederjacke an und nahm die Schlüssel für seine Geländemaschine. Es wurde Zeit für ein klärendes Gespräch mit Tamme. Als er die Scheunentür zuwarf, sah er noch einmal auf seinen neuen Chopper. Er zögerte, hielt inne und ging noch einmal hinein. Aus einem Versteck unter der Werkbank nahm er sein Messer und steckte es in die Hülle an seinem rechten Stiefel. Messer war eigentlich eine harmlose Bezeichnung für den beidseitig scharf geschliffenen Dolch mit dem flachen Griff.

Er startete die Maschine, fuhr auf die Landstraße in Richtung Jemgum und kam dabei an Ontjes Haus vorbei. Dort flatterten die Absperrbänder im Wind, und Diedje spürte Tränen, die an seinem Gesicht hinunterliefen. Als Nächstes erreichte er Critzum, wo seine Freundin wohnte.

Das bedrückende Gefühl verstärkte sich, als er in Midlum an dem Bauernhof vorbeifuhr, in dem sich Bertus' Unfall damals ereignet hatte.

Diedje war traurig und wütend zugleich. Hier hatte damals alles begonnen, mit diesem verfluchten Gold. Einerseits hatte sich die finanzielle Situation für alle verbessert und Tamme hielt sich bis heute an die Vereinbarung. Sein Anteil vom Goldverkauf hatte ausgereicht, um sich den Traum von dem neuen Chopper zu erfüllen. Die neue Serienmaschine war bezahlt, aber sie war noch nicht perfekt. Es fehlten einige teure Umbauten und eine Speziallackierung, und dafür brauchte er viel Geld.

Andererseits blieb doch immer ein bitterer Nachgeschmack der Reue, sosehr er sich über die neue Maschine freute. Nicht nur Ontje plagte das schlechte Gewissen. Sie hatten ihren Kollegen im Stich gelassen, und Diedje ahnte, dass der Mord an Ontje mit diesem Goldfund zusammenhing. Seit Ontjes Tod war er sehr nachdenklich geworden. Was blieb von einem Menschen, nachdem er gestorben war? Was zählte wirklich im Leben, worauf kam es an? Geld und die Erfüllung materieller Träume wie der seines neuen Motorrads? Das konnte es doch nicht gewesen sein. Jetzt war er mit seiner alten Geländemaschine unterwegs und der Wind wehte ihm genauso um die Ohren wie auf einer teuren Harley. Die Geländemaschine wurde selten gepflegt und war trotzdem zuverlässig. Den neuen Chopper mit den vielen Chromanbauteilen fuhr er nur bei schönem Wetter und anschließend musste er ihn stundenlang putzen.

Ich bin reingefallen, dachte Diedje zerknirscht, *reingefallen auf die Verführung von Geld und Konsum. Dieses Scheißgold, als ob da ein Fluch drauf liegen würde.* Alles würde er ohne Zögern hergeben, wenn er zu seinem Kumpel Ontje fahren könnte.

Sie würden lachen, und wie früher würde er bei der Arbeit Ontjes zufriedenes Lächeln sehen, wenn sie gemeinsam eine Balkenkonstruktion perfekt zusammenfügten.

Ontje würde nie wieder lachen, er lag tot in einer Leichenhalle. Diedje fluchte. Er musste sich auf das Hier und Jetzt konzentrieren. Als Bertus damals im Keller verunglückt war, das war ein Unfall gewesen, aber der Mord an Ontje war vorsätzlich geschehen. Diedje dachte an die Krimis im Fernsehen. Die Frage nach dem Motiv war immer wichtig und die Spur des Geldes. Ein Motiv und das Geld. Da war er wieder bei Tamme.

Ontje konnte Tamme Hofenga nicht mehr belasten, und der Anteil aus den Goldverkäufen würde sich erhöhen, weil sie die Erlöse nur noch durch zwei teilen mussten.

In Jemgum angekommen setzte Diedje den rechten Blinker und bog ab. Mit einem Seitenblick las er den Straßennamen »Toter Weg« und ein Kloß bildete sich in seinem Hals.

Am Ende des Toten Weges lag Tammes Grundstück. Das alte Einfamilienhaus und die Garage.

Noch konnte er wegfahren. Und was dann? Morgen bei der Arbeit tun, als sei nichts gewesen? Nein, dieses Gespräch war wichtig und er wollte Klarheit.

Diedje stellte seine Maschine auf der Auffahrt ab und ging zur Eingangstür des Hauses. Sie war antik und hatte einen altmodischen Türklopfer. Kurz zauderte er, dann drückte er den Messingbügel. Nun gab es kein Zurück mehr. Diedje wartete nervös auf die Reaktion im Haus.

Die Eingangstür öffnete sich und Tamme Hofenga stand vor ihm. »Hallo, Diedje, komm rein!«

Tamme ging voraus in die Küche und Diedje folgte ihm.

Der Hausherr zeigte wortlos auf einen Stuhl am Tisch und die beiden Männer setzten sich. Das Geschirr vom Abendessen war noch nicht abgeräumt worden. In einer eisernen Pfanne befanden sich Reste von angebrannten Bratkartoffeln.

Diedje überlegte, wie er vorgehen wollte.

Tamme unterbrach die Stille im Raum. »Schlimm, die Sache mit Ontje.«

»Hast du ihn umgebracht?« Diedje gelang es nicht, den Zorn in seiner Stimme zu unterdrücken.

Tamme reagierte nicht so, wie Diedje es erwartet hatte. Er blieb absolut ruhig, und anstatt wütend zu werden, lächelte er nur. »Nein, habe ich nicht! Ich hab mir schon gedacht, dass du hier auftauchst. Ganz schön mutig von dir, hier so ganz alleine herzukommen, wenn du glaubst, ich wäre ein Mörder.«

»Du hast Ontje zuletzt lebend gesehen, am Abend vor seinem Tod!«, schrie Diedje, seine Hand wanderte nach unten zu seinem Stiefel.

Tamme blieb die Ruhe selbst. »Nein, Diedje, nicht ich, sein Mörder hat ihn zuletzt lebend gesehen.«

»Du bist doch froh, dass er tot ist. Jetzt kann er dich nicht mehr verraten!«

»Uns, Diedje, uns nicht mehr verraten, du bist mit im Boot, oder hast du das vergessen? Aber wenn du glaubst, ich hätte Ontje umgebracht, warum gehst du dann nicht zur Polizei und erzählst alles?«

Diedje presste die Lippen aufeinander und schwieg.

»Ich will dir sagen, warum. Weil du damals auch mitgemacht hast. Das Geld vom Goldverkauf hast du angenommen. Deshalb sitzt du jetzt hier und nicht bei der Polizei.« Tammes Tonfall wurde eindringlich. »Mensch, Diedje, ich hab mit Ontjes Tod nichts zu tun. Ich schwöre dir, ich hab ihn nicht umgebracht!«

Diedjes Anspannung ließ etwas nach, trotzdem zog er das Messer aus dem Stiefel und schob es unter den Ärmel seiner Lederjacke. Darin war er sehr geübt, Tamme bemerkte es nicht.

»Du hast einen guten Grund gehabt, ihn zum Schweigen zu bringen.« Diedje wunderte sich selbst über die Kälte in seinen Worten.

»Und was ist mit dir? Oder sollte ich besser sagen: mit euch?« Tamme kaschierte seine Wut nicht länger. »Das ist doch der Klassiker. Der beste Freund und die Ehefrau. Ontje hätte alles versoffen und nur noch Schulden gemacht. Frauke kann das Haus jetzt endlich verkaufen. Ist ja kein Geheimnis, dass sie total ausflippt, wenn sie besoffen ist. Vielleicht hatten die beiden ja einen Streit und bei ihr ist eine Sicherung durchgebrannt oder …«

»… oder was?«, schrie Diedje.

»Wer weiß, vielleicht hast du ihr ja dabei geholfen, Ontje loszuwerden.«

Die beiden Männer taxierten sich misstrauisch.

Das Gespräch würde zu nichts führen, da war Diedje sicher. In seinem Kopf sah er, wie er sein Messer aus dem Ärmel zog und sich auf Tamme stürzte. Tamme konnte wohl Gedanken lesen, seine Hand wanderte zum Griff der eisernen Pfanne auf dem Küchentisch. Schließlich stand Diedje auf und ging durch den Flur zur Eingangstür.

Tamme setzte ebenfalls an, sich zu erheben, aber Diedje blickte ihn böse an und sagte: »Bleib ruhig sitzen, ich finde allein raus.«

Er befürchtete, dass Tamme auf ihn losgehen würde, und ging deshalb rückwärts zur Tür. Jeden Moment erwartete er den Angriff von hinten, aber Tamme blieb regungslos auf dem Küchenstuhl zurück.

Diedje öffnete die Haustür und hörte Tamme laut aus der Küche rufen: »Diedje, mach keine Dummheiten! Halt einfach die Schnauze gegenüber der Polizei. Sie untersuchen den

Mord, vielleicht finden sie den Mörder und wir beide haben nichts damit zu tun! Wir müssen zusammenhalten!«

Diedje ging nach draußen, startete den Motor seiner Geländemaschine und setzte sich den Helm auf. Dabei ließ er die Tür nicht aus den Augen und rollte vom Grundstück.

An der Kreuzung zur Landstraße hielt er an. Ihm war übel, und erst jetzt wurde ihm bewusst, dass er bis auf sein karges Frühstück noch nichts gegessen hatte. Er nahm sein Handy aus der Tasche und wählte Fraukes Nummer.

»Hinrichs?«

»Hallo, Frauke, hier ist Diedje. Ich war gerade bei Tamme, um mit ihm über den Mord an Ontje zu sprechen. Ich hab irgendwie das Gefühl, das Dreckschwein hat was damit zu schaffen.«

»Ontje, die Enttäuschung meines Lebens.« Frauke lallte. »Die besten Jahre hab ich ihm geopfert …«

Diedje unterbrach seine Freundin. »Hast du was getrunken?«

»Ja, musste mich beruhigen.« Frauke klang nun wütend. »Die haben mich behandelt wie eine Schwerverbrecherin. Scheißkerle, alle gleich!«

»Komm mal wieder runter!« Diedje kannte diese aggressive Stimmung. Alkohol und Frustration verursachten eine unglaubliche Wut bei seiner Freundin. Es war besser, ihr in diesem Zustand aus dem Weg zu gehen.

»Komm mal wieder runter?«, schrie sie. »Wen haben sie denn eingesperrt und durch die Mangel gedreht? Männer sind doch alle gleich, aber das lasse ich mir nicht gefallen!«

»Frauke, ich melde mich morgen bei dir, wenn du wieder nüchtern bist.«

In Frauke brodelte es. »Ach nee, willst wohl nichts mehr mit mir zu tun haben, jetzt wo sie mich verdächtigen. Du bist nicht besser als die anderen, ich könnte euch alle erschlagen!«

Diedje beendete das Gespräch, er wusste, dass sie in diesem Zustand zu nichts zu gebrauchen war. Er steckte sein Handy in die Jacke, kickte den Motor an und tuckerte in Richtung Stadt, um einen offenen Imbiss zu finden.

Donnerstagabend, Ditzum, Haus der Familie Broning

»Maike, deine Kartoffelsuppe war wieder sehr lecker und hat mich gerettet!« Jan saß müde und satt am Tisch und lächelte seine Frau an. »Habt ihr euch gestritten? Als ich Antje einen Gutenachtkuss gegeben habe, sagte sie, du seist böse auf sie.«

»Es war nur eine Kleinigkeit, beim Abendbrot wollte sie unbedingt ihre Kinderwurst essen.«

»Die mit dem Gesicht drauf?«

»Genau, und die hatte ich nicht für sie, dafür aber genug andere Wurst. Jan, die hat so einen Aufstand gemacht wegen dieser blöden Wurst!«

»Und … Antje halt, das kennen wir doch!«

»Na ja, ich dachte wohl an die Kinder aus meinen Akten, die froh wären, wenn sie überhaupt Wurst auf dem Brot hätten. Das hab ich ihr dann auch unmissverständlich klargemacht!«

Jan spürte, dass Maike in letzter Zeit ungewohnt heftig auf Kleinigkeiten reagierte. Sie bearbeitete im Fachkommissariat Gewalt- und Sexualdelikte an Kindern und Jugendlichen. Zum Glück war sie seelisch sehr robust und hatte ein dickes Fell, aber es war nicht zu übersehen, dass die traurigen Schicksale der Kinder ihr in letzter Zeit emotional trotzdem sehr nahe gingen. Als Leiter der verschiedenen Fachkommissariate liefen die Vorgänge auch über seinen Tisch, und er war entsetzt darüber, was die kleinen Menschen erleiden mussten. Damit konnte er schlecht umgehen, insbesondere jetzt, da er selber Vater war. Maikes Arbeit war immens wichtig, aber man sollte sie nicht zu lange ausüben. Jan machte sich inzwischen Sorgen um seine Frau.

Gemeinsam räumten sie das Geschirr in die Spülmaschine. Danach öffnete Jan eine Flasche Wein und sie setzten sich auf ihr altes Ostfriesensofa. Jan hatte ein süffisantes Grinsen aufgelegt.

»Na gut.« Maike klopfte auf ihre Oberschenkel und Jan legte sich mit seinem Kopf auf ihren Schoß. Seine Beine hingen über die seitliche Lehne des Sofas. Maike hielt in der linken Hand ihr Glas Wein und mit der anderen Hand kraulte sie Jan am Hinterkopf.

»Ist das der Sex im Alter?«, fragte Jan mit einem Lächeln. »Wenn ich könnte, würde ich jetzt wie eine Mieze schnurren.«

»Kannst du aber nicht, nur brummen«, stellte Maike gut gelaunt fest. »Nun erzähl schon, was ist rausgekommen bei den Vernehmungen und Durchsuchungen?«

Normalerweise achteten die Bronings darauf, den Dienst draußen zu lassen, doch dies gelang nicht immer.

Jan schilderte den Ablauf der Ermittlungen in Critzum und Hatzum.

»Also kein dringender Tatverdacht und keine Festnahme«, bilanzierte Maike anschließend. »Du hattest ja die Hoffnung, den Fall schnell lösen zu können.«

»Außerdem gab es da noch ein kleines Vorkommnis bei der Durchsuchung von Frau Hinrichs' Haus.« Jan räusperte sich. »Besser, du hörst es von mir …« Jan berichtete von dem Messerangriff auf ihn, und Maike hörte mit besorgtem Gesicht zu. Als sie den Mund aufmachte, um zu sprechen, hob er beschwichtigend seine Hände. »Ich weiß genau, was du sagen willst: Schutzweste nicht angezogen, eigene Dummheit, besser vorbereiten. Hab ich was vergessen?«

Maike seufzte, schüttelte den Kopf und zählte wahrscheinlich langsam innerlich bis zehn. »Euch Männer kann man nicht allein losziehen lassen. Aber Frauen sind ja immer harmlos und …«

Jan hob erneut die Hände. »Okay! Angekommen! Nie wieder ohne! Ich verspreche es. Von Frauen, die Messer im Gürtel tragen, werde ich mich in Zukunft fernhalten.« Er spielte darauf an, dass Maike meistens selbst ein Messer mit sich führte. Natürlich nur, um Äpfel damit zu schälen.

Maike drückte ihren Mann für einen langen Moment an sich.

Er wertete dies als Anlass zur Entwarnung und erzählte weiter vom Verlauf des Tages.

»Wir haben auf der Rückfahrt von Hatzum Frau Löbers in unmittelbarer Nähe des Tatorts am Coldeborgersiel angetroffen. Sie hatte so einen Theateraufkleber an ihrem Auto.«

»Das ist ja merkwürdig, aber vielleicht auch harmlos, dieser Aussichtspunkt ist bei vielen Einheimischen und Touristen sehr beliebt! Wir sind ja auch öfters da.«

Jans Gedanken schweiften ab und er nickte nur zur Bestätigung.

»Gaslicht …«, sagte Maike und unterbrach sein Abdriften.

»Wie bitte … Was meinst du?«

»Kennst du dieses Theaterstück, in dem ein Mann seine Frau in den Wahnsinn treiben will?«, fragte Maike.

»Hilf mir auf die Sprünge, ich bin ein bisschen müde.«

»In einem Haus wohnt ein Ehepaar in der unteren Etage. Darüber befindet sich eine fremde Wohnung, in der eine Frau starb. Der Ehemann hat diese reiche Nachbarin ermordet und wollte ihren Schmuck stehlen. Den hatte die getötete Frau aber gut versteckt. Abends geht der Ehemann unbemerkt von seiner Frau in die obere Wohnung und sucht die Wertsachen. Die Wohnungen wurden zu dieser Zeit mit Gas beleuchtet, und immer wenn er oben das Gaslicht andreht, wird es in der unteren Wohnung dunkler. Die Ehefrau hört die Schritte über ihr, sobald es düster um sie wird. Der Ehemann bestreitet dies natürlich und sie wird so von ihm unbewusst manipuliert und in den Wahnsinn getrieben. Gaslighting steht deswegen für das unbewusste Manipulieren von Mitmenschen und ist im Moment leider sehr aktuell.«

»Du glaubst also, dass es sich beim Mordfall Wieringa um Gaslighting handeln könnte?« Jan bildete mit den Fingern Gänsefüßchen in der Luft. »Eine Frau verkleidet sich als Spukgestalt und manipuliert unser Opfer.«

»Denk an die Perücke und die Abdrücke vor dem Fenster!«, erinnerte Maike. »Unsere Täterin weiß genau, dass unser Opfer eine Heidenangst vor der Weißen Frau hat, und nutzt das aus …«

»… indem sie sich verkleidet, ein Hexennest im Baum platziert und ihn langsam in den Wahnsinn treibt«, vervollständigte Jan ihre Theorie. »Aber du vergisst, dass unser Opfer erschlagen wurde, und das ist etwas mehr als nur Manipulation.«

»Das stimmt natürlich, Gaslighting funktioniert ja ohne körperliche Gewalt, aber vielleicht hat sie sich zu sehr reingesteigert und ist ausgerastet!«

»Und da sind wir wieder bei Frauke Hinrichs.« Jan gähnte. »Dieses Verhalten würde zu ihr passen und jetzt sind wir beim Gaslicht. Es wäre doch möglich, dass dieser Ebens ihr bei den Gruselaktionen hilft oder sie berät. Die Hintergrundinformationen über ihn würden dazu passen. Es kann auch sein, dass Frau Hinrichs *ihn* manipuliert, Frauen haben da so spezielle Methoden.«

»Ach, was du nicht sagst!«

Maikes rechte Hand war von Jans Kopf langsam auf seine Brust und weiter nach unten gewandert.

»Können wir heute etwas früher ins Bett gehen?« Jan bemühte sich um einen unschuldigen Gesichtsausdruck.

»Oh, heute ist doch nicht Mittwoch, sondern Donnerstag, und du hast den traditionellen HHT verpasst«, kicherte Maike.

»HHT, ist das eine neue Polizeiabkürzung?«

»Allerdings«, erwiderte sie und kniff Jan in den Po. »Hemdhebetag. Und jetzt hoch mit dir, du fauler Kerl. Zeit für deine ehelichen Pflichten.«

Donnerstag, später Abend, auf dem Weg von Leer nach Hatzum

Diedrich Ebens saß in einem Schnellrestaurant und biss in einen pappigen Hamburger. Komisch, von diesen Dingern wurde man einfach nicht satt und teuer waren sie auch noch. Er dachte an das Gespräch mit Tamme. War die Aussage seines Chefs glaubwürdig, dass er mit Ontjes Tod nichts zu tun habe? Die Polizei hatte schon mit ihren Ermittlungen begonnen und würde die Spuren auswerten. Allerdings hatten sich die Ermittler offenbar auf ihn und Frauke eingeschossen. Bei der Durchsuchung hatte er Gesprächsfetzen der Polizisten aufgeschnappt. Sie hatten nach einer Perücke und Frauenschuhen gesucht. Dies konnte eigentlich nur bedeuten, dass sie Spuren einer Frau am Tatort gefunden hatten. Diedje konnte nachvollziehen, wieso die Ermittler sich auf ihn und Frauke konzentrierten. Tamme war im Moment solo, eine Frau gab es in seinem Leben nicht. Was war, wenn er sich irrte und Tamme tatsächlich unschuldig wäre? Diedje blieb nichts anderes übrig, als auf das Ergebnis der Polizeiuntersuchung zu warten und sein neues Motorrad in Sicherheit zu bringen. Die wertvolle Maschine konnte er bei einem Kumpel vom Motorradclub unterstellen. Immer wieder hörte man, dass bei Kriminalfällen das Eigentum der Täter eingezogen wurde. Morgen zur Arbeit? Das konnte Tamme vergessen, stattdessen würde er mit seinem Chopper zu seinem Freund fahren.

Inzwischen fragte er sich, was er überhaupt bei Tamme hatte bezwecken wollen. Diese Aktion wäre nicht ungefährlich gewesen, falls Tamme tatsächlich der Mörder wäre. Diedje presste die Lippen zusammen. Er war zwar nicht so kräftig wie sein Chef, aber mit seinem Messer war er verdammt schnell. Das hatten schon andere erfahren müssen. Beim Kampf Mann gegen Mann waren Schnelligkeit und Entschlossenheit die entscheidenden Faktoren.

Als er sich seinem Haus in Hatzum näherte, stellte er fest, dass in allen Zimmern das Licht eingeschaltet war. Komisch, dachte er, er hatte es nicht angemacht, als er gegangen war. Die Scheunentür stand sperrangelweit offen und aus dem Haus dröhnte laute Musik. Er entspannte sich. Frauke hatte das Alleinsein sicher nicht gefallen und sie war zu ihm gefahren.

Er rollte mit dem Motorrad durch die offene Scheunentür. Sein Blick richtete sich auf seine neue Maschine und mit einem Mal erloschen alle Lichter.

»Frauke!«, rief Diedje laut. »Was soll der Scheiß?«

Im Haus blieb es still, dann kicherte jemand leise.

»Frauke, das ist nicht lustig!«, schrie Diedje wütend.

Da hörte er Frauengesang. Sofort fiel Diedje die Spukgestalt der Weißen Frau ein. *Werde ich jetzt verrückt wie Ontje?*

Diedje stieg vom Motorrad, ließ aber den Scheinwerfer des Fahrzeugs an. Er schlich zum nächsten Lichtschalter und stellte beunruhigt fest, dass nichts geschah, als er ihn betätigte.

Die Stromsicherung war wohl raus. Diedje ging in den Flur zum Sicherungskasten. Es war finster, nur durch die Verbindungstür zur Scheune drang etwas Licht. Er tastete nach dem Kasten, da wurde die Tür zugeschlagen. Nun war es stockdunkel im Flur und er hörte wieder dieses leise Kichern.

War Frauke jetzt total durchgedreht? Diedje fühlte blind nach der Metalltür des Sicherungsschrankes. Gerade wollte er sie öffnen und die Sicherungen wieder einschalten, als er in etwas Klebriges griff. Außerdem spürte er kurzes Fell und einen langen nackten Schwanz. Ihm wurde klar, was gerade seine Hand berührt hatte: eine tote Ratte.

Vor einigen Jahren hatte ihn auf einer Baustelle eine in die Enge getriebene Ratte in die Hand gebissen. Seitdem hatte er panische Angst vor diesen Viechern und sein Arm zuckte erschrocken zurück. Plötzlich wurde es heller am Ende des Flurs. Dort befand sich ein kleines Fenster, und als er hinsah, grinste ihn von draußen eine Weiße Frau an. Diedjes Herz setzte für einen Moment aus und seine Augen weiteten sich, als die Frau ihm zuwinkte. Ihre Züge waren schön, aber leichenblass und sie begann zu singen.

Von einer Sekunde auf die andere verschwand das Gesicht vor dem Fenster und es wurde wieder stockdunkel im Flur. Diedje glaubte schon, dass er sich alles eingebildet hätte, als er aus der Scheune hörte, wie seine Maschine angelassen wurde. Die Gestalt vor dem Fenster hatte ihn in Panik versetzt. Er war starr vor Angst gewesen, aber als seine geliebte Maschine aus der Scheune gefahren wurde, fand er die Energie, sich zu bewegen. Die Verbindungstür zur Scheune war fest verschlossen, deshalb wollte er über die andere Flurtür in die Küche. Aber auch diese Tür war abgesperrt. Inzwischen vernahm er das Wummern seines Choppers von weiter entfernt. Verzweifelt rüttelte Diedje an den verschlossenen Türen und überlegte fieberhaft, was er tun konnte.

Es gab drei Wege aus dem Flur: die Verbindungstür zur Scheune, die Tür zur Küche mit dem angrenzenden Wohnbereich und das Fenster am Flurende, durch das er nicht hindurchpasste. Die Türscharniere zur Küche befanden sich im Flur und die beiden Bolzen der Scharniere musste er regelmäßig wieder in ihre Läufe drücken. Er zog seinen Dolch aus dem Stiefel und bewegte sich langsam vor. Die Bolzen ragten tatsächlich etwas aus den Scharnieren heraus. Mit der Messerklinge entfernte er sie und konnte die Küchentür aufreißen. Der Motor des Choppers heulte auf. Diedje rannte durch die Küche zur vorderen Eingangstür des Hauses. Das Brummen des Viertakters kam aus Richtung Deich. Diedje sprintete um das Haus herum und sah auf der schmalen Straße zum Deich die aufgeblendeten Scheinwerfer der Harley. Sie blendeten Diedjes Augen. Langsam näherte er sich seinem Traummotorrad mit verkniffenem Gesichtsausdruck. In der rechten Hand hielt er noch immer das Messer.

Für einen kurzen Moment glaubte er, wieder diese Frauengestalt zu erkennen, diesmal stand sie hinter der Maschine. Eine Lichtquelle beleuchtete sie für eine Sekunde von unten, sonst hätte er sie nicht sehen können. Schritt für Schritt kam Diedje seiner Maschine näher, Angst schnürte ihm die Kehle zu. Er hatte keine Ahnung, wo sich diese Spukgestalt im Moment befand. Wartete sie auf ihn hinter dem grellen Licht der Maschine?

Auf einmal roch er Benzin. Hinter dem Chopper leuchtete eine Art Fackel auf. Die Flamme wirbelte durch die Luft und landete auf dem Motorrad.

Das Fahrzeug fing sofort Feuer, und Diedje sah mit Entsetzen, wie sein Traum in Flammen aufging.

Er konnte seine Augen nicht von der brennenden Maschine lösen, und ihm entging, dass außerhalb des Lichtkreises eine menschliche Gestalt stand und ihn beobachtete. Ein lautes Lachen drang an seine Ohren und Diedje blickte wütend in die Dunkelheit.

Nacht von Donnerstag auf Freitag, Ditzum, Haus der Familie Broning

Jan Broning wurde vom Klingeln des Telefons aus dem Schlaf gerissen. Er stöhnte, als er auf die Uhr sah. 1 Uhr in der Nacht.

Mit dem Hörer in der Hand verließ er das Schlafzimmer.

»Broning.«

»Hallo, Jan, hier ist Klaus von der Wache in Leer. Es tut mir leid, aber ich musste dich anrufen.«

»Schieß los!«

»Ihr wart doch heute, nein, gestern bei einem Ebens in Hatzum. Vernehmung und Durchsuchung, so stand es jedenfalls im Lagebericht.«

»Das stimmt, Klaus, und …?«

»Einer unserer Streifen ist ein Feuerschein in Hatzum aufgefallen. Ein Motorrad stand hinter dem Haus von diesem Ebens auf dem Weg zum Deich und brannte … Die Feuerwehr wurde alarmiert und hatte den Brand schnell unter Kontrolle.«

»Klaus, entschuldige, ich bin noch nicht richtig wach. Du schmeißt mich wegen eines brennenden Motorrades aus dem Bett?«

»Das Beste zum Schluss, Jan, neben dem Motorrad lag eine verbrannte Leiche.«

»Verflixte Axt«, fluchte Jan leise.

»Tatsächlich steckt eine angekokelte Axt in der Stirn des Toten. Meine Leute und die Feuerwehr sind noch vor Ort und du wohnst ja gleich um die Ecke.«

»Okay, ich komme raus! Ruf bitte noch Stefan Gastmann und die Kriminaltechniker an. Wir treffen uns beim Haus von diesem Ebens.«

Nacht von Donnerstag auf Freitag, Hatzum, Deichweg hinter Diedrich Ebens' kleinem Bauernhof

Die Kriminaltechniker Albert Brede und Swantje Beninga packten ihre Ausrüstung zusammen.

Swantje sah Jan an und sagte mit einem Gähnen in der Stimme: »So, wir sind erst einmal fertig! Total versauter Tatort, verbrannt, zertrampelt, Albtraum!«

»Swantje, wie lange bist du jetzt mit unserem Prinz Charming bei der Kriminaltechnik?«, fragte Jan und konnte sich ein Grinsen nicht verkneifen.

»Wieso …? Erst seit einem halben Jahr.« Swantje machte eine misstrauische Miene.

»Na, du klingst schon ein bisschen so wie Albert.«

»Oh Mann, wie kann man so früh am Morgen so gute Laune haben?« Swantje winkte ab. »Da lob ich mir meinen Albert, keine witzigen Sprüche, erst recht nicht zu dieser unchristlichen Tageszeit!«

Jan bemühte sich um einen versöhnlichen Ton. »Gute Arbeit, Swantje, und danke, dass ihr so schnell hier wart.«

Swantje berichtete Jan, was sie am Brandherd aufgefunden hatten. Da waren zum Beispiel die Reste einer Art Fackel und ein Dolch neben der Leiche.

»Die Axt in der Stirn konnten wir nicht mitnehmen.« Swantje gähnte noch mal ausgiebig. »Ich bin echt fertig, können wir jetzt Feierabend machen? Den Rest können wir später erledigen und danach zusammen die Spurenauswertung besprechen.«

»Ja, fahrt zurück zur Dienststelle und dann ab nach Hause. Versucht, noch ein bisschen zu schlafen.« Jan konnte sich nicht vorstellen, wie man nach solch entsetzlichen Bildern in den Schlaf finden sollte.

Stefan und er wollten sich den Tatort, insbesondere die Leiche, noch einmal genau ansehen. Das ausgebrannte Motorrad lag seitlich auf dem Deichweg. Das Gras um die Maschine herum war verbrannt, und direkt neben dem Motorradwrack lag der Tote, der mit einer dünnen Alufolie abgedeckt worden war. Jan zog die Folie herunter und musterte die Leiche. Der verbrannte Körper lag in Seitenlage vor ihnen. Arme und Beine waren angezogen, die typische Position für Brandtote. Durch die Hitze hatten sich Bänder und Sehnen verkürzt und zu dieser Boxerhaltung geführt.

Jan fiel sofort die breite Axt in der Stirn des Toten auf. Die Klinge war zwischen den Augen tief in den Schädel eingedrungen. Der Schlag musste mit großer Wucht ausgeführt worden sein.

»Da hat aber jemand richtig gut gezielt und getroffen«, stellte Stefan fest, der neben Jan stand.

Die Kleidung und die Haut der Leiche waren stark verbrannt. Es stank nach Benzin. Der Einsatzleiter der Feuerwehr hatte Jan beim Eintreffen am Tatort erzählt, dass eine große Menge Brandbeschleuniger eingesetzt worden sei. Der Feuerwehrmann hatte vermutet, dass man die Maschine mit Benzin übergossen und angezündet habe. Den Kollegen von der Nachtstreife sei der Feuerschein aufgefallen und man habe die Feuerwehr alarmiert. Bei den Löscharbeiten hätten sie dann die Leiche entdeckt.

Stefan kniete sich neben Jan auf die andere Seite des Verbrannten. »Ist es Diedrich Ebens?«

»Gestern trug er eine auffällige Motorradjacke mit vielen Chromnieten.« Jan zeigte auf die versengte Jacke des Toten. »Die Nieten sind zwar angesengt, aber gut zu erkennen. Ich bin mir sicher, dass er es ist!«

»Die Todesursache dürfte klar sein.« Stefan deutete auf die Axt in der Stirn.

Jan war skeptisch. »Swantje hat neben der Leiche einen Dolch gefunden, vielleicht finden wir am Körper auch noch Wunden davon.«

»Ja, meine Herren, dies werden wir mit Sicherheit erst bei der Obduktion genau überprüfen und dokumentieren.«

Jan und Stefan hatten sich völlig auf die Szenerie konzentriert. Überrascht drehten sie sich um und standen auf.

Vor ihnen stand der Gerichtsmediziner Dr. Knoche.

Die Anwesenheit der Staatsanwaltschaft und der Rechtsmedizin bei der Tatortbesichtigung kam in den letzten Jahren immer öfter vor und hatte sich bewährt.

Trotz der frühen Morgenstunde war der Forensiker gut gelaunt. Er trug den vorgeschriebenen Overall und hielt den Sektionskoffer in der Hand. »Guten Morgen, da staunen Sie, was? Ihre Kollegin Frau Beninga hatte mich angerufen und mir von diesem, sagen wir mal, besonderen Fall erzählt. Sie hat sich wohl daran erinnert, dass ich sie einmal gebeten habe, mich bei solchen Sachen anzurufen.«

Die Männer kannten sich von etlichen gerichtsmedizinischen Untersuchungen in Oldenburg. Dort arbeitete Dr. Knoche mit Dr. Andresen zusammen.

Die Anwesenheit eines Polizisten war bei den Obduktionen vorgeschrieben. Der Polizist sollte die Umstände des Todes erklären. Die Gesamtsituation am Tatort beziehungsweise am Fundort einer Leiche war für den Gerichtsmediziner sehr wichtig. In diesem Fall konnte sich Dr. Knoche direkt selbst vor Ort ein Bild machen und diese Beobachtungen bei der Sektion einfließen lassen.

Jan wunderte sich, dass seine Swantje ihm nichts von der Alarmierung des Gerichtsmediziners erzählt hatte. Allerdings war sie heute nicht sehr gesprächig gewesen.

»Herr Dr. Knoche, guten Morgen!«, sagte Jan. »Ihre Unterstützung vor Ort können wir gebrauchen. Der Zeitpunkt mitten in der Nacht ist ja etwas unglücklich.«

»Kein Problem, ich kann doch nicht darum bitten, dass man mich anruft, und dann nicht kommen, nur weil es Nacht ist. Außerdem bin ich froh, einmal aus dem Institut herauszukommen. Darf ich …?« Dr. Knoche zeigte auf die Leiche.

»Bitte sehr, sie gehört Ihnen.« Jan machte eine einladende Geste.

»Herr Dr. Knoche, wir möchten uns im Haus umsehen, dürfen wir Sie kurz allein lassen?«

»Nur zu, ich fang schon mal an.«

Die beiden Kriminalpolizisten gingen in Richtung des Hauses. Da klingelte Jans Handy.

»Broning.«

»Hey, Jan, hier ist Swantje, ich bin gerade auf der Dienststelle, und da fällt mir ein, dass ich mit unserem Gerichtsmediziner gesprochen habe. Die Axt saß so fest in der Stirn, dass wir sie nicht rausbekamen. Könnte sogar sein, dass Dr. Knoche bei euch aufschlägt und …«

Jan unterbrach sie. »Mach dir deswegen keinen Kopf. Übrigens eine gute Idee und er ist auch schon hier!«

»Oh …!«

Jan malte sich den verdutzten Gesichtsausdruck seiner Kollegin aus und lächelte. »Bist du noch dran?«

»Ja, das ist mir jetzt peinlich. Wenn ihr ins Haus geht, da

ist noch eine Sache, die habe ich euch auch noch nicht erzählt. Ihr könnt jetzt alle Lichter einschalten, aber als wir uns dort umgesehen haben, waren die Sicherungen raus und direkt am Verschlussriegel der Tür zum Sicherungskasten hing eine tote Ratte und …«

Jan unterband den Redefluss der Kollegin. »Stopp, Swantje, wir sehen uns jetzt dort um und alles andere besprechen wir später. Fahr nach Hause und versuch zu schlafen, du hast alles richtig gemacht!«

»Okay, jetzt bin ich beruhigt.«

Jan kappte die Verbindung.

»Verdammt viel Arbeit in der kurzen Zeit für unsere Kriminaltechniker«, befand Stefan. »Zuerst der Tatort von diesem Ontje Wieringa und jetzt dieser hier!«

»Denen schwirrt sicher der Kopf«, pflichtete Jan ihm bei. »Erst die Arbeit an den Tatorten und dann noch der ganze elende Papierkram.«

»Alle Spuren kennzeichnen, asservieren und weiterleiten«, ergänzte Stefan.

Inzwischen waren sie durch die hintere Scheunentür ins Haus gegangen. Dort stand ein Motorrad, es handelte sich um eine alte Geländemaschine. Im Zündschloss steckte der Schlüssel. Eine schwere Metalltür führte in den Wohnbereich des Hauses. Allerdings versperrte ein Holzbrett diese Tür von der Scheune aus.

»Dann eben durch den vorderen Eingang«, meinte Jan.

Die beiden Männer gingen aus der Scheune, ums Haus herum und standen vor der offenen Eingangstür. Die Kollegen hatten das Haus bereits durchsucht, Jan kannte sich daher aus. Deshalb fiel ihm sofort die Verbindungstür vom Flur in die Küche auf, die ausgehoben an der Wand lehnte. Die Bolzen der Türscharniere waren entfernt worden. Jan und Stefan schauten sich im Flur genau um und sahen sich den Sicherungskasten an, an dem die tote Ratte gehangen hatte.

»Was hat sich hier abgespielt?«, dachte Stefan Gastmann laut.

»Eine ganz fiese Nummer, eine Falle«, antwortete Jan. »Diedrich Ebens, unser Opfer, fährt mit dem Motorrad in die offene Scheune. Vermutlich geht das Licht nicht an. Er will in den Flur, um nach den Sicherungen zu sehen. Der oder die Täter blockieren hinter ihm die Tür. Die andere zur Küche ist schon verriegelt. Ebens ist gefangen. Im Dunkeln ertastet er die tote Ratte.« Bei diesem Gedanken überlief Jan ein kalter Schauer. »Vermutlich sollte ihn das davon abhalten, die Sicherungen reinzumachen. Durch das kleine Fenster kann er auch nicht raus. Deshalb löst unser Opfer die Bolzen aus der Tür und …«

Stefan unterbrach Jan. »Ruft die Polizei an?«

Jan schüttelte den Kopf. »Das wäre logisch, aber irgendwie hat man ihn rausgelockt und getötet.«

»Herr Broning!« Die laute Stimme von draußen gehörte Dr. Knoche.

»Ich komme!«, rief Jan. »Stefan, ich geh schon mal zu unserem Gerichtsmediziner. Kannst du bitte die vordere Eingangstür versiegeln?«

»Okay, kein Problem, wir brauchen sicher auch eine Überwachung des Tatortes. Ich kümmere mich drum!«

»Danke dir.«

Jan trat ins Freie und weiter in Richtung des ausgebrannten Motorrades auf dem Deichweg.

Dort standen drei Personen. Knoche in seinem blauen Overall, der Bestatter Siegmund Erdmann und seine Tochter Bekky, mit der Stefan verlobt war.

Bekky Erdmann betrachtete sich selbst als moderne Hexe. Entsprechend war sie gekleidet. *Stefan hat einen guten*

Geschmack, dachte Jan, *eine schöne, intelligente und irgendwie geheimnisvolle Frau, diese Bekky. Und in nächster Zeit soll ja die Hochzeit stattfinden.* »Moin, Familie Erdmann!« Er begrüßte die Bestatter per Handschlag.

»Moin, Herr Broning, schade, dass wir uns immer zu so schrecklichen Anlässen sehen«, antwortete Siegmund Erdmann.

Jan stellte die Anwesenden einander vor.

»Herrn Erdmann kenne ich von diversen Transportfahrten zu unserem Institut, aber seine Tochter noch nicht«, sagte Dr. Knoche, der seinen Blick nicht von Bekky lösen konnte.

»Mein Kollege Stefan Gastmann ist mit ihr verlobt«, beeilte sich Jan hinzuzufügen.

»Oh, der Glückliche! Ich habe mir den Toten inzwischen etwas genauer angesehen. Es war ja zu befürchten, dass sich die Position der Axt durch den Transport verändern könnte. Um es kurz zu machen, ich habe sie vorsichtig entfernt. So können wir die Leiche ohne Probleme transportieren.«

Jan blickte auf die Axt, die in einer großen Asservatentüte neben der Leiche lag.

»Eine Franziska«, erklärte Bekky. »Das ist eine Franziska.«

»Wie bitte?« Siegmund Erdmann beäugte seine Tochter fragend.

»Aber natürlich, sie hat recht!« Dr. Knoche war offenbar verblüfft und fügte hinzu: »Franziska ist der Name einer Wurfaxt. Die Franken haben diese Waffe im frühen Mittelalter benutzt, daher auch der Name Franziska. Die Form der Klinge ist sehr speziell.«

»Der oder die Mörderin ist also ein Franke?«, bemerkte Jan und lächelte.

»Auf jeden Fall konnte dieser Jemand gut mit einer Wurfaxt umgehen«, stellte Dr. Knoche fest. »Sehen Sie sich die Wunde an, diese Axt hatte eine enorme Durchschlagskraft.

Wir müssen die Obduktion natürlich noch abwarten, aber ich schätze, die Klinge hat den Schädelknochen glatt durchschlagen und ist tief ins Gehirn eingedrungen. Ein schneller Tod.«

Freitag, früher Morgen, Jemgum, Haus des Tamme Hofenga

Tamme Hofenga startete den Motor seines Pritschenwagens. Er war früh aufgestanden, weil er nicht gut geschlafen hatte. Arbeit war die beste Methode, um sich von seinen derzeitigen Problemen abzulenken. Die neueste Baustelle befand sich in der kleinen Ortschaft Jemgumgaste, dort stand ein wunderschöner alter Gulfhof. Allerdings war dieser Hof bisher nur in Tammes Gedanken schön, weil er bereits halb verfallen war. Vor seinem inneren Auge sah er die fertig restaurierte Anlage in ihrer alten Pracht. Heute wollte er die Balkenkonstruktion der Scheune inspizieren.

Nach Jemgumgaste waren es etwa drei Kilometer. Von seiner Auffahrt fuhr er auf die Landstraße in Richtung Ditzum. Bereits nach einem halben Kilometer erreichte er Eppingawehr. Ein schmaler Weg führte durch die weite Wiesenlandschaft des Rheiderlandes, den Hammrich. In der weiten und einsamen Szenerie standen vereinzelt Bauernhöfe. Keine Bäume versperrten den Blick über die unendlich scheinenden Grasflächen. Ein Netz von Gräben, Kanälen und Schöpfwerken sorgte für die Entwässerung des tief liegenden Landes. Tamme liebte die einsamen Wege durch den Hammrich, weil er von dort aus die Vögel auf den Wiesen beobachten konnte. Auch heute blieb er gelegentlich stehen und beobachtete die verschiedenen Gänsescharen mit einem Fernglas.

Unterwegs dachte Tamme über den Ortsnamen Jemgumgaste nach. Der Begriff »Gaste« bedeutete Sandrücken, wobei Sand im Rheiderland eher selten anzutreffen war. Die Orte mit der Endung »-gaste« standen auf kleinen Erhebungen in der Landschaft. Früher, als es noch keine Deiche gegeben hatte, schützten diese Erdhügel, auf denen man die Häuser errichtet hatte, mehr schlecht als recht gegen Hochwasser.

Der Klei- und Lehmboden des übrigen Rheiderlandes war zwar fruchtbar, aber schwer zu bearbeiten. Die schwierigen Bodenverhältnisse verursachten den Handwerkern wie Tamme erhebliche Probleme. Die Versackungen im Erdreich führten oft zu Beschädigungen an den Gebäuden, zum Beispiel Risse im Mauerwerk. Die Handwerker früherer Generationen hatten dies gewusst und die gebrannten Ziegelsteine der Gebäudemauern waren mit einer speziellen Mischung zwischen den Steinen aufgeschichtet worden. Dieser spezielle Mörtel ließ im geringen Maß eine flexible Bewegung der Steine zu, ohne dass die Mauer sofort riss. Allerdings wurden die Außenfugen zwischen den Steinen beschädigt und eine Neuverfugung war öfter nötig. Dies war auch bei seinem neuen Projekt in Jemgumgaste der Fall. Das Hauptproblem lag aber an einer anderen Stelle des Gebäudes. Die wichtigste Bausubstanz bei den alten Gulfhöfen waren die Balkenkonstruktion und die Fundamente, auf denen die hölzernen Pfosten standen. Tamme wusste, dass es inzwischen genaue elektrische Messinstrumente gab, um die Holzbalken zu prüfen. Diese Instrumente brauchte er jedoch nicht, er verließ sich auf seine Hände, einen langen spitzen Dorn und einen Hammer. Die größten Schwierigkeiten bei den alten Balkenkonstruktionen bereiteten den Handwerkern die sogenannten Balkenanker. Diese Anker verbanden das Mauerwerk der Wände mit den tragenden Balken und waren meistens an der Verbindungsstelle vergammelt, weil Feuchtigkeit von der Mauer in das Holz eindrang. Was nutzte der stabilste Balken, wenn er an der wichtigsten Stelle keine Festigkeit mehr aufwies?

Es gab die Möglichkeit, die verfaulte Stelle herauszuschneiden und durch ein neues Holzteil zu ersetzen. Diese Verbindung zwischen dem alten und dem neuen Balken war kompliziert. Dies war eine schwierige und knifflige Arbeit, eine Spezialität der Firma Hofenga.

Tamme war inzwischen bei dem alten Gulfhof in Jemgumgaste angekommen. Er stellte seinen Wagen neben dem Hauptgebäude ab. Stand man draußen vor dem Hof, konnte man sofort erkennen, dass das Gebäude im Moment noch unbewohnbar war. Die neuen Eigentümer wohnten im Rheinland und überließen ihm die Renovierung. Tamme hatte die Baustelle also für sich allein. Er nahm seine Werkzeugkiste und betrat die Scheune durch das unverschlossene große Tor. Teile der hinteren Außenmauer waren eingestürzt, und es hatte keinen Zweck, es zu schließen.

Als er die Scheune betrat, flogen Tauben verschreckt auf und flatterten durch das offene Dach nach draußen. Tamme ging zu einer langen alten Holzleiter, die seitlich an einer Wand lehnte. Seine kurze aus Aluminium auf dem Pritschenwagen war nicht lang genug, um an die Balkenlage zu gelangen. Früher hatte es eine schmale Treppe gegeben, über die man auf den Heuboden gelangte. Diese war aber wie der größte Teil des Fußbodens total vergammelt, und Tamme wollte sie nicht benutzen, weil er sofort an den schrecklichen Unfall damals in Midlum denken musste.

Die lange Leiter war aus Eiche gefertigt und Tamme prüfte jede einzelne Sprosse auf Festigkeit. Aus dieser Höhe wollte er nicht stürzen. Als er sicher war, dass die Sprossen ihn halten würden, steckte er den Hammer und den Prüfdorn in seine Hosentasche, lehnte die langen Holme an einen Querbalken und stieg langsam hinauf.

Oben angekommen, schlug er mit dem Holzhammer auf den zu prüfenden Balken. Der Ton war hell und hart, so, wie er sein sollte.

Dumpfe Töne waren nicht gut und ließen auf weiche Stellen im Holz schließen.

Zwischen zwei Schlägen stutzte Tamme. Hatte er Geräusche von unten aus der Scheune gehört? Es hatte geklungen, als ob eine Frau geflucht hätte. *Unsinn*, tadelte er sich, *nun fang ich schon an wie Ontje und höre Stimmen.*

Seine innere Unruhe und der Schlafmangel gaukelten ihm vermutlich diese Laute vor. Da drangen sie erneut an seine Ohren, deutlicher dieses Mal. Ein Kratzen und Scharren. Nervös blickte Tamme nach unten. Tauben flogen auf und flatterten unruhig umher. Na klar, Tauben und Ratten hatten die Geräusche verursacht.

Tamme beruhigte sich wieder und untersuchte weiter das Holz, besonders den Balkenanker. Er befand sich fast am Ende der langen Leiter und spürte plötzlich, wie sie sich langsam bewegte, als würde unten jemand daran rütteln. Die Bewegung wurde immer stärker und Tamme klammerte sich instinktiv am Balken fest.

»He, was soll das? Aufhören!«, schrie er entsetzt und sah noch einmal kurz nach unten.

Dort stand Frauke Hinrichs, die ihn mit wutverzerrtem Gesicht anstarrte. In der Hand hielt sie eine riesige Axt.

»Na, jetzt hast du Schiss!«, schrie sie. »Du Mörder!«

Tamme fand sich in einer unglücklichen Lage wieder. Hier oben hatte er schlechte Karten. Er musste nach unten, deshalb versuchte er, die Frau zu beruhigen: »Frauke, du spinnst! Ich bin doch kein Mörder! Warte, ich komme runter zu dir, dann können wir in Ruhe über alles reden!«

»Damit du mich auch umbringen kannst wie Ontje und Diedje?«

Frauke holte mit der riesigen Axt aus, und Tamme wusste, was geschehen würde.

Frauke hatte gut gezielt und die Leiter ganz unten am Boden getroffen. Sofort kippte sie weg, und Tamme versuchte, sich am Balken festzuhalten. Die Oberkante war jedoch feucht und rutschig und für einen Moment hing Tamme in der Luft. Seine Hände glitten über die Kante des Balkens und griffen ins Leere. Mit einem Schrei fiel er rückwärts nach unten und schlug dumpf auf den Scheunenboden.

Freitagmorgen, Stadt Leer, Polizeidienstgebäude

Jan Broning hatte nur wenig geschlafen, und das war ihm auch anzusehen – dunkle Ränder unter den Augen und einige neue Falten im Gesicht. Zum Glück war die Kaffeemaschine gerade fertig durchgelaufen. Er schlürfte langsam den heißen und sehr starken Muntermacher und überlegte, wie er am besten eine Mordkommission organisieren könnte. Der Name für diese Mordkommission lag auf der Hand: »Moko Axt«.

Der oder die Täter hatten offensichtlich eine Vorliebe für diese Waffe. In der Vergangenheit hatte Jan einige Sonder- oder Mordkommissionen geleitet. Er bevorzugte zwei Ermittlungsteams zu je zwei Kollegen und einen Mitarbeiter auf der Dienststelle. Sollten diese Kräfte nicht ausreichen, könnte er die Anzahl der ermittelnden Beamten im Laufe der Untersuchung erhöhen.

Maike sollte auf jeden Fall dabei sein. Eine willkommene Gelegenheit, sie schnell aus ihrer momentanen Sachbearbeitung herauszunehmen. Jan war sich sicher, dass ihr das sehr guttun würde. Allerdings hatte es ihr bei der letzten Soko, »Hekate«, gar nicht geschmeckt, dass sie im Büro eingesetzt worden war. Dieses Mal würde Jan sie in einem Zweierteam einsetzen müssen, das hatte er ihr versprochen.

Maikes Vater und dessen Freundin wären hoffentlich bereit, bei der Betreuung von Antje einzuspringen, falls Bedarf bestand. Bei der Moko »Axt« wollte Jan zusätzlich gern auf Klaas Leitmann, Onno Elzinga und Stefan Gastmann zurückgreifen. Das war ein bewährtes Team, und er wusste, dass er sich auf diese Kollegen zu 100 Prozent verlassen konnte.

Okay, dann brauche ich für die wichtige Arbeit im Büro eine geeignete Person. Er selbst als Leiter der Moko wäre dafür die logische Wahl, aber er war lieber an der Front. Er brauchte den direkten Kontakt mit den Tatorten und die Eindrücke vor Ort. Maike war raus. Wer also sollte im Büro die Fäden ziehen?

Onno war gesundheitlich angeschlagen und im Außendienst nicht voll belastbar. Dafür war er extrem fleißig und umsichtig. Genau der Richtige für die Koordinierung. Allerdings würde Jan darauf achten müssen, dass Onno sich nicht zu viel zumutete.

Jan liebte seine Frau über alles, aber er war der Meinung, sie sollten nicht von früh bis spät zusammenarbeiten. Deshalb würde sie mit Stefan rausfahren.

Er selbst würde mit Klaas Leitmann das andere Team bilden.

Jetzt musste er diese Einteilung nur noch den Kollegen schmackhaft machen. Onno und Klaas fuhren sonst immer zusammen wie ein altes Ehepaar. Tatsächlich verhielten sie sich ähnlich, weil sie schon so lange Partner waren. Immer wieder gab es kleinere Streitereien zwischen ihnen. Nun würden sie räumlich getrennt zusammen ermitteln und es würde weniger Anlass zur Kabbelei zwischen den beiden geben.

Ein kleiner Teufel auf seiner Schulter lachte bei diesem Gedanken.

Eine Stunde später saß die versammelte Mannschaft im großen Büro in der vierten Etage des Polizeidienstgebäudes zusammen.

Jan beschloss, die Katze gleich aus dem Sack zu lassen. »Liebe Kollegen, herzlich willkommen bei der Mordkommission ›Axt‹!«

»Hab mir schon so was gedacht«, grinste Maike.

Jan berichtete von den Ermittlungen zu den Mordfällen Ontje Wieringa und Diedrich Ebens. »So, jetzt seid ihr grob auf dem aktuellen Stand der Ermittlungen«, beendete Jan seinen Vortrag.

»Ich möchte gern, dass wir wie gewohnt in der Moko zusammen als Team arbeiten. Ihr wisst, worum es geht, und es steht euch frei, ob ihr mitmachen möchtet. Ihr kennt mich, falls das nicht der Fall sein sollte, ist das auch okay, und bevor ihr euch entscheidet, möchte ich euch die mögliche Einteilung der Teams bekannt geben.« Jan beobachtete gespannt die Gesichter, als er ausführte, wer mit wem zusammen was übernehmen sollte.

Maike freute sich sehr, als sie hörte, dass sie mit Stefan rausfahren würde. Stefan war damit einverstanden, Klaas und Onno blickten sich etwas unsicher an.

»Äh, Jan, ich soll quasi hier im Büro die Strippen ziehen?«, vergewisserte sich Onno.

»Genau, ich fahr mit Klaas. Falls es notwendig sein sollte, können wir auch noch untereinander tauschen. Diese Einteilung ist ja nicht in Beton gegossen.«

Die Kriminalpolizisten sahen sich gegenseitig an und dachten vermutlich an die gute Zusammenarbeit der letzten gemeinsamen Ermittlungsgruppen.

Offensichtlich waren alle an Bord.

»Kollegen, ich bin sehr froh, dass wir wieder zusammenarbeiten, und ich schlage vor, dass ihr eure aktuellen Vorgänge abgebt. Wir treffen uns wieder in zwei Stunden. Das Büro hier wird unsere Zentrale.«

Freitagvormittag, Jemgumgaste

Langsam erwachte Tamme Hofenga aus seiner Bewusstlosigkeit. Er sah nach oben und erkannte Balken einer Dachkonstruktion. Die heftigen Schmerzen, die sein Hinterkopf und seine Schulter ausstrahlten, ließen ihn laut aufstöhnen. Er schloss die Augen und versuchte, sich zu erinnern, was passiert war. Ganz langsam kamen die Geschehnisse zurück. Diese verrückte Frauke Hinrichs hatte ihn zuerst als Mörder beschimpft und ihm dann die Leiter weggeschlagen. Als er nach dem Sturz mit dem Rücken auf dem harten Boden der Scheune aufgeprallt war, musste er die Besinnung verloren haben. Vorsichtig tastete er nach seinem Hinterkopf und fühlte blutverschmierte Haare. Erst jetzt bemerkte er, dass er mit dem Kopf in einer Blutlache lag. Die Schmerzen in seinem Rücken wurden so heftig, dass er den Arm wieder neben sich auf dem Boden ablegte. Einige Male holte er tief Luft und wartete darauf, dass die Schmerzwelle langsam nachließ. Hinter sich hörte er plötzlich ein knarzendes Geräusch.

»Frauke, bist du das?«, schrie er. »Verdammt noch mal, du musst mir helfen!«

Es blieb still in der Scheune.

Tamme wollte sich aufrichten, um hinter sich zu sehen, aber etwas stimmte nicht mit seinem Körper. Die Schmerzen konnte er ertragen, aber etwas anderes versetzte ihn in Panik. Er spürte seine Beine nicht.

Hinter sich hörte er wieder Geräusche, es klang wie ein leises Kichern.

Tamme kämpfte darum, die Panik in den Griff zu bekommen, aber als seine Beine ihm überhaupt nicht gehorchten, schrie er laut auf.

In diesem Moment vernahm er, wie jemand hinter ihm gut gelaunt eine Melodie pfiff. Diese Melodie kannte er gut, es war das Lied mit der Brücke über den Main. Eiskalt lief es Tamme über den Rücken. Das Pfeifen endete, dafür begann eine männliche Stimme zu singen:

»Es führt über den Main eine Brücke aus Stein, wer darüber will geh'n, muss im Blute sich dreh'n ...«

Tamme glaubte, die Stimme zu erkennen. Sie klang vertraut und irgendwie doch ganz anders.

»Na, Tamme, hast du ein Problem?«, fragte der Mann in seinem Rücken.

»Das kann nicht sein«, stammelte Tamme. »Du liegst im Koma!«

»Das stimmt, aber ein Mann im Koma kann doch nicht sprechen.« Der Mann lachte unnatürlich schrill bei diesen Worten.

»Ich spüre meine Beine nicht«, jammerte Tamme. »Du musst mir helfen!«

Schritte kamen auf ihn zu. Kurz fiel ein Schatten auf sein Gesicht, dann konnte er die Person erkennen, die lächelnd auf ihn herabsah. Vor ihm stand Hubertus Dascher, sein Arbeitskollege, von dem er geglaubt hatte, dass er in Groningen im Koma lag.

»Wieso, woher …« Tamme konnte kaum sprechen.

Dascher stellte sich mit einem Fuß auf Tammes rechte Hand und drückte den Absatz kräftig nach unten.

Tamme schrie auf und versuchte, seine Hand unter dem Schuh wegzuziehen. Das gelang ihm nicht, weil Dascher den Druck sofort verstärkte.

»Schön brav sein, Tamme«, lachte er. »Tut's weh? Ich will ja nur, dass du weißt, dass du nicht träumst!«

Erleichtert spürte Tamme, wie Dascher den Fuß hob und seine Hand befreite. Er schloss kurz seine Augen. Als er sie wieder öffnete, blickte er direkt in Daschers Gesicht.

Seine Züge wirkten im Gegensatz zu früher hager und verkniffen. Er lächelte zufrieden und genoss offensichtlich die Situation. Und da war noch etwas in seinem Gesicht, das Tamme die Kehle zuschnürte.

»Vertauschte Rollen, nicht wahr?« Dascher klang kalt und zynisch. »Das letzte Mal war es umgekehrt. Ich lag hilflos unten und du hast mich von oben angesehen. Ist 'ne Zeit lang her, fünf Jahre oder so.«

»Es tut mir leid«, stammelte Tamme. »Wir dachten, du wärst tot.«

»Ganz im Gegenteil, lieber Kamerad!«, brüllte Dascher und Speichel troff aus seinem Mund. »Ontje hat mir alles erzählt. Ich konnte mich ja nur noch daran erinnern, wie ich in den Keller gestürzt bin. Als ich aus dem Koma erwachte, erzählten sie mir, dass ich mit dem Fahrrad im Hafen Jemgum gestürzt sei. Das kam mir sehr unglaubwürdig vor. Ich hab mich hier umgesehen und festgestellt, dass es euch in der Zwischenzeit ganz gut ergangen ist. Deine Firma ist nicht pleite, und Ontje hatte genug Geld, sich das Hirn wegzusaufen. Dann Diedjes teure Maschine, da habe ich eins und eins zusammengezählt. Ich fing an, Ontje ein bisschen auf den Zahn zu fühlen. Er konnte gar nicht aufhören mit seiner

Beichte. Wie ihr, nachdem ihr mich … mir fällt da kein passendes Wort ein – vielleicht entsorgt? – ja, das passt … Ihr habt mich wie Müll im Hafen entsorgt. Danach habt ihr das Gold aus dem Keller geborgen. Du hast es an dich genommen und regelmäßig verteilt. Ihr brauchtet ja auch nur noch durch drei teilen, dank eurer liebevollen Behandlung war ich ja nicht mehr dabei. Leider wusste Ontje nicht, wo du das restliche Gold versteckt hast. Am Ende hat er ständig um meine Verzeihung gebeten und gewinselt, das hat ihm aber auch nicht geholfen.«

Tamme Hofenga begriff langsam, was Dascher ihm da gerade erzählte. »Du warst es, du hast Ontje ermordet.«

Ein gemeines Grinsen legte sich auf Daschers Lippen. »Ja, aber geplant hatte ich es nicht. Eigentlich wollte ich nur wissen, was damals nach meinem Unfall geschehen ist, dann hat er mir alles erzählt. Anstatt mir zu helfen, habt ihr überlegt, wie ihr mich am besten loswerden könntet. Ihr habt mich nach draußen geschafft und mich dann beim Hafen zum Verrecken abgelegt. Von eurem Schwur, die Sache zu vertuschen, hat er mir auch erzählt, und wie du das Gold in Bargeld umtauschst …«

»Du kannst deinen Anteil natürlich bekommen!«, versicherte Tamme rasch.

Wieder verzog sich Daschers Mund zu einem unnatürlichen Lächeln. »Lass mich ausreden, Tamme! Als mir Ontje alles erzählt hat und ich begriff, was ihr mir angetan habt, ist bei mir eine Sicherung durchgebrannt. Eigentlich wollte ich Ontje nur in den Wahnsinn treiben, aber nach seiner Beichte wurde ich unwahrscheinlich wütend und habe ihn mit der Axt erschlagen. Sein Tod war viel zu leicht und zu schnell im Vergleich zu den fünf Jahren, die ich durchlitten habe. Und Diedje war wirklich untröstlich, als sein Traum in Flammen aufging.«

»Diedje?«, hakte Tamme nach.

»Ach, du weißt noch gar nicht, dass er Ontje Gesellschaft in der Hölle leistet?«

Tamme stockte der Atem. Diedje war ebenfalls tot? Er hatte doch gestern Abend mit ihm gesprochen.

Dascher beobachtete Tammes Reaktion, und Triumph erschien in seinen Augen.

»Ja, Tamme, auch dieser Verräter ist tot. Bei ihm war es nicht so einfach wie bei Ontje. Aber ich hatte meinen Spaß und am Ende habe ich ihm den Schädel gespalten.«

Tamme war der letzte Überlebende derer, die damals den Eid abgelegt hatten, und er ahnte, welches Schicksal ihm bevorstand. Verzweifelt suchte er nach einem Ausweg. Vor seinem Sturz hätte er Dascher vielleicht überwältigen können, jetzt lag er hilflos auf dem Boden, seine rechte Hand war vermutlich gebrochen und abwärts seiner Hüfte war er komplett gelähmt. Das Schicksal hatte zugeschlagen. Vielleicht könnte er ihn bestechen? Ein erheblicher Teil des Goldes war ja noch da. »Ich gebe dir das ganze Gold, alles, was noch übrig ist.«

»Das reicht mir nicht!« Eiskalt füllten die Worte den Raum. »Ich will mehr! Ich will das Gold und deinen Tod, aber erst, nachdem wir ein wenig Spaß miteinander hatten.«

Dascher verschwand aus Tammes Sichtkreis, und Tamme hörte, wie er hinter ihm mit Gegenständen hantierte. »Weißt du, Tamme, ich würde dich am liebsten gleich umbringen, du ahnst nicht, wie es mir in den Fingern juckt, aber ich brauch noch einige Informationen von dir, zum Beispiel, wo du mein Gold versteckt hast.«

Ein Schleifen ertönte, und kurz darauf spürte Tamme, wie Dascher ihn unter den Achseln griff und anhob.

Die Schmerzen ließen Tamme laut aufschreien, sehr zur Belustigung seines Peinigers.

Dascher fing erneut an zu singen. »Es führt über den Main eine Brücke aus Stein …«

Der Gesang und die Schreie seines Opfers vermischten sich zu einem Duett des Schreckens, das laut in der Scheune widerhallte.

Tamme dachte verzweifelt über einen Ausweg nach. Dascher sang dabei eine Strophe nach der anderen.

Der Text war total krank, machte überhaupt keinen Sinn, und Daschers Tonlage war entsetzlich schrill und unheimlich.

Tamme war sich sicher, einen Appell an Daschers Vernunft konnte er sich sparen. Rein äußerlich handelte es sich zwar um seinen alten Arbeitskollegen, aber ihm war inzwischen klar geworden, dass sich Daschers Wesen total verändert hatte. Es gab für ihn keinen Zweifel, er war wehrlos in die Hände eines Wahnsinnigen gefallen. Tammes panische Gedanken wurden unterbrochen, als er spürte, wie er auf einen länglichen Gegenstand gezogen wurde. Er fühlte Sprossen unter seinen Schultern, und ihm wurde bewusst, dass es sich um einen Teil der zerbrochenen Holzleiter handelte. Dascher fixierte seinen Körper mit Stricken darauf. Dann wurde ein Ende angehoben und die schrecklichen Schmerzen ließen Tamme laut aufschreien.

Die Leiter wurde wieder abgelegt.

Daschers Gesicht erschien vor ihm. »Dein Geschrei nervt mich, Tamme, da kann man ja nicht in Ruhe singen! Du warst doch früher so ein harter Kerl und hast niemals gejammert! Du denkst wahrscheinlich, dass jemand deine Schreie hört, aber es ist ja verdammt einsam hier.«

Dascher setzte an, Tamme einen Knebel in den Mund zu schieben. Reflexartig biss Tamme in seine Hand. Er biss so fest zu, wie er konnte. Dascher gab keinen Laut von sich, grinste nur und seine linke Hand verschwand hinter seinem Rücken. Plötzlich sah Tamme eine Axt vor seinem Gesicht.

Vermutlich hatte sie hinten in Daschers Gürtel gesteckt. Tamme fühlte die Klinge zwischen seinen Zähnen. Sie hebelte seinen Unterkiefer auf. Er ließ locker.

Dascher stopfte ihm einen Knebel in den Mund und zog die Axt heraus. »So, jetzt ist es gut, du wirst mir doch nicht ersticken?« Seine Stimme troff vor Sarkasmus. »Wir wollen uns noch ein wenig unterhalten, weißt du, ihr habt mir so gefehlt die letzten fünf Jahre.«

Freitagmittag, Stadt Leer, Polizeidienstgebäude

Onno Elzinga saß im großen Büro der Mordkommission »Axt« und sah auf die weißen Tafeln an der Wand. Dort waren Bilder der Opfer, der Tatorte und der Mordwaffen mit Magneten befestigt worden. Eine Zeitschiene und eine Landkarte dienten zur besseren Übersicht.

Sie waren fleißig gewesen.

Onno sah auf seine Liste vom Vormittag:

- *Gründung der Mordkommission »Axt« unter Leitung von EKHK Jan Broning.*
- *Mitglieder der Moko »Axt«:*
  Maike Broning, Stefan Gastmann (Team 2), Klaas Leitmann, Jan Broning (Team 1) und Onno Elzinga (Büro).
- *Rücksprache mit der Staatsanwaltschaft Aurich, Staatsanwalt Grohlich.*
- *Übergabe der Mordwaffe an den Kriminaltechniker Brede gegen Empfangsbescheinigung.*
- *Terminabsprache mit der Gerichtsmedizin in Oldenburg, Dr. Knoche, Termin Samstagvormittag.*

- alle Kollegen noch einmal über die Nachrichtensperre informiert, erste Pressemitteilung vermutlich ab Sonntag.

Das Klingeln des Telefons unterbrach Onnos Grübeln. Sicher wieder ein Medienvertreter. Trotz der Nachrichtensperre kursierten Gerüchte über die beiden Mordfälle im Rheiderland. Diese Anrufe sollten eigentlich zur extra eingerichteten Pressestelle weitergeleitet werden.

Onno nahm den Hörer ab. »Polizei Leer, Elzinga.«

»Hallo, Onno, hier ist Klaus von der Wache, ich sollte dich in Ruhe arbeiten lassen, aber ich habe hier einen merkwürdigen Anruf. Frau Hinrichs will Jan oder dich sprechen.«

»Wir suchen schon den ganzen Vormittag nach der Frau, stell sie durch!«

Zunächst hörte Onno nur eine Art Schluchzen. »Hallo, Frau Hinrichs, hier ist Onno Elzinga, wo sind Sie gerade? Kann ich Ihnen helfen?«

»Mir kann niemand mehr helfen, ich habe ihn umgebracht. Ich dachte, es ginge mir dann besser, aber …«

Onno fiel ihr ins Wort: »Frau Hinrichs, wen haben Sie umgebracht?«

»Na, den Mörder von meinem Diedje. Ich wollte Diedje ganz früh anrufen, aber es meldete sich nur eine Frau von der Polizei.«

Swantje Beninga von der Spurensicherung, vermutete Onno. Die Kriminaltechniker wollten sehr früh noch einmal zum Tatort, um dort weiterzuarbeiten.

»Sie wollte nicht sagen, was passiert ist, aber ich habe Bekannte, die bei der Feuerwehr sind, und die haben mir alles erzählt.« Wieder hörte Onno das laute Schluchzen. »Mein Diedje, mit einer Axt erschlagen und verbrannt«, erneut Schluchzen, »und ich habe noch so mit ihm geschimpft, als wir uns das letzte Mal gesprochen haben.«

»Frau Hinrichs, Sie sagten, Sie hätten ihn umgebracht?«

»Ja, Tamme Hofenga, dieses Schwein, zuerst hat er meinen Ex erschlagen und dann meinen Diedje. Aber ich wusste, wo er heute arbeiten wollte. Stellen Sie sich das vor, geht zur Arbeit, als ob nichts gewesen wäre.«

Onno registrierte, dass ihre Stimme jetzt gefasst und kalt klang.

»Sein dummes Gesicht, als ich ihm die Leiter unter seinen Füßen weggeschlagen habe. Er hat sich einen Moment festgehalten, dann ist er voll auf den Boden geknallt und das war's.«

»Wo ist das gewesen? Vielleicht kann man ihm noch helfen.«

»Das glaube ich nicht, aber ist jetzt auch egal … in Jemgumgaste, ein alter Gulfhof, leicht zu finden.«

»Frau Hinrichs, wo sind Sie gerade? Wir müssen unbedingt mit Ihnen sprechen!«

»Das können Sie vergessen, ich geh nicht ins Gefängnis, und was soll ich noch auf dieser Welt ohne meinen Diedje?« Während sie sprach, hörte Onno den Motor eines Schiffes im Hintergrund.

»Frau Hinrichs, ich möchte Ihnen helfen.« In diesem Augenblick bemerkte Onno, dass die Verbindung unterbrochen worden war. Sofort rief er wieder die Handynummer an, es meldete sich nur die Mailbox.

Onnos Gedanken rotierten, offensichtlich wollte Frauke Hinrichs Suizid begehen und Tamme Hofenga lag tot in einem Gulfhof in Jemgumgaste.

Beide Teams der Moko »Axt« waren unterwegs. Maike und Stefan suchten Frauke Hinrichs in Critzum, Jan und Klaas Tamme Hofenga in Jemgum.

Onno überlegte, wo sich Frauke Hinrichs aufhalten könnte.

Es gab natürlich die Möglichkeit der Handyortung, aber dies würde Zeit benötigen, und wenn er die Situation richtig einschätzte, hatten sie keine. Am Telefon klang Frauke Hinrichs' Suizidankündigung glaubwürdig, und Onno wusste aus leidvollen Erfahrungen, wie anziehend Wasser auf Lebensmüde wirkte. Frauke Hinrichs wohnte in der Nähe der Ems und er hatte Motorengeräusche eines Schiffes gehört. Onno griff zum Telefon und wählte zunächst Maikes Telefonnummer.

»Hallo, Onno, was gibt's?«

»Maike, wo seid ihr gerade?«

»In Critzum beim Haus von Frauke Hinrichs. Aber sie ist verschwunden.«

Onno berichtete vom Telefonat mit der Gesuchten und seiner Vermutung, dass sie sich an der Ems aufhalten würde.

»Onno, was glaubst du, wo sie an der Ems ist? Es gibt hier verdammt viele Möglichkeiten, um ins Wasser zu gehen.«

»Ja, ich weiß, fahrt doch mit dem Auto bei der nächsten Gelegenheit auf den Deich und haltet von dort oben Ausschau. Ich würde bei Critzum beginnen und dann weiter nach Coldeborgersiel, dort sind die besten Aussichtspunkte. Ich leite die Handyortung ein und organisiere weitere Polizeikräfte, die euch bei der Suche helfen können.«

Onno beendete das Gespräch und kümmerte sich zunächst um einen Notarzt- und Rettungswagen, der schon einmal in Richtung Jemgumgaste losfahren sollte, dann rief er Jan an.

»Hallo, Onno!«

Onno berichtete ihm von dem Gespräch mit Frauke Hinrichs. »Dieser Tamme Hofenga soll tot in der Scheune eines alten Gulfhofes in Jemgumgaste liegen. Genauere Ortsangaben habe ich leider nicht! Vielleicht könnt ihr ihn finden und noch helfen!«

»Okay, Onno, wir sind gerade bei seinem Haus. Jetzt wissen wir auch, warum hier niemand ist. Wir fahren sofort los!«

»Ich leg auf, muss mich noch um die Handyortung und weitere Suchkräfte kümmern.«

Onno beendete das Gespräch.

Eine Stunde vorher, Jemgumgaste

Hubertus Dascher überlegte, ob er zusammen mit Tamme Hofenga länger hierbleiben konnte. Sobald Tamme ihm gesagt hätte, wo sich das Gold befand, würde er es holen und hierher zurückkommen. Allerdings wusste er nicht, ob diese durchgedrehte Frauke Hinrichs inzwischen die Polizei oder einen Rettungsdienst angerufen hatte. Waren weitere Handwerker zu der Baustelle unterwegs?

Das Risiko, hier zu warten, war einfach zu groß, er musste sofort verschwinden und Tamme mitnehmen.

Er wuchtete die Leiter, auf der sein ehemaliger Chef gefesselt lag, auf die Ladefläche des Pritschenwagens. Dort verabreichte er Hofenga mit einer Spritze ein starkes Beruhigungsmittel, das eigentlich für ihn selbst bestimmt war. Schließlich wollte er nicht, dass der Mann während der Fahrt anfing herumzuschreien. Der Knebel erschien ihm zu unsicher. Die Bewusstlosigkeit trat schnell ein, er legte eine Plane über den Gefangenen und sinnierte, wie er zu seinem Ziel fahren sollte, einer seit einigen Jahren stillgelegten Ziegelei. Der Weg durch den Hammrich war kurz, die Gefahr, erkannt zu werden, geringer, als wenn er den Weg über die Landstraße wählen würde. Er startete den Motor und sah neben sich auf dem Beifahrersitz eine Schirmmütze liegen, die Hofenga oft trug.

Er setzte sie auf, zog den Schirm tief ins Gesicht und fuhr los. Da kam ihm in den Sinn, dass er vielleicht nicht mehr hierher zurückkommen konnte.

Er ließ den Motor laufen, stieg wieder aus, um sein Moped aus seinem Versteck zu holen, und hievte es neben den abgedeckten Hofenga auf die Ladefläche.

Etwas Kopfzerbrechen bereitete ihm, dass in Dörfern entlang der Ems jeder jeden kannte. Es war nicht ausgeschlossen, dass man ihn hinter dem Steuer erkennen würde. Ein kurzes Stück seines Weges führte über die stärker befahrene Landstraße durch Midlum. Ein Restrisiko blieb, aber Bertus musste Tamme zu einem sicheren Ort bringen, und dafür eignete sich die Insel Hatzumer Sand hervorragend.

Hofengas Entführung war eigentlich noch nicht geplant gewesen und deshalb musste er improvisieren. Seit einigen Tagen beobachtete er seine ehemaligen Arbeitskollegen. Der Integralhelm, den er immer trug, wenn er mit dem Moped unterwegs war, hatte sein Gesicht verborgen. Er kannte Hofengas neuen Arbeitsplatz beim Gulfhof in Jemgumgaste. Das unbewohnte Gut war riesig. Bertus hatte im Spitzboden des Wohntraktes geschlafen und sein altes Moped unter einer Plane hinter der Scheune versteckt.

Nach der nächtlichen Strafaktion in Hatzum war er hundemüde gewesen und hatte nur noch schlafen wollen. Dann war Tamme Hofenga allein am Hof erschienen und hatte ihn geweckt. Eine halbe Stunde später war überraschend Frauke Hinrichs mit ihrem Motorrad aufgetaucht. Er hatte unglaubliches Glück gehabt, dass sie ihm die meiste Arbeit abgenommen hatte, bevor sie schluchzend von dannen gezogen war. Die eigentliche Entführung war danach leicht gewesen und nun war er fast am Ziel, der stillgelegten Ziegelei in Midlum. Dort lag sein Boot, mit dem er zu seinem Unterschlupf auf der unbewohnten Insel Hatzumer Sand übersetzen konnte.

Bertus rieb sich den Hinterkopf. Wieder diese elenden Kopfschmerzen, die ihn in die Gegenwart zurückholten. Im Hammrich kam ihm kein Fahrzeug entgegen, und als er auf die Landstraße einbog, klopfte sein Herz. Nur ein halber Kilometer. Er atmete erleichtert durch, als er den Pritschenwagen auf den Teelkeweg steuerte. Er passierte den schön restaurierten Gulfhof am Wegesrand und die Bilder seines Sturzes vor fünf Jahren in den tiefen Keller des Hauses drängten sich in sein Bewusstsein. Hier hatte sich der Unfall ereignet. Das Schicksal hatte entschieden, dass seine Zeit hier auf Erden noch nicht vorüber gewesen war.

Damals, in der kalten Nacht im Hafen Jemgum, hatte er hilflos auf dem Straßenpflaster gelegen, wo ihn seine Kollegen zum Sterben abgelegt hatten. Aber der seidene Faden, an dem sein Leben damals gehangen hatte, war nicht gerissen.

Richtige Kollegen hätten ihm das niemals angetan. Während seines langen Leidensweges hatte er sich immer wieder gefragt, warum sie ihn nie besucht hatten. All die langen Jahre voller Schmerzen und Hoffnungslosigkeit, und sie taten einfach so, als wäre er gestorben. Die bittere Enttäuschung hatte ihn ins Mark getroffen. Er hatte sich nach Kräften bemüht zu verhindern, dass der Hass die Überhand gewann. Immer wieder hatte er sich vorgebetet, dass er seine Seele vergiften würde. Der Hass und der Wunsch nach Rache hatten letztendlich gesiegt, und zwei seiner Feinde hatten bereits bekommen, was sie verdient hatten.

Ontjes Geständnis war der Schlüssel gewesen, der die Tür geöffnet hatte, hinter der sein Hass gelauert hatte. Wie ein Eimer eiskaltes Wasser nach einem Saunagang hatte die Wahrheit ihn für einen Moment bis in die Tiefen seiner Seele erschauern lassen. Die Hoffnung, es könnte eine Erklärung für das Verhalten seiner Kollegen geben, war vergebens gewesen. Die Brandmauer war eingestürzt, und er hatte den Teufel lachen gehört, als er Ontje aus dem Bett gezerrt, ihn auf den Boden gedrückt und ihn mit der Axt erschlagen hatte.

Das unaufhörliche Pochen seiner Kopfschmerzen vertrieb die Erinnerung.

Er wusste, was direkt nach seinem Sturz und in den letzten Jahren passiert war. Der Goldfund hatte die Firma Hofenga gerettet. Hofenga, Wieringa und Ebens hatten einen Schwur geleistet und sich daran gehalten. Ihr Gewissen hatten die Männer gegen dieses verfluchte Gold eingetauscht. Der zweite Mord an Diedrich Ebens war nicht so leicht gewesen. Diedje hatte verdammt gut mit dem Dolch umgehen können.

Mit ihrer Hilfe war es ihm gelungen, ihn in Panik zu versetzen. Gut, dass ihm der Trick mit der Ratte eingefallen war. Es war eine gut vorbereitete Falle gewesen. Das blendende Scheinwerferlicht des Motorrades hatte ihm draußen einen Vorteil verschafft. Zu nahe hatte er Diedje trotzdem nicht kommen wollen. Das Licht war wichtig gewesen. Für den Axtwurf hatte er Beleuchtung benötigt.

Immer wieder hatte er das Werfen geübt. Damals, draußen am Holzlagerplatz, hatte er genügend Zeit gehabt. Allerdings hatte er es nach seinem Unfall erst wieder lernen müssen. Inzwischen war er wieder so gut wie früher. Die Franziska in Diedjes Schädel war der Beweis dafür.

Unterdessen befuhr er die Straße, die den Deich hinaufführte. Oben sah er sich um, kein Fahrzeug folgte ihm. Im weiten Außendeichgelände stand die ehemalige Ziegelei Midlum. Ein schmaler Kanal führte von der Ems bis kurz vor den Deich. Am Rand dieses Kanals befand sich der riesige und weithin sichtbare Schornstein. Das Ziegeleigebäude war hoch, und an den Seiten befanden sich lange Holzluken, die zu Lüftungszwecken aufgestellt werden konnten. Die Zufahrt zum Ziegeleigelände wurde durch ein großes Tor abgesperrt. Dahinter lag die ausladende Eingangstür auf der Rückseite des Gebäudes.

Stand man dort und blickte in Richtung Ems, bemerkte man den kleinen natürlichen Hafen, an dessen Seiten hohe Schilfpflanzen wuchsen. Von der Wasserseite her war der Zugang zum Gebäude ungehindert möglich. Rechts neben der Ziegelei waren große Vernässungsflächen angelegt worden. Ausgleichsmaßnahmen für die schweren Eingriffe in die Flusslandschaft. Die ausgebaggerten Teiche waren durch Priele mit der Ems verbunden worden. Bei Flut wurden sie gefüllt. Sie waren rasch mit den flüssigen Schlicksedimenten der Ems vollgelaufen, und es hatte den Anschein, als ob der Schlickberg über das normale Bodenniveau der Umgebung hinaus anwachsen würde. Die Vernässungsteiche und -flächen waren tückisch, weil sie keinen festen Grund hatten. Kein Lebewesen sollte sich dort hineinwagen, das nicht spurlos versinken wollte.

Als Handwerker hatte sich Bertus für die Ziegeleien interessiert und immer wieder Einheimische dazu befragt: Direkt an der Ems hatten früher viele Ziegelbrennereien gestanden. Die benötigten Rohstoffe und die hergestellten Ziegel hatte man per Schiff angeliefert und abtransportiert. Als Bertus vor einer gefühlten Ewigkeit hier im Rheiderland angekommen war, hatte er über den Baustil der Polderhöfe gestaunt. Solche massiven Steinhäuser aus gebrannten Ziegeln hatte er nicht gekannt. In seiner Heimat hatte man Fachwerkhäuser gebaut. Tamme hatte es ihm damals erklärt: Im Rheiderland waren Baustoffe einst rar gewesen. In der flachen Landschaft gab es nur wenige Bäume und auch keine Steinbrüche. Doch in einer Spatentiefe stieß man auf den begehrten Kleiboden, der in den Ziegeleien verarbeitet worden war.

Die Akkordarbeit in den Betrieben war ein Knochenjob gewesen, jeder Arbeiter hatte 1.000 Ziegel am Tag brennen müssen.

Die Ziegelei in Midlum war als Einzige übrig geblieben. Aber geraucht hatte der Schornstein schon seit etlichen Jahren nicht mehr.

Inzwischen war die Ziegelei verfallen und in den Besitz der Gemeinde Jemgum übergegangen.

In dem kleinen Hafen der Ziegelei lag sein großes offenes Boot, mit dem er zu seinem Lager auf der Insel Hatzumer Sand überzusetzen gedachte. In einem anderen Leben hatte er dieses Boot von Diedje gekauft.

Sein Plan war, Tamme Hofenga damit zur Insel zu bringen. Hatzumer Sand eignete sich hervorragend für seine Zwecke. Die Insel lag in der Flussmitte und war unbewohnt. Auf ihr befanden sich keine Gebäude und sie war nur mit einem Boot mit wenig Tiefgang zu erreichen. Er wäre ungestört.

Bertus steuerte den Pritschenwagen den Deich hinunter. Er befand sich nun im Deichvorland. Das Gelände wurde zum Teil bei Hochwasser überschwemmt. Vor dem Eisentor blieb er stehen und suchte den Dietrich für das Vorhängeschloss heraus, den er vor Tagen angefertigt hatte.

Er fluchte, als sein Blick den Hafen streifte. Sein Boot lag trocken, es war Niedrigwasser, die Überfahrt zur Insel konnte er vergessen.

Zeit für einen neuen Plan, irgendwo musste er Hofenga bis zum nächsten Hochwasser sicher unterbringen. Im Ziegeleigebäude hatte er sich bereits umgesehen.

Er fuhr den Wagen an die Rückseite des Gebäudes, wo sich eine große Tür befand. Das Schloss war ein schlechter Witz und mit einem lauten Quietschen schwang die Tür auf. Er parkte den Pritschenwagen im Gebäude und verschloss sofort den Eingang wieder. Von der Ladefläche zog er die

Leiter, auf der Hofenga lag. Er war froh, als er Tamme stöhnen hörte. Das Schwein war noch am Leben.

Nach dem Abladen zog Bertus die Leiter in den Ringofen der Ziegelei.

Der riesige und kreisförmig angelegte Ofen bildete das Herzstück der ehemaligen Fabrik. Als die Ziegelei in Betrieb gewesen war, wurden in diesem Ofen die ungebrannten Ziegel aufgestapelt. Anschließend wurde er verschlossen und von oben durch kleine Luken mit Brennstoff befeuert. Heute war die Brennanlage zum Teil eingestürzt, die Mauerreste waren weggeräumt worden und der Rest des Ofens somit einfach zugänglich.

Im hinteren Teil fand Bertus einige alte Stoffplanen und legte die Leiter auf dem Boden ab. Die Planen deckte er so über Hofenga, dass ihm Luft zum Atmen blieb.

Bertus beugte sich zu seinem Gefangenen hinunter. Die Kopfwunde blutete nicht mehr und seine Brust hob und senkte sich regelmäßig. Er sollte Hofengas Wagen verschwinden lassen, aber sein Bauchgefühl warnte ihn davor, wieder über den Deich auf die Landstraße zu fahren. Einmal hatte er Glück gehabt, er ahnte, dass er den Bogen besser nicht überspannen sollte.

Ein Plan B wäre nicht schlecht. Bertus zog das Moped von der Ladefläche und schob es nach draußen, wo er es in einem Abflussgraben am Deich versteckte. Danach kehrte er zurück, zog das Tor der Zufahrt hinter sich zu und blockierte es von innen. Er lief um das Ziegeleigebäude herum zur Rückseite. Dort verbarrikadierte er die große Eingangstür mit einem selbst geschmiedeten Eisenbolzen. Sein Plan B bestand darin, im Notfall seitlich durch die langen Lüftungsluken in der Wand nach draußen zu klettern und durch das Dickicht neben dem Ziegeleigelände zu seinem Moped zu schleichen.

Beim nächsten Hochwasser würde er Hofenga zum Boot bringen und durch den Kanal der Hafeneinfahrt die Insel in der Ems ansteuern. Bis dahin war er hier sicher.

Freitagmittag, Jemgumgaste

Jan nahm die Abkürzung durch den Hammrich, um möglichst schnell den kleinen Ort Jemgumgaste zu erreichen. Klaas beäugte ihn skeptisch vom Beifahrersitz.

»Eine Abkürzung!«, erklärte Jan und gab Gas. »Als begeisterter Fahrradfahrer kennt man die Wege durch den Hammrich.«

Klaas' Smartphone klingelte. Er nahm das Gespräch entgegen. Jan musste sich auf den schmalen Weg konzentrieren und hörte nur kurze Bruchstücke des Telefonats.

Klaas steckte das Handy ein und erklärte: »Das war noch mal Onno. Frauke Hinrichs hat Tamme Hofenga beschuldigt, sowohl Ontje Wieringa als auch Diedrich Ebens ermordet zu haben. Die Fahndung nach ihr läuft jetzt auf Hochtouren.«

Inzwischen hatten sie den kleinen Ort erreicht, der nur aus ein paar Häusern bestand.

»Irgendwo sollte Hofengas Pritschenwagen stehen.« Langsam fuhr Jan an den einzelnen Gebäuden vorbei, aber den Firmenwagen konnten sie nicht ausmachen. Schließlich wendeten sie. »Ich fahr zurück und wir achten auf eine Baustelle, vielleicht steht irgendwo ein Schild der Firma.«

»Dieser alte Hof sieht vielversprechend aus.« Klaas zeigte auf die rechte Straßenseite.

»Ja, ein großes Loch im Dach der Scheune und der Gulfhof steht leer«, bestätigte Jan und stellte den Wagen am Seitenstreifen ab.

Die beiden Polizisten stiegen aus und sahen sich um. Parallel zur Straßenseite befand sich der schön gemauerte Giebel des Wohntraktes. Diese großen alten Ziegel fand man nur in sehr alten Häusern. In den Fenstern hingen keine Gardinen, einige Scheiben waren eingeschlagen. Das Unkraut auf dem Grundstück stand kniehoch und das Anwesen machte einen verwahrlosten Eindruck. Hinter dem Wohntrakt befand sich die riesige Scheune mit dem kaputten Dach. Dazwischen stand eine breite Brandmauer. Seitlich am Wohntrakt führte ein Weg direkt zum großen Scheunentor, es stand halb offen.

Jan erkannte neben der Klinkerpflasterung Reifeneindruckspuren eines schweren Fahrzeuges. Vielleicht Hofengas Pritschenwagen?

»Hier liegt überall Baumaterial herum«, stellte Klaas fest.

Tatsächlich lagen an der Seite des Wohntraktes alte Balken und Dachziegel ordentlich gestapelt. Außerdem lehnte ein Schild mit der Aufschrift »Zimmereibetrieb T. Hofenga« an der Mauer.

»Hier sind wir richtig!«, meinte Jan.

Die Kommissare betraten das Innere der Scheune.

Jan zuckte kurz zusammen, als mehrere Tauben aufflogen und durch die große Dachöffnung nach draußen verschwanden.

»Hallo, hier ist die Polizei!«, rief er laut. »Ist hier jemand?«

Er erhielt keine Antwort.

Auffällig war eine Leiter, die auf dem Boden der Scheune lag. Daneben eine lange Axt. Jan bemerkte eine rote Flüssigkeit auf dem Scheunenboden in der Nähe der Leiter. Er bückte sich und stellte fest, dass es sich um Blut handelte. An der Axt fand er keine Spuren. »Klaas, wir stehen direkt im Tatort.«

»Ja, es passt alles zusammen. Die Leiter, die Axt und das Blut.«

»Aber wo ist die Leiche?«, fragte Jan. »Vielleicht ist er verletzt und mit seinem Wagen davongefahren oder er liegt hier irgendwo. Wir müssen alles durchsuchen und brauchen die Kriminaltechniker! Onno soll in den Krankenhäusern nachfragen!«

In den nächsten Stunden wurde es unruhig in dem beschaulichen Dorf. Vor dem alten Gulfhof parkten der weiße Bulli der Kriminaltechniker und mehrere Streifenwagen. Polizisten durchsuchten die Umgebung. An einem blau-silbernen Polizeiauto standen Jan Broning, Klaas Leitmann und der Polizeihundeführer Hermann Blohm zusammen. Bronko, der belgische Spürhund, lag nach seinem Einsatz wieder in seiner Box im Kofferraum.

»Der Hund hat die Fährte in der Scheune bei den Blutspuren aufgenommen und sie bis zu diesen Reifenabdrücken verfolgt.«

»Dort stand vermutlich der Firmenwagen des Gesuchten«, kombinierte Jan.

»Dort endet jedenfalls die Geruchsspur.« Hermann Blohm zuckte mit den Schultern. »Da war aber noch eine seltsame Sache. Als Bronko die Spur aufgenommen hat, von der wir vermuteten, sie gehöre zu diesem Hofenga, ging er in eine andere Richtung.«

»Eine zweite Geruchsspur, von einer anderen Person?«, wollte Jan wissen.

»Könnte sein … Oder dieser Hofenga hat sich auch oben im Dachboden aufgehalten. Da hat Bronko mich hingeführt, und es sah aus, als ob jemand dort geschlafen hätte.«

»Eine weitere unbekannte Person … vielleicht Frauke Hinrichs?«, dachte Jan laut.

»Oder es ist keine zweite Geruchsspur«, warf Klaas ein, »sondern sie gehört auch zu unserem Gesuchten Tamme Hofenga. Vielleicht hat er hier übernachtet, weil er sich nach dem Mord an Diedje Ebens vor uns verstecken wollte.«

»Die Auswertung der Spurenlage in diesem Versteck im Dachboden wird uns hoffentlich Klarheit darüber bringen.«

Die Polizisten hatten einen Moment Zeit, weil sie auf die Freigabe der Tatorte durch die Kriminaltechniker warten mussten.

Jan sah zu Bronko. »Schade, dass er nicht mit uns reden kann.«

Hermann Blohm grinste. »Er kann nicht sprechen, außerdem ignoriert er auch eine Uniform, wenn er im Einsatz ist.«

Jan Broning und Klaas Leitmann sahen den Polizeihundeführer erwartungsvoll an. Hermanns Grinsen war bekannt und leitete meist einen Witz oder eine gute Geschichte ein.

»Neulich wurde nachts in einem großen Supermarkt eingebrochen«, begann Hermann zu erzählen. »Die Kollegen hatten das Gebäude außen abgesperrt und ich sollte mit Bronko den Innenbereich des Marktes durchsuchen. Ich hab noch gesagt, sie sollen den Einsatzraum nicht betreten und uns nicht stören. Jedenfalls ist Bronko von der Leine, rennt durch den Supermarkt auf der Suche nach dem Einbrecher, und da muss doch so ein neugieriger Fatzke durch das aufgebrochene Fenster ins Gebäude schauen. Bronko hat ein Gesicht gesehen und ist losgerannt.«

Jan, der ahnte, was geschehen war, zog die Brauen hoch.

Hermann Blohm lachte. »Genau, Bronko springt durch das offene Fenster und beißt den Kerl in seinen Allerwertesten.«

»Hätte der Kollege man besser auf dich gehört, tat sicher verdammt weh«, kommentierte Klaas und prustete. »Ist das eigentlich ein Dienstunfall? Den Bericht wegen der zerrissenen Uniform möchte ich gerne lesen.«

»Schön, dass wenigstens ihr gute Laune habt.« Swantje Beninga kam aus der Scheune und ging zu den Männern.

»Albert?«, schätzte Jan.

»Genau, heute ist er besonders gut drauf, allerdings muss ich zugeben, dass wir im Moment ein bisschen zu viel um die Ohren haben.«

»Ich weiß, der Tatort in Coldeborg«, begann Jan aufzuzählen, »dann der in Hatzum und jetzt dieser hier.«

»Das Problem ist, dass alle Tatorte auch noch … Wie sage ich es am besten …?« Swantje suchte nach dem richtigen Wort.

»Fremdspuren?«, schlug Klaas vor. »Manchmal stellst du erst fest, dass es sich um einen Tatort handelt, wenn du schon mittendrin stehst. So wie gerade, und manchmal müssen wir ja auch erst einmal feststellen, ob dem Opfer noch zu helfen ist. Können ja nicht hellsehen oder fliegen.«

»Schon klar«, erwiderte Swantje. »Aber ihr müsst Albert verstehen. Und dann komm ich noch mit diesem neumodischen Kram wie der neuen Tatortkamera. Jedenfalls sind wir so weit fertig und ihr könnt euch noch mal alles ansehen.«

Jan und Klaas besahen sich noch mal genau die Szenerie, wobei Jan die Blutspur besonders interessierte. Danach untersuchten sie den Schlafplatz auf dem Dachboden. Dort lagen ein paar staubige Decken und ein alter Kohlensack, der mit Stroh gefüllt war.

»Na, bequem sieht das nicht gerade aus«, vermutete Klaas.

»Hallo, Kollegen, wo seid ihr?« Jan hörte Maikes Stimme von unten.

»Maike, bleib unten, wir kommen runter!«, rief er.

Klaas und Jan gingen vorsichtig die morsche Treppe hinunter. Unten erwartete sie das andere Ermittlungsteam.

»Von dieser Frauke Hinrichs keine Spur«, berichtete Maike. »Wir haben einige Aussichtspunkte an der Ems angefahren, alles negativ.«

»Hier sieht es auch nicht besser aus«, erläuterte Jan. »Nichts, was auf Tamme Hofengas Aufenthaltsort hindeutet. Das, was Frauke Hinrichs unserem Onno am Telefon erzählt hat, scheint zu stimmen. Kommt mit und schaut es euch selber an.«

Jan ging voraus und zeigte seinen Kollegen die Absturzstelle in der Scheune.

»Die Leiter wurde mit einer Axt weggeschlagen. Die Spuren am Boden sind in der Staubschicht gut zu erkennen. Dazu passen diese Schleifspuren oben an diesem Balken. Da war vermutlich die Leiter angelehnt. Jan zeigte auf zwei parallel verlaufende Schleifspuren von der Scheune bis nach draußen. Außerdem haben wir hier den Rest einer Leiter, bei der das eine Ende mit einer Axt bearbeitet worden ist. Dazu passen die Holzspäne am Boden.«

»Moment, wieso den Rest einer Leiter?«, hakte Klaas nach.

»Falls es sich um die Leiter handelt, die Tamme Hofenga da oben angelegt hat, dann …«

»… ist sie zu kurz!«, beendete Maike den Satz für ihren Mann.

»Ein Handwerker hat doch immer Leitern dabei!«, sagte Stefan.

»Ich glaube, ich weiß …«, murmelte Maike und ging zu der Leiter und legte den Ellenbogen an die nächste Sprosse.

Broning lachte, als er sagte: »Maike, du brauchst nicht nachzumessen. Die Breite der Leiter entspricht den parallelen Schleifspuren auf dem Boden.«

»Indianertransport?«, schätzte Maike.

»Häh, jetzt komm ich nicht mehr mit, wieso Indianer?«, grummelte Klaas.

»Die nordamerikanischen Ureinwohner haben immer zwei lange Stangen parallel verbunden und ihre Sachen darauf befestigt«, erklärte Maike. »Ihre Pferde haben diese Konstruktionen gezogen und die Enden der Pfähle schleiften über den Boden ...«

Klaas schlug sich mit der flachen Hand an die Stirn. »... und hinterließen solche Spuren im Sand, jetzt weiß ich, was du meinst. Entschuldigung, ich glaube, ich bin etwas unterzuckert. Sollte vielleicht was essen.«

Jan erinnerte sich daran, dass Onno ihn gewarnt hatte. *Pass bloß auf, dass Klaas sein Essen bekommt, sonst wird er etwas unleidig.* Tatsächlich hatte Klaas auf Swantjes Klage vorhin etwas unwirsch reagiert und eine Pause würde ihnen allen guttun.

»Wie könnte es hier abgelaufen sein?«, wollte Stefan wissen und unterbrach seine Gedanken.

Jan blickte sich noch einmal um, bevor er antwortete: »Die Spurenauswertung steht noch aus, aber es könnte sich folgendermaßen abgespielt haben: Tamme Hofenga will sich vermutlich dort oben den Balken ansehen und nimmt diese Leiter hier, um hochzukommen. Irgendwann erscheint Frauke Hinrichs und schlägt mit einer Axt die Leiter weg. Hofenga stürzt ab und verletzt sich.« Jan deutete auf die Blutspuren. »Jetzt wird es aber nebulös, jemand teilt diese Leiter, legt einen schweren Gegenstand darauf und zieht das Ganze zum Ausgang und weiter bis zum vermutlichen Abstellplatz von Hofengas Pritschenwagen. Draußen haben wir keine Leiter gefunden.

Ihr könnt euer Kopfkino mit den Fragen bemühen, wer die Leiter geteilt hat, was oder wer darauf lag, wer sie hinter sich hergezogen hat und wo sie jetzt ist. Jetzt wird es Zeit für eine Pause im Büro, vielleicht haben wir danach ja Antworten auf diese Fragen. Außerdem sollten wir uns in aller Ruhe zusammensetzen und uns austauschen. Die Ereignisse haben sich überschlagen und wir dürfen den Überblick nicht verlieren. Ich möchte nach Onno sehen, vielleicht können wir ihn etwas unterstützen.«

»Pause! Das ist eine sehr gute Idee.« Klaas grinste. »Onno kann uns ja etwas zu essen bestellen!« Er griff zum Telefon und wählte eine Nummer.

»Hallo, Onno, hier ist dein Lieblingskollege Klaas. Du, ich bin am Verhungern, kannst du uns nicht etwas zu essen bestellen …?«

Jan konnte Onnos Stimme deutlich hören, weil er ziemlich laut schrie. »Du tickst wohl nicht sauber, Klaas Leitmann, ich weiß nicht, was ich zuerst machen soll, und …«

Klaas' Miene verdüsterte sich. »Ist ja gut, Onno, reg dich nicht so auf, ich bring dir was Feines mit.«

»Klaas, bevor wir das mit dem Essen regeln, fahren wir noch einmal bei Tamme Hofengas Haus vorbei. Ich möchte mich dort noch einmal kurz umsehen.« Jan hatte ihm den Arm auf die Schulter gelegt.

»Das sieht nicht wie eine Firma aus«, stellte Klaas fest, als sie vor dem Haus des Zimmermanns in Jemgum standen. »Eher wie ein ganz normales Einfamilienhaus.«

»Ja. Ein typisches Siedlungshaus aus den 60er-Jahren, diese Häuser waren damals erschwinglich, sahen aber alle ähnlich aus.«

Seitlich am Haus war eine große Garage angebaut worden.

Die Eingangstür war verschlossen und auf Jans klingeln blieb alles ruhig. Die beiden gingen um das Haus herum. Hinten fand Jan ein Doppelfenster, eines der Teile war gekippt. Er griff durch den Spalt und öffnete das andere Halbfenster.

»Räuberleiter«, wies er Klaas an und begegnete dessen misstrauischer Miene. »Dieser Hofenga liegt vielleicht verletzt irgendwo im Haus und braucht medizinischen Beistand«, erklärte Jan und stieg mit Klaas' Hilfe durch das Fenster.

Er stand im Schlafzimmer und rief: »Hallo, Herr Hofenga, hier ist Jan Broning von der Polizei!«

Er erhielt keine Antwort, ging weiter zur hinteren Eingangstür und bemerkte, dass der Schlüssel steckte. Er schloss die Tür auf und verkniff sich ein Lachen, als er sah, wie Klaas vergeblich versuchte, sich am offenen Fenster hochzuziehen.

»Klaas!«, rief Jan. »Durch die Tür ist es einfacher.«

Sie durchsuchten alle Räume. An einem Brett im Flur fand Jan die Schlüssel für die Garage. Das Garagentor öffnete sich mit lautem Quietschen. Darin standen eine Unmenge von Werkzeugen zur Holzbearbeitung. Platz für ein Auto, geschweige denn für einen Pritschenwagen war hier nicht. An der hinteren Wand war eine wackelige Tür. Jan öffnete sie und schaute in den Garten. Dort standen hohe Büsche und Sträucher.

Klaas und Jan gaben die Suche nach dem Hausherrn auf.

Haus und Grundstück waren verlassen, alles wirkte normal.

»Wir kommen später wieder und schauen uns noch einmal gründlich um, jetzt wissen wir wenigstens, dass Hofenga nicht verletzt hier liegt.« Jan verriegelte die Schlafzimmerfenster und verließ das Haus durch die Hintertür. Er schloss von außen ab und nahm den Schlüssel mit.

Freitagnachmittag, Stadt Leer, Polizeidienstgebäude

Klaas packte die Pizzakartons zusammen. Im Hintergrund blubberte die Kaffeemaschine, und Jan, Maike, Stefan, Onno und Klaas setzten sich an den großen Tisch. Auch Swantje betrat das Büro.

»Swantje, setz dich zu uns!«, forderte Jan sie auf. »Ich möchte gerne, dass du bei unserer Besprechung dabei bist.«

»Danke für die Einladung«, entgegnete Swantje und nahm sich eine Tasse Kaffee.

Jan hatte inzwischen die zwei weißen Tafeln mit einigen Notizen versehen. Er stand auf und stellte sich mit einem Stift daneben.

»Die Fahndungen nach Frauke Hinrichs und Tamme Hofenga. Onno, erzähl doch mal, wie dort der aktuelle Stand ist.«

Onno sah auf seine Notizen. »Die Handypeilung von Frauke Hinrichs können wir vergessen. Wir haben das Signal verloren, entweder ist ihr Telefon ausgeschaltet oder defekt. Ich habe die Wasserschutzpolizei alarmiert, sie sollen die Ems im Bereich von Ditzum bis Leer absuchen. Bis jetzt haben sie noch nichts festgestellt, das auf den Verbleib von Frauke Hinrichs hindeuten könnte. Außerdem habe ich einen Polizeihubschrauber beantragt. Die Hubschrauberbesatzung soll die Umgebung von Jemgumgaste und die Ems abfliegen. Die Fahrzeuge der beiden Gesuchten sind zur Fahndung ausgeschrieben. Bis jetzt gibt es allerdings keine Ergebnisse. Bei den Krankenhäusern ebenfalls alles negativ!«

Jan nickte anerkennend. »Sehr gut, Onno, du hast an alles gedacht, und wir haben jetzt Zeit, um noch einmal alles gemeinsam durchzugehen. Ich möchte, dass alle auf dem gleichen Wissensstand sind. Ich fasse erst einmal kurz zusammen, was wir bis jetzt wissen: In der Nacht von Dienstag auf Mittwoch wird der Zimmermann Ontje Wieringa in seinem Haus am Coldeborgersiel mit einer Axt erschlagen. Wieringa ist extrem abergläubisch und Alkoholiker. Maike und ich glauben, dass dieses erste Opfer vor seinem Tod manipuliert wurde. Eine Frau, vermutlich als Spukgestalt verkleidet, sucht ihn heim. Swantje hatte ja entsprechende Spuren am und im Haus gefunden. Eine Manipulation durch Psychoterror.« Er schrieb unter das Foto des Opfers an der Tafel:

»Psychoterror durch Spukgestalt.« »Diese Art von Manipulation kennt man auch unter dem Begriff ›Gaslighting‹. Was nicht passt: Psychoterror findet ohne körperliche Gewalt statt. Irgendetwas muss in der Nacht passiert sein, dass der oder die Täter gewalttätig wurden. Danach wollten sie es wie einen Suizid aussehen lassen. Die Spurenlage war aber sehr eindeutig, und wir stellten fest, dass keine Selbsttötung vorlag. Tatsächlich wurde unser Opfer von dem oder den Tätern aus dem Bett gezogen und auf den Boden gedrückt. Dann schlug der Täter mit der Axt zu. Tatverdächtig ist Frauke Hinrichs, geschiedene Wieringa.« Jan zeigte auf ihr Foto an der Tafel und schrieb darunter das Wort: »Motiv«. »Ontje Wieringa war drauf und dran, ihr gemeinsames Haus zu versaufen. Ist es möglich, dass unsere Frau Hinrichs allein gehandelt hat? War sie in der Lage, die Tat ohne Komplizen auszuführen? Unser Opfer ist Handwerker und nicht gerade schmächtig.«

Maike unterbrach ihn. »Die Frau könnte den starken Handwerker nicht überwältigen, meinst du das? Ontje Wieringa war durch den Psychoterror sicher vor Angst wie gelähmt und bei der Durchsuchung hast du ja wohl auch einiges über wütende Frauen gelernt!«

Swantje blickte Maike bei diesen Worten fragend an.

»Ein anderes Thema, Swantje«, erklärte Jan. »Du hast recht, Maike. Trotzdem halte ich es für wahrscheinlich, dass diese Tat von mindestens zwei Tätern begangen wurde. Deshalb fiel der Verdacht ja auch gleich auf Frauke Hinrichs' Lebensgefährten, Diedrich Ebens. Ebens ist … besser gesagt war ein Arbeitskollege des Ermordeten. Die Durchsuchungen bei den beiden Tatverdächtigen ergaben nichts. Frauke Hinrichs wurde festgenommen und wieder laufen gelassen … leider, muss ich im Nachhinein sagen.«

»Hinterher gackern die Hühner«, warf Stefan ein. »Damit konnte keiner rechnen.«

»Jedenfalls wurde unser Tatverdächtiger Diedrich Ebens in der Nacht von Donnerstag auf Freitag ebenfalls mit einer Axt ermordet. Mit einer Wurfaxt, um genau zu sein.«

Jan befestigte unter dem Bild, das Diedrich Ebens zeigte, ein Foto der Mordwaffe. Außerdem schrieb er unter den Bildern: »Komplize von Frauke Hinrichs?«

»Als wenn das noch nicht genug wäre, wird der Arbeitgeber der beiden Mordopfer in Jemgumgaste von Frau Hinrichs angegriffen. Vermutlich hat sie mit einer Axt die Leiter weggehauen, auf der er stand.« Jan tippte mit dem Stift auf das Foto von Tamme Hofenga und schrieb darunter: »vermisst oder geflohen?«. »Ist Hofenga Opfer oder Täter? Ich hatte während des Gesprächs mit ihm das Gefühl, er verheimlicht uns etwas. Bei diesem Diedrich Ebens übrigens auch.«

Mit dem Stift zog Jan eine Linie von Frau Hinrichs zu Ontje Wieringa. »Wie ihr erkennen könnt, gibt es überall Verbindungen zwischen den Ermordeten und den Tatverdächtigen.«

Jan ging einige Schritte zurück und sah auf die Tafeln. »Ich habe da noch die Denksportaufgaben zu diesen Leiterfragen. Denkt noch einmal an den Tatort in der Scheune. Ich möchte alle Ideen hören, auch wenn ihr meint, dass sie unwahrscheinlich sind.«

»Wovon können wir denn ausgehen?«, wollte Maike wissen. »Den eigentlichen Tatablauf in diesem Gulfhof kennen wir nur von dem sehr kurzen Telefongespräch zwischen Frauke Hinrichs und Onno.«

Onno sah in seine Unterlagen: »Frauke Hinrichs sagte sinngemäß, dass Tamme Hofenga Ontje und Diedje umgebracht habe, und deshalb habe sie Hofenga mit einer Axt von der Leiter geschlagen.«

»Die Spurenlage am Tatort bestätigt, dass die Leiter oben am Balken angelehnt war, außerdem dass sie am Boden weggeschlagen wurde, diese Spuren fanden wir im Holz der Leiter«, bestätigte Swantje. »Jemand ist auf den Boden der Scheune aufgeschlagen und hat sich verletzt, vermutlich am Kopf. Außerdem wurde die Holzleiter mit einer Axt geteilt und ein Teil davon fehlt.«

»Hat man die Leiter mit der Axt durchtrennt, die Frau Hinrichs benutzt hat?«, erkundigte sich Jan.

»Das ist unwahrscheinlich«, antwortete Swantje. »Die sichergestellte Axt ist so stumpf und verrostet, mein Opa würde sagen, darauf kannst du mit nacktem Hintern bis nach Texas reiten.«

»Danke, Swantje, sehr anschaulich.« Jan verkniff sich ein Grinsen. »Aber wer auf der Leiter lag, kannst du nicht sagen?«

»Das ist nicht meine Aufgabe.« Swantje schüttelte den Kopf. »Ich halt mich an die Beweise, für die Schlussfolgerungen seid ihr zuständig. Bringt mir das verschwundene Stück der Leiter und ich kann euch mehr sagen.«

»Woher wusste diese Frau Hinrichs eigentlich von dem Mord an ihrem Freund?« Stefan schaute fragend in die Runde.

»Im Dorf sprechen sich solche Sachen schnell rum. Es waren ja Feuerwehrleute im Einsatz, die die verbrannte Leiche gesehen haben«, antwortete Jan.

Maike richtete ihren Blick auf die Bilder an der Tafel. »Wenn wir die Leiterfragen beantworten könnten, dann wüssten wir auch, wer die beiden Handwerker auf dem Gewissen hat, oder?«

»Ja, es ist tatsächlich die Gretchenfrage«, bestätigte Jan. »Wer lag auf der Leiter und wer hat sie bis zum Pritschenwagen gezogen?«

»Ich fang mal an«, begann Maike. »Auf der Leiter lag der verletzte Tamme Hofenga, und wenn wir den Täter im direkten Umfeld suchen …«, Maike zeigte auf die Tafeln, »kann es nur diese Frauke Hinrichs gewesen sein.«

»Okay, dass Hofenga auf der Leiter lag, leuchtet mir ein. Aber wenn es Frauke Hinrichs gewesen wäre, wieso sollte sie ihren Liebhaber umbringen?«, zweifelte Jan.

»Weshalb ist sie überhaupt davon überzeugt, dass Tamme Hofenga für die Morde verantwortlich sei?«, stellte Onno in den Raum.

»Diese Frage können nur sie selber und vielleicht dieser Hofenga beantworten«, meldete sich Klaas zu Wort.

»Nehmen wir mal an, Frauke Hinrichs lag auf der Leiter und Tamme Hofenga hat sie gezogen«, sagte Stefan. »Das ergibt doch wenig Sinn. Hofenga sieht sehr kräftig aus und er könnte Frau Hinrichs auch so zum Pritschenwagen tragen. Wozu dieser Umstand? Ihr Anruf passt auch nicht zu dieser Theorie.«

»Dieser Anruf«, sagte Jan sehr nachdenklich, »könnte auch nur ein Ablenkungsmanöver gewesen sein. Wir suchen die Ems nach ihr ab und sie nimmt den Akku aus ihrem Handy und macht sich mit dem Motorrad aus dem Staub. Irgendwie passt das alles nicht zusammen, wir haben viele offene Fragen, deshalb müssen wir diese Frau Hinrichs finden! Was haben uns Hofenga und Ebens verschwiegen?«

Das Telefon zerriss die Stille, die nach Jans Frage entstanden war. Onno nahm den Hörer ab, stellte das Telefon auf laut und meldete sich. »Mordkommission ›Axt‹, Elzinga.«

»Hier ist Klaus von der Wache. Die Hubschrauberbesatzung ist im Anflug hierher und möchte wissen, wo genau sie suchen soll. Die Suchmannschaften in Jemgumgaste werden auch etwas ungeduldig.«

Onno suchte Blickkontakt mit Jan.

»Sag ihnen, Klaas und ich kommen raus und fahren zum Einsatzort.«

Onno überbrachte die Botschaft und legte auf.

»Kollegen, wir machen später weiter. Bevor ich es vergesse,

ich möchte, dass ihr aus aktuellem Grund zur Eigensicherung draußen eure Schutzwesten tragt«, löste Jan die Runde auf.

Aus dem Augenwinkel bemerkte er, wie sich Onno und Klaas ansahen. Onno grinste übers ganze Gesicht und Klaas' Augen waren verkniffen. »Ein falsches Wort, Herr Elzinga.«

»Ich hab doch gar nichts gesagt!« Onno presste die Lippen fest aufeinander, konnte sich einen Kommentar aber nicht verkneifen. »Sag mal, sind die Sicherheitsgurte in eurem Zivilwagen eigentlich länger als die von unserem Bulli?«

Klaas' Gesicht verfärbte sich dunkelrot. Die anderen konnten sich keinen Reim darauf machen.

Onno lehnte sich zurück und genoss die Situation offenbar sehr. »Ich befürchte, wenn Klaas seine Schutzweste anlegt, könnte sich der Gurt als zu kurz erweisen.«

»Nehmt sie wenigstens mit.« Jan bemühte sich, ernst zu bleiben. Klaas ging langsam auf Onno zu und Jan beeilte sich zu sagen: »Komm, Klaas, sie warten auf uns!«

Klaas funkelte Onno beim Hinausgehen bitterböse an.

»Wenn Blicke töten könnten, lieber Onno, würdest du demnächst auf dem Chromtisch von Dr. Knoche liegen«, kommentierte Maike und runzelte die Stirn. »Wenn ihr euch nicht kibbeln könnt, fehlt euch doch was. Musstest du Klaas so ärgern?«

»Du hast recht«, gab sich Onno schuldbewusst. »Wir meinen es ja nicht ernst und vertragen uns ja auch immer wieder.«

Freitagabend, Deichvorland bei Midlum, Alte Ziegelei

Hubertus Dascher lag auf dem Dachboden der Alten Ziegelei und sah durch eine offene Holzluke auf die Ems. Unter ihm, im ehemaligen Ringofen, lag sein Feind Tamme Hofenga. Er war immer noch nicht bei Bewusstsein, aber sein Pulsschlag und die Atmung waren okay.

Die tiefe Bewusstlosigkeit hatte Hofenga eigentlich nicht verdient. Durch den Sturz hatte er sich wohl ernsthaft verletzt und litt unter erheblichen Schmerzen.

Bertus beobachtete einen Polizeihubschrauber, der über die Ziegelei flog und Kurs auf seine Insel nahm. Hoffentlich entdeckten sie sein Versteck nicht. Das laute Turbinengeräusch des Helikopters entfernte sich. Hubertus atmete erleichtert durch. Das Lager auf der Insel war extrem gut verborgen. Grassoden und Schilf tarnten die Bodenmulde perfekt. Im Moment waren sie hier sicher.

Aber nun begannen die Probleme, weil es in der Umgebung nur so vor Polizei wimmelte. Zweimal hatte er sich vorsichtig zum Deich geschlichen und sich oben umgesehen. Auf der Ems patrouillierte ein Polizeiboot und auf den Straßen in der Umgebung waren viele Einsatzfahrzeuge unterwegs. Sie suchten bestimmt nach seinem Feind. Wie viel wusste die Polizei inzwischen? Suchten sie auch nach ihm? Oder nach Marlies?

Er hatte vorgehabt, Tamme Hofenga sofort nach der Entführung zu befragen, wo er das restliche Gold versteckt hatte. Allerdings war die Dosis, die er ihm in Jemgumgaste verabreicht hatte, wohl etwas zu hoch gewesen. Es war ihm nicht gelungen, ihn richtig wach zu bekommen. Wegen der Suchaktionen der Polizei war es besser, sich nicht in der Umgebung blicken zu lassen. Marlies könnte sie mit ihrem Transporter abholen. Er verwarf den Gedanken, das Risiko war zu hoch.

Nein, so ging es nicht, und der Weg übers Wasser hatte sich bewährt. In der Nacht würde er hier alle Spuren beseitigen, Tamme ins Boot verfrachten und verschwinden. Zurzeit war Vollmond und um Mitternacht wollte er mit der Flut die Anlegestelle am Leuchtturm Campen anlaufen. Irgendwo auf der Ems würde er die Wartezeit verbringen. Vielleicht am Anleger an der Knock. Er würde sich verhalten wie ein Angler, der vom Boot aus fischte.

Sobald er die Anlegestelle am Leuchtturm erreicht hatte, konnte Marlies ihn dort mit ihrem Transporter einsammeln. Sie machte sich bestimmt Sorgen um ihn. Nach ihrem gemeinsamen Auftritt bei Diedrich Ebens hatten sie nicht mehr miteinander geredet. Hubertus Dascher hatte ein schlechtes Gewissen. Wie würde sie reagieren, wenn sie erführe, dass er seine ehemaligen Arbeitskollegen nicht nur erschreckt hatte. Vor den Morden hatte er sie weggeschickt. Marlies war eine Künstlerin und sehr sensibel. Sie fing Spinnen und sogar Stechmücken im Haus ein und brachte sie lebend nach draußen, konnte es nicht ertragen, wenn er diese Quälgeister erschlug. Im Geist hörte er ihre empörte Klage: »Bertus, das sind auch Lebewesen, du kannst sie doch nicht einfach umbringen.«

Gut, dass sie in Eilsum sehr zurückgezogen lebten. Marlies wollte keinen Fernseher, kein Radio und auch keine Zeitungen im Haus.

Sie war der Meinung, dies würde ihre Spiritualität und Kreativität stören oder ablenken. Deshalb wollte Hubertus dieses letzte Ding mit Hofenga schnell durchziehen, bevor Marlies zu viel Zeit hatte, um alle Konsequenzen zu überdenken.

Hubertus liebte sie über alles und wollte sie nicht verlieren. In letzter Zeit hatte er ihr das nicht gezeigt, sein Hass auf seine ehemaligen Kollegen hatte ihn zu sehr beherrscht. Bertus war nicht in der Stimmung für zärtliche Gefühle gewesen und hatte sie schlecht behandelt. Für einen Moment versuchte er, den Hass und seine Rachegedanken zu verdrängen.

Er sehnte sich nach ihr, wollte sich entschuldigen für sein grobes Verhalten und wählte auf seinem Handy ihre Nummer. Wenn er nicht bei ihr sein konnte, wollte er wenigstens ihre Stimme hören.

Freitagabend, Eilsum, Atelier Melampus

Im Atelier Melampus legte die Schauspielerin Marlies Gruber den Hörer auf. Sie stand vor dem großen Fenster und sah in die Weite des Hammrichs. Ihr Haus mit dem Atelier lag am Ortsrand von Eilsum. Sie dachte über die Ereignisse der letzten Tage nach und machte sich Sorgen um ihren Partner. Seit diesen Auftritten bei seinem ehemaligen Arbeitskollegen Ontje verhielt er sich merkwürdig. Sie wusste, dass Hubertus' Psyche sehr labil war. Was war dort nach ihrer Vorstellung als Weiße Frau geschehen? Gleich nach ihrer Darbietung im Schlafzimmer von diesem Wieringa hatte Bertus sie nach Hause geschickt. Er war dortgeblieben und hatte den total verängstigten Mann befragt. Sie hatte sich in ihren alten Kastenwagen gesetzt und war zurück nach Eilsum gefahren. Dann hatte er sie angerufen und ihr einen neuen Auftrag gegeben.

Dieser Anruf von Bertus hatte sie beunruhigt, weil er ungewohnt streng und herrisch geklungen hatte. Normalerweise redete er immer sehr liebevoll mit ihr. Irgendetwas musste geschehen sein. Sie hatte Bertus gefragt, ob Ontje Wieringa alles gut überstanden habe, weil sie das schlechte Gewissen geplagt hatte. Der arme Kerl war vor Angst fast gestorben. Hubertus' Antwort hatte sie nicht gerade beruhigt.

»Marlies, es ist alles in Ordnung mit Ontje, er hat sich schon wieder eingekriegt! Aber wir sind noch nicht fertig, du musst mir noch einmal helfen.«

Während des Gesprächs hatte sie versucht, ihn zu beschwichtigen. »Bertus, lass es langsam angehen. Wir können uns doch erst einmal in Ruhe über alles unterhalten.«

Er hatte sie brüsk unterbrochen. »Verdammt noch mal, Marlies. Du musst dich noch einmal mit mir hier treffen und nimm deine Verkleidung mit!« Wieder dieser herrische Ton, den sie nicht von ihm kannte. Keine Frage, wie es ihr gehe, und nach seinen Anweisungen hatte er einfach aufgelegt. In der Nacht von Donnerstag auf Freitag hatte sie wieder als die Weiße Frau auftreten sollen.

Am Donnerstagabend war sie ins Rheiderland zum ausgemachten Treffpunkt gefahren. Bertus hatte ihr erklärt, wie genau es ablaufen sollte. Er hatte übermüdet gewirkt und sich ihr gegenüber ungewöhnlich verhalten. Der Auftritt bei diesem Motorradfahrer war abgelaufen, wie Bertus es ihr gesagt hatte. Bei dem brennenden Chopper hatte er sie wieder weggeschickt. Was war danach geschehen? Bertus hatte doch bereits von Ontje Wieringa erfahren, was nach dem Unfall im Keller passiert war und wie sie den Unfall im Hafen vorgetäuscht hatten. Auch wie man ihn dort gefunden und ihn schwer verletzt ins Krankenhaus geflogen hatte. Was hatte er von diesem Diedje Ebens gewollt?

Seit diesem Treffen hatte sie nichts mehr von Bertus gehört. Die Entwicklung der Ereignisse hatte ihr nicht gefallen.

Nun hatte er sich endlich gemeldet und seine Stimme hatte nicht mehr so aggressiv geklungen. Vielleicht konnte Bertus jetzt endlich mit seiner Vergangenheit abschließen und ein neues Leben mit ihr beginnen.

Freitagabend, Ditzum, Haus der Familie Broning

»Glaubst du auch, dass die Erde eine Scheibe ist?«, fragte Maike Jan, der neben ihr auf dem Ostfriesensofa saß.

»Ja, natürlich.«

»Ach, dann pass auf, dass du nicht runterfällst, am Rand, meine ich«, stichelte Maike und knuffte ihn in die Seite.

»Nein, natürlich nicht.«

Inzwischen war sie etwas erbost, weil er irgendwo war, aber nicht bei ihr. Sie atmete tief durch und versuchte es erneut: »Erde an Raumschiff, Sie haben seit 20 Minuten nicht mehr mit durchs Programm gezappt, und gerade läuft eine Soap, die Sie nicht ausstehen können!« Maikes Ellenbogen traf Jan in die Seite.

»Aua, was soll das?«

»Ach, ist das Raumschiff wieder gelandet? Du hast mir gerade zugesagt, die Spülmaschine bis zu Antjes Hochzeit jeden Tag auszuräumen.«

Jan wirkte zerknirscht. »War wohl etwas in Gedanken.«

»Das Telefongespräch mit Grohlich beschäftigt dich?«

»Der leichte Vorwurf war nicht zu überhören«, gab Jan zu. »*Warum haben Sie diese Frau Hinrichs nicht eingesperrt?*«

»Deshalb grübelst du die ganze Zeit? Daran können wir nichts mehr ändern.«

»Ja … nein … Ja, Maike, da ist noch etwas anderes, was mir im Kopf rumspukt. Ich krieg es nur nicht zu fassen.«

»Am besten, du entspannst dich etwas. Wenn man so krampfhaft versucht, sich an etwas zu erinnern, wird das meistens nichts. Irgendwann fällt es dir ein.«

Maike schob Jan die Fernbedienung rüber, und sofort begann er, durch das Programm zu schalten. Er landete auf einem regionalen norddeutschen Sender, wo eine Reportage über die Restauration eines alten Gutshofes in Ostdeutschland lief. Gerade wurden dort Holzarbeiten durchgeführt und Jan schaute konzentriert zu. Ihr Mann liebte Holz und in seiner Freizeit versuchte er sich in der Werkstatt des Hauses als Bildhauer.

»Die jungen Leute haben Mut, sich an so ein großes Projekt heranzuwagen«, stellte Maike fest.

Jan reagierte wieder nicht und schloss die Augen. »Die Manningaburg in Pewsum«, raunte er.

»Nein, Jan, das ist ein alter Gutshof in Mecklenburg-Vorpommern.«

»Maike, ich weiß, aber jetzt ist es mir wieder eingefallen. Als wir das Haus von diesem Diedje Ebens durchsucht haben, habe ich im Wohnzimmer ein Foto gesehen, das dort stand. Eine Gruppe Motorradfahrer saß auf ihren Maschinen vor einer alten Burg. Ich hatte noch überlegt, wo das sein könnte, kam aber nicht drauf, weil ich abgelenkt war.«

»Du meinst, Frauke Hinrichs gehört auch zu dieser Gruppe? War sie denn auf dem Bild?«

»Diedrich Ebens auf jeden Fall, den konnte ich gut erkennen. Er wird mit seiner Freundin Frauke dort oft gewesen sein. Sie fährt ja auch ein Motorrad.«

»Frauke Hinrichs hat sich nicht umgebracht, sondern versteckt sich bei ihren Motorradfreunden in Pewsum?«

»Genau, Maike, das ist zumindest eine Möglichkeit, die wir überprüfen sollten.«

»Aber wie …?«

»Hayo!«, platzte es aus beiden gleichzeitig heraus. »Ukena!«

»Zwei Doofe, ein Gedanke!« Maike lachte. »Dann leben wir noch ein Jahr zusammen … ein Spruch meiner Oma«, beeilte sie sich hinzuzufügen. »Hayo Ukena haben wir eine Ewigkeit nicht mehr gesehen«, sinnierte sie. »Zuletzt auf diesem Lehrgang für olfaktorische Forensik. Mit diesen Polizeihunden.«

»Oh ja, Hayo Ukenas Witze haben uns im Unterricht nach dem Mittagessen vor dem Einschlafen gerettet.«

»Weißt du noch, als er gefragt hat, ob der Wautzi an seinen Socken riechen könne, an welchem See er geangelt habe. Und dabei blieb er vollkommen ernst, so ein Pokerface.«

»Ja, Maike, Hayo wohnt doch in der Krummhörn und ist bei der Kripo in Aurich. Ich suche seine Telefonnummer raus und rufe ihn an. Vielleicht kann er uns helfen.«

Freitagabend, am Ems-Jade-Kanal

Der Kriminalpolizist Hayo Ukena sah konzentriert auf seine Angelpose, für einen Moment war diese verschwunden gewesen. Na endlich, ein Biss. Da zerriss das Geräusch eines Dudelsackes die Stille. Hayo nahm sein Handy aus der Tasche und fluchte, weil er vergessen hatte, es auf lautlos zu stellen. Aus dem Augenwinkel bemerkte er, dass die Pose wieder unbewegt im Wasser lag.

Ruhe ist des Anglers erste Pflicht, dachte Hayo und sah auf das Display. Jan Broning aus Leer wurde angezeigt. Er wischte über den Bildschirm und meldete sich.

»Hallo, Hayo, hier ist Jan Broning aus Leer. Wie geht's dir?«

»Hallo, Jan, alles bestens, bin gerade bei meiner Lieblingsbeschäftigung!«

»Beim Angeln, ich hoffe, ich stör dich nicht?«

»Erraten, Jan, nein, du störst mich nicht. Ich sitz hier schon seit Stunden am Ems-Jade-Kanal, angeblich einem Geheimtipp, aber das kann man wohl unter Verarschung verbuchen. Du wolltest dich bestimmt nicht nach meinem Hobby erkundigen?«

»Ich brauch tatsächlich deine Hilfe.« Jan berichtete seinem Kollegen von den Axtmorden im Rheiderland. Insbesondere von der Fahndung nach Frauke Hinrichs und seinem Verdacht, dass sie sich bei einer Gruppe Motorradfahrer in Pewsum aufhalten könnte.

»Ich ahne, worauf du hinauswillst. Ich soll meine Fühler nach ihr ausstrecken?«

»Genau, Hayo, du kennst dich hervorragend aus in der Krummhörn und hast ja, soweit ich weiß, ein Riesennetzwerk.«

»Das sagt man hier so und tatsächlich habe ich Verbindungen in Pewsum. Ich helfe euch gern und klemm mich gleich dahinter. Aber dafür brauche ich noch mehr Informationen. Ein Bild von dieser Frauke Hinrichs wäre gut.«

»Oh Mann, Hayo, du bist der Allerbeste! Morgen früh bekommst du alle Unterlagen und wir geben den Vorgang im Computer für dich frei, dann kannst du dort alles einsehen.«

Die beiden Polizisten beendeten das Gespräch nach etwas Small Talk. Hayo konnte sich nicht mehr aufs Angeln konzentrieren und packte seine Sachen zusammen. Jans Anruf hatte Erinnerungen an Maike geweckt. Früher war er selbst ein bisschen in sie verliebt gewesen. Jan hatte sie erobert und schließlich geheiratet, dieser Glückspilz. Jetzt hatten sie eine gemeinsame Tochter und er selbst war immer noch auf der Suche nach der richtigen Frau. Nicht dass es keine Frauen in seinem Leben gegeben hätte, aber insgeheim verglich er sie alle mit Maike Broning und damit lag die Latte hoch, zu hoch.

Inzwischen saß Hayo in seinem Auto. Ein Hochdachkombi, weil er sonst nicht genug Platz nach oben hatte. Er war fast zwei Meter groß und sehr schlank. Im Rückspiegel betrachtete er kurz seine Reflexion. Obwohl Hayo ein waschechter Ostfriese war, sah er nicht wie ein typisches Exemplar seiner Gattung aus. Seine Haare waren tiefschwarz, neuerdings mit einem leichten Grauton. Die Naturlocken ließen sich schlecht bändigen und nervten ihn schon ewig. Dazu kamen eine ausgeprägte Nase und braune Augen.

Er nahm es mit Humor und startete den Motor. Morgen hätte er eigentlich frei gehabt, aber er würde seinen Kollegen in Leer gerne bei den Ermittlungen helfen.

Nacht von Freitag auf Samstag, Midlum, Alte Ziegelei

Hubertus Dascher war ein wenig erleichtert. Gerade kam er von einer Erkundung zurück. Das Polizeiboot auf der Ems war verschwunden und den Hubschrauber hatte er auch nicht mehr gesehen. Er vermutete, dass morgen bei Tageslicht die Fahndung wieder intensiver anlaufen würde. Bis jetzt hatte er Glück gehabt, hier in der Ziegelei war niemand erschienen. Als Handwerker hatte Bertus erkannt, dass im Gebäude in letzter Zeit gearbeitet worden war.

Sicher wollte jemand verhindern, dass die Fabrik weiter verfiel. Am Wochenende hatten die meisten Leute Freizeit und Gelegenheit, hier weiterzuarbeiten. Irgendwann würde irgendwer auftauchen und dann …?

Außerdem war es möglich, dass die Suchaktionen ausgeweitet würden, man würde sich auf Gebiete und Gebäude konzentrieren, die noch nicht durchsucht worden waren. Er musste weg. Auch wenn es ihm nicht gelingen würde, den Anleger in Campen zu erreichen, wäre er wenigstens aus dieser Gegend verschwunden. Um Mitternacht war mit dem Fluthöhepunkt zu rechnen. Mit dem auflaufenden Wasser der Springtide würde er sich auf den Weg machen. Der Wasserstand sollte für sein Vorhaben ausreichen. Er wollte möglichst nah am Ufer anlegen, weil er den Bewusstlosen vom Boot an Land bringen musste. So viel zu seinem Plan.

Er ging in den Ringofen und zog die Planen von Tamme Hofengas Körper herunter. Sein ehemaliger Chef sah ihn mit großen Augen an.

»Durst … Wasser …«, ächzte er.

Verdient hast du es ja nicht, dachte Bertus, andererseits musste Tamme noch am Leben bleiben. Wenigstens so lange, bis er das restliche Gold in den Händen hielt. Danach …

Bertus mischte Beruhigungsmittel in das Wasser und setzte Hofenga die Flasche an die Lippen. Gierig trank sein Todfeind, wobei er sich verschluckte.

Damit er Hofenga weiterhin für die Überfahrt mit genügend Betäubungsmittel ruhigstellen konnte, nahm Hubertus seine Medikamente nicht mehr, und das spürte er bereits. Seine Hände zitterten leicht und seine Kopfschmerzen wurden immer schlimmer.

»Langsam trinken! Wir wollen doch nicht, dass du mir hier noch erstickst!«, sagte Bertus mit einem Grinsen im Gesicht.

»Bertus, hol Hilfe, ich habe solche Schmerzen.«

»Dass ich das noch erleben darf!« Bertus lachte kurz freudlos auf. »Der große starke Tamme jammert und bittet um Hilfe. Jetzt weißt du wenigstens, wie es mir ergangen ist. Auge um Auge, Tamme! Und wenn du das durchmachen musst, was ich erlebt habe, dann steht dir noch einiges bevor.«

Im Schutz der Dunkelheit sah sich Hubertus Dascher noch einmal draußen auf dem Gelände um. Er ging zu seinem Boot, zog es möglichst weit an das Ziegeleigelände heran und machte Platz für Tamme, indem er alte Planen und etwas Angelgerät am Ufer ablegte.

Zurück in der Ziegelei, wischte er alle Gegenstände sorgfältig ab, die er im Pritschenwagen berührt hatte. Nun stand ihm der schwierige Teil bevor: der Transport des schweren

Tamme in sein Boot. Hofenga hatte erneut das Bewusstsein verloren, trotzdem stöhnte der Mann leise auf, als Bertus die Leiter anhob. Langsam zog er sein Opfer aus dem Ringofen, durch das Gebäude und draußen bis zum Liegeplatz des Bootes. Vorsichtig schob er die Leiter auf die Bordwände. Sie passte nicht ins Boot, und Bertus war gezwungen, vorsichtig an Bord zu steigen und Hofengas Körper ins Bootsinnere zu ziehen. Als er die Fesseln löste und den Körper anhob, erwachte der Bewusstlose kurz und schrie auf.

»Schön ruhig bleiben, ist gleich vorbei und dann machen wir eine kleine Seereise«, sagte Bertus im Plauderton. Die Planen holte er ins Boot und schob einen Teil unter seinen Gefangenen. Mit dem anderen deckte er den Körper ab. Danach verteilte er die Angelgeräte über den Planen. Die Netze und Kescher verbargen die kompromittierende Fracht, so wie Bertus es gehofft hatte.

Eigentlich war alles erledigt und zur Abfahrt bereit. Was würde geschehen, wenn sie den Pritschenwagen in der Ziegelei fanden? Diese ideale Basis für seine Aktionen könnte er dann vergessen. Wenn er zurück ins Rheiderland müsste, um zum Beispiel Hofengas Gold zu suchen, brauchte er einen verborgenen Anlegeplatz. Sein Moped lag auch in der Nähe, und das würde er sicherlich noch brauchen. Wohin sollte er den Pritschenwagen bringen? Der Holzlagerplatz am Jemgumer Hafen fiel ihm ein. Allerdings bestand die Möglichkeit, dass die Polizei diesen Ort überwachte. Nein, das Risiko war zu groß. Die kleine Siedlung Eppingawehr im Hammrich kam ihm in den Sinn. Er kannte die einsamen Wege am und hinter dem Deich. Nur einmal würde er die Landstraße kreuzen müssen, um dorthin zu gelangen. Die Entdeckungsgefahr würde sich in Grenzen halten.

Tamme Hofenga lag sicher im Boot und Bertus lief zurück zur Ziegelei. Nachdem er das große Tor geöffnet hatte, setzte er sich in den Pritschenwagen und startete den Motor. Vor dem Tor an der Zufahrt hielt er an und rannte zum Deich. Von oben überblickte er die Szenerie. Alles ruhig, keine Polizei unterwegs. Er fuhr durchs Tor und lud sein Moped auf. Für die kurze Fahrt nach Eppingawehr benutzte er die Deichverteidigungswege. Nur ein Tor versperrte ihm die Strecke, das er mit seinem Spezialwerkzeug öffnen musste.

Mit klopfendem Herzen überquerte er die Landstraße und fuhr durch Eppingawehr. Keine Menschenseele weit und breit und vor ihm die weite, einsame Landschaft des Hammrichs. Er schaltete das Fahrlicht aus und achtete darauf, nicht auf die Bremse zu treten. Das Bremslicht wäre in der Dunkelheit gut zu sehen gewesen.

Hinter der Siedlung kam Hubertus Dascher eine neue Idee. Die A 31 führte quer durch das Rheiderland. Die Wirtschaftswege im Hammrich kreuzten die Autobahn. An diesen Stellen befanden sich Unterführungen. Genau so einen kleinen Tunnel brauchte Hubertus. Er steuerte die nächste Unterführung an und stellte den Pritschenwagen genau unter der Autobahn ab. Sollte die Polizei den Wagen dort finden, würde sie annehmen, Hofenga wäre bis zur Autobahn gefahren und jemand hätte ihn oben mitgenommen. Noch einmal wischte er alle Spuren im Wagen ab und zog sein Moped von der Ladefläche. Damit machte er sich auf den Weg zurück zur Ziegelei. Dort angekommen, versteckte er das Gefährt wieder im Graben und verwischte alle verdächtigen Spuren.

Danach ging er zum Boot, in dem Tamme Hofenga noch immer bewusstlos lag, warf die Leiter nach draußen und startete den Motor. Er legte den Gang ein und langsam fuhr das Boot durch den kleinen Hafen auf die Ems hinaus.

Die seitliche Strömung des ablaufenden Wassers drückte ihn in Richtung des Midlumer Sandes. Hubert steuerte mit großem Abstand um die Sandbank herum und hielt sich am roten Tonnenstrich. Immer wieder schaute er sich ängstlich um und hoffte, dass kein Polizeiboot in dieser Gegend unterwegs war. Er überlegte, ob er die vorgeschriebene Beleuchtung seines Fahrzeugs einschalten sollte. Die Umrisse würden in der Dunkelheit schlecht zu sehen sein, aber auf dem Radar wäre es zu erkennen. Ohne eingeschaltete Positionslichter in der Nacht würde er mit Sicherheit kontrolliert werden, also schaltete er sie an. Voraus befand sich nun das Coldeborgersiel mit der starken Flussbiegung nach rechts. Hinter dem Deich lag das Haus seines ersten Opfers, Ontje Wieringa. Weiter ging die Fahrt und er ließ den Hatzumer Sand rechts liegen. Der Schauplatz seines zweiten inszenierten Dramas, Hatzum, blieb in der Dunkelheit zurück. Vor ihm lag nun Oldersum und die Ems machte eine Linkskurve. Anschließend führte der Fluss gerade bis zur Knock. Die grünen und roten Fahrwassertonnen leuchteten in ihrer eigenen Taktung wie eine lange Lichterkette.

Das ablaufende Wasser bugsierte ihn zu dicht an eine rote Tonne, und das Boot knirschte, als die Bordwand das Seezeichen berührte. *Die Tücken der starken Strömung*, dachte Hubertus und vergrößerte den Abstand zu den Tonnen. In Höhe Gandersum musste er das Emssperrwerk durchfahren.

Die riesigen Tore konnten bei Sturmflut geschlossen werden oder wenn die Ems zwischen Gandersum und der Schleuse Rhede aufgestaut werden musste. Die Überführung der riesigen Kreuzfahrtschiffe von Papenburg bis zur offenen Nordsee war ohne ein Aufstauen der Ems nicht möglich. Bei diesen Stauungen trat der Fluss über seine Ufer und überschwemmte das gesamte Deichvorland.

Hubertus erinnerte sich an die Streitigkeiten zwischen den Naturschützern und den Vertretern der Wirtschaft. Vogelnester, Hasensassen und der Wohnraum etlicher anderer Tiere wurden zerstört. Nachdem das Wasser wieder abgelassen wurde, blieben etliche Kadaver und ein Film von braunem Emsschlick auf den Wiesen zurück.

Hubertus verdrängte die Bilder aus seinem Kopf und konzentrierte sich aufs Manövrieren. Angespannt steuerte er das Boot nach der Schiffsöffnung weiter entlang der roten Lichter der Backbordtonnen. Links lag Pogum. Von dort aus verlief am linken Ufer ein langer Damm aus Steinen in westliche Richtung. Dahinter lag die weite Fläche des Dollarts.

Rechts konnte Hubertus die Lichter der Hafenstadt Emden erkennen. Ein hässlicher Autotransporter, der aussah wie ein schwimmender Schuhkarton, lag im Außenhafen.

Für den nächsten Fahrabschnitt musste er sich wieder konzentrieren. An der Knock befanden sich ein Schöpfwerk und ein riesiger Radarturm der Verkehrszentrale. Voraus sah Bertus etliche grüne und rote Lichter. Sein Boot hatte wenig Tiefgang und so konnte er den K.-Weg als Abkürzung benutzen. Das Emder Fahrwasser endete hier und ging in das Ostfriesische Gatje über. Hubertus erblickte sein Ziel, die Landemole am rechten Ufer.

Wegen des inzwischen niedrigen Wasserstandes erreichte er sie mit Mühe. Das Boot machte er am äußersten Ende fest. Die Hoffnung, den Anlegeplatz am Leuchtturm direkt zu erreichen, hatte sich nicht erfüllt. Zu dieser Jahreszeit wurde die Landemole nicht benutzt und ein massiver Zaun versperrte den landseitigen Zugang. In unmittelbarer Nähe befand sich ein Restaurant, das noch nicht geöffnet hatte. Gab es dort Kameras? Konnten sie es riskieren, Hofenga vom Boot zu holen und mit dem Auto wegzubringen? Marlies kannte sich hier nicht aus und das Entdeckungsrisiko war ihm zu groß. Besser auf Nummer sicher gehen und warten, bis er beim nächsten Hochwasser in der Nacht den sicheren Anlegeplatz beim Leuchtturm erreichen würde.

Dort gab es keine Zäune, keine Kameras und Marlies fand sich dort zurecht.

Woran er nicht gedacht hatte, waren die unangenehmen Temperaturen in der Nacht. Jetzt, Anfang April, fror es zwar nicht, aber das offene Boot hatte keine Heizung. Seinem Fahrgast ging es wohl auch nicht besonders gut. Inzwischen stank Hofenga entsetzlich, und seine Hose war so durchnässt, dass sie nicht mehr wärmte. Vermutlich hatte er durch seine Verletzungen die Kontrolle über seine Blase verloren. Bertus brauchte eine Lösung für das Problem. Er erinnerte sich daran, dass an der Knock ein einsamer Campingplatz lag. So früh im Jahr würde dort wahrscheinlich nichts los sein. In den Wohnwagen gab es bestimmt alles, was er brauchte, um Tamme am Leben zu halten.

Nachdem Hubertus das Boot sicher am Anleger vertäut hatte, legte er eine Angel auf die Bootskante. Es sollte so aussehen, als sei ein Nachtangler unterwegs.

Er zog sich die Schirmmütze tief ins Gesicht und nahm eine weitere Angel in die Hand. Während er vorgab, vom Anleger zu angeln, näherte er sich der riesenhaften Umzäunung. Zaun und Tor waren sehr gut gesichert. Nur am seitlichen Übergang zum Wasser konnte er vorsichtig um die Absperrung herumklettern. Anschließend ging er zurück in Richtung Radarturm. Weiter ging es am Knockster Tief entlang bis zum Campingplatz. Auf dem Weg sondierte er die Umgebung. Wie er gehofft hatte, lag der Platz noch im Winterschlaf. In der Nähe stand ein großer Wohnwagen mit einem liebevoll gepflegten Vorgarten. Mit seinem Dietrich ließ sich das Schloss leicht öffnen. Drinnen fand er einen Trainingsanzug, trockene Wäsche und zwei altmodische Wärmflaschen. Im Vorzelt stand ein alter Gaskocher mit Kartusche. Als er die Schränke durchwühlte, fand er auch noch zwei Dosen Ravioli, den Notnagel eines jeden Campers.

Er wickelte alle Fundstücke in eine Wolldecke und schlich zurück zum Anlegeplatz. Mit Stangen und einer Persenning baute er eine provisorische Überdachung.

Im Gaskocher konnte er nun die Ravioli aufwärmen. Dann wurde es unangenehm, weil er Tamme die Hose ausziehen musste. Er verzog sein Gesicht, aber es war leider notwendig. Alles wäre umsonst gewesen, wenn der Mann ihm hier im Boot erfröre. Mit lauwarmem Wasser aus den ausgespülten Dosen und einem Lappen reinigte er den zum Glück immer noch bewusstlosen Zimmermeister.

Sobald das Wasser heiß genug war, füllte Bertus die Wärmflaschen und legte sie unter den ausgekühlten Hofenga, den er zuvor in die Decke eingewickelt hatte.

Samstagmorgen, Stadt Leer, Polizeidienstgebäude

Jan Broning befand sich im Labor der Kriminaltechniker und unterhielt sich mit Swantje Beninga. Er hoffte auf weitere Ergebnisse der Spurenauswertung. »Swantje, wie weit seid ihr mit der Auswertung der Fußeindruckspuren im Fall Ebens?«

»Ich hatte es ja schon angedeutet. Da waren viele Fußeindruckspuren am Tatort. Leider zu viele, angefangen von den Rettungskräften bis zu den Angehörigen der Feuerwehr, die das brennende Motorrad gelöscht haben.« Swantje bemerkte wohl seinen enttäuschten Gesichtsausdruck. »Ich konnte allerdings wieder Fußeindruckspuren einer Frau am Tatort sichern, und diese entsprechen genau denen, die wir am Tatort in Coldeborg am Küchenfenster festgestellt haben. Diese Ballettschuhe in Größe 38. Außerdem befanden sie sich wieder vor einem Fenster, dieses Mal am Flur. Dieselben Fußeindruckspuren an beiden Tatorten und …«

Jan bemerkte, dass sie sich vorsichtig ausdrückte. »… also war dieselbe Frau bei den Morden an Wieringa und Ebens zugegen.« Er unterband Swantjes Protest. »Ich weiß, die Eindrücke können auch von einer anderen Person stammen, die dieselben Schuhe in derselben Größe anhatte.«

»Zugegeben, das ist unwahrscheinlich«, bestätigte Swantje. »Aber wir glauben, auch Spuren einer zweiten Person festgestellt zu haben. Die sind jedoch von schlechter Qualität, vermutlich Schuhgröße 46.«

Jan wurde hellhörig. »Also hat diese Frau nicht allein gehandelt und …«

Swantje unterbrach ihn. »Da solltest du vorsichtig sein. Wie gesagt, wir haben einen Schuhabdruck im Schlafzimmer von diesem Ontje Wieringa und einen ähnlichen Schuheindruck zwischen dem Motorrad und dem Deich.«

»Im Moment bin ich auch für vage Hinweise dankbar. Was hat eigentlich die Bedampfung der Mordwaffen ergeben?«

Swantje schüttelte den Kopf. »Da wird nicht viel bei rumkommen. Zunächst die Axt im Mordfall Wieringa, der Axtstiel wurde eindeutig abgewischt, und da ihr ja sowieso davon ausgeht, dass es kein Suizid war, sondern Fremdeinwirkung, geschah das wahrscheinlich, um Spuren zu beseitigen. Dann wäre da noch die Wurfaxt im Falle Ebens, das Feuer hat den Stiel versengt, deshalb haben wir auch dort keine Fingerspuren. Allerdings ist auffällig, dass die Axt handwerklich bearbeitet wurde. Es handelte sich ursprünglich um eine normale Axt, die es zu Hunderttausenden gibt.« Swantje holte den Asservatenbeutel und zeigte ihn Jan. »Schau es dir selber an.« Swantje deutete auf verschiedene Stellen an der Axtklinge.

Jan kannte sich mit Werkzeugen zur Holzbearbeitung inzwischen ganz gut aus. »Hier wurde mit einem Winkelschleifer viel von dem Material der Klinge entfernt«, stellte er bei genauem Hinsehen fest. »Darf ich die Axt in die Hand nehmen?«

»Nur zu, solange du damit nicht herumwirfst!«

Jan wog die Axt in der Hand. »Gut ausbalanciert. Diese Spitze ist etwas hochgezogen, dafür hat er unten etwas weggenommen. Die Person hat die normale Axt aus dem Handel in eine tödliche Waffe umgebaut. Der Täter war zweifelsohne handwerklich sehr geschickt …«

»… und werfen konnte er auch«, ergänzte Swantje.

»Ja.« Jan wurde nachdenklich. »Dafür muss er oder sie viel geübt haben. Swantje, was ist mit diesem Dolch, den wir neben der Leiche von Diedrich Ebens gefunden haben?«

Erneut schüttelte Swantje den Kopf. »Das Feuer hat alle Anhaftungen und Spuren vernichtet.«

Jan verließ die Kriminaltechniker und ging die Treppe hinunter ins Büro der Moko »Axt«. Die Kollegen setzten sich zusammen und Jan berichtete von den Ergebnissen der Kriminaltechniker.

Unter der Überschrift »Mordwaffen« befanden sich Bilder der Äxte und des Dolches. Bei der Überschrift »Spuren« notierte Jan: »An beiden Tatorten jeweils Fußspuren Größe 38, Ballettschuhe, und jeweils Größe 46.«

»Also doch zwei Täter«, fasste Maike zusammen.

Jan nickte. »Wenn wir von normalen Fußgrößen ausgehen, haben eine Frau und ein Mann die Morde gemeinsam ausgeführt. Die Opfer wurden durch die Frau in Panik versetzt und vom Mann mit einer Axt getötet«, erklärte er seine aktuelle Hypothese. »Damit wären wir wieder bei Frauke Hinrichs und Tamme Hofenga.« Jan zeigte auf das Foto der Wurfaxt. »Diese Axt wurde umgebaut und Tamme Hofenga ist ein guter Handwerker.«

»Da gibt es aber eine Abweichung vom Modus Operandi«, gab Stefan zu bedenken. »Das erste Opfer Ontje Wieringa, ein kräftiger Mann, wurde direkt angegriffen und im Kampf Mann gegen Mann erschlagen. Das zweite Opfer, Ebens, ein etwas kleinerer Mann, wurde mit einer Distanzwaffe getötet.«

»Und wenn dieser Dolch«, Onno zeigte auf das entsprechende Foto an der Tafel, »nun Diedrich Ebens gehört? Das ist doch kein normales Messer, die sind längst verboten. Feststehende, beidseitig geschliffene Klinge und extrem flacher Griff. Das ist eine Waffe, die man verborgen am Körper trägt. Onno sah Klaas von der Seite an. »Nur weil jemand groß und stark ist, braucht man ihn noch lange nicht zu fürchten.«

Klaas atmete tief ein und ersparte sich eine Replik.

Onno richtete den Blick wieder auf die Tafeln. »Dieser Ebens ist nicht so groß und schwer«, erneut schaute er in Richtung Klaas, »wie dieser Obelix aus Coldeborg, aber wir wissen alle, dass ein Mann, der mit so einem Messer umgehen kann, verdammt gefährlich ist.«

»Hofenga kennt seine Männer seit Jahren«, fügte Jan hinzu. »Wenn er weiß, dass sein Kollege gut mit dem Messer ist, wird er ihm nicht zu nahe kommen wollen und bleibt lieber auf Distanz. Das wäre eine Erklärung für die Tötung aus der Entfernung. Es dreht sich alles um diesen Tamme Hofenga.«

»Wie machen wir weiter?«, wollte Maike wissen.

»Die Fahndung läuft nach wie vor, Hayo Ukena aus der Krummhörn hilft uns beim Hinweis auf die Motorradgruppe in Pewsum«, zählte Jan auf, »und ich fahre gleich zur Rechtsmedizin nach Oldenburg. Dr. Knoche wird beide Opfer obduzieren. Maike und Stefan, fahrt bitte noch einmal ins Rheiderland zum Haus dieses Hofenga. Sucht im Haus nach Schuhen, wegen der gesicherten Spuren. Ich weiß, es gibt mehr Menschen mit Schuhgröße 46, aber vielleicht findet ihr ja auch andere Hinweise.«

»Soll ich dich begleiten, Jan?«, fragte Klaas etwas zaghaft.

»Nein, ich fahre allein nach Oldenburg«, gab Jan zurück und bemerkte den erleichterten Gesichtsausdruck seines Kollegen. »Onno ist für jede Unterstützung hier im Büro dankbar.«

Samstagvormittag, Oldenburg, Gerichtsmedizin

Jan Broning stand neben Dr. Knoche an einem Chromtisch, auf dem der tote Diedrich Ebens lag. Die Leiche war zum Teil bekleidet, weil sich die Kleidung in die Haut eingebrannt hatte.

Die Obduktion Ontje Wieringas war bereits erledigt. Auffällig waren natürlich die Wunden in der Stirn gewesen. Außerdem die Hämatome am Hals, die beim Hinunterdrücken des Opfers entstanden waren. Die Version der Selbsttötung war damit endgültig hinfällig.

»Herr Dr. Knoche«, Jan musste sich räuspern, »... bei der äußeren Leichenschau des zweiten Opfers Ebens, können wir da bitte nach einer Art Tasche oder einem Futteral für einen Dolch suchen?«

»Der Dolch, der neben der Leiche am Tatort lag«, stellte Dr. Knoche fest. »Sie möchten wissen, ob er dem Täter oder dem Opfer gehörte.«

»Genau. Das ist für den Tathergang von Bedeutung.«

Dr. Knoche beäugte Jan über den Brillenrand. »Die Abweichung bei der Tatausführung, die Axt wurde beim ersten Opfer direkt eingesetzt, beim zweiten auf Entfernung.«

Jans Lachen fiel angesichts der düsteren Umgebung spärlich aus. »Sie scheinen sich auch Ihre Gedanken über die Morde gemacht zu haben.«

»Tatsächlich inspiriert einen die Arbeit direkt am Tatort ungemein. Draußen ist es so direkt, und diese Räume«, Knoche sah sich um, »schaffen eine gewisse Distanz. Einen Abstand zum Abgrund. Aber wir schweifen ab.«

Mit dem Skalpell begann der Rechtsmediziner vorsichtig, die Hose von den Motorradstiefeln abzutrennen. Dann zog er am rechten Stiefel, und es gab ein unangenehmes Geräusch, als dieser sich vom Fuß löste. Jan schluckte, weil er befürchtete, der Fuß habe sich von der Leiche gelöst. Das war allerdings nicht der Fall und er atmete etwas durch.

Knoche musste Jans Gesichtsausdruck bemerkt haben und lächelte. »Hoppla, noch alles dran!« Der Gerichtsmediziner betrachtete den Stiefel von innen. »Dachte ich es mir doch. Hier, sehen Sie.« Dr. Knoche hielt Jan den Stiefel entgegen.

Jan verzog noch einmal das Gesicht, als ihm der Geruch in die Nase stieg. »Eine eingeklebte Messertasche in der Innenseite des Stiefels«, beschrieb er, was er sah. »Und die Größe passt zum Dolch.«

»Damit hätten wir eine Frage schon mal geklärt«, sagte Dr. Knoche mit zufriedenem Gesichtsausdruck.

»Ja, der Dolch gehörte Diedrich Ebens.« Jan musterte den leblosen Körper vor ihm auf dem Chromtisch. »Sein Mörder wollte ihm deshalb nicht zu nahe kommen und hat ihn aus sicherem Abstand mit der Wurfaxt getötet.«

Eine gefühlte Ewigkeit später war Jan Broning auf der Rückfahrt von Oldenburg nach Leer. Er fragte sich wie jedes Mal, wenn er an einer Obduktion teilnahm, wie lange er brauchen würde, um die Bilder und Gerüche aus seinem Gedächtnis zu verdrängen. Da klingelte sein Handy.

Er drückte den grünen Knopf der Freisprecheinrichtung und meldete sich.

»Hallo, Jan, hier ist Hayo! Wir haben sie, wir haben Frauke Hinrichs!«

Samstag, Pewsum, Polizeistation

Hayo Ukena und Jan Broning trafen sich an der kleinen Polizeistation an der Mühle. Jan war nach dem Anruf direkt zur Dienststelle in Pewsum gefahren.

»Wir haben noch einen Moment Zeit«, erklärte Hayo. »Mein Informant in der Szene meldet sich, sobald Frauke Hinrichs das Clubheim verlässt.«

»Ist er zuverlässig, dein Informant?«

»Eigentlich ist er kein V-Mann oder so etwas«, antwortete Hayo. »Du weißt ja, dass ich hier in der Krummhörn aufgewachsen bin und jede Ecke kenne. Mit den Jahren sind viele Bekanntschaften entstanden.«

»Na, das ist wohl etwas untertrieben«, sagte Jan. »Es ist doch eher ein Netzwerk. Die sozialen Medien sind sicher auch hilfreich.«

»Wir sind ja nicht mehr die Jüngsten, und ein Nebeneffekt ist, dass man immer mehr Menschen kennenlernt und auf viele Erfahrungen zurückgreifen kann. Auch wenn dazu einige negative gehören, das Los der Polizisten.«

Hayo berichtete Jan, wie er einen befreundeten Angler, der auch zu diesem Motorradclub gehörte, gebeten hatte, ihm bei der Suche nach Frauke Hinrichs zu helfen.

»Ich hätte nicht erwartet, dass er sein Clubmitglied ausliefert«, meinte Jan. »Die halten doch sonst alle zusammen.«

»Normalerweise schon, aber genau genommen gehörte nur Diedrich Ebens offiziell zum Club, seine Freundin nicht. Außerdem muss sie wohl total neben der Spur sein, sie nervt alle mit ihrer Hysterie. Schreit rum und säuft wie ein Loch. Ich glaube, sie sind froh, wenn sie die los sind.«

»Hauptsache, sie entwischt uns nicht wieder.« Jan konnte seine Ungeduld nicht unterdrücken.

»Ich weiß, du möchtest am liebsten jetzt da rein und sie rausholen, aber ich habe meinem Informanten versprochen, dass wir sie außerhalb des Clubheimes festnehmen.«

»Er hat Angst, dass seine Kameraden etwas bemerken und er auffliegt.«

»So ist es. Wir fahren jetzt mit dem Zivilwagen in die Nähe des Clubs und warten dort auf den Anruf. Sobald sie rauskommt, schnappen wir sie uns.«

In Sichtweite des Eingangs zum Clubheim parkte Hayo Ukena am Straßenrand. Jan nutzte die Wartezeit und rief im Büro der Moko an. Onno Elzinga meldete sich sofort.

»Hallo, Jan, können wir euch in Pewsum unterstützen?«

»Nein danke, Hayo und ich haben alles im Griff, aber es dauert noch. Sind Maike und Stefan bei dir?«

»Warte, ich übergebe.«

»Hier ist Maike.«

Jan setzte seine Frau über die Ergebnisse der Obduktionen in Oldenburg ins Bild. »… und jetzt sitz ich mit Hayo im Wagen und wir warten auf den Zugriff. Habt ihr bei der Durchsuchung im Haus von Tamme Hofenga etwas herausgefunden?«

»Ja, Schuhgröße 46 passt. Allerdings sieht es hier nicht so aus, als sei die Flucht geplant gewesen. Soweit wir es feststellen konnten, liegt zum Beispiel noch sein Ausweis hier. Im Bad sind seine persönlichen Sachen, Medikamente und Zahnbürste. In der Mikrowelle steht sein Abendessen bereit.«

»Vielleicht ist er überstürzt geflüchtet und wollte nicht riskieren, noch einmal zurück zum Haus zu fahren.«

»Kann sein«, stimmte Maike zu. »Wir haben auch so eine Art Kassenbuch gefunden. Ich hab es einmal durchgeblättert, aber das Merkwürdige ist, dass gewisse Abschnitte verschlüsselt sind. Ein Durcheinander an Zahlen und Buchstaben, die so überhaupt keinen Sinn ergeben. Wieso sollte ein Handwerker seine Bücher verschlüsseln?«

»Du vermutest, dass er etwas zu verbergen hat?«

Jan schreckte zusammen, als er die schrillen Klänge eines Dudelsackes hörte. Der Klingelton von Hayos Handy war sehr gewöhnungsbedürftig.

»Maike, ich muss auflegen, melde mich später.« Jan beendete das Gespräch.

Hayo auf dem Fahrersitz tat es ihm gleich. »Sie kommt jeden Moment raus!«

Jan griff nach seiner Schutzweste und zog sie über.

Die Polizisten beobachteten, wie die Tür des Clubheimes aufflog und Frauke Hinrichs von zwei Männern unsanft nach draußen befördert wurde. Sie war knallrot im Gesicht und schrie etwas in Richtung der Männer. Unsicher auf den Beinen kam sie auf den Zivilwagen zu.

»Jetzt?«, fragte Hayo.

»Warte noch einen Moment, ich möchte sehen, wohin sie geht.«

»Du hoffst, dass sie dich zu Tamme Hofenga führt?«, vermutete Hayo.

Frauke Hinrichs blieb stehen und lehnte sich mit dem Gesicht an eine Hauswand.

»Muss sie sich übergeben?«

»Nein, ich glaube, sie weint«, sagte Jan nachdenklich. »Die sieht richtig fertig aus.«

Endlich ging sie weiter und torkelte seitlich an einem leer

stehenden Geschäft vorbei. Die Polizisten verloren sie kurz aus den Augen.

Sie sprangen aus dem Zivilwagen und rannten auf das verlassene Gebäude zu. Hinter dem Haus stand Frauke Hinrichs' Motorrad. Ein Fenster des Geschäfts war offen.

»Die Scheibe ist eingeschlagen«, stellte Hayo fest. »Sie wird drin sein.«

Lautes Schluchzen drang aus dem Gebäude.

Hayo sah Jan abwartend an. »Sollen wir rein oder das Gebäude observieren? Vielleicht kommt ihr Komplize noch.«

Jan überlegte. »Wir gehen rein, ich hab kein gutes Gefühl.«

Vorsichtig stiegen die Männer durch das offene Fenster ins Gebäude. Sie hielten ihre Waffen in den Händen und sicherten sich gegenseitig ab, als sie die Räume durchsuchten. Immer wieder hörten sie das laute Schluchzen einer Frau. Jan schlich in die Richtung, in der er die Quelle des Geräuschs vermutete.

Das Gebäude machte den Eindruck, als hätten bereits verschiedene Menschen hier übernachtet. Alte Matratzen und leere Flaschen lagen neben gebrauchten Spritzen auf dem Boden.

Plötzlich hörte das Schluchzen auf. Ein Laut ertönte, als wäre etwas umgefallen. Jan lief in den nächsten Raum. Frauke Hinrichs hing mit einem Strick um den Hals von der Decke. Vor ihr lag ein umgestürzter Stuhl. Ihre Hände griffen nach der Schlinge und ihre Beine zappelten wild.

Jan rannte zu ihr, umklammerte ihre Oberschenkel und drückte den Körper nach oben. Aus den Augenwinkeln registrierte er, wie Hayo ein Messer aus der Tasche zog, den Stuhl aufstellte und die Sitzfläche bestieg. Es dauerte einen Moment, bis er den Strick mit dem Messer durchtrennt hatte. Der Oberkörper kippte etwas nach vorn und Jan legte die Frau vorsichtig auf den Boden. Vorsichtig öffnete er die Schlinge am Hals. Frauke Hinrichs atmete geräuschvoll ein und hustete gleichzeitig.

»Verflucht, das war knapp«, murmelte Hayo und griff zum Handy.

Samstagnachmittag, Leer, Polizeidienstgebäude

»Und wo ist sie jetzt?«, fragte Maike Jan, der inzwischen wieder im Büro der Moko eingetroffen war.

»In der Psychiatrie in Emden. Wir haben ihren Zustand bis zum Eintreffen des Notarztes überwacht. Frauke Hinrichs ist akut suizidgefährdet. Sie hat uns dauernd beschimpft, wir sollten sie sterben lassen, weil sie zu ihrem Diedje wolle.«

»Gut, dass ihr so schnell dort wart«, sagte Maike.

»Ja, erst wollte ich das Haus observieren lassen. Es bestand ja noch die Möglichkeit, dass ihr Komplize auftauchen würde, aber …«

»Aber …?«, hakte Maike nach.

»Ich hatte so ein Bauchgefühl. Sie sah verzweifelt aus und dann dieses Schluchzen. Als ob ihre Seele aufgeschrien hätte.«

»Vielleicht hat sie auch nur ihr schlechtes Gewissen gequält«, gab Stefan zu bedenken. »Immerhin haben wir den Verdacht, dass sie zumindest Beihilfe zu zwei Morden geleistet hat.«

Jan dachte nach, er versuchte, sich an die Situation in der Krummhörn bis zu Frau Hinrichs' Abtransport zu erinnern. »Ich glaube nicht, dass Frauke Hinrichs etwas mit den Morden zu tun hat. Ich weiß, sie hat sich sehr verdächtig verhalten, aber ihr hättet sie dort sehen müssen. Sie hat Diedrich Ebens aufrichtig geliebt.« Jan nahm wahr, dass Stefan protestieren wollte. »Ja, Stefan, Mord aus Leidenschaft, und der Täter von Gewaltakten ist meist im näheren Umfeld zu suchen, aber trotzdem … Sie ist nicht unsere Frau X. Nicht die Frau, die als Komplizin des oder der Täter an den Morden beteiligt war. Warum sollte sie mithelfen, ihren Geliebten zu ermorden? Das ergibt keinen Sinn.«

»Können wir sie nicht einfach befragen?«, brachte Klaas vor. »Jetzt haben wir sie ja.«

»Ich hab mein Bestes gegeben, als wir auf den Notarzt gewartet haben, aber kein vernünftiges Wort aus ihr rausbekommen, und ich fürchte, so schnell werden wir sie nicht vernehmen können.«

Das Telefon läutete. Onno ging ran und reichte den Hörer weiter an Jan. »Hayo Ukena, für dich!«

»Hallo, Hayo.« Jan stellte das Telefon auf laut, damit die Kollegen mithören konnten.

»Ich hab noch einmal meine Quelle zu Frauke Hinrichs befragt«, begann Hayo. »Übrigens sind sie tatsächlich froh, dass sie sie los sind. Sie hat den Leuten erzählt, dass sie Diedrich Ebens' Chef umgebracht habe. Zitat: ›Ich hab ihn von der Leiter geholt und er ist auf dem Boden verreckt, das Schwein.‹ Immer wieder habe sie die Geschichte erzählt, auch dass der Mann ihren Geliebten und ihren Ex-Mann umgebracht habe. Ich zitiere noch mal: ›Der Dreckskerl hat beide mit einer Axt erledigt und ich hab ihn mit einer Axt von der Leiter geholt.‹ Dabei sei sie immer wieder ausgeflippt und habe sich halb zu Tode gesoffen. Übernachtet hat sie tatsächlich in dem leer stehenden Geschäft. Unsere Kriminaltechniker sind noch bei der Spurenauswertung. Ich melde mich, sobald wir was haben.«

»Danke, Hayo, du hast uns sehr geholfen!« Jan legte auf und blickte in die Runde.

Maike Broning sprach aus, was alle dachten. »Wenn Frauke Hinrichs nicht unsere Spukfrau ist, die die Spuren an beiden Tatorten hinterlassen hat, wer dann?«

»Vielleicht sollten wir unsere Hellseherin Aukje van Dijken auf Texel anrufen«, schlug Klaas vor. »Die kann ja mal in ihre Glaskugel sehen.«

»Spaß beiseite!« Jan konnte nicht lachen. »So richtig weit gekommen sind wir bis jetzt nicht mit unseren Ermittlungen. Ontje Wieringa wurde in der Nacht von Dienstag auf Mittwoch ermordet, und am Samstagnachmittag stehen wir immer noch auf dem Schlauch, weil eine unserer Tatverdächtigen vermutlich ausscheidet.« Jan sah zu den weißen Tafeln, wo unter dem Bild von Frauke Hinrichs noch »Komplizin?« geschrieben stand. Jan entfernte die Notiz und schrieb neben die anderen Namen: »Spukfrau X«. Darunter kritzelte er: »Perücke, Schuhgröße 38, Ballettschuhe. Komplizin von Tamme Hofenga?«

»Viel wissen wir ja nicht über unsere Frau X«, stellte er abschließend fest. Seine Kollegen blickten betreten drein. Die Ermittlungen waren festgefahren, und es war seine Aufgabe, das Team neu zu motivieren.

»Okay, das mit Frauke Hinrichs war die falsche Richtung, das haken wir ab. Lasst uns gemeinsam noch einmal überlegen, ob wir etwas übersehen haben.«

»Alle Ereignisse hängen mit der Firma Hofenga zusammen«, konstatierte Maike. »Genauer gesagt mit den Firmenangehörigen. Der Chef Tamme Hofenga verschwunden, Ontje Wieringa und sein Kumpel Diedrich Ebens ermordet.«

Stefan dachte laut nach. »Die Rolle dieses Hofenga an den Ereignissen ist absolut unklar. Da stochern wir ziemlich im Nebel. Diese Frau Hinrichs hat doch immer wieder gesagt, Hofenga habe seine Kollegen Wieringa und Ebens ermordet. Sie war davon so überzeugt, dass sie versucht hat, ihn umzubringen. Was weiß sie, was wir nicht wissen?«

»Ich werde später eine Befragung probieren«, erwiderte Jan. »Aber bei ihrem Zustand …«

»Die werden uns nicht zu ihr lassen«, schätzte Maike. »Vielleicht später.«

»Es ist eine sehr kleine Firma mit nur wenigen Angestellten. War da nicht noch ein anderer Kollege, der mit dem Verkehrsunfall?«

»Ja«, bestätigte Onno. »Aber dieser Mann … Moment, hier steht es in den Unterlagen, ein Hubertus Dascher, wurde damals sehr schwer verletzt und liegt im Koma.«

»Wann war der Unfall?«, erkundigte sich Jan.

Onno blätterte in seinen Aufzeichnungen. »Das war im Jahr 2012.«

»In der Zwischenzeit kann viel passiert sein«, grübelte Jan. »Ich möchte alles über diesen Hubertus Dascher wissen. Was ist damals passiert? In welches Krankenhaus kam er? Wo ist er jetzt? Onno und Klaas, klemmt euch vom Büro aus dahinter. Maike und Stefan, fahrt nach Jemgum und befragt Stinus. Sucht Zeugen und Bekannte von diesem Dascher in Jemgum.«

Jan ging in einen Nebenraum und ließ die Tür zum Büro der Moko offen stehen. Er setzte sich an einen Schreibtisch, vor ihm lag das Kassenbuch der Firma Hofenga. Maike hatte es aus Tamme Hofengas Haus mitgenommen. Es war gut versteckt gewesen, und Jan hoffte deshalb, wichtige Informationen darin zu finden. Im Buch standen Eintragungen, die bei einem Handwerker zu erwarten waren. Abrechnungen über Baumaterial, Zeitpläne von Baustellen, welche Kollegen wann und wie lange gearbeitet hatten. Allerdings standen zwischen diesen normalen Eintragungen auch Buchstaben und Zahlenreihen, die keinen Sinn ergaben. Maike hatte bereits vermutet, dass diese Passagen verschlüsselt seien. Warum sollte ein Handwerker seine Aufzeichnungen verschlüsseln? Das weckte Jans Misstrauen. Er wollte unbedingt wissen, was diese Zahlen zu bedeuten hatten. Es gab ein Geheimnis bei der Firma, Jan ahnte es. Bei den Befragungen hatte er das

Gefühl gehabt, dass man ihm etwas Wichtiges verschwieg. Mit jeder Sekunde wurde er sicherer, dass es etwas mit diesem Buch zu tun hatte. Er musste nur die Verschlüsselung knacken, um dahinterzukommen.

Die Eintragungen waren sehr kurz. Zum Beispiel: »WK48333, RZ8333, GH8333.« An anderer Stelle stand: »V/5345/MO4333.« Ein regelmäßiges Muster konnte Jan nicht ausmachen. Er sah so lange auf die Zahlen und Buchstabenkombinationen, bis ihm schummrig wurde.

Da fiel ihm ein, dass Hayo Ukena an Kopfrechen-Wettkämpfen teilnahm, und zwar mit gutem Erfolg. Die logischen Gesetze der Mathematik waren nicht Jans Stärke. Er war mehr der kreative und intuitive Typ.

Maike konnte gut rechnen, allerdings beschränkte sich das zumeist auf Alltagsmathematik. Das Knacken von Verschlüsselungen war nicht ihr Steckenpferd.

Jan griff zum Telefon und wählte Hayos Handynummer. In Gedanken hörte er die nervige Dudelsackmusik.

»Hallo, Jan, Hayo hier!«

Jan erklärte seinem Kollegen, welches Problem er mit Tamme Hofengas Kassenbuch hatte.

»Das klingt interessant«, erwiderte Hayo. »Fotografier doch die entsprechenden Aufzeichnungen und schick sie als Foto auf mein Smartphone.«

Nachdem Jan das erledigt hatte, wählte er die Telefonnummer der Psychiatrie in Emden. Die Dame am Telefon war auffallend gut gelaunt, und Jan ahnte, dass diese Einstellung die Pflegekräfte vor Ansteckung bewahrte.

Er erklärte der Frau, wie er zusammen mit seinem Kollegen Frauke Hinrichs in Pewsum gerettet hatte, und fragte dann, ob Frau Hinrichs ansprechbar sei.

»Warten Sie, ich erkundige mich, bitte geben Sie mir die Nummer Ihrer Wache, ich melde mich dann.«

Die Dame war vorsichtig, dachte Jan, auf diese Weise wollte sie sich vergewissern, dass er tatsächlich bei der Polizei war.

Der Rückruf folgte schnell und im Grunde überraschte ihn die Auskunft nicht. Frau Hinrichs war nicht ansprechbar, Jan konnte heraushören, dass man sie mit Medikamenten ruhiggestellt hatte.

Er bedankte sich und rief den Staatsanwalt Grohlich an.

Grohlich hörte sich zunächst Jans Bericht an.

»Sie glauben also, dass diese Frau Hinrichs nichts mit dem Tod ihres Geliebten zu tun hat. Dann sind Sie aus dem Schneider. Wäre ja peinlich geworden, wenn sie, nachdem man sie freigelassen hat, zu ihrem Geliebten fährt und ihn umbringt.«

Jan klang etwas bedrückt, als er sagte: »Ja, Herr Grohlich, aber immerhin hat sie am nächsten Morgen einen Mordversuch an Tamme Hofenga unternommen.«

»Wie auch immer, Herr Broning, Gott sei Dank haben Sie sie noch rechtzeitig vom Suizid abgehalten. Was ist denn nun mit diesem Hofenga? Und wer ist denn jetzt seine Komplizin?«

»Genau diese Antworten versuchen wir im Moment zu finden. Hofenga bleibt verschwunden. Inzwischen habe ich auch Zweifel daran, dass er unser gesuchter Axtmörder ist.«

»Entführt …? Ermordet …?«, fragte Grohlich.

Jan schwieg, weil er keine vernünftige Auskunft geben konnte.

»Das ist wirklich eine merkwürdige Geschichte, Herr Broning, ich verlasse mich auf Sie«, sagte Grohlich und legte auf.

Während der Telefonate hatte Jan registriert, dass Onno und Klaas im Nebenzimmer abwechselnd telefonierten. Ihre Gesichter waren rot angelaufen, der Ton zwischen den beiden rauer.

»Onno, du mit deiner preußischen Art kommst damit in den Niederlanden nicht weiter«, sagte Klaas süffisant. »Lass mich mal.«

Jan hörte, wie Klaas Niederländisch am Telefon sprach, das er sich in zahlreichen Urlauben angeeignet hatte. Zunächst sprach er sehr freundlich, wurde dann aber etwas energischer und steigerte sich in der Lautstärke, bis seine Stimme regelrecht scharf wurde. Zuletzt fluchte er herzhaft und donnerte den Hörer auf die Telefongabel.

Onno kostete gerade seinen Triumph aus, als Jans Telefon seine Aufmerksamkeit forderte. Auf dem Display konnte er erkennen, dass Hayo anrief.

»Hallo, Hayo.«

»Das war keine besonders schwierige Aufgabe«, sagte Hayo etwas überheblich.

Jan sah nun an die Zimmerdecke und dachte, *Ent-schul-di-gung, lieber Hayo, hätte ich also auch selber herausfinden können.* Er musste automatisch grinsen, weil er sofort an Onnos und Klaas' Lieblingswort dachte. Sie liebten es, das Wort »Entschuldigung« extrem in die Länge zu ziehen, zur Decke zu blicken und den Kopf sanft zu schütteln. Was natürlich die Bedeutung der Äußerung ins Gegenteil umkehrte.

»Sag bloß, du hast die Verschlüsselung bereits geknackt?«, fragte Jan und war froh, dass Hayo seinen Gesichtsausdruck nicht gesehen hatte.

»Es handelt sich um eine Caesar-Verschlüsselung«, begann Hayo zu erläutern.

Jan entging nicht, dass er die Situation sehr genoss.

Ihm blieb nichts anderes übrig, als mitzuspielen, wobei er es etwas übertrieb. »Was hat denn unser Caesar damit zu tun?«

Hayo war offenbar zufrieden und antwortete: »Für die Entschlüsselung braucht man den Schlüssel, und in diesem Fall ist es der Buchstabe C.«

»Aha, jetzt bin ich genauso schlau wie vorher.« Jan holte tief Luft. *Das ist die Strafe für all diejenigen, die andere um Hilfe bitten.*

»Es handelt sich ja um das Kassenbuch von Tamme Hofenga. Deshalb habe ich es zunächst mit seinen Initialen versucht, und tada, schon war das Rätsel gelöst. Der Schlüssel C bedeutet nämlich, dass eine dreistellige Verschiebung vorliegt.«

Falls Hayo auf Begeisterung hoffte, musste Jan ihn enttäuschen. Er schwieg einfach.

Hayo verstand die Botschaft. »Stell dir die Buchstaben des ABC von oben nach unten vor. Genauso ist es mit den Zahlen von null bis zehn. Nehmen wir die ersten beiden verschlüsselten Buchstaben W und K. Vom W ausgehend drei nach oben ergibt den Buchstaben T.«

Jan verstand nun das System und versuchte es nun selber. »Aus dem K wird dann H.«

»Ja, genauso ist es mit den anderen Buchstaben und den Zahlen. Die Klartextbuchstaben werden mit drei Stellen im Alphabet nach unten verschlüsselt. Zur Entschlüsselung logischerweise drei Stellen nach oben.«

»Okay, Hayo, wenn es bei den Zahlen genauso funktioniert, dann bedeutet die Eintragung WK 48333 entschlüsselt TH 15000.«

»Genau, und wenn du die anderen Eintragungen wie RZ 8333 und GH 8333 entschlüsselst …«

»Moment, ich versuch es selber noch einmal. Aus den Buchstaben RZ würde dann OW werden. Dies ergibt Sinn, weil es sich um die Initialen unseres ersten Opfers handelt. Hinter den beiden Buchstaben folgt 5000.«

»Genau, Jan, und aus GH wird DE, Diedrich Ebens, das war wirklich eine sehr simple Verschlüsselung.«

Jan dachte an die nächste Kombination von Buchstaben

und musste die Information erst einmal sacken lassen, weil die Entschlüsselung von MO den Initialen JL entsprach. Damit könnte Jasmine Löbers gemeint sein. Aus der vollständigen verschlüsselten Buchstaben- und Zahlengruppe V/5345/MO/4333 wurde die Eintragung S/2012/JL/1000. Frau Löbers hatte Geldgeschenke in Höhe von jeweils 1.000 Euro erhalten. Dies war doch kein Zufall, plötzlich gab es möglicherweise eine Verbindung von Jasmine Löbers zu den Ermittlungen der Moko »Axt«. Onno wusste vermutlich, wann genau dieses Geld an Frau Löbers gesandt worden war. Das musste er später unbedingt überprüfen.«

»Jan, bist du noch dran?«

»Sorry, ich war gerade in Gedanken, Hayo, erst einmal besten Dank, du hast mir sehr geholfen«, verabschiedete sich Jan etwas kurz angebunden und legte auf.

Bei Onno und Klaas war es erstaunlich ruhig geworden. Jan verließ den kleinen Nebenraum und ging ins große Moko-Büro. Dort blickte er seine Kollegen fragend an.

Onno wirkte gebeutelt, als er sagte: »Maike und Stefan waren bei Stinus Wurps in Jemgum. Sie haben uns mitgeteilt, dass im Jahr 2012 dieser Hubertus Dascher in der Nacht mit seinem Fahrrad im Jemgumer Hafen gestürzt sei. Man habe ihn erst am nächsten Morgen gefunden und ihn direkt nach Groningen ins Krankenhaus geflogen. Das ist die Kurzversion. Maike und Stefan sind jetzt auf dem Weg zu einem Ido Smid, der auch in Jemgum wohnt. Der soll sich gut auskennen mit der Firma Hofenga. Danach wollten sie zurück ins Büro kommen.«

»Wir haben natürlich sofort im Krankenhaus Groningen angerufen«, ergänzte Klaas. »Aber die wollten uns keine Auskunft geben.«

Jan verkniff sich einen Kommentar und ein Grinsen. »Das hab ich mitbekommen, aber ich hab schon eine Idee, wer uns bei diesem Problem helfen könnte.«

»Simon Drebber?«, fragten Onno und Klaas gleichzeitig.

Jan lachte. »Oh, dann lebt ihr ja auch noch ein Jahr zusammen.«

»Zwei Doofe, ein Gedanke, möchtest du das andeuten?« Klaas kniff die Augen zusammen.

»Ent-schul-di-gung, den Witz konnte ich mir nicht verbeißen.«

»Du hast plötzlich so gute Laune, Jan.« Onno sah ihn konzentriert an. »Sehr verdächtig. Neue Informationen?«

»Wartet, bis die anderen da sind, dann brauch ich nicht alles zweimal zu erzählen«, erklärte Jan und ging zurück in den Nebenraum, um zu telefonieren.

Er suchte die Nummer von Simon Drebber heraus, einem niederländischen Kriminalbeamten aus Alkmaar. Drebber hatte ihnen bei ihrem letzten großen Fall auf der Insel Texel geholfen. Die Männer hatten sich kennen- und schätzen gelernt. Simon wurde oft bei grenzüberschreitenden Ermittlungen eingesetzt. Er hatte hervorragende Beziehungen und Kontakte innerhalb der Niederlande, und Jan hoffte, dass ihm sein Kollege bei den Ermittlungen im Nachbarland helfen könnte.

Er wählte die Nummer und wartete.

»Drebber, Politie Alkmaar?«

»Hallo, Simon, hier ist Jan Broning aus Leer. Wie geht es dir?«

»Oh, gut, danke der Nachfrage.«

»Ich rede nicht lange drum herum, kannst du mir helfen?« Jan berichtete von den Ermittlungen zu den Axtmorden. Zum Schluss kam er auf das Problem mit dem Krankenhaus in Groningen zu sprechen.

»Lass mich raten«, unterbrach ihn Simon. »Sie wollen euch keine Auskunft geben?«

»Du hast den Nagel auf den Kopf getroffen«, bestätigte Jan. »Genau da liegt das Problem.«

»Ich verstehe«, sagte Simon gut gelaunt. »Wie heißt der Mann und wann ist das passiert?«

»Oh, Simon, du bist der Beste!« Jan setzte ihn über Hubertus Dascher und den Unfall ins Bild.

»Ich melde mich, sobald ich Informationen habe.« Simon Drebber legte auf.

Jan atmete tief durch, sein Gefühl sagte ihm, dass sie sich auf dem richtigen Weg befanden. Endlich kamen sie weiter, wenn auch langsam und mit kleinen Schritten. Er ging mit den Notizen in der Hand ins große Büro und stellte sich vor die weiße Tafel. Mit dem Spezialstift schrieb er ganz rechts neben den Namen der Beteiligten »Jasmine Löbers«. Mit einem Bindestrich verband er den Namen mit dem vorangegangenen Aufschrieb »Spukfrau X«, als handele es sich um dieselbe Person.

»Wie bitte?« Onno konnte man die Überraschung anhören. »Was hat denn Frau Löbers mit unseren Ermittlungen zu tun? Ist sie etwa die gesuchte Komplizin?«

»Erklär ich gleich, Onno.« Jan notierte unter dem Namen die verschlüsselte Buchstaben- und Zahlenkombination V/5345/MO/4333 aus Hofengas Kassenbuch. »Du hast die Briefumschläge gesehen, in denen Frau Löbers das Bargeld übersandt wurde. Kannst du dich an den Poststempel der ersten Zahlung erinnern?«

»Moment, habe ich notiert«, erwiderte Onno und wühlte in seinen Unterlagen. »Hier steht es: 15.9.2012.«

Jan rieb sich erfreut die Hände. »Ha, das passt!«

Onno blickte zwischen Jan und Klaas hin und her.

»Fragewort ohne w, hääh?«, murmelte Klaas.

»Ent-schul-di-gung«, sagte Jan erneut und schrieb unter den Namen der Opfer die nächsten Kombinationen. »Ich erklär es gleich.«

Währenddessen betraten Maike und Stefan das Büro.

Maike beobachtete Jan beim Kritzeln des letzten Codes. »Was …?«

»Später, Maike.« Jan machte eine beschwichtigende Handbewegung. »Erzählt mir bitte erst, was ihr in Jemgum zu diesem Dascher herausgefunden habt.« Jan schrieb den Namen des verunfallten Mitarbeiters auf die weiße Tafel.

Maike zog ihr Notizbuch aus der Tasche. »Stinus hat alles rausgesucht, was er zu diesem Unfall herausgefunden hat. Am 3.4.2012 wurde ihm mitgeteilt, dass man Hubertus Dascher bewusstlos neben seinem Fahrrad gefunden habe. Der Rettungswagen und der Notarzt seien vor ihm an der Unfallstelle gewesen. Zu diesem Zeitpunkt habe man Dascher bereits reanimiert. Schweres Schädel-Hirn-Trauma. Deshalb sei er sofort mit einem Hubschrauber in eine Spezialklinik nach Groningen geflogen worden. Ihr habt dort sicher schon angerufen.« Maike schaute zu Onno und Klaas.

»Die wollten uns keine Auskunft geben.« Klaas machte keinen Hehl aus seiner Verärgerung über die Tatsache.

»Simon Drebber will sich darum kümmern, ich habe ihn gerade angerufen«, ergänzte Jan.

»Ach, Simon …« Maike lächelte.

»Ist Stinus denn etwas aufgefallen bei diesem Unfall?«, wollte Jan wissen. »War etwas ungewöhnlich?«

»Nein, Stinus hat sich die Unfallstelle angesehen, zumindest, was davon übrig geblieben ist«, antwortete Maike. »Es seien viele Leute bei der Erstversorgung gewesen. Trotzdem habe er einen Blutfleck auf dem Bordstein und die Scherben einer Schnapsflasche gefunden. Zeugen, die den verletzten Dascher entdeckt hatten, gaben zu Protokoll, dass sie starken Alkoholgeruch beim Verletzten wahrgenommen hätten.«

»Also der Klassiker: besoffen mit dem Rad unterwegs und dann die Kontrolle verloren.« Klaas zog einen Mundwinkel hoch. »Angeblich passiert Besoffenen und Kindern ja nichts.«

Jan überging den Einwurf, der ihm signalisierte, wie es um Klaas' Blutzuckerspiegel bestellt war. »Weiß Stinus, wie es weiterging mit diesem Dascher?«

Diesmal antwortete Stefan: »Eigentlich nicht. Angeblich war die Verletzung so schwer, dass Dascher mehr tot als lebendig in Groningen eingetroffen ist. Dort lag er nach der Behandlung im Koma. Gerüchten zufolge. Er war Junggeselle und hatte keine Familie. Kam wohl auf der Walz von Frankfurt nach Ostfriesland. Bei der Firma Hofenga war dann offenbar Schluss mit dem Wandern. Er arbeitete dort mehrere Jahre. Wie viele genau, wusste Stinus nicht.«

»Das mit dem Unfall war vor fünf Jahren?«, hakte Jan nach. »Was ist seitdem mit diesem Mann passiert? Konnte Stinus dazu etwas sagen?«

Stefan schüttelte den Kopf. »Nein, es handelte sich um einen ganz normalen Verkehrsunfall und es gab keine Angehörigen. Der Firmenchef wollte sich um alles kümmern. Einmal habe Stinus ihn auf seinen Mitarbeiter angesprochen, erhielt aber die Auskunft, dass Dascher immer noch im Koma liege. Wann das war, wusste Stinus nicht mehr.«

»Verdammt viele Fragezeichen«, bilanzierte Jan und notierte die Infos auf der Tafel.

»Angeblich schwebte die Firma Hofenga immer kurz vor dem finanziellen Abgrund. Vor einigen Jahren ging es auf einmal bergauf. Es wird gemunkelt, dass Hofenga und seine Angestellten nachts aus alten Ruinen Balken und Ähnliches stehlen. Anzeigen gab es deswegen aber nicht.«

Jan war hellhörig geworden. »Das hat Stinus mir auch erzählt. Ist es das, was Ebens mir sagen wollte? Alle diese Fragen könnte uns dieser Hofenga beantworten.«

»Was hat es denn nun mit diesen seltsamen Zahlenkolonnen auf sich?« Maike deutete auf die Aufschriebe an den Tafeln. »Die sind aus dem Kassenbuch von Hofenga. Sag bloß, du hast die Verschlüsselung geknackt?«

Jan bedachte Maike mit einem säuerlichen Blick. Sie wusste genau, dass Zahlen nicht seine Stärke waren. »Nein, Hayo Ukena hat mir dabei geholfen.« Er begann, den Klartext hinter die jeweiligen Verschlüsselungen zu schreiben.

»OW sind die Initialen für Ontje Wieringa 5000 und DE für Diedje Ebens 5000«, las Maike laut vor und stellte fest: »Bei Jasmine Löbers 1000, damit sind ja wohl Geldsummen gemeint. Frau Löbers erhielt ja immer 1.000 Euro.«

Jan nickte zustimmend. »Das war auch mein Gedanke. Im ganzen Buch stehen immer wieder solche Verschlüsselungen. Zuerst chronologisch WK/43333 oder WK/48333. Anschließend die Eintragungen für Wieringa und Ebens immer jeweils ein Drittel der Summe aus WK.«

»Das ist ja wie in einem Agentenfilm«, witzelte Klaas.

»Agenten würden so eine einfache Verschlüsselung nicht verwenden.« Jan erläuterte kurz, wie der Code funktionierte.

Onno stierte auf eine bestimmte Stelle und Jan bemerkte seinen Blick.

»Ja, Onno, ich habe auch gestaunt, als ich diese Initialen im Buch gefunden habe. Inzwischen habe ich für jedes Jahr eine entsprechende Eintragung gefunden.«

»Eine Verwechslung ist sehr unwahrscheinlich, zumal der Zeitpunkt der Eintragung mit dem Poststempel übereinstimmt.« Onno legte die Stirn in Falten. »Wieso überweist Hofenga Frau Löbers regelmäßig Geld?«

»Ist doch klar«, sagte Klaas mit beißender Ironie. »Sie ist die Spukfrau von den Tatorten und hat mit Hofenga zusammengearbeitet. Die stecken alle unter einer Decke, wahrscheinlich Drogengeschäfte oder die haben Diebesgut vertickt.«

»Sollte ich mich so getäuscht haben?« Onnos Stimme klang resigniert.

»Ja, du Dussel, hast dich von ihr einwickeln lassen.« Klaas war wirklich gnadenlos, wenn er Hunger hatte.

»Unsinn, Klaas!« Onno war in der Defensive. »Wieso sollte sie zur Polizei gehen und von diesen Bargeldzahlungen berichten? Das wäre total unlogisch.«

»Vielleicht hat sie ja einen Trottel gesucht, den sie um den Finger wickeln konnte, und nebenbei herumgeschnüffelt, um zu erfahren, was wir wissen.«

Jan griff ein. »Kollegen, lasst uns das in aller Ruhe besprechen. Für schnelle Rückschlüsse ist es zu früh, und Vorwürfe«, Jan sah Klaas an, »sind nicht zielführend. Onno, versuch bitte, diese Frau Löbers zu erreichen. Ich möchte mich mit ihr unterhalten. Vielleicht gibt es eine Erklärung.«

Onno setzte sich an einen Schreibtisch und telefonierte.

Maike wirkte sehr nachdenklich. »Ihr habt doch diese Frau Löbers in Coldeborg beim Tatort des Mordes an Ontje Wieringa getroffen. Das kam euch doch verdächtig vor. War da nicht auch so ein Theateraufkleber an ihrem Auto?«

»Ja, und du schließt daraus auf einen Zusammenhang mit den Auftritten als Spukfrau …« Jan ahnte, worauf sie hinauswollte. »Du meinst, sie könnte so eine Rolle spielen?«

Ihre Gedanken wurden durch das laute Knurren von Klaas' Magen unterbrochen.

»Ent-schul-di-gung«, grummelte er. »Die Morde fingen doch an, nachdem diese Frau Löbers hier bei uns auf der Dienststelle war. Sie ist extra von Frankfurt angereist.«

Im Hintergrund hörten sie Onno leise fluchen.

»Maike, habt ihr eigentlich in Jemgum noch andere Zeugen gefunden?«, erkundigte sich Jan.

»Ja, einen Ido Smid, den können wir aber erst morgen sprechen. Stinus meint, Smid kenne die Verhältnisse bei der Firma Hofenga am besten. Er ist aber mit seiner Frau übers Wochenende in Hamburg.«

Im Hintergrund wurde Onnos Fluchen lauter, die Versuche, Frau Löbers zu erreichen, liefen wohl nicht gut. »Verflixte Axt«, grummelte er und schmetterte den Hörer auf die Station. »Es meldet sich nur ihre Mailbox. Dann habe ich bei der Pension angerufen, wo sie untergebracht ist. Angeblich wollte sie ein Wochenende in Groningen verbringen. Wahrscheinlich hat sie ihr Handy nicht umgestellt. Das mit dem Roaming vergesse ich auch immer. Jedenfalls meinte die Betreiberin der Pension, dass Frau Löbers zu einem Kneipenkonzert wollte, und die fangen spät an und dauern die halbe Nacht.«

»Ja, dort treten immer die niederländischen Liedermacher auf«, schwärmte Klaas. »Die sind richtig gut!«

»Soso«, erwiderte Onno. »Frau Löbers hat sich für morgen zum Frühstück angemeldet. Da werden wir sie uns vorknöpfen.«

Jan kam zu dem Entschluss, seine Mitarbeiter in den Feierabend zu schicken. Es war spät geworden und keiner hatte ein anständiges Essen oder eine längere Pause gehabt. Morgen würde ein anstrengender Tag werden und übermüdete Kollegen wären nicht hilfreich. »Macht Schluss für heute. Morgen früh werden wir uns wieder aufteilen, um diese Frau Löbers zu vernehmen und diesen Ido Smid zu befragen.« Jan suchte Blickkontakt mit Maike. »Ich bleibe noch und warte auf den Anruf aus den Niederlanden. Es könnte spät werden.«

»Okay, aber mach nicht mehr so lange.« Maike wühlte in ihrer Tasche und brachte eine Tafel Schokolade zum Vorschein. »Hier, Nervennahrung, war eigentlich für Antje gedacht.« Sie gab ihm einen Kuss und verließ zusammen mit den anderen das Büro.

Jan stand am Fenster, verspeiste Antjes Schokolade in Rekordzeit und sah hinaus auf den Handelshafen. In Gedanken war er bei den Ermittlungen. Wie oft hatte er sich gefragt, ob er an alles gedacht hatte? Gab es irgendwo einen losen Faden, eine vermeintliche Nebensächlichkeit, die sich als wichtig erweisen könnte? Bei Frauke Hinrichs waren sie dem Tunnelblick zum Opfer gefallen. Durch die Konzentration auf sie hatten sie diesen Hubertus Dascher einfach nicht im Fokus gehabt.

Das Telefon klingelte, und Jan sah auf dem Display, dass Simon Drebber anrief.

Jan nahm ab. »Hallo, Simon, hier ist Jan!«

»Sorry, Jan, hat ein bisschen gedauert. Ich musste die Verantwortlichen überreden, mir eine Auskunft zu geben. Datenschutz, du kennst das ja. Also, viel ist es nicht: Hubertus Dascher, geboren in Frankfurt, wurde am 3.4.2012 per Hubschrauber eingeliefert. Als Verletzungen sind angegeben: schwerstes Schädel-Hirn-Trauma, Grad 3, und Schädelbruch. Der Patient lag bei Einlieferung im Koma und wurde sofort operiert. Danach lag er zwei Wochen auf der Intensivstation, weil er künstlich beatmet werden musste. Außerdem wurden diverse Geräte zur Lebenserhaltung angeschlossen. Allerdings hat man ihn nach zwei Wochen aus dem Krankenhaus entlassen.«

»Dann ging es ihm ja überraschend schnell wieder besser?«, hakte Jan nach.

»Nein, sein Zustand hatte sich da nicht gebessert, aber hier in den Niederlanden bist du sehr schnell wieder aus dem Krankenhaus raus. Sie haben ihn nach Deutschland verlegt, in eine Spezialklinik im Emsland. Sein Zustand war dank der Apparate stabil, das Bewusstsein hatte er nicht wiedererlangt.«

»Immer noch im Koma?«

»Ja, leider kann ich dir nichts Genaueres sagen, weil die Unterlagen zusammen mit dem Patienten nach Deutschland gingen. Du müsstest bei der Spezialklinik nachfragen.«

»Am Samstagabend wird das nicht so einfach.«

»Hier habe ich nur die wenigen Informationen erhalten, am Montag ist wieder das Verwaltungsbüro im Krankenhaus besetzt, dann frage ich noch einmal nach«, bot Simon an.

»Du hast mir schon sehr geholfen. Falls du noch mehr herausbekommst, wäre ich für jede Info dankbar.«

»Ein anderes Thema, ich habe mich neulich noch mit Aukje van Dijken auf Texel unterhalten. Ihre Freundin Bekky und dein Kollege Stefan wollen heiraten, und es wäre doch schön, wenn wir uns alle mal wiedersehen und ein bisschen quatschen könnten.«

»Ich höre die Hochzeitsglocken klingen«, sagte Jan. »Wo und wann, ist bis jetzt noch ein Geheimnis. Aber wenn es bei der Hochzeit nicht klappt, treffen wir uns einmal bei einer anderen Gelegenheit, ich würde mich sehr freuen.«

Die Männer beendeten das Gespräch und Jan stellte sich vor die große Tafel mit den Fotos der Beteiligten an diesem Drama. Welche Rolle spielte Hubert Dascher darin? Welche Verbindungen bestanden zu den Ereignissen? Im Jahr 2012 verunglückte der Handwerker und im selben Jahr gab es ein Geldgeschenk an Jasmine Löbers. Zufall? Dascher war gebürtiger Frankfurter und Jasmine Löbers kam auch aus Frankfurt. Ein weiterer Zufall?

Nach den Informationen über Hubertus Dascher, die er soeben erhalten hatte, war es da vorstellbar, dass er etwas mit den Todesfällen zu tun hatte?

Zwischen dem Unfall und den Morden lagen fünf Jahre. In der Zwischenzeit konnte viel geschehen sein. Sie mussten unbedingt herausfinden, was. Jan wollte sichergehen, dass sie wirklich nichts übersahen. Dieser Dascher konnte ein wichtiger Zeuge sein und vielleicht etwas zur Aufklärung beitragen. Sie mussten ihn unbedingt finden und befragen.

Sein Blick blieb nun beim Namen Hofenga hängen. War er der Mörder? Wurde er von den beiden Opfern vielleicht erpresst, wie die regelmäßigen verschlüsselten Zahlungen es vermuten ließen?

War Jasmine Löbers Hofengas Komplizin und hatte ihm als Darstellerin der Weißen Frau geholfen, oder half sie Hubertus Dascher?

Wo waren Dascher und Hofenga jetzt?

Jan setzte sich an den PC und fand heraus, dass es im Emsland eine Spezialklinik für Schädel-Hirn-Traumata gab. Er wählte die Telefonnummer der Einrichtung, machte sich jedoch nicht allzu viele Hoffnungen.

Ein genervter Herr erklärte ihm am Telefon, dass sie dort tatsächlich diese Art von Verletzungen behandelten. Weitere Auskünfte wollte man ihm nicht geben. Die Antwort des offensichtlich gestressten Pflegers lautete: »Auskünfte am Telefon über Patienten? Das können Sie vergessen. Morgen sind wir wieder ein bisschen besser besetzt und vielleicht haben Sie dann Glück, aber Sie sollten auf jeden Fall persönlich erscheinen.«

Jan bedankte sich höflich. Er konnte sich vorstellen, dass bei dem herrschenden Pflegekräftemangel solche Anrufe nicht gerade gelegen kamen.

Also morgen eine Fahrt ins Emsland, die Liste wird immer länger. Er bemerkte ein leichtes Summen im Ohr, ein sicheres Zeichen für zu viel Stress. Es wurde dringend Zeit, eine Pause einzulegen. Die Fahndung nach den Verdächtigen lief weiter. Er fuhr den Computer runter, verschloss die Türen zum Büro und ging hinunter zum Parkplatz, wo sein gelber Bulli auf ihn wartete.

Nacht von Samstag auf Sonntag, Landemole Rysumer Nacken

Das eiserne Boot schlug gegen die Spundwand der Landemole und weckte Hubertus Dascher aus einem unruhigen Schlaf.

Eigentlich ein Wunder, dass er überhaupt geschlafen hatte. Er sah zu Tamme Hofenga und stellte fest, dass dieser aus seiner Bewusstlosigkeit erwacht war.

»Durst«, stammelte Tamme leise. »Gib mir was zu trinken.«

Bertus tröpfelte ihm ein wenig Wasser in den Mund.

Tamme blickte ihn mit großen Augen flehentlich an. »Bertus, bitte hol Hilfe, ich habe Schmerzen!«

»Warum sollte ich das tun? Hast du dasselbe für mich getan?« Bertus konnte seinen Zorn nicht unterdrücken und schrie die Worte.

»Ich hab deiner Tochter Geld geschickt«, flüsterte Tamme.

»Was weißt du von meiner Tochter?« Bertus wurde misstrauisch. Tamme würde alles sagen, damit er ihn laufen ließ. »Raus mit der Sprache, was weißt du von meiner Tochter?«

Hofenga stockte und Bertus flößte ihm noch etwas Wasser ein.

»Ihr Foto … in deinem Wohnwagen … am Lagerplatz.« Tamme war sichtlich am Ende seiner Kräfte. »Jedes Jahr … Geld überwiesen!«

Bertus war einen Moment sprachlos. Nach einer Weile fand er die passenden Worte. »Soso, wohl ein schlechtes Gewissen gehabt. Für deine einzigen guten Taten werde ich dich belohnen und dir die Schmerzen nehmen.« Bertus verabreichte Tamme seine letzte Injektion des Beruhigungsmittels. Für ihn selbst war nun nichts mehr übrig. Er spürte inzwischen eine starke innere Unruhe wegen des Entzugs. Es fühlte sich so an, als würde er unter Strom stehen.

Das Boot schlug erneut an die Spundwand, die Festmacherleinen bekamen Spiel. Das bedeutete, dass das Wasser wieder auflief. Er würde eine kurze Strecke gegen die Strömung fahren müssen, aber es ging nicht anders. Er löste die Leinen, drückte das Boot von der Mole ab und startete den Motor. Nach der nächsten roten Tonne befand er sich wieder im Fahrwasser. Links lagen die Sandbänke »Paapsand« und »der Hund«, rechts die Gasanlagen des Rysumer Nackens.

Es wurde Zeit, Marlies anzurufen. Sie musste pünktlich am Anlegeplatz sein und ihm helfen, Tamme Hofenga in ihren Kastenwagen zu transportieren. Er wählte ihre Nummer und wartete.

»Hallo, bist du das, Bertus?«

»Ja, ich …«

Sie unterbrach ihn sofort in vorwurfsvollem Ton. »Warum hast du dich nicht gemeldet? Ich habe mir solche Sorgen gemacht.«

»Hör zu, Liebes, es ging nicht anders. Ich bin mit dem Boot unterwegs zu unserer Umladestelle am Leuchtturm. Du musst da hinfahren. Bring bitte den Rollstuhl mit.«

»Den Rollstuhl? Nicht die Handkarre? Das versteh ich nicht.«

»Heute habe ich eine größere Lieferung, das wirst du ja nachher sehen. Nimm das Ding mit, fahr zur Anlegestelle und warte dort auf mich. Pack diese kleinen Auffahrrampen ein.«

Ehe sie etwas sagen konnte, unterbrach er die Verbindung. Sie würde früh genug erfahren, was er da bringen würde. Und sie würde nicht erfreut sein.

Nacht von Samstag auf Sonntag, Eilsum, Atelier Melampus

Marlies Gruber legte den Hörer auf die Gabel. Warum sollte sie den Rollstuhl zum Treffpunkt mitbringen? Dieses Höllengerät hatte sie aus gutem Grund in den Keller verbannt. Zu viele negative Erinnerungen waren damit verbunden. Als sie in den Keller ging und ihn anfasste, holte sie die Vergangenheit ein.

Frankfurt im Jahr 1998

»Marlies, ein bisschen mehr Emotion, wenn ich bitten darf!«, blaffte dieser eingebildete Regisseur sie an. Der Mann stand vor ihr auf der Bühne und verzog missbilligend sein Gesicht. »Ich will Leidenschaft, echte Gefühle!«

Hinter dem Regisseur stand dieser gut aussehende Zimmermann, ein Wandergeselle, der beim Bühnenbau aushelfen sollte. Der Regisseur konnte ihn nicht sehen, weil er hinter ihm stand. Während er weiterschimpfte, lächelte der Zimmermann sie an und zog Grimassen. Es fiel ihr sehr schwer, nicht zu lachen. Der Zimmermann kam langsam näher, eine Werkzeugkiste in der Hand. Das Lachen brach aus ihr heraus, weil er unentwegt Faxen machte.

»Marlies, du nimmst mich wohl nicht ernst?«

Der Handwerker ließ die Werkzeugkiste auf die Bühne fallen. Der Regisseur zeigte echte Emotionen, weil ihn der Knall furchtbar erschreckt hatte. Wütend drehte er sich um. »Ach, Sie! Passen Sie doch auf! Meine Nerven, meine Nerven!«, schrie er und rannte aus dem Rampenlicht.

»Soll man die Menschen denn so erschrecken, Herr …?«

»Wandergeselle Hubertus Dascher«, stellte sich der Zimmermann vor und lächelte sie unschuldig an. »Mit wem habe ich die Ehre?«

»Was? Sie kennen mich nicht? Ich bin die große Schauspielerin Marlies Gruber!«

Beide prusteten und tauschten einen tiefen Blick.

»Ich fand Ihre Vorstellung sehr gut«, schmeichelte er. »Und ich musste einfach etwas unternehmen, um Sie zu retten.«

»Haben Sie denn Zeit, sich unsere Vorstellung anzusehen? Sie sollen doch beim neuen Bühnenbild helfen?«, neckte sie ihn.

»Als Handwerker muss man sich die Arbeit immer schön einteilen«, erklärte er mit einem Lächeln. »Und Ihre Vorstellung finde ich viel besser, als Nägel in Wände zu schlagen! Haben Sie heute Abend schon etwas vor?«

Es war Liebe auf den ersten Blick, und Marlies Gruber hatte immer schon Männer gemocht, die sie zum Lachen brachten. Beide waren arm wie Kirchenmäuse, aber das störte sie nicht. Es gab auch Vergnügungen, die nichts kosteten, allerdings langfristige Folgen hatten. Die Frauen in ihrer Familie, die Mutter und die Großmutter, hatten früh Kinder bekommen. Man scherzte bei den Grubers, dass ihre Frauen schon schwanger würden, wenn der Mann die Unterhose auszog. Bei ihr war es auch nicht anders. Eines Morgens war ihr furchtbar übel und ein Schwangerschaftstest bestätigte ihre Vermutungen. Sie trug ein Kind in sich und berichtete ihrem Geliebten davon. Es gab den ersten ernsten Streit zwischen ihnen, weil Hubertus ihr vorwarf, dass sie mit Absicht schwanger geworden sei.

»Marlies, du willst Sicherheit und einen Mann, der pünktlich zur Arbeit geht und abends schön brav nach

Hause kommt. Aber das bin ich nicht! Ich bin Wandergeselle aus Überzeugung. Deshalb will ich mich nicht an einem Ort festlegen und ... ich möchte noch etwas von der Welt sehen.«

Wütend hielt sie ihm entgegen: »Ich höre von dir immer nur ich, ich, ich! Was ist mit mir? Bertus, ich will auch als Schauspielerin unterwegs sein, wir können mit Kind reisen.«

»Wie stellst du dir das vor, ein Wandergeselle mit Frau und Kind auf der Walz? Ein Kind braucht Stabilität und die kann und will ich nicht bieten.«

Die heftige, stürmische Liebe war in der harten Wirklichkeit angekommen und er schlug ihr einen Schwangerschaftsabbruch vor. Sie war empört und maßlos enttäuscht. Nein, eine Abtreibung kam für sie nicht infrage. Aber ein Kind wollte sie zu diesem Zeitpunkt auch nicht. Was sollte sie tun? Eine gute Freundin gab ihr den Rat, sich Gedanken über eine Adoption des Kindes zu machen. So viele verzweifelte Eltern seien kinderlos und würden sich über Nachwuchs riesig freuen. »Marlies, du kannst als Schauspielerin um die Welt tingeln und dein Kind kommt in gute Hände. Das ist doch die Lösung für dein Problem.«

Eines Tages packte Hubertus seine Sachen und verschwand. Er ließ sie zurück. Sie war verzweifelt, weil sie ihn so sehr liebte, trotz allem. Zu diesem Zeitpunkt reifte ihr Entschluss, dass sie das Kind zur Adoption freigeben würde. Die Geburt verlief ohne Probleme, ein niedliches und gesundes Mädchen. Das erzählte ihr die Hebamme. Sie selbst wollte es nicht sehen, weil sie genau wusste, dass sie es dann nicht würde weggeben können. Die glücklichen Adoptiveltern meldeten sich und fragten, ob sie ihr irgendwie helfen könnten. Marlies war beruhigt, es waren wirklich gute Menschen. Sie konnte dieses traurige Kapitel ihres Lebens abschließen und einen Neubeginn wagen.

Immer wieder bekam sie kleine Rollen im Theater, aber eines Tages wurde sie krank. Eine Grippe mit hartnäckigem Husten zwang sie für zwei Wochen ins Bett. Schließlich gelang es ihr, das Virus zu überstehen, aber der Husten blieb. Sie ging zu einem Spezialisten, der diagnostizierte, dass sie an Asthma litt.

Der Arzt sagte ihr: »Frau Gruber, Sie sollten einen Ortswechsel vornehmen, Reizklima, die Nordseeküste würde Ihnen guttun.«

Dann ging alles sehr schnell, eine Freilichtbühne in Ostfriesland suchte eine Schauspielerin und Marlies bekam die Rolle. Sie brach ihre Zelte in Frankfurt ab und zog ans Meer. Da sie wenig Geld hatte und nicht viel verdiente, mietete sie sich auf einem Campingplatz direkt hinter dem Nordseedeich ein. Jeden Tag machte sie lange Spaziergänge an der Wasserkante entlang. Der Rat des Arztes erwies sich als hervorragend. Ihr Asthma linderte sich, ihre schöne Stimme kehrte zurück und sie konnte ihre Rollen spielen. Allerdings ging das Leiden nie ganz weg und sie blieb auf Langzeitmedikamente angewiesen. Ein Notfallspray führte sie immer mit. Ihr war bewusst, dass es sich bei der Krankheit um einen hungrigen Tiger in einem Käfig handelte. An guten Tagen vergaß sie das Raubtier, bis es plötzlich am Gitter rüttelte und nur die Medikamente verhinderten, dass die Stangen nachgaben.

Von Hubertus Dascher hörte sie nichts mehr, und von Männern wollte sie auch nichts mehr wissen, bis Johann Appinga in ihr Leben trat. Nach einem Auftritt stand er mit einem Blumenstrauß schüchtern vor ihr. »Ich möchte mich bei Ihnen für die wunderschöne Vorstellung bedanken!«, sagte er, lächelte sie an und überreichte ihr das Gebinde mit einer altmodischen Verbeugung.

»Danke schön, Herr …?«

»Johann Appinga aus Eilsum«, antwortete er und verbeugte sich noch einmal.

»Herr Appinga, das ist sehr lieb von Ihnen, aber es war doch nur eine Nebenrolle.«

»Für mich sind Sie die Hauptrolle, und ehrlich gesagt bin ich jeden Tag hier, nur um Sie zu sehen. Darf ich Sie vielleicht zum Essen einladen?«

Am nächsten Tag gingen sie zusammen in ein teures Restaurant. Marlies war beeindruckt von diesem bescheiden auftretenden Mann. Während ihres Gespräches stellte sich heraus, dass er sich sehr für Kunst und Schauspielerei interessierte. Er war ein sympathischer Mann, der über sich selbst lachen konnte, und Marlies verliebte sich in ihn.

Johann Appinga war Junggeselle und wohnte in seinem Elternhaus am Ortsrand von Eilsum. Marlies blieb eines Tages über Nacht bei ihrem Joke, und am nächsten Morgen fragte er sie, ob sie nicht für immer zu ihm ziehen wolle.

»Behalt deinen Wohnwagen am Deich, dann kannst du immer noch flüchten«, sagte er gut gelaunt. »Aber es wäre so schön, wenn du bei mir bleibst. Wir verstehen uns so gut, du machst mich einfach glücklich!«

Marlies blieb und bald läuteten die Hochzeitsglocken für das verliebte Paar. Es folgten glückliche Jahre. Joke richtete ihr ein Atelier im weitläufigen Garten des Eilsumer Grundstücks ein. Aus einem großen Fenster konnte sie in den Hammrich schauen. Malen war seit jeher ihre zweite große Leidenschaft gewesen. Das natürliche Licht, das durch das große Fenster fiel, und der Blick in die weite, offene Landschaft inspirierten sie. Joke besorgte alles, was sie zum Malen brauchte, und lobte ihre Begabung. Sie fertigte Bilder und verkaufte sie auf Wochenmärkten und im benachbarten Fischerdorf Greetsiel.

Eines Tages fragte er sie: »Marlies, du brauchst doch noch einen Namen für dein Atelier, hast du eine Idee?«

»Melampus«, schlug sie vor.

Sie bemerkte seinen fragenden Blick und erklärte: »Melampus ist ein Wachhund aus einer alten hessischen Sage.«

»Das klingt gut! Ich besorg dir ein schönes altes Brett, dann kannst du ein schönes Schild malen.«

Im Januar 2006 wurde Johann krank. Zunächst dachten sie an eine verschleppte Grippe, aber die Atemnot wollte nicht verschwinden. Dann die schreckliche Diagnose: Lungenkrebs, unheilbar.

Joke verlor schnell an Gewicht, und sie holte ihn für die Zeit, die ihm noch blieb, nach Hause. Dort lag er entweder im Krankenbett oder saß im Rollstuhl. Johann bestand darauf, alles für sein Ende vorzubereiten. Dazu gehörten ein Testament und eine Patientenverfügung. Nach seinem Tod war Marlies dankbar für seine kluge Voraussicht. Sein Nachlass bewahrte sie vor Ärger mit seiner Familie und die Patientenverfügung erleichterte ihr die Formalitäten am Ende seines Leidensweges und danach.

Sie vermisste Joke so sehr und bedauerte es, dass sie nur so wenige gemeinsame Jahre zusammen verbracht hatten. Doch es waren die besten Jahre ihres Lebens gewesen.

Das große Grundstück und das Einfamilienhaus mit dem Atelier lenkten sie vom Schmerz ab. Das Gebäude war alt und es gab immer etwas zu tun. Johann hatte sich immer um alles gekümmert, und sie wusste nicht, wie sie die Restaurationen am Haus bezahlen sollte. Hinter vorgehaltener Hand erkundigte sie sich nach einem Handwerker, der Schwarzarbeiten gut und billig erledigte. In der Krummhörn war die Firma Hofenga mit der Restaurierung eines alten Gulfhofes beschäftigt. Ein Bekannter gab ihr die Telefonnummer eines Angestellten des Betriebs.

Das Schicksal spielte ihr einen Streich, denn als sie die

Nummer gewählt hatte, meldete sich eine bekannte Stimme mit hessischem Akzent.

»Mein Gott, bist du es, Hubertus Dascher?«

Nacht von Samstag auf Sonntag, Eilsum, Atelier Melampus

Sie stand im Kellerraum ihres Hauses in Eilsum. Wie oft hatte sie diesen Rollstuhl, in dem ihr schwer kranker Mann gesessen hatte, durch das Dorf und den Hammrich geschoben? In der Ecke des Kellers stand auch noch das Krankenbett, in dem er bis zuletzt gelegen hatte. Diese Gegenstände wollte sie nicht ständig vor Augen haben, zu viele traurige Erinnerungen hingen daran.

Sie verstand immer noch nicht, warum Bertus wollte, dass sie den Rollstuhl mit zum Treffpunkt brachte. Sonst transportierten sie die alten Fenster mit einer Karre. Ging es ihm wieder schlechter? Brauchte er den Rollstuhl selbst? Die letzten Tage hatten ihn sehr angestrengt. Als er erfahren hatte, was damals wirklich geschehen war, hatte ihn das enorm aufgeregt. Ein Rückfall war durchaus möglich, und Marlies dachte an die langen Monate, in denen es Bertus gesundheitlich so schlecht gegangen war. Die Angst, alles könnte von vorn beginnen, verursachte ein beklemmendes Gefühl in ihrer Brust.

Dieses Gefühl kannte sie sehr gut, und sie spürte, dass sie plötzlich schwer Luft bekam. Das Asthma meldete sich, der Tiger war erwacht und rüttelte an den Gitterstäben.

Es war mühsam, den Rollstuhl aus dem Keller zu holen, und als sie endlich oben angekommen war, rasselte ihr Atem.

Sie musste sich ausruhen und ihr Notfallspray benutzen. Langsam ging sie in die Küche, wo ihre Medikamente auf einem Regal standen. Sie griff nach einem Inhalator und setzte ihn an die Lippen. Da bemerkte sie, dass sie das falsche Spray in der Hand hielt. Es gab zwei Inhalatoren, der eine war für die Langzeitbehandlung und sie benutzte ihn jeden Tag. Es handelte sich um ein Cortison-Produkt. Den anderen Inhalator verwendete sie als Notfallspray. Das darin enthaltene Medikament bewirkte, dass sich die Atemwege öffneten und entkrampften. Sie stellte den falschen Inhalator zurück und nahm den anderen in die Hand. So tief wie möglich atmete sie ein und drückte gleichzeitig den Sprühknopf. Einen Moment später wiederholte sie die Prozedur. Ihr Herzschlag erhöhte sich, sie versuchte, die aufsteigende Panik zu unterdrücken, und langsam bekam sie besser Luft.

Draußen öffnete sie die Hecktür ihres alten Kastenwagens und stellte den zusammengeklappten Rollstuhl und die kleinen Rampen aus Blech hinein. Am Nachbarhaus erregte eine Bewegung am Fenster ihre Aufmerksamkeit.

Sie liebte ihr Haus in Eilsum, aber auf ihre neugierige Nachbarin Elfriede hätte sie verzichten können. Elfriedes Mann war ebenfalls vor Jahren verstorben und seitdem hatte sie nichts mehr zu tun. Die Nachbarin tat Marlies leid, sie wusste aus eigener Erfahrung, was Einsamkeit bedeutete.

Ab und zu, wenn Marlies gut gelaunt und leidensfähig war, ging sie rüber zu Elfriede und sie tranken gemeinsam Tee. Ihre Gespräche waren stets etwas mühsam, weil die beiden Frauen vollkommen verschiedene Interessen hatten. Elfriedes Welt war das Internet, besonders die sozialen Netzwerke hatten es ihr angetan. Die verschiedenen Plattformen waren eine nie versiegende Quelle von Gerüchten und Neuigkeiten aller Art. Sie brauchte nicht einmal das Haus zu verlassen, ihr Tablet, das ihr Neffe für sie eingerichtet hatte, war ihr ständiger Begleiter. Marlies hatte das Gefühl, Elfriedes Neugier sei unstillbar, und wollte nicht, dass sie etwas davon mitbekam, was Bertus und sie trieben. Das Organisieren von alten Fenstern und der Verkauf derselben wäre genau der Stoff, über den sie sich das Maul zerreißen würde.

Marlies startete den Motor und fuhr los. Nachts war sie nicht gern mit dem Auto unterwegs und fuhr immer sehr langsam und vorsichtig. Sie folgte der Eilsumer Straße durch den Ort Jennelt weiter in Richtung Pewsum. Im Verkehrskreisel nahm sie die Ausfahrt nach Groothusen. Dann ging es weiter durch die Orte Hamswehrum und Upleward bis nach Campen. Die Straßen und Wege zum Leuchtturm waren teilweise schmal und man konnte sehr schnell im Straßengraben landen. In der Nähe des Turms lag ein einsamer Campingplatz. Vor ihrer Ehe mit Joke hatte sie dort gewohnt.

Sie erreichte den Zollweg, der zum Seedeich führte. Links stand der beeindruckende Campener Leuchtturm. Die Anlegestelle für Bertus' Boot lag hinter dem Deich.

Ein Tor versperrte die direkte Straße zum Anleger. Allerdings stand eine Pforte immer offen. Sie war zu schmal für ein Auto, reichte aber für ein Fahrrad, eine Handkarre oder für den Rollstuhl.

Sie stellte ihren Wagen auf dem Parkplatz vor dem Tor ab und ging mit dem Rollstuhl durch die Pforte. Ein breiter Weg verlief schräg den Deich hinauf. Die frische Luft tat ihr gut, das Notfallspray wirkte. Oben auf dem Deich befand sich eine Bank. Von dort hielt sie Ausschau nach Bertus' Boot. Sie konnte ihn noch nicht sehen und setzte sich. Es störte sie nicht, dass sie allein war. Ihr Blick richtete sich auf den Horizont. Bertus hatte ihr einmal erklärt, dass die Ems sich an dieser Stelle in die Westerems und die Osterems teile. Auf der anderen Seite des Flusses waren die Niederlande. Marlies sah aufs Meer hinaus und dachte daran, wie Hubertus Dascher damals wieder unerwartet in ihrem Leben aufgetaucht war.

Eilsum im Jahr 2007

Als sie die Nummer anrief, meldete sich ausgerechnet ihre große Liebe aus Frankfurt. Ihr erster Instinkt war, sofort den Hörer wieder aufzulegen, aber sie tat es nicht. Hubertus musste es wohl ähnlich gehen, denn er reagierte am Telefon zunächst erschrocken. Er dachte wohl, dass sie irgendwelche finanziellen Forderungen wegen ihres gemeinsamen Kindes hätte. Das Gespräch verlief zunächst stockend. Hubertus erkundigte sich, was für Probleme sie mit dem Haus habe, und schlug vor, es sich bei ihr anzusehen. Marlies hatte gemischte Gefühle, als er ihr wieder gegenüberstand. Einerseits hatte er sie mit dem gemeinsamen Kind sitzen lassen und war einfach verschwunden. Andererseits war er ihre erste große Liebe gewesen. War es nicht eine Fügung des Schicksals, dass sie sich in Ostfriesland wiedergefunden hatten? Sie gab sich einen Ruck. Warum nicht einen Versuch wagen? Sie erzählten sich, wie ihre getrennten Leben verlaufen waren. Dabei spürte Marlies, dass Bertus sich in den letzten zehn Jahren verändert hatte, und zwar positiv. Er erkundigte sich nach ihrer gemeinsamen Tochter und Marlies berichtete von der Adoption. Sie schenkte ihm ein Foto des Mädchens, auf dessen Rückseite der Familienname der Adoptiveltern und eine Telefonnummer standen. Er sah das Bild lange an und steckte es vorsichtig in sein Portemonnaie.

Tränen standen in seinen Augen, als er sich erhob, um sich die klemmende Eingangstür des Hauses anzusehen. Marlies stand ebenfalls auf und ging in ihr Atelier. Sie kämpfte mit ihren Empfindungen und blickte nach draußen in den Hammrich. Bertus trat ins Atelier und ging zu ihr.

Er streichelte ihr Haar, so wie er es früher getan hatte, und sagte leise: »Marlies, es tut mir leid … Ich war so dumm, kannst du mir verzeihen?«

Sie drehte sich um und schloss ihn in die Arme.

Ja, sie flammte wieder auf, ihre erste Liebe.

Sie trafen sich regelmäßig und schließlich blieb Bertus an den Wochenenden über Nacht. Unter der Woche übernachtete er in einem alten Bauwagen auf einem Holzlagerplatz beim Hafen Jemgum. Schnell begriff Marlies, dass Bertus immer knapp bei Kasse war. Sein Chef, dieser Hofenga, bezahlte seine Leute kaum. Marlies verdiente nur wenig und unregelmäßig.

Sie überlegten, wie sie zu Geld kommen könnten. Dabei erzählte sie ihm, wie gut sich die alten gusseisernen Fenster verkauften, die sie bemalte. Bertus kam die Idee, Spiegelkacheln in die Rahmen einzusetzen, und er wusste auch, woher er die alten Fensterrahmen organisieren konnte. Auf alten Gulfhöfen gab es genug davon. Leider wussten die Leute, welchen Wert diese Rahmen inzwischen hatten, und wollten sich nicht davon trennen. So ging Bertus nachts los und baute die Rahmen aus, ohne zu fragen. Er lagerte sie in seinem Versteck auf einer kleinen unbewohnten Insel in der Ems. Dort sammelte er seine »Schätzchen«, bis er einige zusammenhatte, die er mit seinem Boot zum Strand am Campener Leuchtturm transportierte. Marlies holte Bertus und die Fensterrahmen mit dem Kastenwagen ab und brachte sie zu ihrem Haus nach Eilsum. Sie entrostete die Rahmen, die Glaseinsätze wurden durch Spiegel ersetzt.

Die entstandenen Kunstwerke verkaufte sie an Geschäftsleute in Greetsiel.

Mit der Zeit blieb es nicht bei den alten Fensterrahmen. Kleine Möbel, Fliesen, Kamintüren, Türklinken, alles, was alt war und in Bertus' Boot passte, fand den Weg in das Atelier. Nach der Aufarbeitung verkauften sie die Kleinode gern an Touristen, die sie weit wegbrachten.

Nacht von Samstag auf Sonntag, Campen, Deich am Leuchtturm

Ein kalter Schauer verdrängte die Erinnerungen. Marlies fröstelte, weil sie zu lange auf der Bank gesessen hatte. Es war Zeit für ein bisschen Bewegung, sie stand auf und ging den Deich hinunter zur Wasserkante. Wie oft war sie hier mit Bertus spazieren gegangen? Beide liebten diesen Weg am Campener Leuchtturm. In der Nebensaison war es herrlich ruhig.

Einmal war sie mit Bertus die über 300 Stufen bis zur Leuchtturmspitze hinaufgestiegen. Er hatte sie ausgelacht, weil sie wegen ihres Asthmas öfters hatte Pausen einlegen müssen.

»Du schnaufst wie eine alte Dampfmaschine!«

Feinsinn war noch nie seine Stärke gewesen. Die Anstrengung hatte sich gelohnt. Der Ausblick von oben über die Krummhörner Küste war unglaublich. Sie hatten die Insel Borkum ausmachen können. Ihr war oben ein bisschen mulmig geworden und Bertus hatte sie fest an sich gedrückt. Marlies konnte sich noch gut erinnern, wie sie damals gehofft hatte, die Zeit würde stehen bleiben. Sie hatte sich geborgen gefühlt, glücklich.

Bertus hatte ihr etwas über den Leuchtturm erzählt, während sie in die Ferne geschaut hatten. »Marlies, dieser Leuchtturm wurde im selben Jahr wie der Eiffelturm in Paris gebaut. 1892.«

Marlies fand, dass die rote dreibeinige Stahlbeinkonstruktion des Leuchtturms ein bisschen so aussah wie der sehr kleine Bruder des Eiffelturms. Bertus hatte den Zauber des Augenblicks damals jäh beendet. »67 Meter von oben bis unten, wenn man hier runterfällt, war's das.«

Marlies stöhnte auf und setzte sich wieder auf eine Bank. Der Leuchtturm befand sich genau hinter ihr. *Ja, damals konnten wir nicht wissen, dass auch ein Sturz aus geringerer Höhe ausreicht, um das Leben umzukrempeln. Dazu braucht man nicht von einem Leuchtturm zu springen. Es reicht, durch einen morschen Fußboden zu brechen und mit dem Kopf auf dem Kellerboden aufzuschlagen.*

Ein lauter Möwenschrei riss Marlies aus ihren Erinnerungen und holte sie in die Gegenwart zurück. Sobald Bertus eintreffen würde, wollte sie ihm sagen, dass es vorbei war mit diesen Auftritten als Weiße Frau. Die Männer hatten sich entsetzlich erschrocken, und sie taten ihr leid, trotz ihres unverzeihlichen Verhaltens. Hoffentlich hatten sich dieser Ontje und sein Kumpel Diedje wieder etwas erholt.

Nacht von Samstag auf Sonntag, auf der Ems

Seine Hände zitterten, als er den Motor des Bootes ausstellte. Es war nicht mehr weit bis zur Anlegestelle und die letzte Strecke würde er das Boot mit einer langen Stange Richtung Strand staken. Der Wasserstand war günstig, trotzdem würde er waten müssen, weil das Boot festen Grund berührte.

Hubertus warf den schweren Eisenanker über Bord. Einen richtigen Anleger, an dem er sein Boot festbinden konnte, gab es hier nicht, und der Anker würde verhindern, dass es abtrieb.

Er blickte zum Deich. Dort stand sie.

Ihr Bild verschwamm etwas vor seinen Augen, und erleichtert sah er, dass sie ihm zuwinkte. Hubertus war sehr froh, sie zu sehen, denn er fühlte sich nicht gut. Die fehlenden Medikamente, die Kälte und der wenige Schlaf hatten ihm zugesetzt. Marlies ging die Straße hinunter in seine Richtung und schob den Rollstuhl vor sich her.

Er stieg aus seinem Boot und ging ihr entgegen.

»Marlies, mein Schatz, schön, dich zu sehen!«

»Mein Gott, Bertus, wie siehst du denn aus?« Marlies schlug entsetzt ihre Hand vor den Mund.

»Es waren ein paar schwere Tage, aber wir sind fast am Ziel ...«

»Ich muss dir etwas Wichtiges sagen.« Sie warf ihm einen unsicheren Blick zu.

»Später, Marlies, später, wenn wir zu Hause sind, jetzt müssen wir erst das Boot entladen. Komm und pack mit an!«

Die beiden kämpften sich durchs flache Wasser zum Boot.

»Was ist es denn dieses Mal?«, murmelte Marlies. »Wieder schöne Fensterrahmen?«

Bertus antwortete nicht, schaute über die Schulter und räumte das Angelzeug über dem Körper von Tamme Hofenga beiseite.

Marlies schrie auf, als sie den leblosen Mann sah. »Mein Gott, ist er tot?«

»Nein, nur bewusstlos«, erwiderte Bertus. »Wir müssen ihn zum Rollstuhl tragen, nach Eilsum bringen und ihn dort versorgen.«

»Bertus, so wie der Mann aussieht, muss er ins Krankenhaus.« Sie klang wütend. »Was hast du mit ihm gemacht?«

Bertus musste sie beruhigen. »Ich war das nicht, ich hab dir doch von diesem Tamme Hofenga erzählt. Er hat die anderen damals angestiftet und überredet, mich nach dem Unfall im Keller draußen am Hafen verrecken zu lassen.«

»Du hast ihn von Jemgum bis hierher geschleppt? Bist du …?«

Bertus bemerkte, dass sie das Wort »verrückt« nicht in den Mund nahm. Sie traute sich nicht, seinen Geisteszustand infrage zu stellen. Nachdem er aus dem Koma erwacht war, hatten sie beide Angst davor gehabt, dass sich seine Psyche stark verändert haben könnte. Diese Wesensänderungen traten bei schweren Kopfverletzungen häufig auf.

Ihr Blick drückte aus, was sie sich nicht traute auszusprechen. War geschehen, wovor sich beide gefürchtet hatten? Hatte das Damoklesschwert ihn getroffen? Bertus war sich selbst nicht sicher, was seine seelische Verfassung betraf. In den letzten Tagen war viel geschehen und er hatte zwei Menschen getötet. Diese beiden Männer hatte er nicht im Affekt erschlagen, sondern mit eiskalter Berechnung und Vorbereitung.

»Marlies, wir bringen ihn später zum Arzt. Ich habe ihn etwas betäubt. Versteh doch bitte, er hat den Goldschatz irgendwo versteckt, und ich weiß noch nicht, wo. Sobald ich das Gold habe, bringen wir ihn ins Krankenhaus. Wir nehmen den Schatz, suchen unsere Tochter und verschwinden. Als ich mit dem Boot hierher unterwegs war, stellte ich mir vor, wir drei würden mit einem Segelschiff die Welt erkunden. Alle Träume könnten wir uns mit dem Geld erfüllen.«

»Womit hast du ihn betäubt?«, fragte Marlies. »Mit deinen starken Medikamenten?«

Bertus verzog schuldbewusst das Gesicht und nickte.

»Du hast sie nicht genommen, sondern ihm gegeben. Deshalb siehst du so schlecht aus.«

Er widersprach nicht und sie sahen sich einen langen Moment an. Würde sie ihn im Stich lassen und einfach weggehen? Er beobachtete sie genau. Er kannte sie gut und ahnte, was in ihrem hübschen Kopf vor sich ging. Offensichtlich haderte sie mit ihren Gefühlen und führte einen inneren Kampf. Die Liebe und Zuneigung zu ihm rangen mit ihrem schlechten Gewissen, das ihr vermutlich sagte, dass sie sofort Hilfe für den bewusstlosen Mann holen solle. Sie musste sich entscheiden.

»Marlies, dieser Mann hat mir damals nach dem Unfall nicht geholfen. Noch schlimmer, er hat mich zum Sterben alleine im Hafen abgelegt. Da ist aber noch etwas, das erzähle ich dir später.«

»Bertus, wir bringen ihn zu uns nach Hause und dann sehen wir weiter. Du brauchst unbedingt deine Medikamente und ihr müsst euch aufwärmen«, sagte sie entschlossen.

Bertus war erleichtert, er brauchte Zeit, um ihr alles zu erklären, und die hatte er gewonnen.

Sie zogen den bewusstlosen Mann aus dem Boot. Dabei rutschte der Körper ins Wasser. Gemeinsam schleppten sie den nassen Tamme Hofenga zum Strand, wo der Rollstuhl stand. Sie beide brauchten eine kurze Pause, nachdem sie Tamme endlich darauf verfrachtet hatten. Mit Kabelbindern befestigte Bertus die Hand- und Fußgelenke am Rollstuhl. Dabei bemerkte er Marlies' Blick. »Nur damit er nicht rausfällt!«

Sie schoben den schweren Rollstuhl den Deich hinauf, an der Bank vorbei und weiter auf der anderen Seite.

Trotz der kleinen Auffahrrampen war es sehr anstrengend, ihn in den Laderaum des Kastenwagens zu wuchten. Besorgt nahm Bertus Notiz davon, wie Marlies nach Luft rang, vermutlich machte ihr das Asthma zu schaffen.

»Marlies, dir geht es nicht gut, gib mir die Schlüssel, ich fahre.«

Er machte sich echte Sorgen um sie, aber da war auch eine innere Stimme, die ihm riet, selbst zu fahren, weil sie vielleicht das nächste Krankenhaus oder die Polizeistation ansteuern würde.

Sie schnallte sich auf dem Beifahrersitz an und hielt den Körper leicht nach vorn gebeugt, diese Kutscherhaltung erleichterte das Atmen.

Die Axt, die sich noch hinten in Bertus' Gürtel befand, drückte unangenehm gegen seinen Rücken, doch er wagte es nicht, sie hervorzuholen.

Als er den Zündschlüssel drehte, dachte er daran, was passieren würde, wenn sie in eine Polizeikontrolle gerieten. Die Anwesenheit eines vor Nässe tropfenden bewusstlosen Mannes, gefesselt in einem Rollstuhl, war einem Polizisten vermutlich schwer zu erklären.

Er konnte den Impuls nicht unterdrücken und lachte laut auf beim Gedanken an diese Situation.

Nacht von Samstag auf Sonntag, zwischen Campen und Eilsum

Sie saß zusammengesunken auf dem Beifahrersitz. *Wieso lacht Bertus jetzt! Die Situation ist doch wirklich nicht komisch, ganz im Gegenteil.* Als sie gesehen hatte, wie Bertus aufrecht in seinem Boot gestanden hatte und mit der langen Stange in der Hand dem Strand nähergekommen war, war ihr ein kalter Schauer über den Rücken gelaufen. Er sah aus wie der Fährmann, der die Verstorbenen ins Reich der Toten brachte. Ganz falsch lag sie mit dem Gedanken nicht, der Mann im Rollstuhl wirkte mehr tot als lebendig.

Ihr erster Impuls war gewesen, einfach wegzulaufen, und inzwischen wusste sie nicht, wie sie sich verhalten sollte. War das alles zu viel für ihren Bertus gewesen? Hätte er doch niemals nachgeforscht, was damals geschehen war.

Sie brauchten kein Gold, um glücklich zu sein. Glücklich … Bei diesem Gedanken fiel ihr ein, wie es mit Bertus gewesen war, bevor er begonnen hatte, sich zu fragen, was damals nach dem Unfall wirklich geschehen war.

Sie flüchtete aus der Gegenwart in die Vergangenheit, in der die Zukunft rosig ausgesehen hatte.

Eilsum 2007 bis 2012

Bertus und sie verstanden sich wieder gut und begriffen nicht, warum sie sich damals in Frankfurt getrennt hatten. Sie hatten Einsamkeit kennengelernt, die beide schwer ertragen konnten, deshalb waren sie bereit, Kompromisse einzugehen. Nicht jedes Wort des Partners wurde auf die Goldwaage gelegt. Sie waren älter und toleranter miteinander geworden. Zum Beispiel legte Bertus immer Wert darauf, dass ihre Beziehung geheim blieb. Früher hätte sie sich darüber aufgeregt und alles hinterfragt. Inzwischen war es ihr egal, Hauptsache, er war bei ihr.

Unter der Woche arbeitete er bei der Firma Hofenga und wohnte in dem alten Wohnwagen auf dem Holzlagerplatz am

Jemgumer Hafen. Nachts war er auf Organisationstour, um geeignetes Material zu besorgen. Seinen Kollegen erzählte er, dass er am Wochenende mit seinem Boot auf Angeltour sei. Tatsächlich befanden sich unter den Angelsachen die entwendeten Fensterrahmen. An den Wochenenden fuhr Bertus mit dem Boot nach Campen, wo Marlies ihn erwartete.

Das Boot blieb am Ufer zurück und sie brachten ihre Schätze nach Eilsum. Gemeinsam bearbeiteten sie die alten Gegenstände. Bertus übernahm die groben Arbeiten, Marlies war für die Feinheiten und die künstlerische Gestaltung zuständig.

Dieses Prinzip funktionierte wunderbar bis zum Jahr 2012.

Marlies wartete an einem Wochenende vergeblich auf Bertus. Sie hatten sich auf das gemeinsame Wochenende gefreut und bis jetzt war Bertus immer zuverlässig gewesen. Die Auftragslage war zu dieser Zeit mau und es gab keinen Grund für sein Nichterscheinen. Als er sich am Montag immer noch nicht gemeldet hatte, wurde sie unruhig. Bertus wollte nicht, dass seine Kollegen von ihrer Beziehung wussten, und deshalb konnte sie nicht bei der Firma anrufen und nachfragen. In der Zeitung las sie, dass ein Radfahrer am Jemgumer Hafen gestürzt sei und wegen seiner schweren Kopfverletzungen ins Krankenhaus nach Groningen geflogen worden war. Sie rief im Krankenhaus an und erfuhr, dass es sich tatsächlich um ihren geliebten Bertus handelte. Nachdem sie sich etwas beruhigt hatte, setzte sie sich in ihren Kastenwagen und fuhr in die Niederlande. Zum Glück hatte sie eine Patientenverfügung von Bertus dabei.

Vor Jahren hatte sie darauf bestanden, weil sie gewusst hatte, wie wichtig dies im Ernstfall sein konnte. »Bertus, wir sind schon seit Jahren zusammen. Wir sind nicht verheiratet, und darauf lege ich auch keinen Wert, aber als Joke starb, war ich froh, dass ich eine Patientenverfügung hatte. Stell dir vor, dir passiert etwas auf dem Bau. Die lassen mich nicht einmal zu dir.«

Der niederländische Arzt war sehr nett zu ihr, als er ihr die Diagnose erklärte. Bertus habe ein schweres Schädel-Hirn-Trauma gehabt und sei stark unterkühlt gewesen, als man ihn gefunden habe. Im Grunde sei er fast tot gewesen, als er im Krankenhaus eingetroffen sei. Sie solle sich keine allzu großen Hoffnungen machen, dass er je wieder aus dem Koma erwachen würde.

Glücklicherweise stabilisierte sich sein Zustand und er wurde in eine Spezialklinik ins Emsland verlegt.

Sie fand es merkwürdig, dass seine Arbeitskollegen ihn niemals besuchten.

Regelmäßig fuhr Marlies von Eilsum in die Klinik, nur um neben Bertus am Bett zu sitzen. Er war noch immer im Koma und zeigte keine Reaktionen. Keine Antwort auf ihre Fragen, kein Augenzucken und auch die Überwachungsmonitore lieferten unveränderte Bilder. Marlies unterhielt sich aus Verzweiflung und Langeweile gerne mit einer Krankenschwester. Irgendwann atmete Bertus wieder selbstständig, und sie beschloss, ihn zu sich nach Eilsum zu holen. Die Fahrten ins Emsland konnte sie sich einfach nicht mehr leisten und mit der Krankenpflege kannte sie sich aus. Schließlich hatte sie Joke bis zuletzt gepflegt. Eines Tages geschah das erhoffte Wunder: Bertus erwachte. Er brauchte Monate, bis er sein Bett für kurze Zeit verlassen konnte. Ganz langsam begann er, sich zu erholen, und auch die Erinnerungen an die Vergangenheit kamen teilweise zurück. Was genau bei diesem Fahrradunfall im Jemgumer Hafen geschehen war, daran konnte er sich jedoch nicht erinnern. Er bestand darauf, dass er durch den Fußboden eines alten Hauses gebrochen und in den Keller gestürzt sei. Immer wieder träumte er davon, wie er auf dem kalten Stein lag und seine Kollegen reden hörte.

Sein Chef hatte die Krankenkasse informiert und danach nie wieder von sich hören lassen. Dabei waren sie doch Kameraden gewesen. Bertus konnte es einfach nicht verstehen. »Marlies, da stimmt was nicht«, waren seine Worte. »Irgendetwas ist damals im Keller geschehen. Wieso bin ich im Hafen gefunden worden?«

»Bertus, frag sie doch einfach!«

»Nein, ich hab eine bessere Idee!«

Damals war ihr zum ersten Mal aufgefallen, dass Bertus' Charakter sich verändert hatte. Er wirkte härter, manchmal gefühlskalt. Sie überredete ihn, sich ambulant psychologisch behandeln zu lassen. Er bekam starke Medikamente verschrieben und nahm an einer Gesprächstherapie teil. Dabei hatte sie oft das Gefühl, dass er ihr und dem Therapeuten etwas vorspielte.

Er war viel mit seinem Moped unterwegs. Angeblich beim Angeln, aber einen Fisch brachte er nie mit nach Hause.

Eines Tages erklärte er ihr seinen Plan. Dabei stellte sie fest, dass er inzwischen unerkannt seine Kollegen im Rheiderland ausspioniert hatte.

»Marlies, die schwimmen im Geld, und zwar seit ungefähr der Zeit, als ich verunglückt bin! Leben in Saus und Braus und kümmern sich einen Dreck um ihren alten Kameraden. Eindeutig haben die was zu verbergen. Aber das kriege ich raus. Der schwache Punkt ist Ontje Wieringa mit seinem Aberglauben. Es wird Zeit, ihm ein bisschen Angst zu machen.«

Marlies sollte als Weiße Frau auftreten, um Ontje auf die Befragung vorzubereiten. Sie war bereit mitzumachen, weil sie es unmöglich fand, dass seine Mitarbeiter ihn nach dem Unfall im Stich gelassen hatten. Bertus präparierte das Türschloss von Ontjes Haus und nutzte den Aberglauben des Gesellen aus. Den Auftritt auf der Insel fanden sie besonders gelungen.

Ontje hatte sie wie geplant vom Deich aus gesehen und war panisch geflüchtet. Es folgte die »Nacht der Wahrheit«, so nannte Bertus ihre Vorstellung in Ontjes Haus. Beinahe hätte er ihr leidgetan, und sie war heilfroh gewesen, als Bertus sie weggeschickt hatte. Die anschließende Befragung brachte dann die ganze schreckliche Wahrheit ans Licht. Sie hatten Bertus nach seinem Sturz einfach im Hafen Jemgum abgelegt. Anschließend war das Gold geborgen und aufgeteilt worden. Allerdings hatte Ontje nicht gewusst, wo es versteckt war. Deshalb hatte sie noch einmal als Weiße Frau bei diesem Diedje Ebens auftreten müssen. Auch hier hatte Bertus sie nach dem Spuk weggeschickt und die Befragung übernommen. Sein seelischer Zustand hatte sich seit der Nacht bei Ontje sehr verändert. Verständlich, kannte er doch jetzt die wahre Geschichte. Aber da war noch etwas in seinem Verhalten, was Marlies Angst machte. Diese entsetzliche Wut und eine ihr bis dahin unbekannte Aggressivität.

Nacht von Samstag auf Sonntag, Eilsum

»Marlies, alles in Ordnung mit dir?« Bertus' Stimme schien Marlies aus einem Tagtraum zu wecken.

»Entschuldige, ich war in Gedanken, oh, wir sind ja schon fast da.«

Inzwischen hatten sie den Ortsrand von Eilsum erreicht. Am Haus angekommen, parkte er den Kastenwagen rückwärts ein. So spät würde niemand vorbeifahren, und falls doch, war die Sicht eingeschränkt.

Er musste sich beeilen, Tamme Hofenga aus dem Laderaum zu holen und ihn mit dem Rollstuhl ins Haus zu bringen. Hoffentlich schlief diese neugierige Elfriede tief und fest. Bertus hasste dieses Tratschweib.

Marlies war keine große Hilfe, sie atmete noch immer schwer. Die Aufregung tat ihr nicht gut. Gleich wären sie in Sicherheit. Im Haus überlegte Bertus, wo er Tamme Hofenga hinlegen könnte. Im Keller stand noch das riesige Krankenbett. Die Feuerschutztür könnte man von außen verschließen und Tamme am Bett fixieren. Dort unten befand sich auch die Heizung und es war immer schön warm.

Bertus löste die Kabelbinder und zog den Mann die Treppe hinunter. Dann legte er ihn ins Bett und zog ihm die nassen Sachen aus. Danach fesselte er seine Handgelenke an den Bettrahmen. Inzwischen kam Marlies mit einem Eimer Wasser in der Hand durch die Kellertür.

»Ich werde ihn erst einmal mit warmem Wasser sauber machen«, sagte sie leise.

»Soll ich …?«

»Du meinst, ich kann das nicht? Ich habe in meinem Leben lang genug kranke Männer gepflegt. Aber so geht das nicht, er braucht dringend ärztliche Hilfe! Diese ganze Sache läuft aus dem Ruder, lass uns aufhören, solange es noch geht!«

Sie verstummte, als er sie wütend ansah. »Später, Marlies, ich wollte dir noch etwas Wichtiges sagen, aber du musst mir versprechen, dich nicht aufzuregen.«

»Schlimmer kann es doch nicht werden.« Sie blickte auf das Krankenbett.

»Dieser Mann dort, den du unbedingt ins Krankenhaus bringen willst, hat zwei seiner Mitarbeiter umgebracht. Eine Freundin von diesem zweiten Opfer hat ihn deswegen von einer Leiter heruntergestoßen. Daher die Verletzung. Er hat außerdem Kontakt zu unserer Tochter aufgenommen und sie entführt. Er will mich damit erpressen.«

»Wie bitte?« Marlies schlug entsetzt ihre Hände vor den Mund. »Wie kann er … Er wusste doch nichts von ihr.«

»Nach dem Unfall hat er ihr Foto mit dem Namen in meinem alten Wohnwagen am Holzlagerplatz gefunden. Sie ist in seiner Gewalt und er hat sie irgendwo bei einer seiner Baustellen versteckt. Verstehst du, wir müssen warten, bis er wieder wach ist, dann befrage ich ihn und kann unsere Tochter retten.« Bertus hatte sich diese Lügen während der Fahrt von Campen nach Eilsum ausgedacht. Er musste sie unbedingt davon abbringen, einen Notarzt oder ein Krankenhaus zu alarmieren. »Marlies, das Gold ist mir doch egal, aber unsere Tochter nicht. Sobald dieser Kerl im Krankenhaus ist, komme ich nicht mehr an ihn heran und wir erfahren nie, wo er sie versteckt hat.«

»Das ist ja entsetzlich, was will der denn von dir?«

»Ich soll gestehen, dass ich die Männer ermordet habe.«

»Mein Gott, sind sie wirklich tot? Dieser dicke Mann und der Motorradfahrer?«

»Ja, es gab Streit wegen diesem Gold. Er hat die Männer wohl auch betrogen. So, jetzt weißt du, warum er hier ist und warum ich ihn befragen muss, bevor wir Hilfe holen können.«

»Dieses Schwein hat unsere Tochter. Ich werde ihn irgendwie am Leben halten, und du kannst ihn fragen, wo sie ist.«

Bertus war sehr erleichtert und die Lügen kamen ihm immer einfacher von den Lippen.

»So machen wir es, Marlies, vertrau mir, ich kümmere mich um alles.« *Gelogen …! Alles gelogen! Du lügst den einzigen Menschen an, der dich liebt!* Er presste die Augen fest zusammen, umarmte sie und wartete darauf, dass sein Gewissen Ruhe gab, ehe er leise, aber eindringlich weitersprach. »Marlies, bitte vergiss nie, dass ich dich liebe, egal was geschehen sollte. Kommst du hier allein klar? Ich muss meine Medikamente einnehmen und mich ein bisschen hinlegen.«

Oben in der Küche zog er eine Injektionsspritze auf. Eigentlich fühlte er sich ohne die Medizin lebendiger. Das Mittel dämpfte seine negativen Gefühle und sollte ihn beruhigen. Im Moment würde das Mittel ihn nur betäuben. Was, wenn er schnell reagieren müsste?

Nein, er steckte eine Kappe über die Nadel und verstaute die Spritze in seiner Tasche. Sobald Tamme ihm alles erzählt hatte, würde er ihm eine Dosis verpassen. Aber erst müsste Hofenga aufwachen, damit er ihm verraten konnte, wo er das Gold versteckt hatte.

Sonntagvormittag, Stadt Leer, Polizeidienstgebäude

An einem Sonntag so früh aufzustehen fiel Jan und Maike Broning nicht leicht. Normalerweise schliefen sie aus, bis Antje sie weckte. In der Hand hielt sie gewöhnlich ihr Lieblingsbuch über Mogli, Balu und Baghira. Sie sprang jedes Mal ins Bett und legte sich zwischen ihre Eltern.

Heute war der Ablauf für sie alle anders. Opa Johann und Tante Karin würden den ganzen Tag mit Antje verbringen. Wahrscheinlich las Opa gerade aus dem Dschungelbuch vor und Karin bereitete Pfannkuchen in der Küche zu. Pfannkuchen mit Nugatcreme waren Antjes Lieblingsspeise. Für die Kleine bedeutete das einen guten Tag und für Jan und Maike eine große Erleichterung.

Alle Mitglieder der Moko saßen sich bei einer Tasse Kaffee gegenüber.

»Ich glaube, mit meinem Kaffee stimmt was nicht!«, brummte Klaas.

»Wieso? Was soll damit nicht stimmen?«, fragte Onno. »Ich hab ihn so wie immer gemacht.«

»Ich werde irgendwie gar nicht wach.« Klaas grinste.

»Kollegen, den Sonntagmorgen haben wir uns alle anders vorgestellt, aber wir haben heute einiges zu erledigen.« Jan ging zu den Tafeln und zeigte auf den Namen Jasmine Löbers. »Aus ihr ist ja nun überraschend eine Tatverdächtige geworden. Ihre Initialen tauchen im Kassenbuch von Tamme Hofenga auf. Regelmäßig hat er ihr Bargeldbeträge geschickt. Allerdings könnte es auch eine harmlose Erklärung dafür geben. Eine Befragung ist deshalb wichtig. Onno, du fährst mit Maike zu ihrer Pension. Der Schwerpunkt bei der Vernehmung ist die Frage, ob sie als Komplizin unseres Axtmörders infrage kommt.«

»Kein Problem, Stefan, übernimmst du dann kurz meinen Job hier im Büro? Ich bin froh, wenn ich mal wieder rauskomme. Allerdings sagt mir mein Bauchgefühl, dass Frau Löbers nicht die gesuchte Spukfrau ist«, stellte Onno noch einmal fest.

»Und dieser Hinweis, dass sie Theater spielt? Vielleicht hat sie dir auch etwas vorgemacht, werter Kollege«, entgegnete Klaas mit süffisantem Unterton.

»Ein Theateraufkleber am Auto?« Onno gab noch nicht auf. »Hast du eine Ahnung, wie viele Hobbyschauspieler es gibt?«

»Lieber Onno, ich darf daran erinnern, dass sie aus Frankfurt kommt.« Klaas lächelte. »Sie erscheint hier in unserer Gegend und dann beginnen die Morde.«

»Ja, dieses Thema hatten wir gestern schon«, beendete Jan den Dialog. »Wenn wir sie nach der Vernehmung als Komplizin ausschließen können, umso besser. Frau Löbers hat Vertrauen zu Onno, und ihm gegenüber ist sie vielleicht eher bereit auszusagen.« Jan tippte mit dem Finger auf den Namen Hubertus Dascher an der Tafel. »Jetzt zu diesem Herrn Dascher. Wir brauchen mehr Informationen zu ihm. Was wir haben, ist verdammt dünn. Wir werden uns noch einmal in Jemgum umhören. Beginnen können wir mit diesem Ido Smid.

Klaas und ich fahren hin. Vielleicht kennt Herr Smid weitere Personen in der Umgebung, die etwas über diesen Dascher oder Hofenga wissen. Außerdem möchte ich mich noch einmal beim Haus dieses Hofenga umsehen. Das Team, das zuerst im Rheiderland fertig ist, wird ins Emsland fahren, zu dieser Spezialklinik, in der Dascher nach dem Unfall behandelt wurde. Onno sollte aber wieder im Büro bleiben, weil er hier den Überblick hat. Außerdem …«, Jan sah Onno an, »habe ich noch ein Attentat auf dich vor. Heute ist der letzte Tag der Nachrichtensperre für die Medien, und ich rechne damit, dass sie sich spätestens am Nachmittag hier melden. Zunächst verteilen wir eine Pressenachricht und morgen werden wir wohl eine Konferenz geben müssen.«

»Lass mich raten«, sagte Onno mit einem etwas gequälten Gesichtsausdruck. »Ich soll schon mal mit der Meldung anfangen.«

»Onno, ich weiß, mit den Medien stehst du seit unserer ersten Ermittlungsgruppe etwas auf Kriegsfuß, aber du findest immer so schöne Formulierungen. Fang einfach mit dem Pressebericht an und wir gehen das später gemeinsam durch.«

»Okay, aber vorher kriegen die keine Auskünfte von mir«, sagte Onno grimmig.

»Auch deshalb bist du der richtige Mann dafür.« Jan zog die Mundwinkel hoch.

»Wenn wir die Nachrichtensperre aufheben, wird es nur so von Schaulustigen an den Tatorten wimmeln«, gab Stefan zu bedenken. »Für die Überwachungskollegen würde es dann verdammt schwierig.«

»Da stimme ich dir zu«, sagte Jan. »Aber so ist nun mal der Deal mit dem Staatsanwalt. Zeitlich begrenzte Nachrichtensperre bis Sonntag, das ist heute. Wenn wir weiter mauern, reißen sie uns den Kopf ab, und wir können die Öffentlichkeit um Mithilfe bitten, sobald der Fall in den Nachrichten ist.«

Stefan stieß missmutig die Luft aus. »Öffentlichkeitsfahndung bedeutet tausend Hinweise, tausend Anrufe, und das meiste davon können wir vergessen.«

»Okay, Stefan, ich sehe es genauso, aber wir müssen das Beste daraus machen, und mit ein bisschen Glück ist ja ein brauchbarer Hinweis dabei.«

Der Klingelton des Telefons schallte durch das Büro.

Jan meldete sich und stellte auf laut.

»Hallo, Jan, hier ist Stinus, wir observieren abwechselnd die Tatorte im Rheiderland, dabei haben wir eine interessante Entdeckung gemacht. Im Hammrich unter einer Autobahnbrücke steht der Pritschenwagen von diesem Hofenga. Er ist leer, keine Spur vom Besitzer.«

Jan ließ sich den genauen Standort des Pritschenwagens beschreiben und bat Stinus, dort auf ihn zu warten.

»Also doch«, sagte Klaas.

»Was …?«, kam es von Onno.

»Ist doch logisch. Hofenga flüchtet Richtung Autobahn, versteckt seinen Wagen in der Unterführung und oben steht seine Komplizin und nimmt ihn mit. Frau Löbers ist unterwegs, vermutlich sitzt dieser Hofenga bei ihr im Wagen.«

»Interessanter Gedanke.« Jan blickte in die Runde. »Wenn wir hierbleiben, werden wir auch nicht schlauer. Stefan, rufst du bitte die Kriminaltechniker an? Sie werden fluchen, aber sie müssen sich den Wagen ansehen.«

Stefan griff zum Hörer und die beiden Teams verließen das Büro.

Die Dienstfahrzeuge fuhren durch die Stadt in Richtung Jann-Berghaus-Brücke. Direkt dahinter bogen sie rechts ab. Im Rückspiegel sah Jan, wie der Wagen, in dem Maike und Onno saßen, in Bingum anhielt. Klaas und er fuhren weiter in die weite, offene Landschaft des Hammrichs.

Sie näherten sich der Autobahn und kurze Zeit später erreichten sie Stinus' Zivilwagen an der Unterführung. Im dunklen Bereich des kurzen Tunnels tauchte Hofengas Gefährt auf. Das Diensthandy im Wagen klingelte. Klaas meldete sich, sprach kurz mit Stefan und legte auf.

»Swantje ist auf dem Weg hierher.«

Sonntagvormittag, Rheiderland, Pension am Bingumer Deich

Onno saß neben Maike auf dem Beifahrersitz und war sehr still.

»Du ärgerst dich wegen Klaas oder besser gesagt seiner Vermutung, dass Jasmine Löbers die gesuchte Spukfrau sei?«

»Sollte ich mich wirklich so in der Frau getäuscht haben?«

Maike hielt den Wagen auf einem Seitenstreifen neben der Pension an. »Gleich wissen wir mehr«, sagte sie und die beiden stiegen aus.

Maike klingelte an der Eingangstür.

Eine Frau, die eine Schürze trug, öffnete. »Moin, Herr Elzinga.«

»Moin, Frau Driever, das ist meine Kollegin Maike Broning.«

»Angenehm, kommen Sie rein, ich mache gerade Frühstück.« Frau Driever ging voraus in die kleine Küche der Pension, Onno und Maike folgten ihr. »Es geht um Frau Löbers?«, fragte die Wirtin, während sie zwei Kaffeemaschinen befüllte.

Maike nickte. »Ja, wir würden sie gerne sprechen.«

»Das tut mir leid, seit gestern habe ich nichts mehr von ihr gehört, eigentlich wollte sie zum Frühstück zurück sein.«

Maike stellte mit einem Seitenblick zu Onno fest, dass er die Schultern hängen ließ.

In diesem Moment öffnete sich die Außentür der Pension und eine offensichtlich gut gelaunte Jasmine Löbers trat ein.

Maike konnte fast hören, wie Onno erleichtert aufatmete.

»Guten Morgen!«, sagte Frau Löbers. »Ist ein bisschen später geworden. Die ganze Nacht Livemusik in verschiedenen Lokalen, das konnte ich mir nicht entgehen lassen. Gibt es noch Frühstück?«

Die Pensionswirtin zeigte auf einen kleinen Tisch im Frühstücksraum.

»Kommt sofort«, sagte sie, ehe sie sich Maike zuwandte. »Möchten Sie auch einen Kaffee?«

»Ja gerne, wenn es keine Umstände macht.« Maike antwortete mit Verzögerung, weil sie auf Jasmine Löbers Füße starrte.

Frau Löbers bemerkte ihren Blick. »Ja, sind nicht schön, die Schuhe, aber es sind orthopädische Anfertigungen. Die muss ich immer tragen, geht nicht anders, und dann noch die Größe.«

»41, schätze ich.«

»Nein, tatsächlich 42«, erwiderte Frau Löbers und stöhnte leise. »Ich weiß, für eine Frau ganz schön große Latschen.«

Sie setzten sich an einen Tisch und nippten an ihrem starken Kaffee.

»Darf ich fragen, warum Sie mich sprechen wollten?« Frau Löbers sah Onno hoffnungsvoll an. »Gibt es Neuigkeiten zu diesen anonymen Geldgeschenken?«

Maike trat unter dem Tisch leicht gegen Onnos Schienbein. Onno hatte bereits Luft geholt, um zu antworten, offensichtlich verstand er Maikes Zeichen und schwieg. Er überließ ihr die Fragen. Ausgenommen bei Kreuzverhören führte immer nur ein Kollege das Gespräch mit Zeugen und Tatverdächtigen.

Maike machte keine Umwege und fragte direkt: »Frau Löbers, kennen Sie einen Tamme Hofenga?«

»Nein, sollte ich?«

»Herr Hofenga ist ein Zimmermann und betreibt eine Firma im Nachbarort«, erklärte Maike.

»Diesen Mann kenne ich nicht und habe auch noch nie von ihm gehört.« Frau Löbers' Blick wanderte wieder zu Onno. »Hat er … Ich meine … Das Geld, hat er es mir geschickt?«

Maike übernahm die Antwort. »Es gibt hier einige Vorkommnisse, mit denen wir uns beschäftigen. Herr Hofenga spielt darin eine Rolle, und um auf Ihre Frage zurückzukommen, es gibt eine Entwicklung auch in Ihrer Angelegenheit, und es wäre schön, wenn Sie noch ein paar Tage hier zu erreichen wären.«

Frau Löbers machte ein freudiges Gesicht. »Dann gibt es bald eine Erklärung … Dafür bleibe ich gerne noch ein paar Tage. Sie können mich immer erreichen, inzwischen habe ich gemerkt, dass ich im Ausland mein Handy umstellen muss.«

»Frau Löbers, eine Frage noch, bevor wir gehen. Sie haben so einen Theateraufkleber am Auto, hat der eine besondere Bedeutung?«

»Mein Hobby ist die Schauspielerei, leider nur als Amateurin bei unseren Heimatbühnen. Das macht mir unglaublichen Spaß.«

»Ja, diese Heimatbühnen sind in unserer Gegend auch stark verbreitet und gehören zu unserer Kultur.« Mit diesen Worten stand Maike auf. »Wir melden uns, versprochen.«

Maike und Onno verabschiedeten sich und verließen die Pension.

Draußen machte Onno ein verständnisloses Gesicht. »Du hast sie ja schnell vom Haken gelassen.«

Die beiden stiegen in den Zivilwagen und Maike griff zum Handy. »Ich ruf Jan an und stell auf laut, dann brauch ich nicht alles zweimal zu erklären.«

Jan meldete sich. »Hallo, Maike, wie sieht's aus bei euch?«

»Jasmine Löbers ist nicht die gesuchte Frau von den Tatorten.«

»Oh, das ging ja schnell.«

»Ihr beiden Helden habt Frau Löbers nach den Durchsuchungen am Tatort Coldeborg getroffen.« Maike warf einen Blick zu Onno. »Sie saß auf einer Bank und hatte schmutzige Schuhe, richtig?«

»Oh Mist!« Bei Onno war der Groschen gerade gefallen.

»Die Frau hat große Füße und trägt zudem orthopädische Schuhe. Am Tatort …«

Jan vollendete den angefangenen Satz: »… an den Tatorten fanden wir Spuren in Größe 38 von Ballettschuhen. Das passt dann wohl nicht.«

»So viel zur Beobachtungsgabe, die Herren Kommissare.«

»Ent-schul-di-gung, liebe Maike«, antwortete Jan gedehnt.

»Soso, Sherlock.« Maike lachte. »Jedenfalls kennt sie Hofenga nicht und macht als Schauspielerin bei Heimatbühnen mit, sozusagen ihr Hobby. Wie weit seid ihr bei diesem Pritschenwagen?«

»Swantje ist noch an der Arbeit, aber die Lösung für unsere Ermittlungen werden wir hier nicht finden. Klaas und ich fahren gleich zu diesem Ido Smid nach Jemgum.«

»Okay, soll ich Onno gegen Stefan eintauschen und zu dieser Spezialklinik im Emsland fahren?« Sie zwinkerte Onno zu.

Er wirkte jetzt wesentlich entspannter.

»Genau so machen wir es, Frau Löbers steht nicht mehr unter Tatverdacht und wir haben durch diese Feststellung etwas Zeit gewonnen. Macht das Beste draus. Tschüss!«

»Ich freu mich schon auf Klaas' dummes Gesicht, wenn ich ihm diese Neuigkeit unter die Nase reibe«, sagte Onno sehr zufrieden.

Sonntagvormittag, unterwegs im Rheiderland

Jan erzählte Klaas vom Telefongespräch mit Maike und lachte, als er das betretene Gesicht seines Gegenübers sah. »Ja, da kannst du dir von Onno noch was anhören.«

»Das Leben ist ein Geben und ein Nehmen«, murmelte Klaas.

»Schwamm drüber, wir fahren jetzt zu diesem Ido Smid.« Jan startete den Motor.

Ido Smid wohnte in Dukelhusen, einem Ortsteil von Jemgum. Jan nahm eine Abkürzung durch den Hammrich. Hinter dem kleinen Ort Böhmerwold fuhren sie nach Marienchor, typische Reihensiedlungen. Jan setzte den Blinker und bog rechts auf den Dukelweg ab. Rechter Hand verlief das Jemgumer Sieltief parallel zur Straße.

»Dieser Weg führte damals von Jemgum direkt nach Groningen. Der spanische Duque de Alba pendelte damals mit seiner Kutsche hin und her«, wusste Jan.

»Deshalb die Namen Dukelweg und Dukelhusen«, kombinierte Klaas. »Die haben sie diesem Spanier zu verdanken.«

»Verdanken trifft es nicht so genau. Der Spanier hatte mit seinen Truppen die Niederländer bei der Schlacht von Jemgum besiegt. Die Jemgumer sah er unglücklicherweise als Verbündete der Niederländer an.«

»Wehe den Besiegten?«

»Genau, die Jemgumer haben sehr unter ihm gelitten, aber das ist eine alte Geschichte.«

Es folgte eine Doppelkurve und an einer Kreuzung ging es links nach Jemgumgaste. Jan fuhr geradeaus weiter und zeigte zur rechten Seite. »Dort ist übrigens ein kleiner jüdischer Friedhof.«

Vor ihnen lag nun Dukelhusen. An einer Straßenkreuzung bog Jan links in die Emsstraße ein und stellte den Wagen beim Haus von Ido Smid ab. Ein älterer Herr war gerade dabei, den Kofferraum seines Autos zu entladen.

Jan ging auf den Mann zu und fragte: »Herr Smid?«

Der Mann nickte und sah ihn fragend an.

Jan stellte Klaas und sich vor und zeigte Herrn Smid seinen Dienstausweis.

»Herr Smid, wir hätten einige Fragen zu einem Tamme Hofenga. Angeblich würden Sie den Mann gut kennen.«

»Gut kennen ist zu viel gesagt, aber kommen Sie doch mit ins Haus. Meine Frau und ich sind gerade von einem Kurzurlaub zurück.«

Wie auf Kommando erschien eine Frau an der Eingangstür und rief: »Ido, Frühstück is klor!« Dann bemerkte sie die beiden Polizisten, und ihr Mann erklärte ihr kurz, worum es ging.

»Kommen Sie bitte ins Haus.« Ido Smid machte eine einladende Geste und ging voraus.

Drinnen duftete es verführerisch nach frischen Brötchen. Frau Smid deutete Klaas' verträumten Gesichtsausdruck richtig. »Setzen Sie sich zu uns in die Küche, wäre doch schade, wenn die Brötchen kalt werden.«

Klaas und Jan setzten sich an den großen Küchentisch. Frau Smid stellte Geschirr und Besteck vor die Polizisten. »Bei uns gibt es immer Tee, oder möchten Sie lieber Kaffee?«

»Tee ist super«, antwortete Jan und bemerkte mit einem Seitenblick, wie Klaas die Brötchen und Croissants taxierte.

»Herr Smid, wie gesagt, wir sind wegen Tamme Hofenga und einem Hubertus Dascher bei Ihnen.«

»Haben Sie sie endlich beim Klauen erwischt?«, rutschte es Frau Smid heraus.

Jan blieb die Antwort schuldig.

Ido Smid warf seiner Frau einen vorwurfsvollen Blick zu.

»Entschuldigung!«, sagte sie. »Aber diese Gerüchte gibt es schon lange im Dorf. Holzbalken bekommen in dieser Umgebung plötzlich Beine und verschwinden.«

Wieder traf sie ein Blick ihres Mannes, und sie zog es vor, das Thema zu wechseln. »Bitte greifen Sie zu, es ist genug da.«

Klaas ließ sich das nicht zweimal sagen und fischte ein Croissant aus dem Brötchenkorb.

Ido Smid blickte Jan nachdenklich an. »Tamme Hofenga ist ein begnadeter Zimmermann für alte Gebäude. Hubertus Dascher war so eine Art Stellvertreter von ihm. Ich weiß aber nicht, ob er überhaupt noch lebt. Dascher hatte vor Jahren einen schweren Fahrradunfall in unserem Hafen.«

»Besoffen vom Rad gefallen und peng, mit dem Kopf auf einen Bordstein«, soufflierte seine Frau.

Während sie frühstückten, lenkte Jan das Gespräch. Er stellte Fragen zu Daschers Aussehen und zu weiteren Kontaktpersonen. Ido Smid bemühte sich bei den Antworten um eine möglichst diplomatische Ausdrucksweise, seine

Frau war eher direkt. Jan erkundigte sich nach der Firma Hofenga und warum es ihr Chef angeblich nötig hatte, Balken zu stehlen.

Ido berichtete von der finanziellen Situation, wobei seine Frau wieder dazwischenfunkte: »Ido, prekäre finanzielle Lage nennst du das? Ich sage, Tammes Firma war kurz vor der Pleite.«

»Ja, aber ungefähr nach diesem schrecklichen Unfall von Dascher ging es wieder bergauf«, erklärte Herr Smid.

»Der Auftrag in Midlum hat ihm den Allerwertesten gerettet«, ergänzte sie.

»Was ist denn aus diesem Dascher geworden nach seinem Unfall?«, wollte Jan wissen.

»Das ist merkwürdig, keiner weiß das. Mit einem Hubschrauber haben sie ihn nach Groningen geflogen«, antwortete Ido.

»Seine Birne war matsch«, konkretisierte Frau Smid.

Ihr Mann schüttelte den Kopf. »Jedenfalls hatte er wohl eine schwere Schädelverletzung und war mehr tot als lebendig. Etwas war allerdings komisch an der Sache …«

»Ja? Was denn?«, hakte Jan nach.

»Wissen Sie, ich kann mich noch gut an die Situation erinnern, als ich mit Tamme in dem Gulfhof stand und die Polizei uns von dem Unfall berichtete. Tamme war damals zu Tode erschrocken und tief betroffen, aber …«

»… aber?«

»Die Männer hielten wie Pech und Schwefel zusammen, aber nach dem Unfall habe ich mich bei den anderen nach Dascher erkundigt, und keiner konnte mir sagen, wie es ihm ging. Als hätten sie ihn völlig vergessen und sich nicht um ihn gekümmert.«

»Die Geister von Elsos Spukhof haben sie verhext!«, warf Frau Smid ein. Ido Smid versuchte vergeblich, sie zu bremsen. »Ist doch wahr, Ido, wir wissen ja, dass sich Ontje inzwischen umgebracht hat, und Diedje ist mit seinem Motorrad verbrannt. Tamme haben sie sich als Letzten geholt.«

So viel zur Nachrichtensperre.

»Stimmt das?«, fragte Ido Smid. »Ist Tamme auch tot?«

Mit den nebulösen Worten »Ich darf dazu nichts sagen« wich Jan der Frage aus.

Frau Smid schenkte Tee nach und erzählte die Geschichte von Elso Buurmann. Für Jan klang es wie eine alte Sage, der arme Mann, der durch Glück reich geworden war. Buurmanns Wunsch nach Rache für die Demütigungen in seiner Jugend hatte seine alte Liebe zerstört und endete in Einsamkeit und mit einem Suizid.

»Herr Kommissar, die Männer hätten diesen Spukhof niemals betreten dürfen. Die Geister der Erschlagenen haben sie sich geholt und allen Unglück gebracht.« Sie sprach offensichtlich aus voller Überzeugung.

»Was für Geister?« Klaas nuschelte mit vollem Mund.

»Die besiegten Niederländer sind vor den Spaniern geflüchtet, haben sich in einem Keller versteckt und die Spanier haben sie dort aufgestöbert, dann ...« Frau Smid machte eine seitliche Bewegung mit der Hand über ihre Kehle. »Die finden keine Ruhe, diese Erschlagenen.«

»Das ist doch totaler Unsinn«, widersprach ihr Mann. »Das siehst du doch schon daran, dass Hubertus Dascher den Hof nie betreten hat.«

»Wo wohnte dieser Dascher eigentlich?«, forschte Jan.

»Eine Wohnung im herkömmlichen Sinn hatte er nicht«, antwortete Ido. »Auf dem Holzlagerplatz der Firma Hofenga am Hafen steht ein alter Wohnwagen.«

»Darin hat er gehaust ... jahrelang«, fügte seine Frau hinzu. »Da kann man wieder mal sehen, was dabei rauskommt, wenn eine Frau fehlt.«

»Na ja, wenigstens wird ihn nicht dauernd eine Frau beim Gespräch unterbrochen haben.«

Frau Smid schwieg, die Botschaft war wohl angekommen.

Als Klaas und Jan das Haus verließen, dachte Jan über das magere Ergebnis der Befragung nach.

»Viel mehr wissen wir jetzt auch nicht«, fasste Klaas treffend zusammen. »Wenigstens waren die Brötchen lecker.«

»Wir fahren zu diesem Lagerplatz und sehen uns den Wohnwagen einmal genau an.«

Die Fahrt führte zum Ortskern von Jemgum, vorbei an einer Tankstelle und, nachdem er links abgebogen war, weiter in Richtung Deich.

»Du kennst dich ja richtig gut aus«, wunderte sich Klaas.

»Mit dem Fahrrad lernt man seine Heimat am besten kennen, deshalb fahre ich ja auch.«

»Damit du mir nicht dauernd die Wege erklären musst. Bei dem Gespräch mit den Smids fiel mir auf, dass es doch wirklich merkwürdig ist, dass sich die Arbeitskollegen nach dem Unfall nicht weiter um ihren Kameraden gekümmert haben.«

»Ja, das fällt auf, weil sie doch angeblich so eine eingeschworene Mannschaft waren. Wieringa und Ebens können wir dazu nicht mehr befragen, und wer weiß, was mit Hofenga ist?«

»Diese Geschichte mit den Geistern der Erschlagenen wäre was für unsere modernen Hexen Aukje und Bekky. Aukje schaut in ihre Glaskugel und …«

»… im nebligen Hintergrund erscheint das Gesicht des Mörders … Schön wäre es«, beendete Jan den Satz.

Inzwischen waren sie beim Holzlagerplatz im Hafen angekommen. Das Gelände lag im Deichvorland zwischen einem Sportboothafen und einer alten Ziegelei und war mit einem verschlossenen Zaun gesichert. Jan fuhr zurück zu Hofengas Haus, vielleicht fanden sie dort die Schlüssel für das Zauntor. Bei der letzten Besichtigung hatte Jan den Schlüssel der Hintertür mitgenommen. Mit diesem Schlüssel verschafften sie sich Zugang. Die Kommissare sahen sich aufmerksam um, aber es gab keinen Hinweis darauf, dass Tamme Hofenga inzwischen sein Haus betreten hatte. An einem schön verzierten Brett fanden sie mehrere Schlüssel. Jan nahm alle und steckte sie ein. Sie fuhren zurück zum Lagerplatz und einer passte zum Tor des Zaunes. Jan ging zu dem alten Wohnwagen, der in einer Ecke des Areals stand. Vorsichtig öffnete er die Tür, während Klaas ihn beobachtete. Vielleicht versteckte sich jemand im Wohnwagen.

Jan stellte mit einem Blick sicher, dass das nicht der Fall war. Er trat ein und verzog sein Gesicht, weil es extrem muffig im Wageninneren roch. Hier war seit Ewigkeiten nicht gelüftet worden.

Jan verließ das mobile Heim und ließ die Tür offen stehen. Er würde sich zunächst draußen umsehen.

Auf dem Platz lagerten Schätze, die er für seine Hobbybildhauerei hätte brauchen können.

Woher hatte Hofenga diese schönen Balken? Vermutlich aus alten Gulfhöfen, die halb verfallen waren. Ab und zu sah man solche traurigen Gebäudereste, deren Dächer bereits eingefallen waren. Hofenga nutzte diese alten Balkenbestände wahrscheinlich, um die beschädigten Ständerkonstruktionen bei seinen Bauprojekten wiederherzustellen. Beim Tatort in Jemgumgaste handelte es sich vermutlich um solch ein Projekt.

Klaas unterbrach seine Gedanken. »Na, Jan, du hast in deinem Kopfkino sicher schon Skulpturen aus den Balken geschlagen und siehst die fertigen Figuren vor dir.«

»Dafür sind diese langen Balken zu wertvoll.«

Jan wagte sich in den Wohnwagen, in dem es nun weniger stank. Er durchsuchte alle Schränke und Schubladen, wurde aber enttäuscht, man hatte den Wohnwagen komplett leer geräumt. Als er wieder nach draußen ging, war Klaas verschwunden.

»Klaas!«

Aus einem Dickicht kam die Antwort. »Bin hier hinten!«

Auf dem Gelände, in Richtung Ems, wucherten Sträucher und Büsche.

Jan betrat diese verwilderte Ecke des Grundstückes und fand Klaas, der vor einem etwa zwei Meter langen Holzstamm stand. Der Stamm stand aufrecht, jemand hatte ihn in den Boden gegraben. Ein bisschen erinnerte er an einen Marterpfahl der nordamerikanischen Ureinwohner.

Klaas starrte auf eine bestimmte Stelle des Stammes. Die Umrisse eines menschlichen Körpers waren grob in das Holz geschnitzt worden. »Schön geht anders«, murmelte er angesichts der primitiven Schnitzerei.

»Schön sollte sie auch nicht sein«, erwiderte Jan und ging näher an den Stamm heran, seine Finger strichen über die schmalen Einkerbungen im Holz. »Das ist eine Zielscheibe. Hier hat jemand mit einer Wurfaxt geübt. Die sind von den Einschlägen der Axt.«

»Eine Wurfaxt, wie beim zweiten Mordopfer Ebens.«

Inzwischen hielt Jan ein Taschenmesser in der Hand. »Das sehe ich auch so«, bestätigte er. »Nun stellt sich die Frage: Wie alt sind diese Einkerbungen? Und was das Wichtigste ist: Von wem sind die? Ich denke, sie sind alles andere als frisch. Das Holz ist nach den Einschlägen nachgedunkelt. Außerdem, sieh dir das Gelände an. Was nützt so eine Zielscheibe im Dickicht? Man braucht eine freie Flugbahn, und die gibt es nicht.« Jan zeigte von den Trefferspuren in Richtung der Flugbahn, die sich daraus ergab.

»Also hat jemand vor Jahren diesen Stamm als Zielscheibe für seine Übungen mit einer Wurfaxt genutzt«, fasste Klaas zusammen. »Hofenga oder dieser Dascher?«

»Ich tippe auf Dascher«, legte sich Jan fest. »Warum sollte Hofenga zum Üben hierherkommen?«

»Ich will ja kein Spielverderber sein, aber vielleicht haben sich diese Zimmermänner ja hier getroffen und einen Wettkampf im Axtwerfen gemacht? So nach dem Motto: Mal sehen, wer in der Kneipe als Nächster einen ausgeben muss.«

Sonntagnachmittag, Emsland, Spezialklinik für Kopfverletzungen

Stefan und Maike standen in der Spezialklinik vor der Anmeldung und sprachen mit einer Krankenschwester. Maike hatte ihr erklärt, dass sie dringend Informationen zu dem früheren Patienten Hubertus Dascher benötigten.

»Frau Kommissarin, zunächst haben wir die ärztliche Schweigepflicht und dann noch den Datenschutz.« Die Pflegerin machte eine entschuldigende Geste. »Wenn Ihre Informationen richtig sind, dann ist es außerdem schon Jahre her, dass dieser Dascher hier behandelt worden ist. Die älteren Patientenakten befinden sich in der Verwaltung. Am Sonntag ist dort niemand, wir haben nur eine Notbesetzung.«

Eine ältere Krankenschwester erschien beim Empfang. »Petra, der Kaffee ist fertig!«

Petra sah die beiden Polizisten an und hatte wohl ein schlechtes Gewissen, weil sie ihnen nicht weiterhelfen konnte. »Kommen Sie doch mit und trinken Sie wenigstens eine Tasse Kaffee.«

»Danke, da sagen wir nicht Nein.« Maike und Stefan folgten der Krankenpflegerin in den Sozialraum.

Die ältere Schwester stellte Tassen und Teller auf den Tisch. Während sie selbst gebackenen Kuchen und Kaffee verteilte, wurde sie neugierig. »Das haben wir auch nicht alle Tage, Besuch von zwei Kriminalpolizisten aus Leer«, tastete sie sich vor. »Muss ja sehr wichtig sein, sonst würden Sie bestimmt nicht an einem Sonntag hierherfahren.«

Maike überlegte, wie viel sie erzählen durfte. Am Nachmittag würde eine Pressemeldung herausgegeben werden und die Nachrichtensperre wäre damit sowieso beendet. Sie spürte, dass sie selbst etwas anbieten musste, um vielleicht an Informationen zu kommen. »Wir ermitteln in einer Serie von Todesfällen im Rheiderland und Ihr ehemaliger Patient könnte uns weiterhelfen. Leider wissen wir nicht, wo er sich jetzt befindet.«

»Wann war das denn? Ich meine, wann wurde er behandelt?«, fragte die ältere Krankenschwester.

Maike gab an, dass sich der Verkehrsunfall im Jahr 2012 ereignet habe.

Die Pflegerin tauschte einen Blick mit ihrer jüngeren Mitarbeiterin. »Wir dürfen ja keine Auskünfte geben, aber vor zwei Jahren ging eine Kollegin von uns in Rente, die Glückliche.«

»Du meinst sicher Ingrid?«, sagte Petra nachdenklich. »Die allwissende Ingrid.« Sie bemerkte Stefans fragende Miene. »Für Ingrid war der Beruf Berufung. Sie kannte alle Patienten, alle Angehörigen und den jeweiligen Krankheitsverlauf.«

Maike witterte eine Chance. »Kann man diese Ingrid denn sprechen? Wissen Sie, wo sie wohnt oder erreichbar ist?«

Petra wandte sich an die ältere Pflegekraft. »Du hast doch ihre Telefonnummer.«

»Tatsächlich habe ich die, aber ich weiß nicht …«

»Es ist wirklich wichtig, und es könnte Menschenleben retten, wenn wir mehr Informationen erhielten«, sagte Maike eindringlich.

Die ältere Krankenschwester atmete tief durch. »Okay, wenn das so ist.« Sie nahm ihr Handy aus der Tasche, öffnete die Kontaktliste und gab Maike die Telefonnummer einer Ingrid Schulte in Haren.

Maike stand auf, ging in den Flur und wählte.

Frau Schulte meldete sich sofort und war offenbar sehr erstaunt, als Maike ihr in kurzen Sätzen berichtete, was sie von ihr wollte.

»Frau Broning, Sie sind jetzt in der Klinik, und wenn Sie zurück nach Leer fahren, kommen Sie an Haren vorbei. Ich bin allein zu Hause und freue mich über jede Abwechslung, und persönlich können wir uns auch viel besser unterhalten.«

»Ja, eine gute Idee, Frau Schulte, geben Sie mir doch noch eben Ihre Adresse fürs Navi.« Maike notierte sich die Anschrift und beendete das Gespräch. Kurz darauf waren sie unterwegs nach Haren zu Ingrid Schulte.

Die Dame öffnete ihnen lächelnd die Tür, offensichtlich freute sie sich über den Ausbruch aus dem Alltagstrott. Maike und Stefan durften in der guten Stube Platz nehmen. Frau Schulte setzte sich zu ihnen und Maike kam direkt zur Sache.

»Die in der Klinik haben bestimmt gemauert«, erriet Frau Schulte, »und jetzt hoffen Sie, dass ich Ihnen dabei weiterhelfen kann. Hubertus Dascher, sagen Sie …« Sie schloss die Augen und grübelte angestrengt nach. »War das nicht dieser Zimmermann aus dem Rheiderland?«

»Ja genau, Frau Schulte«, bestätigte Maike erfreut.

»Es stand damals schlimm um ihn«, erzählte die betagte Dame. »Aber …«

»… aber?«

»Dieser Patient Dascher war komplett auf lebenserhaltende Maßnahmen angewiesen, als er hier eintraf. Wie durch ein Wunder fing er plötzlich wieder an, selbstständig zu atmen. Sie hat sich so gefreut«, sagte Frau Schulte im Plauderton.

»Sie?«

»Na, seine Lebensgefährtin, die ihn so oft besucht hat, wie hieß sie …« Erneut schloss Frau Schulte ihre Augen. »Irgendwas mit M. Margot … nein, Marlies … ja, Marlies, die Künstlerin.«

Maike war wie elektrisiert. »Was wissen Sie noch? Bitte, es ist sehr wichtig, Frau Schulte!«

»Dieser Dascher war mal ein stattlicher Mann, jedenfalls vor dem Unfall. Diese Marlies erzählte anfangs wenig, meist saß sie am Bett und streichelte seine Hand. Im Laufe der Zeit haben wir uns dann aber doch öfters kurz unterhalten, sie hatte wohl Vertrauen zu mir. Sie spürte offenbar, dass mir ihr gemeinsames Schicksal sehr nahe ging. Eines Tages hat sie mir erzählt, dass sie sich die ständigen Fahrten aus der Krummhörn zur Klinik nicht mehr leisten könne. Sie holte ihn dann zu sich nach Hause, angeblich kannte sie sich mit der Krankenpflege aus.«

»Sie sagten, diese Marlies wohnte in der Krummhörn?«, hakte Maike nach. »Wissen Sie, wo genau? Oder wie die Frau mit Nachnamen hieß?«

Frau Schulte schüttelte den Kopf. »Tut mir leid, ich weiß nur, dass sie angeblich eine Künstlerin war. Sie hatte wohl ein kleines Atelier irgendwo. Eines Tages rief sie bei uns in der Klinik an und wollte mich sprechen. Sie klang so glücklich am Telefon, als sie erzählte, dass ihr Freund in Eilsum wieder ansprechbar sei.«

»Wann war das?«

»Keine Ahnung, Frau Kommissarin! Ich hatte mich auch

so für die beiden gefreut und dachte, *oh wie schön, ein Happy End*, bis …«

»… bis?«

»Sie hat sich noch einmal gemeldet, diese Marlies. Sie war wohl etwas besorgt. Angeblich habe sich ihr Freund verändert. Er verhalte sich teilweise aggressiv, gefühlskalt und neige zu plötzlichen Wutausbrüchen. Ich hatte ihr geraten, fachmännische Hilfe in Anspruch zu nehmen. Es gibt ja auch die Möglichkeit der psychologischen ambulanten Behandlung. Leider kommt es bei solch schweren Verletzungen manchmal zu derartigen Wesensveränderungen. Danach war Funkstille, ich habe nie mehr etwas von den beiden gehört.«

Maike stellte weitere Fragen zu Hubertus Dascher und seiner Freundin, die Frau Schulte nicht beantworten konnte. Immerhin versprach sie Maike, sich zu melden, falls ihr etwas einfallen würde.

Als die beiden Polizisten wieder im Zivilwagen saßen, griff Maike zum Telefon und wählte die Nummer des Büros. Jan ging sofort ran und sie berichtete von der neuen Spur in die Krummhörn.

Im Gegenzug fasste Jan die Informationen aus den Befragungen in Jemgum zusammen. Er erzählte ihr, dass sie einen Marterpfahl auf dem Lagerplatz gefunden hatten. Für einen Moment schwiegen beide, weil ihnen die Tragweite der neuen Informationen bewusst wurde.

»Hubertus Dascher und diese Marlies«, stellte Jan schließlich fest, »wir müssen sie unbedingt finden. So viele Ateliers wird es in der Krummhörn nicht geben.«

Sonntag, später Nachmittag, Stadt Leer, Polizeidienstgebäude

Jan Broning war in Gedanken, als er die lauwarme Pizza verspeiste, die Maike und Stefan für alle Kollegen der Moko mitgebracht hatten.

Seine Hoffnung, dieses Atelier vom Büro aus zu finden, hatte sich nicht erfüllt.

»Jan, wollen wir noch einmal die Pressemitteilung gemeinsam durchsehen?«, fragte Onno und wedelte mit einem Blatt Papier.

»Okay, wie kommen wir bloß mit diesem Atelier in der Krummhörn weiter?« Jan schaute in die Runde.

»Wir brauchen Hayo Ukena«, meinte Maike.

»Genau, wenn einer dieses Atelier findet, dann er. Allerdings kann ich ihn nicht erreichen. Es meldet sich nur die Mailbox.«

Vom Schreibtisch ertönte der Klingelton des Telefons. Jan nahm ab und stellte auf laut.

»Hallo, Jan, hier ist Simon Drebber, ich wollte mich nur kurz melden. Ich hatte dir ja versprochen, noch einmal in der Klinik Groningen nachzufragen, wegen diesem Dascher. Ich mach es kurz: Die Krankenakte ist damals zusammen mit dem Patienten an die Klinik ins Emsland gegangen.«

»Verflixte Axt!« Jan atmete tief durch. »Simon, hier hat sich inzwischen einiges getan und der Verdacht gegen diesen Dascher erhärtet sich. Seine Freundin, mit Vornamen Marlies, käme als seine Komplizin infrage. Da gibt es allerdings ein Problem. Wir wissen zu wenig über die beiden. Haben die denn gar nichts mehr in der Klinik? Ein Familienname der Frau würde uns schon sehr helfen.«

»Nein, Jan, ich muss dich enttäuschen, die haben die Akte weggeschickt und weitere Unterlagen gibt es wohl nicht.«

»An diese Krankenakte kommen wir nicht ran«, erklärte Jan. »Jedenfalls noch nicht. Morgen werden wir es mit einem Beschluss noch einmal versuchen.«

»Viel Erfolg und bis zum nächsten Mal, grüß die Kollegen.« Simon legte auf.

Sie waren ein Stück weitergekommen, aber im Moment stockten die Ermittlungen, was auf Jans Stimmung drückte. Eine gute Gelegenheit, die Pressemitteilung zu prüfen und wegzuschicken.

Sonntagabend, Eilsum, Atelier Melampus

Hubertus Dascher hatte lange geschlafen und ging in den Kellerraum. Dort war Marlies dabei, Tamme Hofenga zu versorgen. »Bertus, ich glaube, er kommt langsam zu sich!«

»Sehr gut, dann können wir ihn bald befragen.« Bertus ging wieder die Treppe hinauf.

Da hörte er, wie draußen jemand leise an die Tür klopfte. »Hallo, Marlies, ist etwas passiert? Geht es Bertus wieder schlechter?«

Bertus ging zur Eingangstür am anderen Ende des Flurs. Er öffnete sie einen Spalt und sah, dass diese neugierige Elfriede vor der Tür stand. »Hallo, Elfriede, hier ist alles in Ordnung.«

»Letzte Nacht hab ich zufällig aus dem Fenster gesehen, und ich dachte schon, du würdest in diesem Rollstuhl sitzen.«

Verflucht! Was hatte die Frau gesehen? »Ach, ein Verwandter aus Frankfurt, wir sind deshalb so spät in der Nacht angekommen. Bleibt ein paar Tage zur Pflege.«

Elfriede runzelte die Stirn und versuchte, durch den offenen Türspalt ins Haus zu sehen.

»Tut mir leid, ich muss ihr jetzt helfen.« Er setzte an, die Tür zu schließen, aber die Nachbarin gab keine Ruhe.

»Aus Frankfurt seid ihr gekommen? Komisch, Marlies ist doch erst kurz vorher losgefahren.«

»Nein, vom Bahnhof haben wir ihn abgeholt.«

»Ach so.« Elfriedes Blick war merkwürdig.

Bertus schloss die Tür, seine Gedanken überschlugen sich.

Würde diese verfluchte Elfriede ihm glauben? Und was genau hatte sie gesehen? Wusste sie, dass sie keine Verwandten in Frankfurt hatten? Würde sie die Polizei anrufen? Er griff nach seinem Handy und stutzte, als er den Pressebericht zu seinen Axtmorden las.

Außerdem gab es eine Suchmeldung zu Tamme Hofenga. Tammes Aussehen wurde beschrieben und die Bevölkerung um Mithilfe gebeten.

Sobald Elfriede diese Pressenotiz lesen würde, könnte sie sich denken, wer da tatsächlich im Rollstuhl gesessen hatte.

Dieses Risiko wollte er nicht eingehen, nicht so kurz vor dem Ziel.

Er ging zurück in den Keller. Marlies war gerade dabei, den Körper seines Feindes mit Franzbranntwein einzureiben.

»Marlies!«, rief Bertus nach unten. »Ich geh noch einmal an die frische Luft.«

»Ist gut, ich bin hier beschäftigt!«

Bertus steckte seine Wurfaxt hinter seinen Gürtel. Seine innere Stimme, die immer lauter wurde, beruhigte seine Bedenken. *Du willst sie ja nur betäuben, die Axt ist nur für den Notfall gedacht.*

Er tastete nach der Spritze mit dem Beruhigungsmittel in seiner Tasche und schlich durch den Garten zum Nachbarhaus hinüber. Vorsichtig spähte er durch ein Fenster in die Küche. Dort saß Elfriede am Tisch und stierte auf ihr Tablet. Neben ihr auf dem Tisch lag ein Telefon. Es wurde Zeit zu handeln, bevor Elfriede die Polizei alarmieren würde. Die Eingangstür war immer offen und Bertus drückte die Klinke hinunter. Die Tür öffnete sich nur ein Stück. Entgegen ihrer sonstigen Gewohnheit hatte sie eine Sicherungskette eingehängt.

Bertus überlegte kurz und rief dann durch den Spalt: »Hallo, Elfriede, ich bin es, Bertus! Marlies ist der Zucker ausgegangen, und sie lässt fragen, ob du ihr eine Tasse voll ausleihen kannst.«

Elfriede kam mit einer Bratpfanne in der Hand in den Flur. Ihre Stimme klang verzagt. »Verschwinde, Dascher, ich mach die Tür nicht auf. Ich weiß genau, was bei euch los ist.«

Bertus spielte den Ahnungslosen. »Elfriede, was ist denn los mit dir? Du hast doch wohl keine Angst vor mir. Kannst die Kette ruhig wegnehmen. Du hast irgendetwas missverstanden und …«

Sie unterbrach ihn und der ängstliche Klang ihrer Stimme war verschwunden, dafür war sie jetzt aufgebracht. »Ich habe immer gewusst, dass mit dir was nicht stimmt. Immer diese heimlichen nächtlichen Touren. Du hast Marlies da mit reingezogen, in eure krummen Geschäfte. Ein schlechter Mensch bist du, Bertus Dascher, habe ich immer gewusst, aber das ist jetzt vorbei, ich ruf die Polizei …«

In diesem Augenblick begriff sie wohl, dass sie einen Fehler begangen hatte. Sie hatte die Polizei noch nicht angerufen, und es war noch nicht zu spät, um sie zum Schweigen zu bringen.

Mit einer schnellen Bewegung packte Bertus den Stiel der Axt und holte aus. Die Kette hielt dem wuchtigen Schlag nicht stand. Er betrat den Flur und Elfriede schrie auf. Sie hob die Hand mit der Pfanne zur Abwehr, überlegte es sich jedoch anders und wollte zurück in die Küche laufen.

Bertus holte aus und warf die Axt.

Sonntagabend, Eilsum, Atelier Melampus

Der strenge Geruch des Einreibemittels erinnerte sie unwillkürlich an die Pflege ihres Mannes. Vor ihr auf dem Krankenbett lag nicht ihr Joke, sondern dieser Tamme Hofenga, der ihre Tochter entführt hatte.

Plötzlich stöhnte der Mann laut und öffnete blinzelnd die Augen. »Durst«, rang er hervor. »Bitte … Wasser …«

Marlies hob seinen Kopf etwas an und setzte ihm ein volles Glas an die Lippen. »Langsam trinken«, sagte sie und sah den Mann wütend an.

Hofenga räusperte sich und flüsterte. »Bitte … Sie müssen mir helfen … Rufen Sie die Polizei!«

Ein Entführer, der sich das Erscheinen der Polizei wünscht, merkwürdig …

»Sie sagen mir jetzt, wo meine Tochter ist!«, schrie sie.

»Wie bitte …? Ihre Tochter?« Der Mann schüttelte verwirrt den Kopf. Diese Vorstellung von Unwissenheit hatte er gut rübergebracht, fast hätte sie ihm das abgenommen.

»Warten Sie, bis Bertus Sie fragt. Der ist nicht so zurückhaltend.«

»Bertus … hier? Er hat … Flüchten Sie … Rufen Sie die Polizei … Er hat … zwei meiner Männer umgebracht.«

»Netter Versuch«, tat sie ab, allerdings spürte sie gleichzeitig ein beklemmendes Gefühl, das ihr langsam die Kehle zuschnürte.

»Bitte glauben Sie mir, Bertus ist verrückt geworden. Er ist gefährlich, bringen Sie sich in Sicherheit.« Hofenga rüttelte an den Fesseln. »Machen Sie mich los!«

Die Wut auf den Mann verdrängte die Beklemmung. »Ich glaube Ihnen kein Wort, und jetzt hole ich Bertus, dann werden Sie ihm sagen, wo Sie unsere Tochter versteckt halten.« Marlies rannte die Kellertreppe hoch. Hinter ihr flüsterte der

Verletzte: »Bitte tun Sie das nicht, laufen Sie vor ihm weg und rufen Sie die Polizei.«

Oben angekommen, blieb sie einen Moment atemlos stehen. Tief in ihrem Inneren nagte der Zweifel. War es möglich, dass Hofenga die Wahrheit sagte? Das konnte nicht sein, Bertus würde so etwas nie tun. Obwohl ... Sie dachte daran, wie er sich in letzter Zeit verändert hatte.

Ihre Liebe zu ihm und eine noch nicht greifbare schreckliche Ahnung kämpften miteinander. Bertus würde alles erklären können. Wo war er eigentlich? Sicher wieder im Garten bei seinen Wurfübungen mit der Axt. Auf wackeligen Beinen ging sie hinaus, und ihre Stimme hatte einen verzweifelten Tonfall, als sie nach ihm rief.

Sie erhielt keine Antwort und rief ein weiteres Mal seinen Namen, dieses Mal noch flehender.

Dann schaute sie sich um und ihr Blick blieb an einem Fenster des Nachbarhauses hängen. Seltsam, alle Vorhänge waren zugezogen. Es wurde zwar langsam dunkel, aber Elfriede würde bei Tageslicht niemals die Vorhänge zuziehen. Sie hätte ja womöglich etwas verpassen können. Marlies ging hinüber. Die Tür stand offen und eine kaputte Sicherungskette hing am Rahmen. Zögernd trat sie in den Flur. Im Halbdunkel sah sie einen menschlichen Körper, der in Bauchlage zwischen Flur und Küche lag. Eine große Blutlache hatte sich im Kopfbereich auf dem Boden gesammelt. Sie konnte nicht schreien, weil der Schreck ihr die Luft raubte. Sie fühlte ein schweres Gewicht auf ihrer Brust und musste sich am Türrahmen festhalten, um nicht zu stürzen. Aus der Küche drang Bertus' Gesang. »Es führt über den Main eine Brücke aus Stein, wer darüber will geh'n, muss im Blute sich dreh'n.« Gleichzeitig hörte sie das Plätschern von Wasser. Sie machte einige Schritte am leblosen Körper vorbei und sah in den angrenzenden Raum, aus dem die Geräusche kamen. Sie konnte nicht glauben, was sie in der Küche erblickte: Bertus stand mit dem Rücken zu ihr an der Spüle, sang und reinigte seine blutige Axt im Waschbecken.

Ganz langsam drehte sie sich um, er hatte sie nicht bemerkt. Eine Welt brach für sie zusammen, aber sie musste hier weg und Hilfe holen. Vielleicht konnte man Elfriede oder den Mann im Keller noch retten.

Das Laufen fiel ihr unsäglich schwer, und sie ahnte, dass ihr ein Asthmaanfall bevorstand. Sie musste zum Telefon in ihrer Küche.

Als sie endlich angekommen war, nahm sie den Hörer in die Hand und fühlte, dass ihr schwindelig wurde. Sie legte das Telefon wieder auf den Tisch und griff nach dem Notfallspray. Sie brauchte Luft, sofort. Das Schwindelgefühl wurde stärker und alles drehte sich. Für einen kurzen Moment schloss sie ihre Augen und ihr Kopf sank auf die Tischplatte.

Plötzlich stand Bertus neben ihr und lächelte sie an. War sie bewusstlos gewesen? Wie lange? Sein Gesichtsausdruck veränderte sich, als er auf das Telefon sah, das neben ihr auf dem Tisch lag und nicht in der Ladestation steckte. Er nahm den Hörer in die Hand und musterte das Display. Gott sei Dank hatte sie noch nicht die Nummer der Polizei eingegeben.

»Marlies, wolltest du uns eine Pizza bestellen?« Er lachte viel zu laut. Der Mann, den sie einmal gekannt hatte, lachte, obwohl er gerade eine wehrlose Frau mit seiner Axt erschlagen hatte!

Sie würde nun die wichtigste Rolle in ihrem Leben spielen müssen, die Rolle der Ahnungslosen.

»Du sagst doch immer, man soll das Telefon auch einmal von der Ladestation nehmen, wegen der Akkus. Sonst würden sie sich totladen.« Sie gab sich Mühe, unschuldig zu wirken. Hatte sie tatsächlich totladen gesagt?

»Das stimmt«, bestätigte Bertus. »Oder wolltest du vielleicht die Polizei anrufen?«

»Warum sollte ich das tun?«

»Lügst du mich etwa an, Marlies?«

Sie bezwang die aufsteigende Panik, ihre Worte klangen fast heiter, als sie sagte: »Wie kommst du denn darauf, mein Schatz?«

»Wegen dem, was du gerade bei Elfriede gesehen hast.«

»Wieso Elfriede …? Stimmt was nicht mit ihr?« Krampfhaft versuchte sie, überrascht und ahnungslos zu wirken.

»Marlies, wenn du schon so eine gute Vorstellung gibst, dann solltest du auch darauf achten, dass deine Verkleidung dazu passt«, sagte er kalt und blickte nach unten auf ihre Schuhe.

Mit Entsetzen erkannte sie, dass eine ihrer Sohlen mit Blut besudelt war. Es musste Elfriedes sein.

»Ich weiß, dass du mich belogen hast, meine Liebe, das hättest du besser nicht getan.« Er begann zu singen. »Es führt über den Main eine Brücke aus Stein …«

Sonntagabend, Stadt Leer, Polizeidienstgebäude

»Hubertus Dascher, wo bist du?«, flüsterte Jan Broning und sah dabei auf die Tafel. Neben dem Namen Dascher stand nun »Marlies X«. Jan war sicher, endlich auf der richtigen Spur zu sein. Er spürte, dass die einzelnen Fäden der Ermittlungen sich zusammenfügten. Allerdings ging ihm das nicht schnell genug. Die Zeit lief ihm davon. Geduld war noch nie seine Stärke gewesen, aber bei einem echten Ermittler ging es nun mal nicht immer so schnell voran wie im Fernsehen.

Da waren immer alle Ergebnisse sofort auf dem Tisch, egal ob Telefondaten, DNA-Analysen und so weiter.

Er brauchte unbedingt die Krankenakte dieses Dascher. Morgen würde er nach Rücksprache mit Staatsanwalt Grohlich einen Beschluss erwirken. Irgendwo würden der vollständige Name dieser Marlies, ihre Adresse und Telefondaten stehen. Außerdem würde der Ablauf des Genesungsprozesses deutlich werden.

War dieser Dascher trotz seiner schweren Verletzung in der Lage, die Taten zu verüben?

Die Kollegen hatte Jan nach Hause geschickt, um im Büro alles in Ruhe zu durchdenken.

Das Telefon machte ihm einen Strich durch die Rechnung. *Wahrscheinlich die Presse,* dachte Jan, aber auf dem Display erkannte er Hayo Ukenas Handynummer. »Hallo, Hayo.«

»Hallo, Jan, ich habe gerade gesehen, dass du mich anrufen wolltest. Klang ja richtig wichtig auf der Mailbox. Ich dachte, ich frag mal nach.«

»Du warst beim Angeln …«

»Erraten, und dabei hatte ich mein Handy ausgeschaltet. Gibt es eine neue Entwicklung zum Axtmörder?«

Jan erzählte Hayo von Dascher und seiner geheimnisvollen Komplizin Marlies aus der Krummhörn. »Eine Künstlerin mit einem Atelier bei euch, klingelt es da bei dir?«

»Aha, deshalb wolltest du mich sprechen, aber da fällt mir spontan nichts zu ein.«

»Kennst du denn die Künstlerateliers in der Gegend?«

»Ein wenig, Kunst ist nicht so mein Ding, ich weiß, wo die sich befinden, aber nicht, wie die Künstlerinnen heißen.«

»Und wenn man die einfach mal anfährt und dumm fragt?«

»Hast du grad einen Köder ausgeworfen?« Hayo lachte auf.

»Ich hoffe, du beißt an!« Jan stimmte mit ein.

»Wollen wir uns wieder in Pewsum an der Polizeidienststelle treffen?«

»Ich habe gehofft, dass du das fragen würdest. Die Künstler kennen sich bestimmt untereinander und wissen vielleicht mehr.«

Sonntagabend, Eilsum, Atelier Melampus

»Ach, du bist wach, Tamme!« Hubertus Dascher schaute auf den gefesselten Mann im Krankenbett hinab. »Das trifft sich gut. Ich habe da noch ein paar Fragen an dich.«

Bertus bemerkte, wie Tamme in Richtung Kellertreppe blickte. »Sie wird dir nicht mehr helfen können, dafür habe ich gesorgt.«

»Was hast du mit ihr gemacht?«, fragte Tamme wütend. »Bertus, du bist nicht gesund, du musst dir helfen lassen.«

»Innerhalb kürzester Zeit hast du es geschafft, sie auf deine Seite zu ziehen.« Bertus wurde laut. »Den einzigen Menschen, der mir je etwas bedeutet hat, aber dafür wirst du büßen, Tamme Hofenga.«

Er nahm seine Wurfaxt in die Hand und holte aus, Tamme kniff die Augen zu. Im letzten Moment zögerte Bertus. *Du weißt nicht, wo das Gold ist, du darfst ihn noch nicht töten!*

»Du hast recht«, sagte Bertus und ließ die Axt sinken. »Sag mir, wo du das restliche Gold versteckt hast.« Er streichelte über die scharfe Klinge der Waffe. Langsam ließ er sie auf Tammes rechtes Handgelenk sinken und drückte etwas zu. Ein paar Blutstropfen traten aus der Wunde, Hofenga zuckte zusammen und versuchte, seine Hand wegzuziehen, aber die

Fesseln verhinderten es. »Wir beide sind *Hand*werker, dafür brauchen wir unsere Hände, und zwar beide.«

Hofenga schrie auf, als Bertus ausholte.

»Halt, Bertus, nicht!«, schrie Hofenga. »Ich sag dir, wo ich es versteckt habe. In meiner Garage, die Deckenleuchte, dahinter ist ein Hohlraum, dort liegt es. Du kannst alles nehmen, aber bitte nicht meine Hände!«

Bertus rief sich Tammes Haus und die Garage in Erinnerung. Die Holzbalken waren tatsächlich von innen mit Platten verkleidet und in der Deckenmitte war eine hässliche große Lampe angebracht. Eine handgroße Öffnung unter dem Lampengehäuse würde man erst entdecken, wenn man die Lampe abschraubte, ein verdammt cleveres Versteck. Allerdings könnte Tamme sich das gerade ausgedacht haben und das Gold befand sich in Wirklichkeit ganz woanders.

»Und wenn du mich anlügst und es an einem anderen Ort versteckt hast? Du wirst mich wohl begleiten müssen. Wir fahren mit dem Boot zurück nach Jemgum. Sobald ich das Gold habe, rufe ich einen Notarzt für dich. Jetzt gibt es eine kleine Spritze und du kannst weiterschlafen.«

Bertus verabreichte ihm eine hohe Dosis seines Beruhigungsmittels. Bis es wirkte, hatte er noch Zeit, Marlies in den Keller zu bringen. Als er an sie dachte, liefen ihm Tränen über das Gesicht und seine Knie wurden weich. Was hatte er nur getan? *Sie hat dich verraten, dich belogen und im Stich gelassen.*

»Halt's Maul!«, brüllte Bertus und ging nach oben zu ihr.

Nacht von Sonntag auf Montag, irgendwo in der Krummhörn

»Ist doch schwieriger, als ich gedacht habe«, gestand Jan seinem Kollegen, der neben ihm im Auto saß.

»Du willst doch wohl nicht aufgeben?«

»Wir sind seit zwei Stunden in der Krummhörn unterwegs«, grummelte Jan. »Nichts ... Bis jetzt haben wir nichts erreicht.«

»Es sind doch eine Menge Ateliers. Außerdem handelt es sich bei vielen um Ferienwohnungen. So früh in der Saison sind nicht alle Ferienhausbesitzer zurück.«

Jan war müde und brauchte unbedingt ein paar Stunden Schlaf. »Hayo, noch zwei Adressen, dann muss ich nach Hause.«

»Okay, die nächste ist ein Atelier in Eilsum, mit so einem komischen Namen. Irgendwas mit Melam...«

Hayo saß am Steuer, weil er sich gut auskannte und Jan Mühe hatte, die Augen offen zu halten.

Am Ortsrand von Eilsum stellte Hayo vor einem unscheinbaren Haus den Wagen ab. Auf einem Holzschild stand der Name »Melampus«.

»Ein merkwürdiger Name«, bemerkte Jan und stieg aus. Zusammen mit Hayo ging er zur Eingangstür des Hauses. Sollte er klingeln? Es war schon verdammt spät. Entschlossen drückte er den Daumen auf den Klingelknopf.

Es blieb ruhig. Schon wieder ein verlassenes Ferienhaus?

Hayo drückte noch mal auf den Klingelknopf und suchte nach einem Namensschild an der Tür. Jan nutzte die Gelegenheit und machte ein paar Schritte um das Haus herum. Hinten ging der Garten in den Hammrich über. An einem großen Fenster blieb Jan stehen und erhaschte einen Blick in einen Raum, wahrscheinlich das Atelier, in dem verschiedene Staffeleien standen. Drinnen war es dunkel, niemand schien zu Hause zu sein. Im Garten waren Skulpturen aus Holz verteilt.

»Jan, wo bist du?« Hayo suchte ihn offenbar.

»Hier im Garten!«, antwortete Jan und kehrte zurück in Richtung Eingangstür.

»Hier ist niemand, kein Namensschild, wahrscheinlich wieder ein unbewohntes Ferienhaus«, resignierte Hayo.

»Lass uns zur nächsten Adresse fahren und dann ist Feierabend. Morgen sind wieder alle Ämter besetzt und wir können vom Büro aus weiterermitteln.«

Sie setzten sich ins Auto und Hayo fuhr weiter nach Greetsiel.

Nacht von Sonntag auf Montag, Atelier Melampus

Sie hörte die Türklingel und die leisen Stimmen, wie durch Watte. War Bertus zurückgekommen? Sie wollte rufen, aber sie konnte nicht einmal sprechen. Es ging ihr sehr schlecht und sie kämpfte um jeden Atemzug.

Bertus war entsetzlich wütend geworden, als er das Blut an ihren Schuhen entdeckt hatte. Für einen Moment hatte sie gedacht, er würde sie auch mit der Axt erschlagen, ehe er die erhobene Waffe hatte sinken lassen und die Spritze aus seiner Tasche geholt hatte. Er hatte ihr wohl nur eine geringe Dosis verabreicht, weil er wusste, dass Beruhigungsmittel für sie tödlich sein könnten. Sie war weggedämmert und hatte mitbekommen, dass er sie in den Keller gebracht hatte. Sie lag in diesem Krankenbett. Wo war Hofenga? Irgendwann hatte Bertus ihr das Spray in die Hand gedrückt und ihr über das Gesicht gestreichelt.

»Es wird wieder alles gut, Marlies. Ich muss dich jetzt einsperren, aber ich komme zurück und dann habe ich das Gold für uns.«

Sie hatte gehört, wie er den Keller verlassen und die Tür von außen abgeschlossen hatte.

Irgendwann war sie aufgewacht und rang seither nach Luft. Der seelische Aufruhr, in dem sie sich befand, verschlimmerte ihr Asthma. Es war alles zu viel.

Sie griff nach dem Spray, das Bertus ihr in die Hand gedrückt hatte. Mit Mühe gelang es ihr, es einzunehmen, und sie bemerkte am Geschmack im Mund, dass etwas nicht stimmte. Ein Blick auf den Spraybehälter zeigte ihr, dass es nicht ihr Notfallspray war. Bertus hatte ihr das falsche Medikament in die Hand gedrückt. Panik erfasste sie und der Tiger sprengte die Tür auf. Ihr wurde schwarz vor Augen und sie versank in einen Abgrund.

Nacht von Sonntag auf Montag, Greetsiel

Jan war wieder hellwach. Ein Gedanke hatte sich an die Oberfläche seines müden Geists gekämpft. Es hatte mit diesem letzten Garten zu tun, etwas war ihm aufgefallen. Was war es? Was hatte sein Unterbewusstsein registriert? Hatte ihm die Müdigkeit einen Streich gespielt?

»Hayo, dreh um, wir müssen noch einmal zu dieser Adresse in Eilsum.« Jan musste grinsen, als er das Fragezeichen in Hayos Gesicht sah. »Ich erklär's dir später, ich bin mir noch nicht sicher.«

Es war ein kurzer Weg zurück. Hayo wollte aus dem Wagen steigen, aber Jan hielt ihn am Arm fest. »Hayo, lass uns die Schutzwesten anlegen, ich hab so ein Bauchgefühl, dass es gefährlich werden könnte. Dieser Hubertus Dascher ist vielleicht hier. Wir sollten uns deshalb absichern.«

Die beiden Polizisten schlichen vorsichtig um das Haus herum in den Garten. Jan ging auf eine Art Skulptur zu und betrachtete sie genau.

Es handelte sich um einen etwa zwei Meter hohen Baumstamm, den man eingegraben hatte. In diesen Stamm hatte jemand ein primitives Gesicht in Augenhöhe geschnitzt.

Jan fühlte über die Oberfläche des Stammes, spürte die länglichen Einkerbungen im Holz und murmelte: »Dachte ich es mir!«

Es handelte sich um eine Art Zielscheibe für Axtwürfe. Genau so eine stand in Jemgum auf dem Gelände des Holzlagerplatzes. Das konnte kein Zufall sein. Jan erzählte Hayo von seinem Verdacht.

»Dieser Dascher hat hier mit seiner Axt werfen geübt?«

Jan nickte. »Das Gesicht auf dem Stamm ist genauso primitiv wie das in Jemgum und bestimmt nicht von einer Künstlerin gemacht. Sieh nur, wie fein die Konturen der anderen Figuren ausgearbeitet worden sind.«

»Dann müssen wir wohl mal im Haus nachsehen.«

Jan stimmte zu und die beiden Polizisten gingen gemeinsam um das Haus herum. Alle Zimmer waren dunkel und es war totenstill. Das Küchenfenster bot sich an. Jan holte mit seiner Pistole aus und schlug sie gegen das Fensterglas. Der Krach der splitternden Scheibe war nicht zu vermeiden. Die Polizisten stiegen durch das Fenster ins Haus. Beide hielten ihre Waffen in den Händen. Vorsichtig durchsuchten sie die einzelnen Räume und sicherten sich dabei gegenseitig. Im Flur und in der Küche fand Jan Blutspuren auf dem Boden. Das Haus war menschenleer und nur der Keller blieb übrig. Die Feuerschutztür war verschlossen, der

Schlüssel steckte. Jan drehte ihn im Schloss und trat ein. Im Raum stand ein riesiges Bett, offenbar für Kranke, darauf lag eine leblose Frau. Jan näherte sich ihr, so wie sie aussah, war ihr nicht mehr zu helfen. Er nahm keine Atmung wahr und prüfte den Puls am Hals. Da glaubte er, einen leichten Herzschlag zu fühlen.

»Hayo, die Frau lebt noch, ruf einen Notarzt!«

Nacht von Sonntag auf Montag, Campen, Deich am Leuchtturm

Das Tor an der Deichstraße ließ sich einfach knacken. Bertus schob es auf und fuhr mit dem Kastenwagen hindurch. Er musste dieses Mal Hofenga allein transportieren und wollte den Weg zum Anleger abkürzen. Er steuerte über den Deich und direkt zum Liegeplatz seines Bootes. Das Wasser lief zum Glück noch auf und er würde gleich ablegen können. Er zog Hofenga aus dem Laderaum. Der Zimmermeister war bewusstlos, und Bertus musste sich anstrengen, den leblosen Körper zum Boot zu ziehen und hineinzuwuchten. Danach setzte er sich in den Wagen, fuhr zurück und schob es zu. Er gab Gas und raste in Richtung des kleinen abgelegenen Campingplatzes. Hinter einem Versorgungsgebäude stellte er den Wagen ab. Hier würden sie ihn nicht so schnell finden. Dann rannte er zurück zum Boot, lichtete den Anker und stakte es mit der langen Stange bis ins tiefe Wasser. Dort startete er den Motor, schaltete die Positionslichter an und nahm Kurs nach Backbord in Richtung Emden. Sein Plan war, von dort aus mit der Flutströmung weiter bis nach Jemgum zu fahren.

Sein Herzschlag beruhigte sich und seine Kopfschmerzen ließen nach, als er das leichte Schaukeln der Wellen unter sich spürte. Wie ein Kind in einer Wiege fühlte er sich. Wasser war sein Element und eigentlich hätte er besser Seemann werden sollen. Dann hätte er viel von der Welt gesehen. Noch war es nicht zu spät.

Hofengas Goldversteck war nicht weit entfernt. Mit dem Gold würde er sich ein großes Segelboot kaufen, groß genug, um die Weltmeere zu befahren. Marlies würde er natürlich mitnehmen und sie hätte endlich mal andere Eindrücke als den Hammrich. Blaues Wasser, Palmen und einen einsamen Sandstrand.

Ihr Asthma würde besser werden und vielleicht könnten sie wieder Kontakt mit ihrer Tochter aufnehmen. In Gedanken sah er sich mit einem Tablett in der Hand, auf dem er seinen Damen an einem weit entfernten Strand Longdrinks servierte.

Ein Knall riss ihn aus seinen schönen Fantasien. Verflucht! Er war mit einer Tonne kollidiert. Zum Glück nur eine Beule in der Seitenwand des Kahns und kein Loch. Er musste besser aufpassen, sonst würde er absaufen, bevor er Jemgum erreicht hatte.

Die Flutströmung war enorm und trieb ihn schnell voran. Der Motor lief auf Hochtouren und der Vollmond erleichterte ihm die Navigation. Der Seehafen Emden rauschte an ihm vorbei und vor ihm lag das Sperrwerk Gandersum. Irgendwie waren dort in der Nacht mehr Lichter als sonst, oder bildete er sich das ein? Alle Durchfahrtslichter wechselten plötzlich von Grün auf Rot. Das bedeutete, die Durchfahrt war verboten. Bertus Dascher war das egal, er fuhr in schnellem Tempo durch die Öffnung. Die starke Strömung zwischen den Pfeilern warf seine Nussschale hin und her. Mit einem Seitenblick sah er zu dem Betriebsgebäude an der linken Seite. Sonst war dort zu dieser Zeit alles dunkel, jetzt waren die Fenster erleuchtet. Hatte man ihn etwa gesehen? Hoffentlich nicht.

Bertus musste wieder auf seinen Kurs achten. Vor ihm lag eine Rechtskurve. Es war nicht mehr weit bis zu der Insel Hatzumer Sand. Er änderte den Kurs, raus aus dem Fahrwasser, und navigierte zwischen dem Moormeländer Ufer und der Insel.

Diese Seite der Insel war extrem schlecht einzusehen und für seine Zwecke ideal. Als er die Insel erreichte und den Motor auf Leerlauf stellte, bemerkte er, dass sein Kahn nicht wegtrieb. Merkwürdig, keine Strömung mehr im Wasser. Sicher würde der Ebbstrom gleich einsetzen. Durch die Baumaßnahmen konnte man sich nicht wirklich darauf verlassen.

Bertus band seinen Kahn an einer Weide fest und zog Tamme heraus. Er packte ihn unter den Achseln und schleppte ihn rückwärts zu seinem versteckten Lager. Als er die Mulde im Boden erreichte, keuchte er vor Anstrengung. An einem starken Weidenast band er Tamme fest.

Zufrieden betrachtete er sein Opfer. Er hatte versprochen, ihn zum Arzt zu bringen, nachdem er das Gold gefunden hatte …

Das wäre ungerecht, gab seine innere Stimme zu bedenken, *zwei Feinde hast du umgebracht, weil sie dich sterben lassen wollten, und ausgerechnet den Anstifter, der sie dazu überredet hat, willst du verschonen? Nein, erst wenn du auch ihn getötet hast, ist deine Rache vollendet. Außerdem weiß er zu viel und stellt ein Risiko dar. Überprüf, ob er nicht gelogen hat. Sobald du das Gold hast, kommst du zurück und beendest, was du angefangen hast.*

»Du hast recht.« Bertus schloss die Augen, seine Kopfschmerzen kamen zurück. Er stolperte zurück zu seinem

Boot. Das Gold wollte er unbedingt noch in der Nacht holen. Er stieß sich ab, startete den Motor und nahm Kurs auf die Einfahrt zum kleinen Hafen an der alten Ziegelei in Midlum. Dort war keine Menschenseele und auch bei der Ziegelei war alles ruhig. Erleichtert machte er seinen eisernen Kahn fest. Es fiel ihm sehr schwer und er war unkonzentriert, weil das Pochen in seinem Kopf unerträglich wurde. Für einen Augenblick musste er sich ausruhen. Er legte sich auf die Planen im Boot und wickelte sich darin ein. Nur für einen Atemzug, dann konnte er weiter. Im nächsten Moment war er tief eingeschlafen.

Nacht von Sonntag auf Montag, Atelier Melampus

Jan Broning stand neben dem Notarzt und beobachtete, wie er die Frau im Keller untersuchte. Ein Beatmungsgerät war angeschlossen worden.

»Das war Rettung in letzter Minute«, sagte der Mediziner mit besorgtem Gesichtsausdruck. »Vermutlich ein Asthmaanfall, und wie es aussieht, ein sehr schwerer. Ich weiß noch nicht, ob sie es schafft. Sie wird direkt auf die Intensivstation gebracht werden.«

»Schade«, sagte Jan. »Ich hätte ihr gerne ein paar Fragen gestellt.«

»Das können Sie vergessen, ich bin froh, wenn sie überlebt!«

Inzwischen wussten die Kriminalbeamten, dass es sich bei der Frau im Keller um die Künstlerin Marlies Gruber handelte. Frau Gruber wurde mit dem Rettungswagen abtransportiert und die Kommissare hatten das Haus wieder für sich.

Sie standen in der Küche und sahen auf den Fußboden, wo sich Blutspuren befanden.

»Geblutet hat sie nicht«, bemerkte Jan. »Aber von wem stammt das Blut?«

Die Spuren führten zur Eingangstür und weiter nach draußen. Mit einem unguten Gefühl folgten Hayo und Jan den roten Abdrücken zum Nachbarhaus.

Die Eingangstür war nicht verschlossen und eine billige Sicherungskette hing beschädigt am Rahmen. Mit den Waffen im Anschlag betraten die Kriminalbeamten das Haus und fanden im Flur zur Küche einen leblosen Körper in Bauchlage auf dem Boden. Am Hinterkopf klaffte eine Wunde. Eine große Blutlache hatte sich unter dem Kopf gebildet, in die jemand getreten sein musste, überall im Flur waren Abdrücke.

Jan bückte sich und stellte fest, dass eine ältere Frau vor ihnen lag. Im Gegensatz zu Marlies Gruber war ihr nicht mehr zu helfen.

»Die arme Frau«, meinte Hayo Ukena, als er auf die Leiche hinabsah.

Der zum zweiten Mal alarmierte Notarzt stellte kurz darauf den Tod der alten Dame fest. »Für heute reicht es mir«, sagte er, als er sich verabschiedete.

»Wie wollen wir vorgehen?«, fragte Hayo.

»Das Wichtigste ist die Fahndung nach dem Täter. Derjenige, der Frau Gruber eingesperrt und ihre Nachbarin vermutlich erschlagen hat, ist auf der Flucht. In Frau Grubers Portemonnaie haben wir einen Fahrzeugschein gefunden. Demnach gehört ihr ein Kastenwagen. Das Auto ist nicht hier und der Täter könnte damit unterwegs sein.«

»Ich schreibe den Wagen zur Fahndung aus, das Kennzeichen haben wir ja.« Hayo griff zum Handy.

Jan überlegte, wie die Tatorte aufgenommen werden könnten. Zwei Häuser waren ein schwerer Auftrag für ein Team.

Außerdem hing der Tatort im Haus Gruber direkt mit den bisherigen Ermittlungen zu den Axtmorden im Rheiderland zusammen. Die Kriminaltechniker aus Leer könnten sofort beginnen, die Spuren hier im Haus mit den Spuren von den Tatorten im Rheiderland zu vergleichen.

Als Hayo sein Telefonat beendet hatte, erklärte Jan ihm, wie er vorgehen wollte. Hayo war einverstanden und die Kriminaltechniker aus Aurich und Leer wurden alarmiert.

Bis zum Eintreffen der beiden Teams betraten Hayo und Jan die Tatorte nicht mehr. Sie warteten im Zivilwagen.

»Was ist hier passiert?«, grübelte Hayo.

»Ich vermute, die tote Nachbarin hat etwas gesehen, was ihr zum Verhängnis wurde«, sagte Jan nachdenklich. »Die Wunde an ihrem Hinterkopf sah so aus wie die Wunden der anderen Opfer. Bei der Tatwaffe handelt es sich wahrscheinlich wieder um eine sehr scharfe Axt.«

»Hubertus Dascher?«

»Ja, Hayo, Dascher und diese Marlies Gruber haben die Taten gemeinsam begangen. Ich verstehe nur nicht, warum er sie in den Keller eingesperrt hat, und dann noch in ihrem Zustand. Das würde ja auf den verschwundenen Tamme Hofenga hinweisen. Jedenfalls müssen wir die beiden finden.«

»Die Fahndung nach dem Wagen läuft, vielleicht haben wir Glück.«

»Hubertus Dascher oder doch Tamme Hofenga?«, murmelte Jan vor sich hin und war im Begriff wegzudösen.

Jemand klopfte an die Seitenscheibe des Wagens und er schreckte auf. Jan drehte die Fensterscheibe herunter und schüttelte benommen den Kopf.

»Entschuldigung, Jan.« Swantje Beninga lächelte nachsichtig. »Hayo meinte, wir sollen dich erst einmal in Ruhe lassen, aber er wollte jetzt los, und ich dachte, ich erzähl dir noch schnell, wie es bis jetzt aussieht.«

»Schieß los!« Jan gähnte.

»Volltreffer, die Spuren sind eindeutig. Wir haben eine Perücke im Haus gefunden, die Fasern könnten zum Tatort in Coldeborg passen, und die Ballettschuhe haben wir auch gefunden. Größe 38. Ich leg mich ausnahmsweise fest. Marlies Gruber ist die gesuchte Spukfrau von Coldeborg und Hatzum.«

»Und von ihrem Komplizen? Sind da Spuren von einem Mann?«, hakte Jan nach.

»Ja, die blutigen Schuhabdruckspuren stimmen mit den Spuren von den anderen Tatorten überein. Die Auswertung dauert noch, aber wir haben ja einige Vergleichsspuren. Eins ist uns noch im Keller aufgefallen: Auf dem Bettrahmen waren Blutspuren. Es sieht so aus, als ob diese Marlies Gruber im Bett geblutet hätte und das Blut runtergetropft ist. Das Tropfmuster ist eindeutig.«

»Marlies Gruber hat nicht geblutet«, dachte Jan laut nach.

»War diese Frau Gruber ans Bett gefesselt?«, wollte Swantje wissen.

»Nein, war sie nicht, allerdings war die Kellertür verschlossen.«

»Beim Krankenbett haben wir durchtrennte Kabelbinder gefunden, und es könnte sein, dass damit jemand an das Bett gefesselt war. Ich muss wieder zu Albert runter.«

Swantje winkte kurz zum Abschied und Hayo stieg zu Jan ins Auto.

»Wenn nicht Frau Gruber, wer lag dann gefesselt in diesem Bett?«, überlegte Jan und streckte sich ausgiebig.

»Mann, siehst du müde aus!«, stellte Hayo fest.

»Wird Zeit, dass ich nach Hause komme.«

»Du kannst bei mir in Pewsum schlafen, ich hab ein Gästezimmer, und ich glaube, du solltest nicht mehr Auto fahren, sonst landest du im Graben. Nach ein paar Stunden Schlaf und einer starken Tasse Kaffee fällt das Denken leichter. Maike habe ich schon angerufen.«

»Danke dir, Hayo. Ein paar Stunden, dann bin ich wieder fit!«

Montagmorgen, Stadt Leer, Polizeidienstgebäude

»Guten Morgen, Kollegen!« Jan Broning betrat das Büro der Moko »Axt«.

»Guten Morgen!«, erwiderten Klaas und Onno.

»Was für eine Nacht!«, beschied Jan immer noch etwas verschlafen.

»Maike und Stefan waren sehr früh hier. Sie sind mit einem Beschluss zur Beschlagnahme der Krankenakte von diesem Dascher vor …«, Onno warf einen Blick auf die Uhr, »… vor einer Stunde losgefahren.«

»Inzwischen haben wir die Anrufe der Medienvertreter zur Pressestelle umleiten lassen«, erklärte Klaas. »Kannst dir ja vorstellen, was da los ist.«

»Was ist mit der Fahndung nach Dascher und Hofenga?«, wollte Jan wissen.

»Bis jetzt negativ«, antwortete Onno. »Dieser Kastenwagen der Künstlerin ist nirgends aufgetaucht.«

Klaas sah auf die Tafel mit den Bildern und Hinweisen zu Opfern und möglichen Tätern. »Inzwischen wissen wir ja, dass diese Freundin von Dascher, Marlies Gruber, an den Tatorten gewesen ist. Onno und mir ist aber noch nicht klar, wer ihr Komplize ist. Dascher oder Hofenga?«

Jan verzog den Mund. »Mit 100-prozentiger Sicherheit kann ich das auch nicht sagen, aber für mich steht fest, dass

Hubertus Dascher und Marlies Gruber die Morde an Wieringa und Ebens begangen haben.«

»Okay, Jan, aber warum …«

»… warum er dann seine Komplizin halb tot im Keller einschließt? Um diese Frage beantworten zu können, müssen wir wissen, wer vorher gefesselt in diesem Krankenbett lag.«

Jan legte seinen Mitarbeitern die Befunde der Kriminaltechnik dar. »Ich möchte wetten, dass das Blut auf dem Scheunenboden in Jemgumgaste und die Blutspur am Krankenbett in Eilsum von Tamme Hofenga stammen. Dieser Dascher muss ihn irgendwie von Jemgumgaste nach Eilsum in den Keller transportiert haben.«

»Warum haben sie diesen Hofenga nicht gleich umgebracht wie die beiden anderen Opfer? Da haben sie ja auch nicht lange gefackelt«, stellte Onno in den Raum.

Das Telefon beendete die Spekulationen.

Jan sah auf das Display und meldete sich. »Hallo, Maike, guten Morgen, mein Schatz!«

»Ach, hat mein lieber Jan ausgeschlafen?« Jan konnte in Gedanken sehen, wie sie dabei grinste.

»Hayo hatte einen miserablen Frühstückskaffee«, beschied er.

»Was treibst du dich auch nachts in fremden Betten herum?«

»Maike, ich stelle auf laut! Klaas und Onno hören mit.«

»Kollegen, wir haben die Krankenakte dieses Hubertus Dascher, ich fasse kurz zusammen.« Maike begann aufzuzählen: »Dascher wurde vom Groninger Krankenhaus in diese Spezialklinik verlegt, Diagnose: schweres Schädel-Hirn-Trauma dritten Grades, es folgen jede Menge Fachausdrücke. Seine Kontaktperson ist eine Marlies Gruber gewesen und sie wohnte in Eilsum, aber das wissen wir ja inzwischen. Sie konnte wohl eine Patientenverfügung vorlegen.«

Es entstand eine Pause, Maike blätterte hörbar durch die Krankenakte.

»Also ich erspar euch das weitere Fachchinesisch, sein Zustand hat sich dann verbessert, er konnte wieder selbstständig atmen. Allerdings war er nicht ansprechbar und Moment … ah hier geht es weiter … auf Wunsch von Frau Gruber wurde er in diesem Zustand als Pflegefall entlassen.«

»Frau Gruber hat ihn zu sich nach Hause geholt?«, wollte Jan wissen.

»Ja, ihr Name ist als Kontaktperson vermerkt und das war's dann schon.«

»Bisschen dünn, gibt es wenigstens Fotos von Dascher in der Akte?«, erkundigte sich Jan.

»Ja und nein«, antwortete Maike kryptisch. »Auf einem Bild ist er ohne Verband zu sehen. Keine Haare und er sieht irgendwie eingefallen aus.«

»Kein Wunder, die Haare wurden bei den Operationen entfernt«, schätzte Jan. »Durch die künstliche Ernährung wird er auch ordentlich an Substanz eingebüßt haben.«

»So wird es gewesen sein«, stimmte Maike zu. »Ich glaube, mehr können Stefan und ich hier nicht rausbekommen. Wir fahren jetzt zurück.«

»Danke, Maike, bis später!« Jan legte auf.

»Schade«, stellte Jan fest, »ich hatte mir mehr versprochen, was diese Krankenakte betrifft. Wir wissen nur von dieser Krankenschwester aus Haren, was nach der Entlassung von Dascher passiert ist.«

»Auf jeden Fall ist er demnach irgendwann wieder ansprechbar gewesen«, stellte Onno fest. »Angeblich hat diese Freundin von Dascher ihr auch von einer Wesensveränderung berichtet.«

»Ja«, bestätigte Jan. »Sie sprach von Aggressivität und Wutausbrüchen.«

»Ich hab mal im Internet nachgesehen.« Klaas sah auf den Computermonitor. »Also bei solch schweren Hirnverletzungen können später Persönlichkeitsveränderungen auftreten. Oha, psychische Störungen, Wutausbrüche und bipolare Störungen. Klingt gar nicht gut.«

Jan wirkte sehr nachdenklich. »Die Frage ist doch: Wie weit hat sich Dascher erholt, konnte er die Morde rein körperlich durchführen? Es sind mehrere Jahre zwischen der Entlassung und dem ersten Mord vergangen. Er könnte sich in dieser Zeit vollständig erholt haben und …«

»Erholt, na ja«, unterbrach ihn Onno.

»Ich meine körperlich erholt«, erklärte Jan. »Vielleicht ist er auch total verrückt geworden und hat seine Komplizin zumindest zeitweise nicht mehr erkannt. In diesem Fall hätte sie ja noch Glück gehabt, dass er sie nicht mit der Axt erschlagen hat. Dies wäre eine Erklärung dafür, dass sie im Keller eingesperrt war.«

»Oh Mann, unser Mörder ist vielleicht ein durchgeknallter Zimmermann, der gut mit einer Axt umgehen kann«, brachte Klaas die Ergebnisse auf den Punkt.

Jan spann weiter: »Vielleicht hat er seine Medikamente nicht genommen oder nach den Morden total die Kontrolle verloren. Das sind alles Vermutungen, wenden wir uns den Fakten zu, denkt an die Spurenlage: Den Blutspuren nach war Marlies Gruber ebenfalls am Tatort dieser erschlagenen Nachbarin.« Er schloss die Augen und dachte lange nach, bevor er sagte: »Womöglich war sie mit diesem Mord nicht einverstanden. Alle anderen Aktionen von diesem Duo Dascher/Gruber zielten auf seine ehemaligen Mitarbeiter. Der Mord an der unbeteiligten Nachbarin fällt aus dem Rahmen, war vielleicht nicht geplant. Am falschen Ort zur falschen Zeit? Sobald wir mit Frau Gruber sprechen können, wird sie hoffentlich Licht ins Dunkel bringen.«

»Jetzt wissen wir wenigstens, wer Täter und Opfer ist«, konstatierte Onno. »Dascher ist der Täter und Hofenga das Opfer.«

»Täter, Opfer oder beides?«, murmelte Jan und bemerkte Onnos fragende Miene. »Bis zu Daschers Verkehrsunfall im Hafen Jemgum waren die Beteiligten eine eingeschworene Gemeinschaft. Vor fünf Jahren ändert sich das Verhalten der Männer. Sie tun so, als gäbe es ihren Kollegen, ihren Freund nicht mehr. Da stimmt was nicht. Nach diesem Unfall hat sich die finanzielle Situation der Männer verbessert. Hofenga verteilt größere Geldsummen an Wieringa und Ebens. Dreh- und Angelpunkt ist diese eine Nacht 2012.«

»Der Unfall?«, hakte Onno nach.

»Mit diesem Unfall stimmt etwas nicht und die Antworten dazu können uns nur noch Hofenga und Dascher liefern«, erklärte Jan. »Irgendwo müssen die sein. Die können sich nicht in Luft aufgelöst haben.«

Montagmorgen, Midlum, Alte Ziegelei

Erschrocken wachte er auf. Wie lange hatte er geschlafen? Zu lange! Die Nacht war vorbei und damit die beste Chance, bei Dunkelheit an das Gold zu kommen. Dann musste es eben bei Tag gelingen. Rasch den Schatz holen und zurück nach Eilsum, Marlies aus dem Keller befreien.

Du hast etwas vergessen, gab seine innere Stimme zu bedenken. *Tamme Hofenga wartet auf der Insel auf seine Hinrichtung. Danach kannst du zu ihr.*

Bertus blickte über den Bootsrand und beobachtete das Ziegeleigelände. Es war alles ruhig, keine Menschenseele zu sehen, und er kletterte aus dem Kahn an Land. Merkwürdig, das Wasser war noch nicht wieder abgelaufen, es müsste doch jetzt Ebbe sein oder … Egal, er musste sich auf die nächsten Aktionen konzentrieren. Er stand kurz vor dem Erreichen seines Zieles, das versteckte Gold, die Wiedergutmachung für die Qualen der letzten Jahre.

Bertus umkletterte den Zaun an der Zufahrt zur Ziegelei und ging zu seinem versteckten Moped. Der Graben war zur Hälfte mit Wasser gefüllt und die Reifen des Fahrzeugs tropften, als er es aus der Senke zog. Der Motor sprang sofort an, zum Glück war das Wasser nicht eingedrungen. Bertus setzte den schwarzen Integralhelm auf, drehte am Gasgriff und fuhr langsam den Deich hinauf.

Montagmorgen, Jemgum, Haus des Tamme Hofenga

Stinus Wurps und sein Kollege Taleus Borchers von der Polizeidienststelle Weener saßen im Zivilwagen und observierten das Haus dieses vermissten Tamme Hofenga. Seit der gestrigen Pressemitteilung zu den Axtmorden war es an den Tatorten unruhig geworden. Immer wieder fuhren Schaulustige mit Fahrrädern und Autos langsam vorbei.

»Haben die nichts anderes zu tun?«, grummelte Taleus. »Rasenmähen, Bügelwäsche?«

»Offensichtlich nicht«, antwortete Stinus, »sonst würden die nicht überall rumkurven und gaffen.«

Aus dem Funkgerät rauschte eine Meldung: »Achtung, eine wichtige Durchsage, am Tatort Coldeborg wurde eine verdächtige Person gemeldet, vermutlich noch vor Ort.«

Taleus reagierte sofort: »Wir stehen günstig in Jemgum und übernehmen!«

Stinus Wurps drehte den Zivilwagen und fuhr auf die Landstraße in Richtung Ditzum. Er gab ordentlich Gas und Taleus setzte das Blaulicht auf das Dach des Wagens. Auf das Martinshorn verzichtete er. Die eingeschaltete Sirene würde den Eindringling aufschrecken.

Sie durchfuhren Midlum und Critzum. Am Coldeborgersiel bogen sie in die Straße ab, an der sich das Haus von Ontje Wieringa befand. Während die beiden Polizisten die Schutzwesten überzogen, bemerkten sie einen abgestellten Kastenwagen. Stinus erinnerte sich an die Fahndung nach einem solchen Fahrzeug, allerdings mit Auricher Kennzeichen. Das Nummernschild des Wagens hier zeigte »BO« für Bochum, aber es konnte natürlich genauso gut gestohlen worden sein. Taleus und Stinus stiegen leise aus und näherten sich vorsichtig dem Haus. An der Eingangstür sahen sie eine Person, die sich an deren Rahmen zu schaffen machte. Die Person hatte eine Kapuze tief ins Gesicht gezogen. Erschrocken drehte sie sich um, wahrscheinlich hatte sie die Polizisten bemerkt. Mit großen Augen sah der Mann Stinus und Taleus an und rannte los.

»Stehen bleiben, Polizei!«, rief Stinus und lief dem Flüchtenden hinterher in Richtung Deich. Er rannte die Treppe hinauf und war verschwunden. Stinus ächzte, als er die Deichkrone erreicht hatte. Zusammen mit Taleus suchte er das Gelände ab. Die Person war nicht zu sehen, aber weit konnte sie nicht gekommen sein.

Montagmorgen, Jemgum, Haus des Tamme Hofenga

Langsam fuhr Bertus mit dem Moped an Tammes Haus vorbei. Eigentlich rechnete er damit, dass die Polizei das Haus beobachtete. Immer wieder rollten Autos die Straße entlang, aber Bertus vermutete, dass es sich nicht um Polizisten handelte. Vielleicht Schaulustige, die sich das Haus ansehen wollten? Das war sehr vorteilhaft für ihn, er würde zwischen diesen Gaffern nicht weiter auffallen. Am Ende des Weges stand ein Holzunterstand, ein Treffpunkt für Jugendliche, und in der Nähe befand sich Tammes Grundstück.

Man würde den Mopedfahrer für einen Heranwachsenden halten, der sich vielleicht mit andern treffen wollte. Er musste nur den Helm aufbehalten.

Bertus kannte Tammes Grundstück. Vorne, am Schwingtor der Garage, zur Anliegerstraße hin, war ihm der Zugang zu gefährlich, weil man das Tor gut einsehen konnte. Vom Garten aus gab es eine wackelige Tür.

Einige Male hatte Bertus Tamme darauf hingewiesen, eine stabilere einzubauen, um die teuren Werkzeuge zu sichern. Aber Tamme hatte nicht auf ihn gehört.

Bertus stellte das Moped beim Unterstand ab, nahm seine Packtasche vom Gepäckträger und sah sich um. In einem günstigen Moment schlich er zwischen den Büschen hindurch in den Garten. Mit einem Brecheisen war die hintere Tür schnell geöffnet und er stand in der Garage. Dort begann er, mit einem Schraubendreher die Deckenleuchte abzuschrauben. Sein Herz klopfte schnell, als er damit fertig war und in den Hohlraum zwischen Deckenplatte und Dachziegeln griff. Er tastete mit den Fingern nach dem versteckten Gold und schrie auf, als er einen heftigen Schlag auf die Hand bekam. Er zog die Hand aus der Öffnung. Eine Rattenfalle! Tamme hatte eine Rattenfalle darin versteckt. Mit schmerzverzerrtem Gesicht öffnete Bertus die Feder und zog seine Hand heraus.

»Na warte, Tamme! Dafür wirst du einen langsamen Tod sterben«, murmelte er und widmete sich wieder dem Hohlraum. Dieses Mal ertastete er einen schmalen Stoffsack und zog ihn heraus. Er war schwer und Bertus öffnete hastig das Verschlussband. Es klimperte, als die ersten Goldstücke herausfielen. War das alles? Bertus suchte weiter und fand noch zwei weitere schmale Stoffsäcke mit Goldstücken unter den Dachziegeln.

Montagmorgen, Coldeborgersiel

Stinus stupste Taleus an und zeigte auf das Gebäude des Schöpfwerkes. Es grenzte direkt an den Deich. Er gab seinem Kollegen ein Handzeichen, dass er rechts um das Gebäude herumgehen sollte. Er selbst würde auf den Deich und dann linksherum gehen. Stinus vermutete, dass sich die flüchtige Person hinter der Mauer versteckte.

Er wartete einen Moment, bis Taleus seine Position eingenommen hatte, und ging los.

»Kommen Sie raus, mit erhobenen Händen!«, rief er und rannte los. Als er um die Ecke kam, sah er, dass der Flüchtige hinter der Mauer nach rechts entkommen wollte. Dort stand Taleus und stellte ihm ein Bein. Der Mann stürzte und landete bäuchlings auf der Wiese.

»Hoppla!«, rief Taleus und drückte sein Bein auf den Rücken des am Boden Liegenden.

Stinus brauchte sich nur noch zu bücken, um die Handschellen anzulegen. Er zog die Person unsanft hoch und schob die Kapuze des Shirts nach hinten. Als Stinus das Gesicht des jungen Mannes sah, musste er lachen.

Taleus verzog ebenfalls sein Gesicht, als er die grün-braunen Streifen von Schafskötteln im Gesicht des Festgenommenen bemerkte.

Der Mann jammerte und spuckte Reste von Gras aus.

»Bei so einer Vollbremsung sollte man besser die Beschnautzung fest zusammenpressen«, höhnte Stinus. »Übrigens, Sie sind festgenommen.«

Auf dem Weg zum Auto erklärte er dem Mann seine Rechte. Irgendwie kam er ihm bekannt vor. Wo hatte er ihn schon einmal gesehen? Am Zivilwagen durchsuchten die Polizisten ihn. Plötzlich stutzte Stinus, weil er unter der Kleidung einen länglichen Gegenstand gespürt hatte. Er zog ihn hervor und konnte nicht glauben, was er in der Hand hielt.

Da hörte Stinus Jan Bronings Stimme. »Hallo, Stinus, Taleus. Klaas und ich haben den Funkspruch mitgehört und sind sofort hierhergefahren, um euch zu unterstützen. Aber ihr habt ja schon alles im Griff.«

»Im wahrsten Sinne des Wortes«, erwiderte Stinus und berichtete, was sich nach dem Eintreffen hier am Tatort ereignet hatte. Er bemerkte Jans Blick auf das Objekt in seiner Hand und hielt ihm den Gegenstand so hin, dass er ihn gut sehen konnte. Es handelte sich um ein schön geschnitztes Namensschild aus Holz. Der Name Ontje Wieringa war darin eingraviert. Der Festgenommene hatte bis jetzt nichts gesagt und nach unten gesehen.

»Stinus, den Mann kennen wir doch!«, sagte Jan erstaunt.

»Ich habe auch überlegt, wo ich ihn schon gesehen habe.«

»Das ist unser Sondengänger, Herr Kowalski, der in den Salzwiesen am Dollart ein bewaffnetes Skelett ausgebuddelt hat«, erinnerte ihn Jan.

Stinus nickte. »Ja, jetzt fällt es mir wieder ein!«

»Herr Kowalski«, sagte Jan Broning in strengem Tonfall, »erklären Sie uns doch einmal, was Sie hier vorhatten.«

»Ich habe im Internet von diesen Serienmorden gelesen, diesem Axtmörder, und dann sind mir diese Absperrbänder aufgefallen«, stammelte Kowalski. »Ein Andenken wollte ich. Das Türschild des Opfers.«

Montagvormittag, Midlum, Alte Ziegelei

Glücklich fuhr Hubertus Dascher mit dem Moped zurück nach Midlum zum Liegeplatz seines Bootes an der Alten Ziegelei.

Für einen Moment dachte er an Marlies. Warum fuhr er nicht direkt zu ihr?

Nein, das geht nicht, seine innere Stimme war unerbittlich. *Du weißt, was du noch zu tun hast.* Er hatte das Gefühl, dass diese Einflüsterungen präsenter geworden waren.

An der Kreuzung, an der er zur Ziegelei abbiegen musste, zögerte er einen Moment, dann drehte er den Lenker und gab Gas.

Als er die Deichkrone erreicht hatte, blieb er erschrocken stehen. Das gesamte Deichvorland war überspült! Eine einzige große Wasserfläche. In diesem Moment fiel ihm die Ursache dafür ein. Auf der Fahrt von Campen nach Jemgum … die Sperrwerkstore waren geschlossen worden und er hatte sie in letzter Minute passiert. Vermutlich wurde die Ems gerade für die Überführung eines neuen Kreuzfahrtschiffes aufgestaut.

Sein Blick richtete sich auf den Weg zur Ziegelei. Er lag wohl etwas höher und war vom Wasser noch nicht ganz überspült worden. War sein Boot noch da? Es lag hinter dem hohen Gebäude und war von hier aus nicht zu sehen. Und was war mit Tamme Hofenga? Die Insel lag etwas über dem normalen Hochwasserspiegel, aber wie hoch?

War er bereits ersoffen?

Du musst sichergehen, dass er tot ist, befahl die Stimme in seinem Kopf. *Wenn er überlebt, wird er nur Lügen über dich verbreiten. Soll er ungestraft davonkommen?*

»Nein!«, murmelte Bertus. Sein Moped legte er hinter einem Gebüsch ab, dann griff er sich die Packtasche mit dem Gold und lief los in Richtung Ziegelei. Als er das Gebäude umrundet hatte, konnte er den kleinen Hafen sehen, sein Boot allerdings nicht. Es war verschwunden!

Wie war das möglich? Hatte er es nicht gut festgemacht oder war der steigende Wasserstand dafür verantwortlich?

Er sah sich um und stellte erleichtert fest, dass das Boot lediglich abgetrieben war. Unbeweglich lag es auf der großen Wasserfläche zu seiner rechten Seite.

Bertus zwang sich zur Ruhe. Er brauchte einen neuen Plan, der alte würde nicht mehr funktionieren. Eine Flucht mit dem Boot über die Ems war unmöglich. Die Sperrwerkstore waren ein unüberwindbares Hindernis auf dem Weg in die Krummhörn. Dann eben über Land mit dem Moped, aber erst würde er Hofenga für immer zum Schweigen bringen.

Er brauchte dieses Boot unbedingt, ohne würde er Tamme auf dem Hatzumer Sand nicht erreichen. Konnte er einfach durchs Wasser gehen? Wo hörten die überschwemmten Salzwiesen auf und wo begann das tiefe Wasser der Ems? Ein Stück könnte er zur Not schwimmen, aber nicht mit dem schweren Gold.

Er würde die Packtasche irgendwo zwischenlagern und später abholen. Nicht zu weit entfernt, es sollte schnell geschehen. Da fiel ihm der Ringofen in der Ziegelei ein. Dort befanden sich etliche Löcher in der Mauer, ein geeignetes Versteck. Falls man ihn später erwischte, würde er irgendwann das Gold holen können.

Er kletterte die Seitenwand der Holzverkleidung des Ziegeleigebäudes nach oben. Einige der seitlichen Lüftungsklappen ließen sich hochdrücken. Bei der zweiten, die er versuchte, war er erfolgreich und kletterte in das Innere des Ziegeleigebäudes. Die Packtasche mit den beiden Haken für den Gepäckträger hatte er hinten an seinem Gürtel befestigt. Er lief die Treppe nach unten und weiter in den offenen Ringofen. In einer größeren Lücke im Mauerwerk versteckte er die Tasche und legte zuletzt einige lose Steine darauf.

Kurz hielt er inne, um sich die Stelle einzuprägen, ehe er zur Treppe zurückrannte und aus der Ziegelei kletterte. Sein Boot befand sich noch an der gleichen Stelle. Mit unsicherem Gefühl watete er durch das kniehohe Wasser. Der Abstand zum Boot verringerte sich langsam, das Wasser stieg und inzwischen kämpfte sich Bertus durch hüfthohe Fluten. Gut, dass er das Gold nicht dabeihatte, gleich würde er schwimmen müssen.

In diesem Moment sackten seine Beine ein, und er begriff nicht, wieso er keinen Boden mehr unter seinen Füßen spürte. Das Erschrecken ging in Panik über, als er merkte, dass er seine Beine nicht aus dem morastigen Untergrund befreien konnte. Da kamen ihm die gefährlichen grundlosen Teiche in den Sinn. Mein Gott, er war in einen solchen Teich geraten! Hektisch verlagerte er sein Gewicht und sackte sofort weiter bis zur Brust ein. Verzweifelt versuchte er, sich aus dem Schlick zu befreien, aber dadurch machte er die Situation schlimmer. Nur noch sein Kopf ragte aus dem Wasser, und ihm wurde bewusst, dass er hier sterben würde. Seine Panik wich Trauer, und sein letzter Gedanke galt nicht dem Gold, sondern Marlies.

Montagmittag, Stadt Leer, Polizeidienstgebäude

Jan Broning hatte gerade Herrn Kowalski aus Bochum entlassen. Was war nur los mit den Menschen? Ein Andenken an ein Mordopfer hatte Kowalski haben wollen, aber wozu? *Was will man damit?*

Inzwischen hatte Swantje die ersten Ergebnisse der Spurenauswertung vorgelegt. Demnach hatte Tamme Hofenga gefesselt im Krankenbett gelegen. Hubertus Dascher war ihr gesuchter Täter und hatte ihn offenbar entführt. Keine Überraschung für Jan, aber es warf sofort neue Fragen auf: Wieso hatte Dascher Hofenga nicht gleich erschlagen wie seine beiden anderen ehemaligen Kollegen, sondern ihn so aufwendig entführt? Und warum hatte er Marlies Gruber halb tot im Keller zurückgelassen?

Jan hoffte, dass die Frau später Licht ins Dunkel bringen konnte.

Maike hatte ein interessantes Detail in Daschers Krankenakte gefunden. Nachdem er ins Krankenhaus eingeliefert worden war, wurden routinemäßig Blutproben entnommen. Drogen und Alkohol waren nicht festgestellt worden. Ein Widerspruch zur Unfallakte, nach der Dascher betrunken mit dem Fahrrad gestürzt sein soll. Angeblich habe er stark nach Alkohol gerochen und eine zerbrochene Schnapsflasche war damals neben ihm auf dem Boden gefunden worden. Dies könnte bedeuten, dass der Unfall inszeniert worden war, und Jan ahnte auch schon, von wem. Wenn Dascher die Verletzungen am Kopf nicht beim Fahrradunfall erlitten hatte, wo dann?

Maike war mit Stefan unterwegs, um noch einmal eventuelle Zeugen zu befragen. Es galt herauszufinden, wann man Dascher zuletzt unverletzt gesehen hatte. Interessant war auch der plötzliche Geldsegen für die Firma Hofenga. Dieser hing angeblich mit dem Auftrag in Midlum zusammen. Wie hatte Frau Smid den Hof genannt? Elsos Spukhof?

Über diesen ehemaligen Besitzer des Hofes sollten sich Maike und Stefan ebenso erkundigen. Klinkenputzen, eine mühselige, aber wichtige Ermittlungsarbeit.

Klaas und Onno unterhielten sich über die geplante Überführung des neuen Kreuzfahrtschiffes.

»Die Leute wollen unbedingt ganz nah dabei sein«, meinte Onno. »Immer dasselbe Theater!«

»Die fahren sogar über Sperrsignale, um ans Schiff ranzukommen«, sagte Klaas. »In der heutigen Lagemeldung steht, dass der Sperrwerksmeister Anzeige gegen unbekannt gestellt hat, weil so ein Verrückter über die Tore gefahren sei, obwohl diese bereits hochgingen und alles auf Rot stand.«

»Ach, wann war das denn?«, hakte Onno nach, den alles interessierte, was auf dem Wasser geschah. Er war jahrzehntelang bei der Wasserschutzpolizei gewesen.

»In der letzten Nacht, so ein großes, offenes Fischereiboot, steht hier.«

Jan war der Unterhaltung nur mit einem Ohr gefolgt. Er sah auf die Tafeln mit den Fotos und versuchte, Antworten auf die noch offenen Fragen zu finden. Warum zum Beispiel blieben die Ergebnisse bei den Fahndungen aus? Bei dem Wort Boot wurde er hellhörig, stand auf und ging zur Wandkarte neben den Tafeln. Sie zeigte Ostfriesland, und Onno hatte alle Tatorte mit bunten Nadeln markiert. »Klaas, wie war das mit diesem Boot beim Sperrwerk, wohin ist es gefahren?«

»Hier steht ›in Bergfahrt‹?«, erwiderte Klaas. »Was soll das denn bedeuten? Können die sich nicht vernünftig ausdrücken?«

»Mann, Klaas, Bergfahrt bedeutet, das Boot kam von See und fuhr Richtung Leer«, dozierte Onno.

»Ja, und warum schreiben die das nicht?«

Onno erklärte ausführlich den Begriff und die Bedeutung.

Jan war noch immer mit der Frage beschäftigt, wieso die Fahndungen an Land bis jetzt so erfolglos verlaufen waren. »Weil der Täter ein Boot benutzt hat«, sagte er zu sich selbst, massierte seine Stirn, schloss die Augen und versuchte, sich zu konzentrieren. Er dachte zurück an eine Szene in Diedrich Ebens verwildertem Garten. Es fiel ihm wieder ein, dort hatte ein großer Bootstrailer, allerdings ohne Boot, gestanden. Was hatte Ebens gesagt, als Jan nach dem fehlenden Boot gefragt hatte? Er habe es verkauft an einen Freund! Natürlich, an Hubertus Dascher!

Jan unterbrach Onno und Klaas. »Wir brauchen einen Hubschrauber! Ich will wissen, wo dieses Boot abgeblieben ist.« Jan erläuterte den beiden seine Theorie.

»Die Besatzung eines Polizeihubschraubers hat sich angemeldet«, sagte Onno. »Die sollen wegen der Überführung des neuen Schiffes und dem zu erwartenden Verkehrschaos durch Schaulustige auf die Straßensituation achten.«

»Das können sie später machen.« Jan spürte Adrenalin in sich aufsteigen. »Klaas, bitte nimm Kontakt auf mit der Hubschrauberstaffel, sie sollen die Ems im Bereich Sperrwerk bis Leer nach diesem Boot absuchen. Die Beschreibung des Bootes reichen wir nach. Onno, du rufst beim Sperrwerk an, lass dir den Kahn und den Fahrer beschreiben, ich will alles darüber wissen.«

»Vielleicht haben sie die ganze Sache aufgezeichnet«, hoffte Onno. »Am Sperrwerk sind einige Überwachungskameras aufgestellt.«

»Umso besser. Wenn du mit einem Boot vom Rheiderland in die Krummhörn fahren möchtest, wo könntest du dann anlegen, ohne dass es jeder sieht?«

»Es kommt natürlich darauf an, wie viel Tiefgang dein Boot hat«, gab Onno zurück. »Diese etwas größeren offenen Fischereiboote wurden benutzt, um die Netze der Hamenstellen zu leeren.«

»Hamenstellen? Was ist das nun wieder?«, wollte Klaas wissen.

»Einfach erklärt werden Pfähle in den Flussboden gerammt, dazwischen werden große Netze aufgehängt. Diese Boote haben wenig Tiefgang, und um auf deine Frage zurückzukommen, Jan, es gibt sicher einige mögliche Anlegestellen, aber …«

Jan sah Onno gespannt an.

»Der Tiefgang des Bootes und der Wasserstand sind entscheidend«, führte Onno weiter aus. »Bei Hochwasser hast du natürlich andere Möglichkeiten. Zum Beispiel haben wir gerade Vollmond und das bedeutet Springflut …« Onno bemerkte die fragenden Gesichtsausdrücke seiner Kollegen. »Bei Vollmond ist mittags und um Mitternacht der höchste Wasserstand.«

»Welche Anlegestellen?«, erinnerte Jan.

»Ich will damit nur sagen, dass man das schwer einschätzen kann.« Onno ging zur Karte. »Einsam gelegen sind zum Beispiel der Rysumer Nacken, zu dieser Jahreszeit auch die Landemolen an der Knock und beim Leuchtturm Campen, der Diekskiel und die Leybucht.«

»Wenn Tamme Hofenga mit einem Boot transportiert wurde«, sagte Jan, »dann sollte in der Nähe eine Zuwegung für ein Auto sein.«

»Man kommt fast überall mit dem Auto hin, allerdings sind das Deichverteidigungswege und die Tore sind abgeschlossen.«

»Kannst du bitte bei den Kollegen von der Wasserschutzpolizei anrufen? Sie sollen bitte diesen Bereich nach dem Kastenwagen von Marlies Gruber absuchen.«

»Du meinst, Hubertus Dascher hat den verletzten Hofenga mit ihrem Kastenwagen zu seinem Boot transportiert? Dann müsste der Wagen noch bei der Anlegestelle stehen.«

Jan blickte auf die Uhr und atmete tief durch. »Cäsar, die Todgeweihten grüßen dich.«

»Die Pressekonferenz?«, fragte Klaas. »Sollen wir dich unterstützen?«

»Nein danke, damit komme ich schon klar. Eure Ermittlungen vom Büro aus sind wichtiger, und wenn es Neuigkeiten gibt, informiert mich bitte sofort.«

Montagmittag, über der Ems

»Dort voraus, das könnte das gesuchte Boot sein«, stellte der Flugbeobachter fest.

Der Pilot nahm Kurs auf das Wasserfahrzeug, das auf der Ems trieb. Der Flussverlauf war durch das aufgestaute Wasser nicht mehr zu erkennen und eine endlose braune Fläche befand sich unter dem Hubschrauber. »Was ist das da vorne? Eine Insel?«, fragte der Mann am Steuerknüppel.

»Ja, das müsste der Hatzumer Sand sein, jedenfalls das, was davon noch zu sehen ist«, antwortete der Flugbeobachter über die Bordsprechanlage. »Ich glaube, da ist … Flieg näher an die Insel ran und geh etwas tiefer.«

»Was hast du gesehen?«

Der Flugbeobachter setzte das Fernglas ab. »Für einen Moment dachte ich, einen menschlichen Arm in den Büschen gesehen zu haben.«

Der Pilot zog die Maschine runter und der starke Luftstrom des Rotors wirbelte eine große Menge Schilf davon.

Das gab den Blick frei auf große Äste, die aus dem Wasser ragten. An einem der Äste klammerte sich ein Mann verzweifelt fest. Nur sein Oberkörper ragte aus dem Wasser.

Montagmittag, Stadt Leer, Polizeidienstgebäude

Die Fragen der Medienvertreter wurden immer direkter und Jan spürte den Ärger über die bisherige Nachrichtensperre. Der Ton war unfreundlich und man ging ihn auch persönlich an. Es war ähnlich wie bei Gerichtsverhandlungen, wenn ein engagierter Rechtsanwalt die Glaubwürdigkeit des Polizisten infrage stellen wollte.

Auf keinen Fall durfte Jan sich provozieren lassen. Routiniert und ruhig beantwortete er die Fragen eine nach der anderen.

Da betrat Klaas den Sitzungsraum und kam auf ihn zu. »Sie haben vielleicht Tamme Hofenga gefunden«, flüsterte er.

Jan stand sofort auf und ging Richtung Ausgang. »Meine Damen und Herren, es tut mir leid, aber ich muss Sie jetzt verlassen!«

Sofort brach ein Tumult aus, es wurde geschimpft und der arme Pressesprecher versuchte, die Wogen der Empörung zu glätten.

Erleichtert schloss Jan die Tür hinter sich und bedauerte den Kollegen. Aber die Ermittlungen hatten immer Vorrang.

Montagmittag, auf der Ems

Über den beiden Wasserschutzpolizisten im Schlauchboot heulte die Turbine des Polizeihubschraubers auf. Vorsichtig manövrierte der Bootsführer näher an die angegebene Position. Dabei musste er den Außenbordmotor immer weiter hochliften. Das Boot setzte mit dem Bug auf. Sie hatten die Insel erreicht, von der nur einige Sträucher und Büsche aus der Wasserfläche herausragten. Der Anker wurde ausgeworfen und die beiden Polizisten sprangen ins Wasser. Es reichte ihnen bis zu den Oberschenkeln und sie kamen langsam voran. Nach einigen Schritten konnten sie den Mann sehen, der sich vor ihnen an den dicken Ast einer Weide klammerte. Die Polizisten rutschten in eine Art Senke und das Wasser stand ihnen bis zum Bauch. Noch ein paar Zentimeter tiefer und die Rettungswesten würden auslösen.

Sie erreichten den Mann, sprachen ihn an und wollten ihn aus der Senke ziehen. Er hing irgendwie im unteren Bereich der Weide fest. Sie tasteten den Körper unter Wasser ab und stellten fest, dass man ihn an den Baum gefesselt hatte. Mit einem Messer trennte einer der Polizisten die Fesseln, während der andere den Mann über Wasser hielt. Sie zogen den Geborgenen hinter sich her zum Boot. Bis jetzt hatten sie keine Reaktion bei dem Mann bemerkt, war er bewusstlos geworden oder schlimmer …?

Vorsichtig legten sie ihn im Boot ab und hoben den Anker.

»Wohin?«, fragte der Bootsführer, der sehr vorsichtig rückwärts steuerte.

»Coldeborgersiel, dort ist jetzt genug Wasser zum Anlegen und der Rettungswagen kann ihn dort holen.«

Montagnachmittag, Coldeborgersiel

Klaas und Jan stiegen aus dem Zivilwagen und gingen den Deich hoch. Soeben legte ein Schlauchboot der Wasserschutzpolizei an der Sielmauer an. Hinten im Boot lag eine leblose Person und Jan stutzte. Sollte das wirklich Tamme Hofenga sein? Er sah noch einmal genau hin, es handelte sich tatsächlich um den Gesuchten Zimmermeister. Er hatte sich stark verändert, sein Gesicht wirkte irgendwie eingefallen und um seine geschlossenen Augen zeigten sich breite schwarze Ringe.

Dieser Mann ähnelte eher einer Leiche. Was hatte er in den letzten Tagen durchgemacht?

Ein Martinshorn kündigte das Eintreffen des Notarztes an. Die Fahrzeuge bogen in die Zufahrt zum Siel und parkten direkt vor der Deichtreppe. Ein junger Mediziner mit einer Tasche in der Hand kam die Stufen hoch und schaute sich um. Zusammen mit ihm gingen Klaas und Jan den Deich hinunter, wo inzwischen das Schlauchboot festgemacht worden war. Nach einem knappen Gruß stieg der Arzt ins Boot und bückte sich zu dem leblosen Mann hinunter.

Alles ging schnell, zwei Rettungssanitäter kamen mit einer Trage an die Stelle. Es war nicht einfach, den Mann vom Schlauchboot aus auf die Trage zu legen, und Jan stellte fest, dass der Arzt besorgt aussah. Die Sanitäter schafften den Verletzten in den Rettungswagen und der Notarzt versorgte ihn weiter.

Nach einer Weile kam der Mediziner aus dem Wagen. Jan ging zu ihm und stellte sich vor. Er berichtete in kurzen Sätzen, dass es sich bei dem Verletzten um den vermissten Tamme Hofenga handle, außerdem von der Vermutung, dass Hofenga von einer Leiter gestürzt sei. Ebenso legte er seine Spekulation dar, dass Hofenga eine wahre Odyssee zwischen Jemgum und der Krummhörn hinter sich haben könnte.

Die Stimme des Notarztes klang bekümmert. »Dieser Mann hätte nach dem Sturz von der Leiter nicht transportiert werden dürfen, jedenfalls nicht so. Herr Kommissar Broning, ehrlich gesagt, es sieht nicht gut aus. Hoffentlich kriegen wir ihn durch, er ist stark unterkühlt und nicht ansprechbar. Später wissen wir mehr.«

Jan ging wieder nach oben auf den Deich und sah sich noch einmal um. Klaas war unten beim Anleger und befragte die beiden Wasserschutzpolizisten. Daschers Kahn trieb führerlos auf der Ems. Tamme Hofenga war gefunden worden, aber wo war dieser Hubertus Dascher? Hatte es einen Unfall gegeben? War Dascher in die Ems gestürzt oder war er an Land gegangen und das Boot war abgetrieben?

Jan gesellte sich zu den anderen Polizisten.

»Jan, die Kollegen berichten gerade, dass dieser Hofenga auf der Insel gefesselt worden sei«, meinte Klaas. »Er hat sich trotz der Fesseln irgendwie an einer Weide hochgezogen, sonst wäre er ertrunken.«

»Dascher wird ihn dort versteckt haben, aber wo steckt er jetzt?«, dachte Jan laut nach. Er wandte sich an die beiden Wasserschutzpolizisten. »Wir brauchen das treibende Boot für die kriminaltechnische Untersuchung, könnt ihr es …«

»… einfangen?«, vervollständigte der Bootsführer und grinste. »Na klar, wo sollen wir es hinbringen?«

»Bringt es hierher«, antwortete Jan. »Unsere Kriminaltechniker können es dann an Ort und Stelle untersuchen. Außerdem wäre es gut, wenn ihr die Umgebung nach dem vermissten Bootsführer absucht. Es handelt sich aller Wahrscheinlichkeit nach um den gesuchten Täter. Seid also vorsichtig. Meldet uns alles, was euch auffällt.«

»Okay, machen wir!«, sagte der Bootsführer.

»Danke euch! Ihr habt uns schon sehr geholfen und dem Mann wahrscheinlich gerade das Leben gerettet!« Jan leitete eine Großfahndung nach Hubertus Dascher ein und bat die Kriminaltechniker um Aufnahme der Spuren am Boot.

Montagabend, Stadt Leer, Polizeidienstgebäude

Jan hatte seine Mitarbeiter nach Hause geschickt. Die Fahndung nach Hubertus Dascher lief. Allerdings im kleineren Rahmen, der Polizeihubschrauber konnte nicht mehr eingesetzt werden. Die Wasserschutzpolizei hatte ihr Möglichstes getan und begleitete nun das neue Kreuzfahrtschiff von Papenburg bis Gandersum. Dabei würden die Beamten weiter Ausschau nach dem Vermissten halten.

Sobald das Schiff Gandersum erreicht hätte, würden die Sperrwerkstore wieder geöffnet werden und das aufgestaute Wasser könnte ablaufen. Danach konnte man sich den Hatzumer Sand genauer ansehen. Vielleicht gab es Spuren, die noch nicht weggewaschen worden waren.

Jan hatte zahlreiche Telefonate geführt, angefangen bei der Pressestelle. Er hatte dem Pressesprecher den Grund für seinen Abflug von der Pressekonferenz erklärt. Der Kollege bestand auf einer guten Flasche Whisky als Wiedergutmachung. Diese hatte sich der Mann verdient.

Danach hatte Jan Rücksprache mit den Krankenhäusern gehalten. Tamme Hofengas Zustand war ernst. Frauke Hinrichs zeigte schwere Alkoholentzugserscheinungen und war ebenfalls nicht ansprechbar.

Der Anruf beim Krankenhaus in Aurich, in dem Marlies Gruber lag, war überraschend verlaufen.

Trotz ihres erbärmlichen Zustandes hatte sie unbedingt den Kommissar sprechen wollen, der sie im Keller gefunden hatte.

Jan überlegte. Er musste sowieso noch Einzelheiten mit Hayo Ukena wegen des Mordes an der Nachbarin besprechen. Er könnte Marlies Gruber im Krankenhaus besuchen und anschließend bei Hayo persönlich vorbeifahren.

Montagabend, Aurich, Krankenhaus

Vor dem Zimmer, in dem Frau Gruber lag, saß eine Polizistin im Flur und blätterte in einer Zeitschrift. Diese Maßnahme der Überwachung war logisch, weil Frau Gruber als dringend tatverdächtig galt. Im Moment sah es danach aus, dass sie als Hubert Daschers Komplizin an den Morden an Wieringa, Ebens und ihrer Nachbarin Elfriede beteiligt war. Die Freiheitsberaubung bei Tamme Hofenga war im Vergleich dazu eine Kleinigkeit.

Vor diesem Besuch bei Frau Gruber hatte Jan mit der behandelnden Ärztin gesprochen. Sie war nicht glücklich über die Befragung gewesen, aber Marlies Gruber hatte keine Ruhe gegeben und wollte offenbar unbedingt mit ihm sprechen.

»Herr Kommissar«, hatte die Ärztin gemeint, »ich glaube, sie möchte sich etwas von der Seele reden. Sobald sie das getan hat, wird sie sich wieder beruhigen, und nur deshalb lasse ich Sie zu ihr!«

»Ich danke Ihnen«, hatte Jan erwidert. »Ich werde sie nicht zu sehr aufregen.«

»Es ist ein Wunder, dass sie sich so schnell erholt hat. Ihre Sauerstoffwerte im Blut haben sich normalisiert, wenn man bei Asthmatikern von normal sprechen will. Die Sauerstoffbehandlung war Rettung in letzter Minute.«

Jan hatte sich noch einmal bei der Ärztin bedankt und kurz mit der Kollegin vor der Tür gesprochen. Nun betrat er das Krankenzimmer.

Frau Gruber lag allein in dem Raum und musterte ihn mit großen Augen.

Er stellte sich vor und setzte sich auf einen Stuhl neben dem Bett.

Ein Schlauch war an der Nase der Patientin befestigt, vermutlich Sauerstoff, und ein Tropf war an ihrer Hand angeschlossen.

»Bertus? Was ist mit ihm?«, fragte sie leise.

»Frau Gruber, wir wissen es nicht, er ist spurlos verschwunden.«

Tränen liefen über ihre Wangen. »Er ist tot!«, sagte sie mit belegter Stimme. »Ich habe es geträumt!«

»Bevor Sie mir etwas erzählen, muss ich Ihnen Ihre Rechte erklären.«

Sie hörte zu, wie er ihr darlegte, was man ihr vorwarf und welche Rechte sie als Beschuldigte hatte. Er beobachtete sie dabei genau. Falls sie sich zu sehr aufregen würde, müsste er die Vernehmung sofort beenden. Sie blieb allerdings erstaunlich gelassen, während er ihr klarmachte, dass sie verdächtigt wurde, an den Morden beteiligt zu sein. »Frau Gruber, haben Sie das verstanden? Sie müssen jetzt nicht aussagen, Sie können auch zunächst einen Anwalt ...«

Frau Gruber packte seinen Arm und unterbrach ihn. »Ich möchte aber eine Aussage machen. Ich habe so viel Schuld auf mich geladen. Aber bitte glauben Sie mir, ich wusste nicht, dass er vorhatte, die Männer zu ermorden. Er hat mich immer vorher weggeschickt.«

»Erzählen Sie mir doch in aller Ruhe von Anfang an, was passiert ist«, schlug Jan vor. »Es besteht kein Grund zur Eile. Lassen Sie sich Zeit und atmen Sie durch. Darf ich das Gespräch aufzeichnen?«

Sie nickte und Jan stellte das Diktiergerät auf Aufnahme. Es wurde ein langes Gespräch und allmählich fügten sich die fehlenden Teile des Puzzles zusammen. Jan unterbrach Frau Gruber selten mit Verständnisfragen. Sie erzählte die ganze Geschichte ab dem Moment, an dem sie und Hubertus Dascher sich in Frankfurt kennengelernt hatten. Dabei flossen erneut Tränen und Jan lenkte das Gespräch auf die letzten Tage. An einer Stelle horchte er auf. Sie berichtete, was Hubertus Dascher bei der Befragung von Ontje Wieringa erfahren hatte. Tamme Hofenga habe zufällig die Goldmünzen im Keller gefunden, Hubertus Dascher sei durch den morschen Fußboden gestürzt und habe schwer verletzt im Keller gelegen. Sie erzählte vom Entschluss der drei Männer, dem halb toten Hubertus nicht zu helfen und ihn stattdessen im Hafen zu »entsorgen«. Sie setzte Jan über die Vortäuschung des Fahrradunfalls in Kenntnis und über den Schwur der drei Handwerker, über diese Ereignisse zu schweigen.

»Herr Kommissar, von alledem hatte Bertus keine Erinnerung.« Frau Gruber wirkte nun aufgeregt. »Stellen Sie sich vor, was da in ihm vorgegangen ist, als er von Wieringa gehört hat, wie mies sie ihn behandelt hatten. Da muss eine Sicherung durchgebrannt sein.«

Jan hörte einige Details, die er noch nicht kannte.

Bei der Schilderung des Psychoterrors bei Wieringa und Ebens stockte Marlies Gruber. Sie blickte Jan unsicher an, als sie noch einmal beteuerte, von den Morden nichts gewusst zu haben.

Sie berichtete von Hofengas Entführung und dass ihr dabei erste Zweifel gekommen waren. Bei der Erwähnung ihrer angeblich entführten Tochter wurde Jan sehr aufmerksam und stellte weitere Fragen. Sie schilderte, wie schwer sie die Gewissheit getroffen hatte, dass Hubertus ein Mörder war und dass sie ihm bei den Taten geholfen hatte. »Als ich meine Nachbarin Elfriede tot gefunden habe«, Frau Gruber stöhnte bei dieser Erinnerung, »da wurde mir alles klar. Ich dachte, er würde mich nach der Entdeckung auch töten. Er war nicht mehr der Hubertus, den ich kannte, aber etwas muss noch übrig geblieben sein von seiner Liebe zu mir, sonst hätte er mich auch erschlagen.« Sie atmete tief durch, und Jan wartete geduldig, bis sie sich wieder etwas erholt hatte. »Herr Kommissar, viele geben als Entschuldigung für ihre bösen Taten an, dass sie krank sind, aber bei Hubertus war das tatsächlich der Fall. Diese Schädelverletzung hat ihn verändert, sein Wesen, seinen Charakter, einfach alles. Bis zuletzt wollte ich es nicht wahrhaben.«

»Frau Gruber, bei unseren Ermittlungen fiel mir auf, dass Tamme Hofenga und Diedrich Ebens mir etwas verschwiegen haben. Natürlich ist da dieser Unfall und das Verhalten seiner Kollegen danach, aber könnte es noch etwas geben, von dem wir nichts wissen?«

»Die Männer haben nachts Balken, die ihnen nicht gehörten, ausgebaut und später wieder bei ihren Bauprojekten verwendet«, entgegnete Frau Gruber. »Und wo wir schon bei krummen Touren sind, muss ich Ihnen noch etwas gestehen. Mein Hubertus hat nebenbei alte Fensterrahmen aus leer stehenden Höfen geklaut und mit dem Boot vom Rheiderland in die Krummhörn transportiert. Wir haben sie gemeinsam aufgearbeitet und sie anschließend auf Wochenmärkten verkauft. So, jetzt wissen Sie alles, und ich hoffe, Sie glauben mir, dass ich nichts von den Morden wusste und ihm nur bei diesem Psychotheater geholfen habe.«

Montagabend, Krummhörn, Haus des Hayo Ukena

»Und? Glaubst du ihr?« Hayo sah Jan konzentriert an. »Denk dran, sie ist Schauspielerin, vielleicht hat sie dir nur etwas vorgespielt.«

»Den Gedanken hatte ich auch, aber sie wirkte auf mich sehr glaubwürdig und ehrlich erschüttert«, antwortete Jan nachdenklich. »Und wenn wir schon beim Theater sind, lass uns doch gleich die Rollen in diesem Drama verteilen.«

Hayo begann: »Frau Gruber, kreativ, naiv und verliebt, bleibt noch die Frage, ob der Richter das auch so sieht.«

»Hubertus Dascher«, machte Jan weiter, »zunächst ein Opfer, wird er später selbst zum Täter und spielt den Racheengel.«

Hayo nickte. »Wieringa, Ebens, da ist es genau andersrum, zunächst sind sie Täter und werden zu Opfern.«

»Kommen wir zu Tamme Hofenga, eine Hauptrolle, er entscheidet sich für das Gold und gegen seinen Kameraden und stiftet die anderen an, Dascher im Stich zu lassen. Wenn man von Schuldzuweisung spricht, steht er für mich an erster Stelle.«

»Frauke Hinrichs und diese Nachbarin Elfriede«, zählte Hayo die weiteren Beteiligten auf. »Sie haben einfach Pech gehabt. Die eine ist komplett von der Rolle und die andere tot.«

»So viel Elend nur wegen der Habgier«, sagte Jan. »Damit kennen wir das Drehbuch, haben die Rollen komplett besetzt und alle offenen Fragen sind beantwortet. Bis auf zwei.«

Hayo wusste sofort, worauf Jan hinauswollte. »Die erste Frage lautet: Wo ist Hubertus Dascher? Die zweite: Wo ist das Gold? Bei ihm?«

Früher Dienstagmorgen, Deichvorland bei Midlum

Der Jäger Jakobus Böltjer war sehr früh aufgestanden, um nach seinen Bisamfallen zu sehen. Die Jäger im Rheiderland versuchten damit der Plage Herr zu werden.

Jakobus war Vorsitzender des Hegeringes und wollte deshalb ein gutes Beispiel abgeben. Die Deiche wurden durch die starke Vermehrung dieser Wasserratten zunehmend gefährdet. Sie unterhöhlten Deiche, die Ufer der Vorfluter und andere wichtige Bestandteile des Entwässerungssystems.

Im Deichvorland war das Aufstellen der Fallen besonders schwierig und mühselig. Und nicht ganz ungefährlich, weil es in der Nähe der Ziegelei mehrere ausgebaggerte Teiche gab, die über Priele mit der Ems verbunden waren.

Die Teiche waren gut gemeinte Ausgleichsmaßnahmen für die Baggerungen in der Ems. Aber wie so oft, dachte Jakobus, war gut gemeint das genaue Gegenteil von gut gemacht. Über die Priele gelangte Schlick in die Teiche und es bildete sich am Grund eine breiartige Masse, weder Wasser noch Boden. Eine grundlose Schicht, in die man nicht geraten durfte.

Von der Deichkrone konnte Jakobus weit über das Vorland sehen. Er atmete tief durch, dieser Anblick war wahrlich traurig. Das aufgestaute Wasser war inzwischen abgelaufen, eine graubraune Schlickschicht lag über allem. Jakobus fragte sich, wie viele Tiere dieses Mal wieder ertrunken waren.

Links von seinem Standort lag die Alte Ziegelei, rechts davon befanden sich die gefährlichen Teiche. An den Ufern der Priele hatte er die Bisamfallen aufgestellt. Er klemmte sich seine Leiter, die er immer mitführte, wenn er hier unterwegs war, unter seinen Arm und ging den Deich hinunter.

Als er sich den Teichen näherte, wurde er langsamer und setzte seine Schritte mit Bedacht. Schließlich stand er vor einem der Priele und sein Blick fokussierte sich auf einen Gegenstand, der aussah wie ein graues Sofakissen.

Als er näher kam, stellte er entsetzt fest, dass es sich in Wirklichkeit um einen Menschen handelte. Nur ein Teil des Körpers war zu erkennen. Der Rücken der Person war leicht nach vorn gebeugt und das Gesicht befand sich im Schlick. Jakobus sah die Leiche zum Glück nur von hinten. Der Tote musste direkt in den Priel geraten sein, obwohl die Gefahrenstelle doch eigentlich klar erkennbar war. Allerdings nicht, wenn alles überspült war, so wie gestern für die Schiffsüberführung. Der Kopf des Mannes war mit einer Schlickschicht überzogen. Der Körper war komplett unter Wasser gewesen. Es lag nahe, dass der arme Mann während der Aufstauung gestern in sein Verderben gelaufen war.

In Gedanken drängte sich Jakobus das Bild auf, wie der Kerl im Schlick einsank und sich nicht mehr daraus befreien konnte. Das Wasser stieg immer weiter, erreichte seinen Mund und …

»Mein Gott, was für ein schrecklicher Tod!«, murmelte Jakobus und verdrängte die entsetzliche Szene aus seinem Bewusstsein. Dem leblosen Körper wollte er sich nicht nähern. Er griff zum Telefon und wählte den Notruf.

Dienstagmorgen, Stadt Leer, Polizeidienstgebäude

Onno saß alleine im Büro. Jan und Klaas waren unterwegs nach Midlum. Die Meldung des Jägers war eingeschlagen wie eine Bombe, denn alle ahnten, um wen es sich bei dem Toten im Priel handelte.

Also war Hubertus Dascher nicht entkommen, sondern

elendig im Priel ertrunken. Das führerlose Boot passte zu dieser Theorie.

Was war passiert? Hatte Dascher die Orientierung in der aufgestauten Wasserfläche verloren? Wo hatte er hinwollen?

Vielleicht würde sich das später klären.

Inzwischen dürften Jan und Klaas am Fundort eingetroffen sein. Er beneidete die Feuerwehrleute nicht, es würde kompliziert werden, den Toten aus dem Priel zu bergen. Die entsetzlichen Eindrücke der Bergung würden die Freiwilligen noch lange verfolgen.

Maike und Stefan waren unterwegs ins Krankenhaus, um zu erfahren, wie es um Tamme Hofenga stand.

Inzwischen hatte man Frau Grubers Kastenwagen in der Nähe des Leuchtturmes Campen gefunden, und Onno schloss daraus, dass Dascher den einsamen Anlegeplatz am Leuchtturm für seine Wassertransporte benutzt hatte. Die Auricher Kriminaltechniker untersuchten das Fahrzeug momentan nach Spuren.

Für die Leeraner Kriminaltechniker organisierte er einen Bootseinsatz auf der Insel Hatzumer Sand. Der Wasserstand auf der Ems war wieder normal und die Insel zugänglich. Onno war gespannt, was die Kollegen dort finden würden. Das Gold war bislang nicht aufgetaucht. Im Boot lag es nicht, vielleicht hatte Dascher es bei sich oder es lag auf der Insel. Wenn es nach Onno ginge, sollte dieses verfluchte Gold für immer ganz tief in der Ems liegen bleiben.

Bei diesem ganzen Elend gab es jedoch auch ein überraschendes Ergebnis. Nach dem Gespräch, das Jan im Krankenhaus mit Marlies Gruber geführt hatte, stand fest, dass sie und Hubertus Dascher Jasmine Löbers' leibliche Eltern waren. Tamme Hofenga hatte bei Daschers Habseligkeiten im Wohnwagen ihr Bild gefunden. Irgendwie hatte er ihre aktuelle Adresse ausfindig gemacht. Nach Daschers Unfall hatte er sich verabscheuungswürdig verhalten. Sein schlechtes Gewissen musste ihn gequält haben, und so hatte er wahrscheinlich versucht, es durch regelmäßige Geldgeschenke an Daschers Tochter zu beruhigen. Erstaunlich war in diesem Zusammenhang, dass Hofenga, Ebens und Wieringa nichts von Frau Grubers Existenz wussten. In dieser Hinsicht hatte Dascher ein Doppelleben geführt.

Falls es sich bei der Wasserleiche tatsächlich um ihn handelte, musste Frau Gruber die Todesnachricht überbracht werden, und zwar persönlich. Sie sollte von Daschers Schicksal nicht aus der Zeitung erfahren.

Das Telefon klingelte und Onno erkannte Jans Handynummer.

»Hallo, Onno, die Leiche wurde soeben geborgen und es ist Hubertus Dascher. Wir kommen zurück.«

Nachdem Onno den Hörer aufgelegt hatte, überlegte er kurz und kam zu einem Entschluss.

Dienstagmittag, Stadt Leer, Polizeidienstgebäude

Die Kollegen der Moko »Axt« saßen zusammen im Büro.

Maike sah Jan und Klaas an. »War es schlimm?«

»Schrecklich«, antwortete Jan. »Erst einmal die Bergung, ich hatte echt Angst, dass da noch mal einer reinfällt. Die Feuerwehrleute haben das echt gut hingekriegt. Als Dascher endlich auf der Wiese lag, stellten wir fest, dass sein Mundbereich voller Schlick war.«

»Er wird das Zeug auch eingeatmet haben«, ergänzte Klaas und schüttelte sich. »Und dann dieser entsetzliche Gesichtsausdruck, das Bild werde ich so schnell nicht vergessen.«

»Habt ihr das Gold bei ihm gefunden?«, wollte Stefan wissen.

»Nein, nur eine Brieftasche mit seinem Personalausweis«, antwortete Jan. »So konnten wir ihn wenigstens identifizieren.«

»Wir müssen Frau Gruber wohl die traurige Nachricht überbringen«, stellte Maike fest.

»Ja, wir fahren gleich nach Aurich«, bestätigte Jan.

»Jan, kann Klaas hierbleiben und ich fahre an seiner Stelle mit?«, fragte Onno.

»Okay, kein Problem.« Jan ahnte, warum Onno mitfahren wollte.

Eine Stunde später saßen Jan und Onno Marlies Gruber gegenüber. Gerade hatte Jan ihr so schonend wie möglich berichtet, dass ihr Lebenspartner Hubertus Dascher verstorben war.

Nachdem sich Marlies Gruber vom ersten Schrecken erholt hatte, murmelte sie: »Ich hab ja gewusst, dass er tot ist, und vielleicht ist es so am besten, wie hätten wir denn mit all dem … weiterleben sollen?«

Jan sah Onno an und nickte.

Onno stand auf und verließ das Krankenzimmer.

»Frau Gruber, hier ist noch jemand, der Sie unbedingt kennenlernen möchte.«

Onno kam zurück in das Zimmer und ihm folgte etwas zaghaft Jasmine Löbers.

»Ich glaube, wir lassen die beiden kurz allein, Onno.«

Dienstagnachmittag, Stadt Leer, Polizeidienstgebäude

Nachdem Onno und Jan eine sehr nachdenkliche Jasmine Löbers bei der Pension abgeliefert hatten, hatten sie einen Zwischenstopp an der nächsten Bäckerei eingelegt und waren zur Dienststelle gefahren.

»Eine ganze Sahnetorte?« Onno hatte Jan von der Seite angeblickt.

»Ich glaube, die wird nicht schlecht«, hatte Jan gesagt. »Ich möchte einen ausgeben und Alkohol dürfen wir ja nicht.«

»Der Kuchen war echt lecker!«, stellte Klaas fest.

Alle Kollegen der Mordkommission stimmten zu.

Jan berichtete von Frau Grubers Reaktion auf die Todesnachricht. »›Wie hätten wir damit weiterleben sollen?‹ Das waren ihre Worte, und ich glaube, sie hat damit recht.«

»Und wie war das Zusammentreffen von Mutter und Tochter?«, wollte Maike wissen.

»Wir waren nicht dabei, aber es hat sie natürlich sehr aufgewühlt, sie werden erst einmal darüber nachdenken müssen«, antwortete Onno. »Jasmine Löbers lernt endlich ihre leibliche Mutter kennen, und dann erfährt sie, was hier geschehen ist.« Er zeigte auf die Tafel.

»Dein Vater ist ein kranker Mörder und die Mutter seine Gehilfin«, murmelte Klaas. »Das ist sicher schwer verdaulich.«

»Genau wie drei Stück Torte.« Onno grinste Klaas an. »Oder waren es vier?«

»Soll doch wohl nicht umkommen, die leckere Torte.« Klaas sah Onno böse an.

Jan wandte sich an Maike und Stefan. »Wie war es denn bei Tamme Hofenga im Krankenhaus?«

»Man hat ihn wohl unter Drogen gesetzt«, antwortete Maike. »Deshalb war er auch halb weggetreten. Bei dem Sturz von der Leiter hat er sich mehrere Rückenwirbel gebrochen. Dascher hat ihn ja bei der Entführung und danach mehrfach bewegt. Das hat den Schaden vergrößert. Sieht also gar nicht gut aus. Eine Befragung ist noch nicht möglich.«

»Gut, dass Frau Gruber uns erzählen konnte, was damals passiert ist«, stellte Jan fest. »Sonst hätten wir noch viele offene Fragen.«

»Woher stammt eigentlich das Gold, das die Männer damals im Keller gefunden haben?«, wollte Onno wissen. »Habt ihr bei euren Befragungen in Jemgum noch etwas herausgefunden?«

Dieses Mal antwortete Stefan: »Der vorherige Eigentümer dieses Hofes, ein Elso Buurmann, soll angeblich im Lotto gewonnen haben. Vorher war er ein armer Schlucker, der viel in Gärten gearbeitet hat. Vielleicht ist er dabei über die Goldmünzen gestolpert und konnte sich so den Hof kaufen.«

»Der angebliche Lottogewinn war wahrscheinlich eine Erklärung für seinen plötzlichen Reichtum«, fügte Maike hinzu. »Glücklich ist er mit dem Gold aber nicht geworden.« Sie erzählte die Geschichte von Elso und seiner Jugendliebe Anna. »Ja, eine traurige Sache, am Ende hat sich Elso in seiner Küche erhängt.«

»Das Gold hat wohl noch keinem Glück gebracht«, bemerkte Jan. »Elso Buurmann hängt sich total vereinsamt in seinem Hof auf. Die vier Handwerker finden das Gold in Elsos Versteck im Keller. Bei der heimlichen Bergung verunglückt Hubert Dascher schwer. Seine Kameraden lassen ihn für das Gold im Stich. Dascher erschlägt Wieringa und Ebens Jahre später. Tamme Hofenga wird wahrscheinlich nie mehr laufen können.«

»Liegt ein Fluch auf den Goldmünzen?« Onno schaute in die fragenden Gesichter seiner Kollegen und ergänzte:

»Im Rheiderland gibt es die Sage von der niederländischen Kriegskasse, die 1568 verloren gegangen ist. Das Gold war für die Soldaten und Söldner der niederländischen Streitmacht bestimmt. Es gab im niederländischen Lager kurz vor der Schlacht in Jemgum Streit wegen der Auszahlung des Soldes. Angeblich weigerten sich die Soldaten deshalb, ihre Stellungen einzunehmen. Was davon wahr ist?« Onno zuckte mit den Schultern. »Jedenfalls endete die Schlacht für die Niederländer in einem Desaster.«

»Ontje Wieringa hat kurz vor seinem Tod Dascher erzählt, dass es sich bei dem Gold um antike Goldmünzen handeln soll«, sagte Jan. »Der Wert für Sammler wird höher gewesen sein als der reine Goldpreis.«

Onno trumpfte nun richtig auf: »Alte Goldmünzen ... Am 23. Mai 1568 wurden die Spanier bei der Schlacht in Heiligerlee, übrigens gar nicht so weit von hier entfernt, von den Niederländern besiegt. Es ist doch möglich, dass sie die Goldmünzen von den Spaniern erbeuteten und mit nach Jemgum nahmen. Die zweite Schlacht am 21. Juli im selben Jahr verloren die Niederländer in Jemgum. Der Unabhängigkeitskrieg der Niederländer dauerte übrigens 80 Jahre, tapfere Burschen, unsere Nachbarn.«

Klaas blickte Onno skeptisch an. »Kann es sein, dass du zu viel Fantasie hast, geschätzter Kollege? Gleich wirst du uns noch erzählen, dass Montezuma das von ihm geraubte Gold verflucht hat, aus dem die Spanier dann ihre Münzen geprägt haben. Mann, Mann, vielleicht solltest du besser Romane schreiben.«

Jan beschloss, schnell das Thema zu wechseln. »Wie auch immer, die Suche nach dem Gold auf dem Hatzumer Sand verlief erfolglos, ein paar alte Fenster wurden gefunden. Bei Daschers Leiche war auch nichts. Die Torte habe ich ausgegeben, weil ich mich bei euch allen bedanken wollte. Die Zusammenarbeit im Team hat sich wieder bewährt.« Jan bedachte seine Mitarbeiter nacheinander mit Blicken. »Wir werden noch einige Dinge zu erledigen haben, aber im Grunde sind die Mordfälle aufgeklärt. Wir standen die letzten Tage gewaltig unter Druck und jetzt können wir es langsamer angehen lassen. Wir räumen auf, das bedeutet Berichte schreiben, Beschuldigte und Zeugen vernehmen und ganz zuletzt die fertige Ermittlungsakte an die Staatsanwaltschaft abgeben.«

TEIL 3
ZWEI WOCHEN SPÄTER

Jemgum, Kirche

Jan Broning und die anderen Mitglieder der Moko »Axt« saßen in der letzten Sitzbank beim Kircheneingang.

»Eine gute Idee, diese gemeinsame Trauerandacht für Wieringa und Ebens«, stellte Jan leise fest. »Sie waren ja gute Freunde.«

Ein Raunen ging durch die Reihen und Jan sah zum Eingang. Tamme Hofenga wurde von Frauke Hinrichs mit einem Rollstuhl in die Kirche geschoben.

Ein Mann in Motorradkluft sprang auf und rief: »Dieses Schwein traut sich hierher!«

Ein anderer Motorradfahrer hielt ihn zurück und versuchte, ihn zu beruhigen.

»Hat sich wohl rumgesprochen, wer für das Elend mitverantwortlich ist«, murmelte Stefan.

»Das ist ja ein Ding«, meinte Onno. »Ausgerechnet Frauke Hinrichs betreut Tamme Hofenga.«

»Angeblich soll sie eine Therapie machen wegen ihrer Alkoholsucht, und man hat ihr geraten, ihre Fehler aufzuarbeiten. Dazu gehört wohl die Betreuung von Tamme Hofenga, den sie von der Leiter gestoßen hat«, antwortete Klaas.

»Wie sieht denn seine Prognose aus?«, fragte Jan Maike.

Maike blickte in Richtung Hofenga. »Er wird nie mehr laufen können, bleibt für immer querschnittsgelähmt. Direkt nach dem Sturz hätte es noch Hoffnung gegeben, aber dadurch, dass er von Hubertus Dascher hin und her geschleppt wurde, sind bleibende Schäden entstanden.«

»Ein Handwerker, der nicht mehr laufen kann«, brachte Jan auf den Punkt.

Die Andacht begann und der Pastor fand die richtigen Worte. »Liebe, Freundschaft und Treue kann man nicht mit Gold erkaufen ...«

Während des Gottesdiensts sah der Pastor immer wieder Tamme Hofenga an und seine harten Worte trafen den Zimmermeister wie Peitschenhiebe. War er vorher schon blass gewesen, so wechselte seine Gesichtsfarbe zu Weiß. Beschämt senkte er den Blick, weil er den Pastor und die Anwesenden nicht ansehen konnte.

Klaas stieß Onno an. »Dann hat es ja doch noch ein Happy End für Jasmine Löbers gegeben.«

»Na ja, Happy End?« Onno zog eine Schnute. »Der wiedergefundene Vater entpuppt sich als Axtmörder und die Mutter war seine Komplizin. Aber es sieht nicht so schlecht aus für Frau Gruber. Sie muss sich natürlich vor Gericht verantworten, aber man glaubt ihr, dass sie nichts von den Morden wusste. Sie wird wohl mit einem blauen Auge davonkommen.«

Nach dem Ende der Andacht trafen die Polizisten vor der Kirche Tamme Hofenga und Frauke Hinrichs, die den Rollstuhl in ihre Richtung schob.

»Herr Kommissar«, sagte sie, »ich möchte mich bei Ihnen für mein Verhalten entschuldigen. Sie wissen schon, der Angriff mit dem Messer. Ich weiß nicht, was in mich gefahren ist.«

»Der Alkohol«, warf Tamme Hofenga ein und schaute Jan direkt an. »Ich habe Ihnen ja bereits alles gestanden, und ich würde alles dafür geben, um die Zeit zurückzudrehen. Wir waren eine eingeschworene Kameradschaft, und was ist davon geblieben? Hubertus, Ontje und Diedrich sind tot und ich werde für immer auf Hilfe angewiesen sein. Frauke und ich«, Hofenga lachte kurz freudlos auf, »was für ein Team. Wir beide werden für unsere Schuld büßen müssen, aber es gab so viele Momente, an denen ich noch hätte umkehren können. Ich habe sie alle ungenutzt gelassen und das werde ich mir nie verzeihen.«

»Wie geht es Ihnen?«, erkundigte sich Jan. »Ehrlich gesagt wundert es mich, Sie hier zu sehen.«

»Ich habe mich selbst entlassen«, antwortete Hofenga. »Ich musste hier heute dabei sein. Die Ärzte haben mich für verrückt erklärt. Frauke hat mir dabei geholfen hierherzukommen. Ihr wird schwere Körperverletzung vorgeworfen und mir Fundunterschlagung und unterlassene Hilfeleistung. Aber das Schlimmste ist, dass ich nicht mehr in den Spiegel schauen kann. Alles nur wegen diesem verfluchten Gold. Ja, ich glaube, es liegt wirklich ein Fluch darauf. Haben Sie schon herausgefunden, wo es ist?«

Jan schüttelte den Kopf. Diese letzte offene Frage konnte bis jetzt nicht beantwortet werden. Alle Suchaktionen waren erfolglos geblieben. Man vermutete, dass Dascher das Gold verloren hatte und es nun irgendwo in der Ems oder im Deichvorland lag.

EPILOG
VIER WOCHEN SPÄTER

Midlum, Alte Ziegelei

»Wo hast du denn das gammelige Moped her? Du Loser, sieht ja aus, als hättest du es aus einem Schlot gezogen.«

Die ätzende Stimme seines Kollegen troff vor Sarkasmus.

Seit einigen Tagen waren die beiden damit beschäftigt, alte Ziegel aus den Mauern der Ziegelei zu lösen. Reste von Mörtel sollten sie mit einem Hammer abschlagen und die alten Bausteine ordentlich auf Paletten stapeln. Es handelte sich um eine Arbeitsbeschaffungsmaßnahme der Gemeinde.

»Mit mir ist ja schon wenig los«, sagte sein Kamerad und musterte ihn von oben bis unten. »Aber wenn ich dich so sehe, tiefer geht es ja wohl nicht.«

»Lass mich in Ruhe.« Er versuchte, ruhig zu bleiben und nicht auf die Provokationen zu reagieren.

Allerdings hatte seine Arbeitsbekanntschaft mit dem Moped ins Schwarze getroffen. Er hatte es tatsächlich in der Nähe gefunden, zusammen mit dem schwarzen Integralhelm.

Im Moment arbeitete er im ehemaligen Ringofen. Die Mauer war zum Teil eingefallen und die Ziegel ließen sich gut herauslösen.

Die anhaftenden Mörtelreste klopfte er gründlich mit dem Hammer ab und legte die Ziegel auf die Palette.

»Nicht nur ein Loser, sondern auch noch ein Streber«, maulte sein Mitarbeiter von hinten. »Immer schön fleißig sein, und das für die paar Kröten.«

In diesem Moment bemerkte er einige lose Ziegel, die in einem Hohlraum der Mauer lagen. Er nahm sie weg und eine Packtasche kam zum Vorschein. Er legte den Hammer zur Seite und öffnete den Behälter. Darin lagen Werkzeug und drei lange Säcke aus Stoff. Als er einen der Säcke öffnete, klimperte es leise. Er traute seinen Augen nicht, als er das Gold in dem Sack sah. Er nahm eine der Münzen in die Hand und betrachtete sie genau. Sie fühlte sich warm an.

»He, du Loser! Hast du was gefunden?«

Eine lange unterdrückte Wut stieg in ihm auf, er ließ das Goldstück los, griff nach seinem Hammer und stand auf. Sein verhasster Kollege stand direkt vor ihm und er holte aus …

Ditzum, Haus der Familie Broning

Ein lauter Schrei hallte durch die Küche im Haus der Bronings. Entsetzt starrte Antje auf ihr weißes Rüschenkleid, auf dem sich der Abdruck ihres Frühstücksbrotes befand. Wieso fiel so ein Brot immer mit der geschmierten Seite auf Tische, Böden oder wie in diesem Fall auf Antjes »Blumenstreukleid«?

Wäre es doch nur Marmelade gewesen, aber nein, es musste auch der Lieblingsaufstrich seiner Tochter sein – Nugatcreme!

»Dann ziehen wir eben ein anderes Kleid an«, tröstete Maike und atmete tief durch.

Antje schrie ein zweites Mal auf und heulte los: »Ich will aber unbedingt dieses Kleid anziehen!«

»Dann hättest du besser aufpassen müssen«, sagte Maike und sprach mal wieder die Wahrheit aus, was Antje nicht beeindruckte. »Jan, wie viel Zeit haben wir noch?«, fragte Maike und zog Antje das Kleid über den Kopf. »Genug für Plan B? Ich mach den Fleck raus, so gut es geht, dann können wir los.«

Die Rettungsaktion war ein Erfolg, der Fleck war fast raus, dafür waren sie die Letzten beim Parkplatz vor dem Leuchtturm Pilsum.

Heute würden Stefan Gastmann und Rebecca Erdmann getraut werden. Auf Bekkys Wunsch fand die Zeremonie im Leuchtturm Pilsum statt. Darin befand sich ein sehr kleines Standesamt.

Jan und Maike waren gefragt worden, ob sie Trauzeugen für die Hochzeit sein wollten. Sie hatten sich sehr darüber gefreut, Stefan war ja nicht nur ein Kollege, sondern ein guter Freund.

»Eine merkwürdige Zusammenstellung«, meinte Jan, als er den Bulli auf dem Parkplatz abschloss.

»Meinst du die Hochzeit?«, fragte Maike. »Die passen doch so gut zusammen!«

»Nein, äh … ja«, antwortete Jan gut gelaunt. »Ein schönes Paar, die beiden. Ich meine die Fahrzeuge hier auf dem Parkplatz. Da haben wir die schwarze Ente von Aukje van Dijken, das Motorradgespann von Simon Drebber und einen ehemaligen Leichenwagen.«

»Und jetzt noch unseren knallgelben Postbulli dazu.«

»Mama, in dem Leuchtturm sind bestimmt kleine Elefanten und mit denen kann sich der Leuchtturm unterhalten«, vermutete Antje.

»Woher hat das Kind nur diese Fantasie?«, fragte sich Maike laut.

»Kreativität und Fantasie gehören zusammen, also wahrscheinlich von mir. Zum Glück ist ihr Kleidchen inzwischen getrocknet«, sagte Jan und grinste. »Weißes Kleidchen und Antje wollen nicht so recht zusammenpassen.«

»Bis zum Blumenstreuen wird es wohl gut gehen«, antwortete Maike und drückte Antje den Korb mit den Blüten in die Hand. »Jan die Ringe, Antje den Blumenkorb, Taschentücher für mich! Dann kann es ja losgehen.«

Viel Platz war nicht in dem kleinen Standesamt im Pilsumer Leuchtturm. Jan sah sich im Raum um. Vorne saß das Brautpaar. Daneben saßen Siegmund Erdmann und Stefans Eltern. Drei Stühle in dieser Reihe waren noch frei. Diese drei Plätze waren für Maike, Antje und ihn selbst bestimmt. In der Reihe dahinter saß Aukje van Dijken, die Hellseherin von der niederländischen Insel Texel.

Jan verkniff sich ein Grinsen, Aukje van Dijken wurde quasi eingekreist von drei Männern, zu ihrer Rechten saß der niederländische Inselpolizist Willem Braakhuis und zu ihrer Linken Simon Drebber. Als wenn das noch nicht genug wäre, lehnte sich der Brautvater zurück und unterhielt sich angeregt mit Aukje. Die Männer links und rechts sahen dabei etwas mürrisch aus. Aukje van Dijken war noch nicht vergeben und alle drei Männer hatten in der Vergangenheit ein Auge auf sie geworfen. War sie immer noch solo oder hatte sie ihre Wahl inzwischen getroffen? Wahrscheinlich ließ sie die Männer noch ein bisschen zappeln.

Klaas und Onno saßen in der hinteren Reihe. Die Anwesenden begrüßten sich mit Handschlag und unterhielten sich kurz.

»Jan, euer Leuchtturm ist sehr bescheiden, wächst der noch?«, scherzte Simon und grinste.

Die Standesbeamtin begann mit der Trauung. Sie war wohl

etwas von Bekkys Outfit irritiert, die Braut trug wie üblich ihr schwarzes Kleid und war düster geschminkt.

»Wie sie wohl in Weiß aussehen würde?«, fragte sich Jan und vermutete, dass das nicht zu ihr gepasst hätte.

Die Zeremonie nahm ihren Lauf und die Standesbeamtin ging persönlich auf das Brautpaar ein. Sie erzählte in Bruchstücken, wie sich Stefan und Bekky kennen- und lieben gelernt hatten. Eine wirklich ungewöhnliche Liebesgeschichte, und es kam der Moment, in dem Maike nach dem Taschentuch griff. Auch Jan dachte kurz zurück, an die Erlebnisse bei der letzten gemeinsamen Ermittlungsgruppe »Hekate«.

Die Worte der Standesbeamtin rissen ihn aus seinen Gedanken: »Rebecca Erdmann, wollen Sie den hier anwesenden Stefan Gastmann zum …«

Die Zeremonie verlief wie üblich, allerdings gab es eine kleine Überraschung, als die Standesbeamtin die übliche Frage stellte, ob jemand etwas gegen die Vermählung einzuwenden hätte.

»Wo sind denn jetzt die Elefanten?«, wollte Antje laut wissen.

Alle lachten im Raum, nur Antje zog ihre berühmte Schnute.

Maike war die ganze Trauung über sehr gerührt, und sie schluchzte, als Stefan Bekky den Ring überstreifte und sie küsste.

Nach der Zeremonie streute Antje ihre Blüten aus und draußen vor dem Leuchtturm warf Bekky den Brautstrauß nach hinten.

Natürlich fing Aukje ihn und lachte, als die drei Männer sie hoffnungsvoll ansahen.

Jans Handy vibrierte und er warf einen Blick auf das Display:

»Tötungsdelikt bei Midlum – Mann wurde mit Hammer erschlagen – Kriminaltechniker unterwegs.«

ENDE

ANMERKUNGEN DES AUTORS

Die Handlung meines Romans ist frei erfunden, doch habe ich versucht, einzelne Ereignisse aus der Vergangenheit in die Geschichte einzubauen. So hat die Schlacht bei Jemgum im Jahr 1568 tatsächlich stattgefunden. Es wird auch eine Kriegskasse gegeben haben, aber ob diese tatsächlich vergraben wurde? Im Jahr 1986 fand man im alten Ortskern von Jemgum – in einem Garten – eine Steinplatte mit der Inschrift »1567« und den Initialen »TH«. Dass man darunter die Kriegskasse versteckte, ist der Fantasie des Autors entsprungen.

Die Weiße Frau von Bunderhee entstammt einer alten Sage aus dem Rheiderland.

Bei der Recherche zu meinen Krimis komme ich immer wieder zu dem Vergnügen, interessante und aufschlussreiche Gespräche mit Fachleuten zu führen. An dieser Stelle möchte ich mich beim Heimatverein Jemgum, dem Monumentendienst in Jemgumgaste und meinen ehemaligen Kollegen der Polizei für das Update in Sachen Spurensicherung bedanken.

Ein besonderer Dank gilt dem Team des Gmeiner-Verlags für die hervorragende Unterstützung und den hochgeschätzten Probelesern Joke und Holger für die Unterstützung meiner Projekte.

Ihr Wolfgang Santjer
November 2021

PS.: Das Leben ist voller spannender und schöner Geschichten, man muss sie nur finden.

Hauptkommissar Jan Broning ermittelt:

1. Fall: Emsgrab
ISBN 978-3-8392-2907-1

2. Fall: Ostfriesenspieß
ISBN 978-3-8392-2916-3

3. Fall: Gänseblut
ISBN 978-3-8392-2912-5

4. Fall: Texelhexe
ISBN 978-3-8392-2683-4

5. Fall: Friesischer Verrat
ISBN 978-3-8392-0132-9